償いの椅子

沢木冬吾

角川文庫
14428

第一章

一

灰色の煙突から流れ出る淡い煙が、清朗な空に霧散していく。

錦繍《きんしゅう》に包まれた小径《こみち》を、能見《のうみ》亮司《りょうじ》は進んでいった。喪服の人々とすれ違う。みなの踏みしめる枯れ葉の快いさざめきが、耳をくすぐった。

玄関付近に喪服の男女がたむろしていた。

自動ドアをくぐると、広い円形のホール。丸天井には三角の天窓。そこから幾筋もの光が差し込み、床にまだらを作っている。

光線のただ中に車椅子を止めた。

左手にガラス戸で仕切られた焼き場があり、右手には待合室。待合室の中は人が溢《あふ》れていた。幾人かが、興味ありげな視線を送ってくる。

間に合わなかった。能見は焼き場に視線を投げ、軽く唇を噛《か》んだ。

待合室から有働達子《うどうたつこ》が出てきた。髪をひっつめにした色の白い小柄な婦人。戸口で立ち止まり、微かに頭を下げた。

きてはいけない。能見は肘置《ひじお》きに置いた手で、そっと合図をした。

仕草の意味を理解した顔つきの彼女だが、近づいてきた。

「きて頂いてありがとう。あの人も喜んでいると思います」彼女はふっと笑みをこぼした。

「気にすることはありません。主人とあなたが友人だったのは、隠す必要もない事実でしょう」

ヘアカラーでブラウンに染め上げたと覚しき髪の毛が、艶《つや》やかに光る。気落ちは感じられず、静かな諦《あきら》めを漂わせている。

「最後に一目、と思ってきたんですが……」

中年の男が近づいてきて、達子の耳もとに口を寄せた。男の囁《ささや》きを受けた達子が言った。

「息子の裕輔《ゆうすけ》です。こちらは、以前お父さんの部下だった能見さんよ」

彼はその説明を信じ、丁寧に足労の礼を述べて去っていった。

達子は能見の脚に視線を落としてから、問いを込めた視線を向けてきた。

能見は薄い笑みで諦観《ていかん》を表した。

「そう……」達子の目が、ガラス戸の奥の焼き場に向かった。「どっちだと思う？　主人は五年前には死んでいたのか、ついこの間死んだのか」

「……」

「そんなことばかり考えてしまって。なんの意味もないのにね……さ、お酒を飲んでいってください。押しましょう」

背後に回りかけた達子を、能見はやんわり制した。「結構です。もう失礼します」

「三年振りに会ったというのに。ゆっくりしていらっしゃい」

「幾つか所用があるので」

「どんな？」

「昔馴染《むかしなじ》みに会います」

「ほかには？」

小さな光の粒が目の前に漂ってきた。能見は銀色に輝く小さな羽虫を、優しく吹き飛ばした。

それだけ？　達子の声が降ってくる。能見は達子を見上げた。天から差す光を背に、達子は浮かび上がって見えた。光に目が眩《くら》み、視線を逸《そ》らした。

「奥さんにはほんとうにお世話になった。ありがとうございました」

「確かに、お世話しました」

二人は儚《はかな》く笑った。図ったわけでなく、二人の視線は同時に焼き場へ向かう。笑みはゆっくりと消えていった。

能見は訊《き》いた。これからどうするんですか。達子は、大阪に暮らす息子夫婦と同居することになった、と語った。

「能見さんはこれから？」

一瞬、二人の視線が合った。能見は視線を外した。

「死ぬまで生きていければ満足です」

能見は焼き場へ向かって手を合わせ、黙禱《もくとう》を捧《ささ》げた。祈りを済ませ、達子と改めて向かい合った。

「失礼します。今までありがとうございました」

能見は頭を下げた。

「でももうすぐお骨が――」

頭を上げた能見は、達子の背後、壁に背を預けている男と目が合った。六十がらみ、地黒で眼鏡をかけた恰幅《かっぷく》のいい男。男は眉《まゆ》を微かに上げ、問いを放った。

能見はほんの僅《わず》か、首を振った。

達子が二人の視線に気づいた。「森田先生ともお話ししなさいな。久しぶりでしょう」

「縁は切れました」

達子が森田と呼んだ男は、ポケットにかけていた手の人差し指をゆっくりと振った。

能見は車椅子の肘置きを撫《な》でるような仕草で、礼を返した。

一瞬、森田の視線に力がこもった。

いけよ早く。能見はそっと顎《あご》を振った。

森田は再び微かに目礼し、待合室の奥へ消えた。

「能見さん、お骨拾いをぜひ――」

「いや、ここで」

「そうですか……」

達子は能見の前にしゃがみ、手を差し出した。能見はその痩《や》せた手を握った。

「お元気で」

「あなたも」

能見は達子の介助の申し出を断り、体を反転させた。

「能見さん」

能見は肩ごしに振り返った。

「ほんとうに、その必要があるの？」

能見は何も答えず、去った。

韮崎《にらさき》と野村の二人の呼びかけに応じ、三人の男が集まった。ありがたいことに、中には車できた者もいた。

「協力感謝する。彼を――」遠ざかり、木立に隠れかかっている能見の背中を指し示した。「追う。五年前のある事件の重要証人と思われる男だ」

「韮崎警視、もしかして――」男の一人が火葬場に目を向けた。「やはり有働警視の事故死には不審が？」

韮崎は彼にきつい視線を当てた。「どういう意味だ？」

「それは、そういう噂が……」男はばつが悪そうに目を伏せた。

韮崎は話を打ち切った。「とりかかろう」

能見亮司の尾行が始まった。能見は車できていた。車一台、タクシー一台、連絡は携帯電話。この態勢で、彼らは能見のBMWを追い始めた。

「いいんですか、このまま行かせて」車内、韮崎とともに人集めをした野村が囁いた。「引っ張らないんですか」

「今突っ込んでも、奴の口は開かない」

「秋葉《あきば》辰雄《たつお》の右腕だったし、絶対何か知ってます。有働警視や秋葉たちがだれに消されたのか

「知らないかも知れない。その場合、面倒なことになる」

「面倒？」

「彼を煽《あお》ることになってはな」

「煽る」野村は笑った。「奴に何が？　仲間は散り散りだし、手を貸す奴なんかだれもいません」

　後続していたタクシーから、信号に阻まれて追えなくなったと連絡が入った。

「奴はしかし、街に戻るかな」

「このまま消えてしまうと？」

「奴のお喋《しゃべ》りを煙たがる者もいるだろう」

「それならそれで結構。我々にも取っ掛かりができるってもんじゃないですか」

「手厳しいな」

「かつては有働警視の協力者だったとしても、同情することはありません。あの車椅子は、奴への報いですよ」

「――」

二

「ついてねえな……」

だれかの呟《つぶや》き。また雨だ。

別荘地の中で、より山奥にある豪奢《ごうしゃ》な一角。経営コンサルタント渡部《わたなべ》勝彦は、敷地の外れにある木立と金網に囲まれたテニスコートで見つかった。金網に縛られた状態だった。行き交う男女の着る荒天用ジャケットの背中には、長野県警のロゴ。

「よし。ホトケさんを運び出してくれ」

検死官が指示を出した。渡部の遺体が担架に載せられ運ばれていく。検死官はあとに続いた。

「ちょっといいか」

コートの外に出たところで声をかけられた。振り向いた彼の目に、長身で白い顔をした男が入った。

「何か」

「遺体の、ざっとした状況を聞いておきたい」

「それはいいが……見ない顔だな」

男は身分証を提示した。

「南城《なんじょう》さんね。しかしなぜ、わざわざ東京から」

「あんたが知る必要はない」

見下ろされ、かつ断言され、検死官は眉をひそめた。

「まあ、そうかも知れないがね」

「彼はどう死んだ」

検死官は気を取り直し、説明を始めた。「死亡推定時刻は一昨日以前。詳しいことはここでは分からない。顔面は殴打され、鼻、顎、前歯四本を骨折。右手首も骨折。遺体は縛られていたが、そのための骨折ではないようだ。何か非常に強度のある、例えば細いワイヤーとかピアノ線とか、そういうものできつく捻《ねじ》られたための骨折だと思う。直接の死因は銃創だ」

「どこを撃たれた」

「目」

「どっちの」

「両方」

「なぜ」

「なぜ？」

「もう一発は不要だ」

「ホシには必要だったんだろうよ。拷問されて殺された……多分、怨恨《えんこん》だな」

「推測を頼んだか？　もういい」

男は言い捨て、立ち去った。

通りかかった刑事課長補佐が、声をかけてきた。「雨で痕跡《こんせき》が洗われちまった。何も出そうにない」

「なんだあの態度は」検死官は遠ざかる男の背中を睨《にら》んでいた。

「ああいう奴らはそんなもんさ」

「なんで東京の公安が出てくる？　アレと――」検死官は担架が収まったばかりのバンに顎をしゃくった。「関係ありか」

「あんたは気にせんでいい」

「どいつもこいつも……」

課長補佐は鼻で笑った。「おれもよく知らん。あのホトケさん、公安の〝S〟だったとか。他言無用だぞ」

「……民間協力者か。そんなのが消されりゃ、駆けつけないわけにはいかんか」

南城は道を戻っていた。渡部が贅《ぜい》の限りを尽くして建てた、北欧風別荘の尖《とが》った屋根が目に入った。深い森の中、建物は完全に孤立している。

南城は唇を嘲笑《ちょうしょう》に歪《ゆが》ませた。

――自分で大枚はたいて……。

自分の墓標を作り上げた、と言えなくもない。

車に戻った南城は公安用リンクを使わず、私物の携帯電話を使った。

「南城です。渡部、拷問を加えられてます……口を割ったと考えておいたほうがいいでしょう――」

電話を終えた南城は、イグニッションを捻《ひね》りながら呟いた。

「ビビってんじゃないよ、じいさん」

ワイパーを滑らせて雨粒をぬぐい、車を出した。砂利の軋《きし》みが体へと伝い登ってくる。

幾らも進まないうちに携帯電話が着信を知らせた。車を進ませながら相手の話を聞き、最後に一言だけ言った。

「張れ」

話を終えた南城は、車の速度を上げた。口元に、うっすらと笑み。

「期待を裏切らない奴だ」

あとにこうつけ加えた。お帰り。

冬枯れた森のトンネルの中、さらにアクセルを踏み込んだ。

三

「あっ」男が声を上げて能見を見下ろした。

能見は車椅子を止め、彼を見上げた。

男は目を逸《そ》らし足早に去った。歩き煙草をしていた男の煙草が、肩に当たったのだった。人の多い街中ではよくあることだ。能見は喪服についた白い灰を払った。こんなことでいちいち気を荒くしていては、この体ではやっていけない。腹が立たない、という意味ではないが。

裏通りに入っていく。寺の脇を進んでいくとやがて、四つ角に面したカフェが見えてきた。特に目立つ看板はない。格子のはまった窓から、柔らかい明かりが漏れてくる。店は、五年前と変わらない姿でそこにあった。

陽のあるうちは喫茶店、陽が落ちるとショットバー、終夜営業。あのころの能見たちには便利な店だった。

能見は大きなドアの前で止まった。

――話は済んだ……。

秋葉辰雄の声が蘇《よみがえ》る。五年前、あの夜。

――リョウジ、加治《かじ》の店にいって飲もう。

歩きだした秋葉は振り返り、能見へ笑みを送った。潮風が秋葉の髪を乱した。

あの夜、何もなければここにきていた。秋葉も能見も、いつもと変わらない夜を過ごすはずだった。

「能見？　能見か」

気づくとドアが開いていて、巨体が顔を出していた。

「久しぶり」

「久しぶりはいいが」加治の目が笑みを含んだ。「お前、そりゃなんの真似だ」

加治の店は目黒駅近く、小さな寺のそばにある。奥行きがあり、柔らかい照明が溢《あふ》れ、天井に赤茶けた太い梁《はり》が剝《む》き出しになっている静かな店。

能見はテーブル席につき、加治はその向かいに腰を下ろした。以前より禿《は》げが進んでいる。しかし、欧米人なみの卵型の頭部を持つ加治に、禿げは容貌《ようぼう》の負になっていない。

「それ、なんのための偽装だ」

「厭味《いやみ》か」

「何を飲む」

「水」

「厭味か……もう陽は暮れた。ウィスキーを出そう」

加治はカウンターの中に入っていった。

白だった壁がベージュに変わっているほか、目立った変化はない。車好きの加治が集めたミニカーの数々も、以前のまま。

グラスを持って戻った加治に訊《き》いてみると、加治はこう答えた。

「壁は塗り直したんじゃない。ヤニで染まっただけだ……お前、なんで喪服なんだ」

「おっちゃん」

「逝《い》っちまったか……おれとはあまり馴染《なじ》みがなかったが、楽しい酒を飲む人だった」

これまでのこと、体のことなど、加治は幾つかの質問を放ったが、能見ははぐらかし、かつての仲間の様子を尋ねた。加治はかつての仲間たちがどうしているか語っていった。それぞれの五年。

「それとな、東野《ひがしの》だが……」

言い淀《よど》んだ加治を、能見は表情の動きで促した。

「みっちゃんと一緒にいる」

仲間の中で一番の新参者、秋葉や能見の尻《しり》を追いかけて歩いていた若造。それが東野。

「二年ほど前、二人でレストランを始めた。一緒に暮らし始めたのはつい最近」

能見はグラスの中の氷を見つめた。「まあ……いいさ」

「そりゃ、突然秋葉に死なれてみっちゃんもたいへんだったろう」

「東野か」

「何」

「東野が手を出したのか」

「おい――」加治は外していた視線を戻した。「東野の名誉のために言うが、あいつは純粋に、秋葉の奥さんを助けるつもりで手を貸した。秋葉に恩を返すつもりで」

能見はグラスの中に、おぼつかない笑みを落とした。

「時が経つうちに恋愛感情が生まれた。よくある話だろ。そりゃ、東野は以前からみっちゃんに憧《あこが》れてたようだが、それは悪いことじゃねえ。さんざ努力して尽くしたんだ。同居するまでにも長い時間が――」

「もういい」

「だいたいお前はなんだ。連絡ひとつよこさないで」

「事情があった」

「だからな」加治は身を乗り出した。「あの二人にも事情があったのさ。ふらっと帰ってきて勝手抜かすな」

能見は手のひらをかざし、意思を伝えた。

新手の客が入ってきて、加治は能見のそばを離れた。能見は頬杖《ほおづえ》をつき、グラスを揺すった。氷が乾いた音を立てた。

「能見さん」

厨房《ちゆうぼう》から若い男が出てきていた。

「加治さんもお前も変わりない」

「逃げずに頑張ってます」ノブは薄い笑みを浮かべ、加治をちらっと見た。「マスターはでも、変わったでしょ」

「そうだな、だいぶ……」

ノブが引き取った。「気が長くなった」

二人は笑みを交わした。昔、加治はすぐに拳《こぶし》を出す男だった。今、打ち込んでくるのは言葉だけだ。

——こいつとおれは古くてな。

初めてここに連れてこられたとき、秋葉はそう紹介した。

——女にせがまれて足を洗った……その女にはすぐに逃げられたけどな。

「……だったんですね。おれはそう思ってました」

ノブが話していた。

「なんだって」

「だから変な噂を流す奴が——」

「ノブ！」加治の声が飛んだ。「あとにしろ。注文出てるぞ」

ノブは頭を下げ、持ち場に戻っていった。

加治が一通り仕事を終えて戻ってきた。

「噂、話せよ」

「噂？」

「変な噂、とかいうやつ」

加治は厨房のドアへ視線を走らせた。「ノブか」

能見は頷《うなず》いた。

「たいしたことじゃない」

「なら聞かせてくれ」

たいしたことじゃない。加治はもう一度言い、視線を逸《そ》らし逡巡《しゅんじゅん》した。

能見は見据え、黙って言葉を待ち続けた。

加治は溜《た》め息を漏らした。「気を悪くするなよ……おれたちはあの夜、何があったかまったく分からなかった。状況が分からないのをいいことに、変な推測をする奴が出たってことだ。あの当時、お前は単独のヤマでヤクの仕事をしようとしてた、そう言う奴がいてな」

能見は頷き、先を促した。

「秋葉はヤクを毛嫌いしてただろ。そのことで秋葉とぶつかったんじゃないかって……つまり、お前が秋葉を……」加治はさらに声をひそめた。「お前を探して、中国人がここにもきた。お前が消えたすぐあと、山ん中に隠してあったモルヒネがごっそり消えちまったって、そいつらが言って回ってる。中国人がらみのヤク仕事をしたってのは、本当なのか」

「しようとして、やめた」

「お前がヤク仕事をか」

「いじって覚醒剤《かくせいざい》を作ろうとしたわけじゃない。ただの、医薬品の横流しだった」

だが、秋葉に言われてやめると決めた。能見はそうつけ加えた。

「そのなりは？　いい加減話せよ」

「撃たれた」

一瞬息をつめた加治の目が、限りなく細くなっていく。「……だれに」

能見は首を横に振った。

「分からん？……場所は？」

「城南島」

「そうだったか」加治はすっと瞼《まぶた》を閉じた。「お前、秋葉と一緒のところを襲われた……そうなんだな」

能見は頷き、遠くへ視線を飛ばした。

すいません。客から声がかかった。加治は何か低く毒づき、渋々席を立っていった。

遠鳴り。砂利ダンプの轟音が、能見へ迫ってくる。

一瞬、聞き慣れたあの轟音が能見の耳に蘇《よみがえ》った。頭上すぐを通過していくジェットエンジンの咆哮《ほうこう》。

五年前、十月。あの日は、月のない暗い夜だった。巨大な旅客機が頭上を過ぎて、沖合の羽田空港へと滑り降りていく。

――あんなでかいもんを操縦するってのは、気分のいいもんだろうな。

蘇る秋葉辰雄の声。秋葉は、乗り物と呼べるものならなんでも好きな男だった。特に空を飛ぶものが好きだった。羽田の滑走路沖合に位置する公園は秋葉のお気に入りで、能見は秋葉に付き合ってよくその公園にいった。

あの夜も、離着陸する旅客機を眺めていた。

間近に迫ったヤマの話、女の話、その他。中には、能見が独自に進めていたモルヒネ取引に関する叱責《しっせき》も含まれていた。

秋葉の能見への叱責は、軽いもので済んだ。

——話は済んだ……リョウジ、加治の店にいって飲もう。


「城南島の公園か……」

いつの間にか、加治が戻っていた。あいつは飛行機マニアだったからな。

「でも、車の趣味は悪かった」

「シトロエンがそんなに悪いってのか」

「おれに言わせればそうだって話」

二人は薄く笑った。

状況を知りたがった加治に能見は、海へ飛び込み泳いで逃げた、と語った。

「今は話せないこともある」

そう言い、詳細の説明は避けた。加治は能見を睨《にら》んでいたが、やがて、ふっと気を抜いた。

「分かった……そのうちな」

加治は能見のグラスを持ち去り、また満たして戻ってきた。

「あの子たちにはもう会ったのか」

グラスを受け取ろうとした能見の手が、ほんの僅《わず》か狂った。加治の顔を窺《うかが》う。加治にはばれなかったようだ。

「あいつら、ここに通っていたんだ」

能見はグラスを傾け、手にしたグラスをじっと見つめた。

飛びついてくる二人の姿が蘇った。笑顔が蘇った。そして、泣き顔も。幼い顔を歪《ゆが》ませ泣いて窮状を訴える顔が、腕に押し付けられた煙草の火のあとが、頬や目元を染める青黒い痣《あざ》が蘇ってきた。痣の上を伝い落ちる、涙の粒も。

「……会うんだろう?」

ごまかしの笑みを浮かべ、能見はグラスを振った。

「会ってやれ」眉《まゆ》に屈託が含まれた。「あいつは相変わらずだと」

あの男の顔が、脳裏を過《よぎ》った。

「二人とも、お前が帰ってきてまた前みたいにやってくれるのを心待ちにしてる」

能見は自分の脚を見下ろした。何か言おうとしてみたが、結局やめた。今何か言うと、憐憫《れんびん》が交じるかも知れない。自分への憐憫が。

勘定を頼んだが、加治はそれを拒否した。今日は奢《おご》りだという。能見はこのすぐ近くに部屋を借りたと話し、自分の携帯電話の番号を教えた。

「何も手伝わなくていい、カウンターに戻ってくれ」

能見はハンドリムを手でしごき始めた。滑らかな動きでテーブルを離れると、ドアに向かう。

加治は背後に立ったまま、見送っている。

能見は途中で止まり、バックで加治のそばに戻った。能見は体を反転し、向かい合って見上げた。

「なんだ」

能見は視線を外した。

「なんだよ」

「秋葉さんから、連絡がこなかったかと思っていたが……」

「おい」加治は怪訝《けげん》な目をして、能見の前にしゃがみ込んだ。

「おれは——」声をひそめた。「秋葉さんを探してる」

「何を……言ってんだ」

「おれを助けたのが秋葉さんだ」

「馬鹿なこと言うな」加治の口調は限りなく優しげだった。「秋葉は死んだ……そんなこと言ってどうした。頭も撃たれたのか」

「腰を撃たれて脚が利かなくなったおれを、秋葉さんが助けてくれた。おれのめんどうを見て、そのあと、消えた」

「いいか——」

「秋葉さんの葬式には出たのか」

「出た」加治の表情が僅かに明るくなった。「いいか、おれはあのとき確かに、この目で秋葉の遺体を見た。だからな、秋葉は死んだ、もういない」

「そりゃ……身代わりだ」

「……まさか」

イカれちゃいない、心配無用だ。能見は言い、加治から離れた。

「待て能見——」

能見は肩越しに言った。「話せるところまでは話した」

思った通り、加治は動きを止めた。

四

陽が沈もうとしていた。

多摩《たま》川を挟んだ対岸には川崎の工場地帯。朱色の空が浮き立たせる地平線は、四角や三角の屋根、煙突の林に切り刻まれている。逆に目を転ずれば、平らな地平の広がり。羽田空港の広大な敷地だ。旅客機が飛び立っていったが、新田充《にったみつる》がいる河口の突端にはなんの騒音も届いてこない。空港の沖合拡張事業が本格化してのち、羽田の街の騒音は激減した。

「おーい、充」堤防の外に降りていた友達の茂晴《しげはる》が声をかけた。釣竿《つりざお》を担いだ茂晴は、干潮で僅かに顔を覗《のぞ》かせている砂地に足跡を残しつつ近寄り、堤防に腰掛けている充を見上げた。

「なんも釣れない。今日はおしまいにしよう」

「ああ」

「ぼーっとして」茂晴は粗末な鉄の階段を上がってきて、充の隣に腰を下ろした。「また〝オウチに帰りたくない病〟か。おれんとこに泊まる?」

「今日はいいや。そんなにしょっちゅうじゃ」

「気にすんなって」

今度あそこに行こうぜ。充はそんな茂晴のお喋《しゃべ》りを聞き流していた。

充の願いを聞くことなく、太陽は今日も沈む。勉強もそんなに好きじゃないし、運動も得意じゃない。だが、学校は充にとって安息の場だった。朝がくれば家を出られる。昼は学校にいられる。

この五年、ほんとうにうれしい気持ちで夕焼けを見つめたことは、一度もない。夜がきたら、家に戻らなければならない。

充は言った。「グレちゃおうか。家になんか寄りつかない。友達のところを泊まり歩いて、ゲーセンに入り浸る」

「金、なくなったらどうする」

「カツアゲ」

「お前はどっちかって言うと、カツアゲされるほうだよ」声を上げて笑う。笑みを消した茂晴は釣り糸を垂らし、砂地に転がっているごみにちょっかいを出した。「……お前にゃ無理だよ」

「分かってるよ、そんなの……」

「あいつ、ダンプカーにでも潰《つぶ》されりゃいいな」

「頭をぐしゃっと」

「そう」

茂晴は笑った。いつも二人で、こんなやり取りを繰り返している。頭上から鉢植えが、マンホールに落ちて。ある日突然自殺する気になって、というのもあったし、煙草が原因でガンで死ぬなどという気の長い案もあった。ささやかな気晴らし。茂晴は、ただの暇つぶしの話題と捕らえているようだ。

このごろよく同じ夢を見る。夢の中ではいつも、充はあいつを殺す。そのあと、晴れやかな気持ちに捕らわれる。直後、母と姉の姿がないことに気づく。いないと気づいてみるとそこは、汚い独房の中。その独房のある区画はしょっちゅう暴動なんかが起きていて、火のついた紙吹雪が舞っていたりする。筋肉の盛り上がった犯罪者が大勢いて、そうそう、いつか映画で見たように、ひ弱な男の尻《しり》の穴を狙っているのだ。脚を踏ん張り両腕を広げ大の字を作る。体を震わせ、充は立ち上がった。

充の全身が朱に染まった。

「お前さ」茂晴が立ち上がった。「ときどきそれやるけど、なんの意味があんの」

充は長い深呼吸をしながら答えた。「消毒」

「何それ」

「おい、お前ら中学生か」

二人は振り向いた。高校生らしき少年が三人、背後に立っていた。

「釣りだな。漁業チケットは買ったのか」

「だって遊びで釣りしてただけだよ、だけです……だからそんなもの――」

「ここはチケット買わなくちゃ駄目なんだよ。一人千円だ。出せ」

充は茂晴と顔を見合わせた。

「ちょっと待ってください」茂晴はこっそり目配せした。「お前、幾ら持ってる」

茂晴が顔を寄せてきた。

――いくぞ……。

いきなり茂晴が走りだした。充はあわてて後を追った。

怒号が背中を打った。二人は一心に駆け、自転車まで辿《たど》り着くと飛び乗った。茂晴は一瞬で鍵《かぎ》を解き走りだしたが、充は手間取った。手間取っているうちに、追っ手の一人に肩を摑《つか》まれた。

「待て」

そのとき、鍵が外れた。充は肩を摑んだ少年の腕に爪を立てた。

「いて！」

手が離れた。遠くで、茂晴が自転車を漕《こ》ぎながら振り返っていた。

「置いてくなよ――」充はあとも見ずに漕いだ。ばたばたと足音が迫ってくる。なんだか、お尻の穴がむずむずしてきた。やっぱり、刑務所にも鑑別所にも入りたくない。


道の向こうから二人の子供が自転車で走ってきた。新田梢《こずえ》は足を止めた。

「ちょっと充――」

「姉ちゃん！」

充は焦った顔に歪《ゆが》んだ笑みを浮かべ、走り去った。

背中を見送った梢が顔を戻すと、また自転車が疾走してきた。今度は高校生のグループ。彼らは怒号を上げながら走り去った。

「馬鹿」梢は呟《つぶや》き、家への道を歩き始めた。

かつては羽田猟師町と呼ばれ、海猟師が暮らした町。空港建設に伴う漁業権放棄で、漁業はすっかり廃れた。昔は漁師だったという家が少なくない。路地の突き当たりの小さな家。波形トタンでできた塀は塗装がすっかり剝《は》げていて元の色も判別できない。周りの家々と比べても、一段も二段も見劣りする。

母は帰宅していた。

「父さんは」

「まだ帰ってないよ」

暗い階段を上り、自分の部屋へ。入ってすぐ、襖《ふすま》に取り付けたカンヌキをかけた。

中央にカーテンを引き、部屋を二つに区切ってある。一方に梢、一方には充のベッド。姉弟二人の寝室。二階には部屋が二つ。両親の寝室は一階にあるので、姉と弟、一部屋ずつ使えるはずだった。

一年ほど前、梢は充に、それまで別々だった部屋を一緒にしようと持ちかけた。充は嫌がったが、強引に部屋を一つにまとめてしまった。以来、一方の部屋を寝室、もう一方を勉強部屋、というふうに使い分けている。

梢は着替えを始めた。下着姿になったとき、ショートヘアの髪の毛を引っ張って鼻に当てた。次に、腕や腋《わき》の下に鼻を押し付けた。やはり、自分では自分の体臭というものは分からないものか。今日も、クラスメートが囁《ささや》きながら過ぎていった。

——……臭い。

体が臭う。これは致命的なものだった。

着替えを終えてベッドに腰を下ろすと、投げ出しておいたカバンからＰＨＳを取り出した。

苦しい暮らしの中で、たいへんとは知りながら母に無理を言って買ってもらった。この時代、中学三年にもなるとこれを持っていないとやっていけない、はずだった。クラスの中で孤立している梢は、電話をかける相手もかかってくる相手もいない。

梢は記憶にある番号を押した。今ではすっかり廃れたポケットベル。応答メッセージが流れてきた。まだ、解約されていない。

もう何百回かけたか分からない同じ相手へ、メッセージを送った。

――どこにいますか、電話待っています。梢。

この五年、返信は一度もない。

姉弟のうち梢が連絡役となり、たびたびメッセージを送った。あのころは、必ず応《こた》えが返ってきた。

「ねえ梢」母が襖の向こうにきた。「先にお風呂《ふろ》入っちゃう？」

「まだいい」

「ねえ梢、たまには一緒に入る？」

「何言い出すの。やだよ」

「だって梢、あんまり風呂に入らないじゃない。実は今日、木下さんのお母さんと話したんだ。ほら、パート一緒だから。でね、あんたが学校で――」

「嫌いなの、体濡《ぬ》らすのやなの」

「分からないこと言わないの。女の子なんだから、身だしなみには気をつけないと駄目でしょ。学校でみんなから――」

「分かった。今日は入るから。だからもういってってば」

母の気配が消えた。

——あと四ヵ月。

中学を卒業できる。家を出るちゃんとした口実が得られたら、寮のある学校か職場に出ていく。進路指導では就職の話を進めたが、母の強硬な反対にあって頓挫《とんざ》している。寮制の高校に進むという手もあるが、あまり乗り気ではない。できれば、すぐに自立したい。梢の進路は十一月が終わりかけている今も、宙に浮いたままだ。

今は我慢だ。

——あいつに母さんを人質に取られている間は……。

充や梢がしたことは、すべて母へ跳ね返る。母は、黙ってそれに耐える。義務教育修了という大義名分があれば、母の身の安全を保ったまま家を出られるのではないか。母を捨てていくことになる。そのことに呵責《かしゃく》を感じないわけではない。だが母も、娘に対して呵責を感じるべきではないだろうか。

——お前の母さんは優しすぎるんだ。

あの人の言葉。そのときのあの人の表情は、批判半分称賛半分だったように記憶している。なぜ母は、人の悪い面を見ようとしないのか。自分の持つ家庭への理想がいつからか、強迫観念に変わった。梢はそう判断している。

母が馬鹿みたいに善良なのはいい。だが、その善良さに際限がなさ過ぎるのだ。

充と一緒の部屋にいること、南京錠、不潔な体。この一年、梢はこれで自分の体を守っている。

五

「右、そこ右折」

「はい」

桜田はハンドルを切り、監視対象者の乗る車両と同じ角を右折した。

「この道筋だと、奴は家に帰るぞ」

「〝庭番〟に連絡を――」

「言われなくたってする」助手席のウキタが刺すように返し、無線のマイクを手にした。「マルサンより庭番、どうぞ」

《こちら庭番、マルサンどうぞ》

「現在、〝蛙〟は東町三丁目を自宅方向へ向かって走行中――」

桜田はウキタの報告を聞き流しながら、運転を続けていた。恐らく偽名であろう同僚ウキタとは、あまり馬が合わない。だがなぜか、しょっちゅう一緒にさせられる。ふんぞり返るのが好きな、人の助言を自分への反抗と捕らえるこいつと。

「おい、ハシノ。急げよ」

桜田はごく当たり前に答えた。「尾行中に無理ですよ」

「んなこた、分かってる」

桜田はウキタの横顔に視線を走らせた。その顔に皮肉が浮かんでいる。冗談なのか本気なのか。

「単独追跡なんですから、追い越すわけにはいきませんよ」

「当たり前だろ、バカ」

このふとっちょは気にせず、運転に集中することに決めた。

名は偽名、呼び出されたときだけ合流、何が目的か分からない仕事。この繰り返しだけでは、同志的感情を持つのは難しい。

今、ある男の尾行監視をしているが、なぜ対象者が監視を受けなければならないのか、桜田は知らない。

「蛙は自宅到着。蛇が出迎えている模様。マルサン、通過する」

《了解、パークＣへいけ。あとは引き受けた》

ウキタがにやにやしながら言う。「なんで旦那《だんな》が蛙で女房が蛇なんだ？　夫婦の力関係か」

尾行対象者の自宅前を通過。角を二つ曲がりコインパーキングへ。奥にワンボックスカーが一台。桜田はその横に車を停めた。

バンの助手席の窓が下がり始めたのを見て、桜田もそれに倣った。

「交替だ」

「申し送りは――」

「いらないから早くいけ」なぜか憮然《ぶぜん》としている。

身を固くしつつ目礼を済ませた桜田は、車をゲートに進めた。ウキタがにやつきながら、桜田の肩を叩《たた》いた。

「嫌われたもんだな」

「クマダさんでしたね。組んだことも、ろくに話したこともないのに」

「理由なんか簡単。お前が若くて新入りだからだ」

「理不尽です」

「覚えておきな。若い新入りは、馬鹿で無能で礼儀知らずで足手まといに見えるもんだ」

反論しかけたとき、桜田の携帯電話が鳴った。

《こっちに向かってるか》

「はい」

《着いたらおれのところにこい》

電話が切れた。

「室長か」

「呼び出しです」

ウキタはまたにやつく。「最近なんかヘマしたか」

「してないです」小さな溜《た》め息をついた。「……そのはずです」

「この分室の性質は分かっていると思う」

南城が室長室のデスクについている。桜田はその前に直立していた。

「ストレスが溜まるだろう」

「ストレスが溜まらない仕事などありません」

「そうだな」南城はその筋張った四角い顔に笑みを浮かべた。「何も知らされずにただ動かされるだけ。これではストレスが溜まる。だが、お前はお前の仕事を信じていい」

南城は片方の眉《まゆ》をちらっと上げた。

「あの失礼ですが……」

桜田は僅《わず》かに俯《うつむ》いて、デスクの上に組まれた南城の手を見つめた。桜田は南城の切れ長の瞼《まぶた》、その奥の揺るがない瞳《ひとみ》を直視するのが苦痛だった。南城の職責はそれ自体、桜田に充分畏怖《いふ》を与える。南城の瞳は、桜田が見たことのないものをすべて見てきたかのようだ。

お前はどうなんだ、と問いかけられている気持ちになる。

「何か手落ちがあったなら――」

「違う」南城は背もたれに背を預けた。「どうもお前は、ほかのとうまくいっていないようだな」

「それは……でも、わたしにも理由が分かりません」

「職務への忠誠が言動に強く出過ぎるとそいつを、ベテランという奴らは嫌う傾向にある。忠誠の度合いは同じでもな。それを別の言葉で、青臭いとも言う。臭いのは、だれでも嫌いだ」

「……はい」

「それ自体は悪いことではないが。今のはちょっとした処世のアドバイスだ。仲間うちの愚痴話ぐらいには、気軽に付き合え」

ドアが開き、背の低い太った男が入ってきた。

「よし、始めろ……きみは桜田とか言ったな」

「今日はいつもと事情が違う。混み入っているからな」

南城が桜田を見つめた。桜田はまた、耐えられずに視線を逸《そ》らした。滝神《たきがみ》管理官は視線を泳がせ、煙草を吹かし続けている。

「背景の説明をする……お前は四年前に財団法人の薬物乱用防止啓蒙《けいもう》センターに配属された。そのときの説明を覚えているな」

「わたしは有働警視人脈の監視のために配属されました」

「彼は事故偽装されて消された。彼がしていたことは知っているな。公益法人のセンターに現職の捜査員は不要だった。その活動の過程で、密売組織に関する情報を得ることが少なかったため、連絡員として数名の現職警官が派遣されるようになった。センターに派遣された有働は、自分の人脈を組織し独自の情報網を作り上げた……民間協力者で構成された私設部隊」

滝神が口を挟んだ。「黙認などすべきではなかったのだ」

「確かに刑事部では黙認していた……五年前、有働警視は地下組織の端緒を摑《つか》んだ。正確に言うと、摑んだと思われる。彼は自分が抱える民間人から数人を選び、探りを入れるよう指示した……結果、有働が事故により昏睡《こんすい》、民間人の数名が死亡、あるいは行方不明となった。

対象組織が仕掛けたものと考えていい。そのあとしばらくしてお前はセンターに配属され、有働人脈の残党の動きを探った。だれかが再び有働人脈を立ち上げないか、有働の死に関して秘匿された情報がないか……ここからがお前の仕事に関する話だ」

一枚の写真が桜田の目の前に提示された。望遠で捕らえた隠し撮りらしい写真。

「有働の古くからの友人で、私設部隊のメンバーだった秋葉辰雄という男がいる。腕のいい常習犯罪者だったが、彼も五年前に消された。写真の男は、秋葉の右腕だった男で、同じく有働の協力者だった」

斜め前から撮られた写真。目はどこか遠くを見ている。やや彫りが深い顔。厚めの唇は一文字に引き結ばれている。

「能見亮司。有働が掴んだことを知っているかも知れない」

「わたしは何を」

「こいつがこの五年、どこでだれの助けを借りてどう生きてきたのか、すべて探り出せ」

「あの桜田とかいう男、大丈夫か」

「地道な追跡ならそこそこ」

「渡部の件は」

「遺留品は手を縛っていたビニール紐《ひも》のみ。足跡など痕跡《こんせき》なし。目撃者なし」

「渡部は我々についてどこまで他人に説明できたかな」

「ほぼすべて、でしょう」

「存続が危うくなる」

「そうなったらまた、新しく作りゃいい」

「簡単に言うな……能見をどうする」

「しばらく様子見で……頭の中身はともかく、奴の体は限りなく無害になりました」

「刑事部の韮崎も能見に目をつけたそうじゃないか」

「奴は……能見は韮崎には口を開かないでしょう」

「なぜ断言できる」

「勘です」

「勘だ？」

「警察の手を借りようとはしないでしょう……彼の生まれ育ち、性格、嗜好《しこう》……わたしは能見をよく知ってます。語り合ったことはありませんが」

六

——ライト回りが気にいらん。顔がダサい。

能見は、秋葉の愛車シトロエンをそう言った。秋葉はこう返した。

——お前の美意識があか抜けてないんだ。

そのころの能見は、ジャガーを好んで乗り回していた。

原宿と渋谷の中間辺りの明治通り沿い。能見の車を、ライトブルーのシトロエンが追い抜いていった。

今の車は五年落ちのＢＭＷ。右ハンドル、２ドアフルオープンタイプの四人乗り。車椅子の出し入れが楽だろうと考え、オープンを選んだ。普段は、雨の日と駐車するとき以外、幌を上げたまま走っている。

両手だけで操作できるように改造が加えられている。左ももの横辺りにレバーが突き立っており、前に倒すとアクセルオン、手前に引くとブレーキがかかる。グリップの部分にウィンカーとクラクションのスイッチがあり、ライトやワイパーは既製のものをそのまま使う。左手でレバーを操作し、右手はハンドルの操作に専念する。

操作部分の改造はボルトオンタイプの取り付け型で、大した金額はかからない。能見の場合は工賃込みで二十万ほどだった。知り合いのくず鉄屋に無理を言って作ってもらった。素人仕事ながら、今のところ完璧《かんぺき》に機能している。ほかに改造というと、四点支持シートベルトをつけているくらいのもの。腹筋と背筋の機能の大部分は回復しているため、体幹の維持に支障はないが、踏ん張りがきかないためカーブ時のGはきつい。そのためのものだ。

ガイドで調べておいた駐車場に着いた。管理人が常駐している地下駐車場で、身障者用スペースを完備してある。車の乗り降りでは、ドアを大きく開けて車椅子の出し入れをする必要がある。能見のような者には、普通サイズの駐車場では横幅が足りない。

後部座席に置いた車椅子を持ち上げ、自分の胸の前を通し、外に出して形を整え乗り換えた。初めのころ十五分かかったこの乗り換えも、今では一分ほどでこなせる。

ハンドリムを手で漕《こ》いで、でこぼこだらけの歩道を進んでいく。

街の造りについて、言う気になれば文句はいろいろあるが、主張する気はない。ただ対応しているだけ。歩道を五分ほど進み、目指す店を見つけた。無国籍料理レストラン・ガレリア。

入り口ドアの前には、茶色いタイル敷きの階段が五段。

歩道の左右を見た。近づいてくる者はない。ドアにはまったガラスの中を覗《のぞ》き込んだ。レジブースの中の若い女性と、目が合った。

手招きした。彼女はやや逡巡《しゅんじゅん》したあと、ブースを出てドアを開けた。

「入れてくれ」

「申し訳ありませんお客様、ただいま満席でございまして」

「東野に用がある」

「店長ですか」

「店長……東野がね」

口の端に笑みが浮かぶ。

「ただ今店長は――」

「東野に能見がきたと言え」

彼女は口をつぐんで姿を消した。

遠くに見える信号が、青から黄、赤へと変わっていった。

店の窓に人影が浮かんだ。立ち尽くしている東野がいた。目を剝《む》いて、能見を見つめている。

つい呟《つぶや》きを漏らした。「突っ立ってるだけか」

「そのなりはどうしたんです」

円テーブルの席が十席ほど、ボックス席が八席ほどある。奥の壁際にはアップライトピアノが配置してあった。光沢のあるチーク材で床をふき、壁はオフホワイト。気軽な雰囲気を漂わせる店。各テーブルには小さなガラスの花瓶が置かれている。能見の目の前には赤いバラが一輪。花びらが、空調がかもす微風に揺れていた。

頭を巡らせた能見は、レジブースの彼女と目が合った。彼女はとたんに目を逸らした。店はがらがらだった。

「無国籍料理って、なんだ」

「なんでも出すからそう言ってるだけです。しかし……ほんとに久しぶりで」

「お前は相変わらずのようだ。若作りも変わらない」

「まだ貫禄《かんろく》は足りないかも知れません」

「あのころよりいいスーツを着てる」

だが、スーツに着させられている印象を受ける。

「もう勘弁してください」

「みっちゃんは」

「今日はもう家に引っ込みました……だれに聞いたんです」

「加治」

東野の瞳《ひとみ》に力がこもった。「聞いてください能見さん。おれは秋葉さんによくしてもらった。だから最初のうちは美知子さんの手助けをしてやりたかっただけで——」

「聞いたよ」

東野は何か言いかけたがその言葉を飲み込み、僅《わず》か後にこう言った。

「何か飲みますか。酒？」

「頼む」

「車じゃないですよね。商店会の新しい決まりで、車できたと分かってる人に酒を――」

「だから？」

東野は目を逸《そ》らし微かに唇を噛《か》んだ。作った笑いを浮かべる。

「なんだよ能見さん……そんなぶっつけるみたいな言い方しないでください。酒、持ってきます」

東野は席を立っていった。

能見は煙草の箱を取り出した。ラクダの絵がひしゃげていた。

東野に対しては不当な感情なのかも知れない。それは頭では、分かる。

煙草に火をつけ、ひとしきり空気を汚した。ふと、アップライトピアノが目に止まった。茶色の木材を使ったピアノ。古びているように見えた。

東野が酒の入ったグラスを二つ持ってきた。「奢《おご》りです。やってください」

「あのピアノは？」

「あれは……美知子が店に置きたいって持ってきたんです」少し考える。「それが何か？」

「東野」煙草をもみ消した。しかしすぐに新しいのを手にし、火をつけた。「さっきは悪かった。おれはまだ、お前と秋葉さんの女房がくっついてるってことに慣れてない」

東野は神妙な顔で目を伏せた。「分かりました」

二人はグラスを合わせた。

「いきさつを話してください」

撃たれて逃げた、相手は分からない。話したのはこれだけ。東野の追及は、加治より浅く納得するのも早かった。

「能見さん、知ってます？　あの当時」東野は言いかけて止め、手のひらを能見の目の前で振った。「怒んないでください。秋葉さんを殺《や》ったのが――」

「聞いた」

東野は憤然と横を向き、独白に似た話し方をした。「そんなわきゃねえのに……その噂の出所、腐れ中国人のグループだって」

「聞いたよ」

「医薬品を紛争国に届けるってことだったんでしょ。おれや森尾さんのところに中国人が訪ねてきたんだから。あの直後、隠してあったヤクがすっかり盗まれて、奴ら、能見さんが盗んだって思ってるらしい」東野は身を乗り出した。「気をつけたほうがいいですよ。なんて言っても、その、そんな体なんだし」

頷《うなず》き、酒を口にした。

「お前は、有働とおれたちの繫《つな》がりを知っていたな」

「はい。おれはのけ者だったから深くは知らないけど」

「のけ者じゃない。仲間に入って日が浅かっただけだ」

東野の瞳が能見の瞳の中を探る。「そのせいで？」

「そういうこと聞きに、刑事が訪ねてこなかったか」

天を仰いで考え込み、東野は言った。「きたことはきたけど……有働さんの話なんて出なかったな」

店長と呼び声がかかり、東野は立っていった。

——奴らの勝ちか……今のところは。

苦い笑みがこぼれるのを止められなかった。

レジブースのそばで、東野が受話器を耳に当てている。その目は、能見のほうをちらちら見ていた。そのうちに、東野が近づいてきた。手には受話器が握られている。

東野が受話器を差し出した。「能見さん、美知子から電話がきた。出てください」

「いい」

視線が合う。

「どうして」

帰ったことにしてくれ。言い、グラスを口に運んだ。

東野は能見の言う通りにし、受話器を戻しにいった。

「どうして」

「話が済んでない」

東野はおどけた調子で言った。「どんな内緒話です？」

「五年前のあの夜。お前は、おれと秋葉さんが城南島の公園にいくと知っていた」

「でもサツには言ってないですよ」

「あそこにいく直前まで、お前もおれたちと一緒にいた」

「そう――」何かを思い描いているらしい顔。「金の洗浄屋にいきました」

「秋葉が急に思いついて、あそこにいくことにした。お前はオンナがどうとかでついてこなかった……で、だれかに話したか」

「加治さんや仲間には話しました。警察じゃあ能見さんがあの夜、秋葉さんと一緒だったってのも推測でしかないそうだし。だから安心して――」

能見は首を振って黙らせた。「事が起こる前。おれと秋葉さんの行き先を、だれかに教えなかったか」

僅かな間のあと、東野は床を鳴らして立った。

「まさか能見さん、おれが……冗談じゃない。もし本気で言ってるんだったら――」

「だったら」

一瞬口ごもった。「いくらおれでも……頭にくる」

「きて？」

「おれだってあんたをぶちのめすくらいは……」

能見は鼻で笑った。「確かに……今ならな」

東野の視線が下がり、止まる。

唇が歪《ゆが》み、笑みを作った。「そんなことしたら、こっちの気分が悪い……分かりました、言ってください。別に構いません」東野は腰を下ろした。「さ、なんでも言ってください」

東野は乱暴に酒をあおった。能見はその様を眺めていたが、やがて口を開いた。

「おれがお前に訊《き》いたのは、だれかにうっかり話さなかったか、という意味だ」

傾けられていた東野のグラスが止まる。そして、ゆっくり口元を離れた。視線が泳ぐ。

能見は薄い笑みを向けた。「そんな反応されたら、逆に疑いたくなる」

東野はグラスを置き、下唇を噛んで俯《うつむ》いた。「すみません……おれ、てっきり……」

「その線も」笑みを浮かべたまま。「考えてみるか」

東野は身を乗り出した。「勘弁してください、おれが裏切るなんて――」

能見は手を振って黙らせた。「もういい……いつからみっちゃんと暮らしてる」

「一カ月前」

「いつ惚《ほ》れた」

「気がついたら……能見さんの気持ちは分かります。でも、これぱっかりは仕方ないことでしょう?」

「かもな」

「秋葉さんはもういない。生き残ったおれたちはなんとかやってく必要がある。過去は過去。捨てるべきもんは捨てる。それが前向きな生き方です」

「捨てる?」

「そういう意味じゃないです。過去に拘《こだわ》るのはよくないって……おれはもともと、しみったれた車上荒らしでしかなかった。大きなヤマの経験積む前に、秋葉さんも能見さんもいなくなった。一人前になる前に、おれは美知子さんを助けてかたぎの仕事にとりかかった。確かに、あのころの能見さんたちには憧《あこが》れた……でも、それはもう昔。生き方を変えなくちゃならない。それはおれだけじゃない」

能見さんも。東野はそう続けた。

またくる。能見は言い、車椅子を動かし始めた。

「東野」思案顔を東野に向けた。「……今夜は帰る。加治さんとは連絡を取ってるのか」

「最近はあまり……どうして」

「明日にでも電話してみてくれ。おれが話したことを加治さんから聞け」

「今話せばいいじゃないか」

「今夜はもう面倒臭くなった。加治さんから聞いてくれ」能見は丸めた紙片を東野に投げた。

「話したくなったら電話くれ」

能見はドアへ向かい、東野とウェイターの手を借りて、五段の階段を降りた。

「じゃあな」

「飲酒検問に気をつけて」

「車に貼ってある身障者マークは通行手形みたいなもんだ。あれを見た警官は手を引く。どうもな——」鼻で笑った。「身障者はみな善良。そういう幻想を抱いてるらしい」

「能見さん、気悪くしないで聞いてくださいよ。金とかなんとか……足りてますか」

「ああ」能見は車椅子を漕《こ》ぎ始めた。

「待って能見さん」背後から東野の声がかかった。「なんかひっかかってる。車輪のところ」

能見は左手に目をやった。袖口《そでぐち》から細いワイヤーが垂れていて、先端に作った輪が車輪にかかっていた。

「なんですそれ。脚のほかにもどこか悪いんですか」

能見はワイヤーを手繰り、服の中に押し込んだ。

「お守りだ」

東野は、歩道をいく能見を見送った。

——無事だったのはよかった……。

能見は数メートルいったところで止まり、肩越しに横顔を見せた。視線は店のネオンへ向かい、後に東野の顔を掠《かす》めた。能見の唇に、笑みが浮かんだような気がした。

能見は前に向き直り、進んでいった。

——美知子はどう、反応するか……。

あの電話のときは、ちょっと待てと言い送話口を塞《ふさ》いだ。東野は今なぜか思う。美知子に能見の帰還が知られなくてよかった。粘りに粘って、やっと口説いた女。秋葉の女だったということに気が引けたが、惚れたのをどうしようもなかった。それに秋葉が消えたあと、実際美知子に助けの手を差し伸べた者はいなかった。一人加治がいたが、東野の献身に比べればささやかなものだった。

能見の訪問は、美知子にはいい影響を与えない。東野はそう思った。せっかく、忍耐と努力を重ねて秋葉を忘れさせたのだ。

——あと一年後だったら……もっと関係が固まったあとだったら。

能見の背中が角を曲がり、消えた。東野は店の階段に足をかけ、凍りついた。

——逆に疑いたくなる……その線も考えて……。

笑みを浮かべての言葉だったが、今考えれば彼の目は笑っていなかったように思う。

凍りついた脚をやっと動かして、階段を上り始めた。

——おれが変な反応をしたために疑いを? いや、そもそもあのやり取りはテストみたいなものだったのかも知れない。かまをかけておれの態度を……。

話を詳しく聞く前に、裏切りなんか、と自分から騒ぎ出してしまった。能見の中に疑いがあるなら、それを濃くした可能性もある。確かに、あの夜の行き先を知ってたのは、自分だけだ。

そして能見はすぐあと、美知子とはいつから、と尋ねてきた。美知子を手に入れるために、自分が秋葉を殺させたと思っているから、時期を気にしたのではないか。

——帰り際のあの笑み……もしかして……。

歪みだったのでは。何が歪ませたのか。それは東野への感情か。

——その線も考えてみるか、ではなく、その線を疑ってる、ということか?

東野は店内を横切り厨房《ちゅうぼう》を通り抜け、事務室に落ち着いた。能見への感情は、その僅《わず》かな間に変転していた。

——戻ってこなきゃよかったのに。

数時間思いを巡らせたあとには、こう思っていた。

——あの夜、秋葉さんと一緒に……。

ふと気づくと指が机を叩《たた》いている。ある光景が脳裏をよぎっていた。

一度だけ見たことがある光景。秋葉と能見が、彼らが踏むはずだったヤマの情報をほかに売った男に、礼を返したときの光景だった。あのときはさすがに、秋葉と能見、二人の神経の造りを疑った。なみの人間ならあんなことを生きている人間には……。

東野は顔を手で激しくしごき、大きく息をついた。

――大丈夫だ……どうせ能見はもう、おしゃかなんだ。

七

「ほれ、ご注文の品」

包装されリボンのかかった細長い箱が、黒光りする机の上を滑った。箱が滑り落ちる寸前、能見はそれを手で受けた。

「お前、その包装を見ろ。こう言えよ」声色で言った。「アケテモイーイ？」

能見は無視して包装を解いた。箱の中から出てきたのは、鈍く光る黒い一本の棒。

「交換は？」

「自分でできる」

「朝飯食うか。用意させるぞ」

「いらない」

添嶋《そえじま》は妻手作りのお握りにかぶりついた。トラックのエンジン音を聞きつけ、首を伸ばして窓の外を見る。

「おっ……やっと入ってきたか」

添嶋は玩具卸《おもちゃおろ》しの会社を営んでいる。扱う玩具は輸入品ばかり。

「お前らがいなくなって、仕事を請け負ってくれるいい奴がいない。だれかいないか」

「社会復帰したばかりだ。まだ世情に疎い」

「いい加減にあいつを連れてこい。今どこにいるんだ」

「おれも探してる」

「居所知ってるんだろう？　もう五年だ。言っちゃ悪いが、おれと秋葉の付き合いはお前と秋葉より、ずっと長い」

「信用度は――」能見は手にした銃身の中を点検していた。「おれのほうがあんたの稼ぎより高い」

「生意気に……秋葉はまだ、ヤマ踏むつもりでいるのか」

「さあな。聞いてない」

「だろうな」

「だろうな？」

「お前に話してなんになる。足手まといなだけだ」

盾ぐらいにはなるかも知れん。能見は言い、薄い笑みを浮かべた。

「ところで――」添嶋が机の上に置かれた紙片を手にした。「新規注文はこれでいいんだな。送り先もここでいい、と……しかしお前これは――」

「何も聞くな。金は払う」

「まあいいが……こんな工業薬品なんに使う。秋葉の指示か」

「何も聞くな」

「分かったよ……お前、その絵が分かるのか」

そう言われて、自分が目を向けた先に小さな額縁がかかっているのに気づいた。川が流れ、石橋がかかり、霧の中に小さな船が幾つか浮いている。

能見は首を横に振った。

「やっぱりな、ターナーの小品だ。正真正銘、本物だぞ」

「あんたが本物志向なのは知ってるよ。禿《は》げてもかつらを被《かぶ》らない」

「禿げたんじゃない、剃《そ》ってるんだ」

「秋葉さんは確か、あんたが若禿げで悩んだ末に剃ったって言ってたが」

「違う。そうやって秋葉は何かと言うと人をコケにする」

能見は声を出さずに笑った。添嶋は眉《まゆ》を歪《ゆが》めた。

「どうせ今でもあいつ、禿げだのタコだの言って陰口叩いてんだろう。頭にくる。今度秋葉に会ったらちゃんと確かめてみろ。おれは——」

「聞いてみる、会ったときに」

能見は笑みを消し去った。

「注文は承った。任せておけ。ほかに何かいるものは」

「マラソンシューズ」

片方の眉が吊《つ》り上がる。「……ナイキでいいか？」

「冗談だ」

添嶋はふっと気を抜いた。

八田はとっさに手を伸ばした。だが間に合わなかった。ハンチング帽は風に乗って飛んだ。

「ああ、いけない」声を上げたのは、同行していた不動産業者だった。

二人して、ころころ転がる帽子を追った。

ＪＲ品川駅に近い、旧海岸通りから折れた狭い路地。左右を大きな建物に囲まれ、陽が届かない。

腰を折って走り回り、ようやく帽子を取り戻した。

「やれやれ――」八田は帽子を被り整え、細長く切り取られた空を見上げた。

ちぎれ雲が速足で駆けていく。

八田はずれたメガネをかけ直した。今日の八田は左目に眼帯をかけ、その上から薄い色つきのメガネをかけていた。不動産屋に促され、陰気な路地を歩きだした。

歩を進めながら、街路地図を取り出して眺めた。そばにマンションはない。辺りは倉庫や会社のビルに囲まれている。八田の問いに業者が答えた。民家も少ないしこの辺りは、夜には人通りがぱったり途絶えるんです。

エンドウ不動産貸倉庫第三号。地上三階、約三百五十坪の倉庫。普通の家屋の五階分ほどの高さがある。

「見た目ほどは傷んでないんですよ」

築三十年。壁面にはヒビや欠けが目立つし、雨樋《あまどい》にはツタが絡まっている。そのツタは、アスファルトを打ち破って育っていた。約五メートル幅のシャッターがあり、その脇にドアがついている。両隣と前面のほとんどの部分が、周りの建物ときっきつに接している。

中へ入った。縦に細長い。淀《よど》んだ空気が彼らを包み込んだ。かび臭いというより、苦い臭いがする。

「車用の〝たたき〟がないな」

荷下ろしが楽な、荷台までの車高に合わせた段差がない。

「ええまあ。それがその、なかなかこの物件の不人気なところで……それにもう一つ、今のうちに付け加えておきますと、車の出入りがその」

確かに、ここまでの路地の幅では大型トラックは入ってこられない。

コンクリート剝《む》き出しの太い柱が、奥へ向かって四本、二列並んでいる。

「この柱も邪魔だろうな」

不動産屋は曖昧《あいまい》な笑みを浮かべた。

天井は高い。十メートルほど。左手前に小さな事務室。トイレや洗面、機械室がひとまとめにされている。事務所と並んで階段があり、奥の左隅に大型の貨物用エレベーター。奥の壁の真ん中には鉄製の大きな扉がある。

二階も一階と同様だった。事務室はなく、一階より窓が小さい。木製の貨物パレットが積み上げられていて、そばに塗装の剝《は》げたハンドリフトが二つ、打ち捨てられていた。

「この扉はなんだい。一階にもあったけど」

「これは荷積み用の扉です」

不動産屋は太いカンヌキを抜き、一度蹴《け》りを入れてから扉を引いた。

いっきに風が吹き込んできた。目の前に川の流れがあった。

「船からの積み降ろしに使うため、こういう扉がつけてあるんです。クレーンはほら、三階のほうに」

八田は上を見上げた。三階の扉のすぐ上に、五メートルほどの長さの鉄骨が一本伸びている。手動式のクレーンだ。鉄骨も滑車も絡まって揺れている鎖も、真っ赤にサビをまとっていた。

「目の前の流れが高浜運河です。向かいの敷地は大学のものです。運河を右に下っていくと、天王洲《てんのうず》運河や京浜運河へ出ます。船は使いますか」

微かに香る潮。

まだ分からない。八田は呟《つぶや》き、彼から離れ手帳を取り出した。細かい字でびっしりと書き込みがある。八田は手帳から目を離し、周囲に目を走らせた。視線は窓へ飛び数を数え、天井の状態を探る。鉄扉の前に戻ってくると、下をのぞき込んだ。

思案しながら言った。「三階を見よう」

三階にはパレットのほかに、空のドラム缶が十幾つもあった。二階と違うのは、屋上へ出るためのハシゴがあることだった。四角いドアが天井に張り付いている。

「お客様、便利屋だそうですね」

「木材工場の代理でね、急場しのぎの倉庫が必要になったんだ」

不動産屋の存在など上の空で、八田の視線はあちこちへ飛ぶ。

「……あれは」

階段の脇、部屋の隅に赤い箱があった。

「消火装置ですよ。各階にありましたけど」

　建物の古さに似合わず、新しさが漂っていた。八田は消火装置の前に立った。表示にこうある。

《ハロゲン化物噴霧式消火装置》

「こりゃ、どういうもんだい」

「火災のときに、特殊な薬品をかけて鎮火する装置ってことです。前の借り主が後付けしたものでして。倉庫にはよくある装置です」

　八田は、取り扱い注意の標示板に目を走らせた。

　――ハロン1211使用……自動手動切り替え式……危険、ハロゲン化物は人体に有害……警報の発令とともに速やかに退去する必要が……。

　八田はもう一度天井に目を走らせた。スプリンクラーが一定の間隔を置いて並んでいる。

「有害?」

「体に悪い薬品だそうで。吸い込むと死んじゃうとか、聞きましたけど」

「そうかい……」

　八田は思案の底に落ちた。

　もじもじしながら見守っていた不動産屋が、だいぶ経ってから言った。「あのう……それで、どうなさいますか。ナカガワさん」

　八田は微かに頷《うなず》いた。「借りる」

八

梢はいつもの通り、独りで校門を出た。

今日は特別何も言われなかった。だからといっていい日という気もしない。向こう岸にいるような気のするクラスメートのことなど、どうでもよくなっていた。

梢は痩《や》せた並木の下を歩いていく。

充も同じ学校に通っている。科学クラブというクラブに所属しているが、親友の茂晴と二人でいつもサボるため、幽霊部員になっていた。部活動への出席は規則で決められたものなので、そのことではしょっちゅう先生に怒られているらしい。

――充は茂晴と一緒だと強気になるんだから。独りでは何もできないくせに。

独りでは何もできない充と、独りでいるしかない自分。強さという点で言うなら、独りでいるほうが強い人だ。

――だったら、あたしは強いはずなんだ。

自宅に着いた。母はパートでいない。充は日没を見てからしか家に帰ってこない。父は多分、平和島にいっているはずだ。

梢はそれでも静かに玄関ドアを開けた。父の靴は見当たらない。

梢は二階で着替えを済ませ、下に戻った。いつも通り、米を研ぎ始めた。米研ぎは梢の仕事だった。料理のほうもやっていいと思う。だが父はそれを許さなかった。

――母親が夕飯の支度をしなくてどうするんだ。

そして猫撫《ねこな》で声を出す。

――子供は、勉強だけしてりゃいいんだ。

母は残業を増やして給料をかさ上げしたいはずだが、父のせいでそれは叶《かな》っていない。梢が家事に手を出すと、虐待だと言って母を殴る。そして、子供を守った気でいる。

――虐待が聞いて呆《あき》れる……。

「おい」

梢は思わず悲鳴を上げた。振り返ると、父の甚一《じんいち》がいた。すぐに気を取り直し、仕事にかかる。

「びっくりさせないで」

声が固くなってしまった。

「何やってる」

「米研いでるだけ。別にこれぐらいはいいでしょ」

すぐ背後に父の気配。横目で盗み見ると、浅黒くて剃《そ》り残しの髭《ひげ》が点在する父の長い顔が、肩の上まできている。

背中の辺りの皮膚がざわめき始めた。

「昼寝し過ぎちまった。昨日はちゃんと風呂《ふろ》に入ったんだな……いい匂いだ」

梢は無言で米を研ぎ続けた。

「充はどうした」

「二階にいる」梢は数センチずつ、甚一から離れた。梢が離れたくらいに、甚一は体を寄せた。

「充、帰ってるのか」

甚一の鼻息がうなじを嬲《なぶ》ってきた。

「呼ぼうか。充！　充！」

「いい、呼ばなくていいんだ」

父の体が離れた。居間のほうへ向かっていく。

――そうか……。

思い当たる。

――今日は夜競馬の日か。

「おれはでかけるぞ」そんな声が梢の耳に届き、次いで玄関の開く音がし、人の気配が消えた。靴がなかったのに家にいた。自分で下駄箱の中に入れたのだろう。うっかりしていた。父がときどきやることだ。自分の在宅を知られたくないとき、用心のために靴を隠す。借金取りか、チンピラやくざか、相手も事情もそのときどきにより変わる。

米研ぎを終わり、炊飯器にセットした梢は居間に入った。テレビをつけたところでＰＨＳが鳴った。

《加治だ、今大丈夫か》

「大丈夫、だれもいません」

《約束していたな》

「え？――」

梢は話を聞き終わると半ば叫んだ。「すぐいきます、お願い、引き留めておいて」

受話器を置いた。天を仰ぎ、深呼吸をひとつ。

──終わった……もう、終わったんだ。

久しぶりに、笑みが浮かんだ。その笑みを、柱にかかっている床屋から貰《もら》った小さな鏡に映してみた。自分って、案外可愛い顔、と思う。

──よかった、ゆうべお風呂に入っておいて。

九

陽がくれてしまった。

初めて店にいったのは、小学三年のときだった。伯父《おじ》の友達が店を新装オープンする記念の日、伯父は梢と充を車に乗せてでかけた。もとの店はガス爆発を起こして吹き飛んだ、と聞かされた記憶がある。

その日、梢は桃のジュースとアイスクリームをごちそうになった。大人が大勢いた。マスターの加治さんとはすぐ仲良くなれた。止まり木に止まって足をぶらぶらさせ、伯父が加治にからかわれているのを見物していた。

突然、でっかい人がでっかい手で、梢の頭を撫でた。

──こいつらがお前の？

でっかい人はそう言った。

伯父は梢と充に、男へ挨拶《あいさつ》するよう促した。二人はその男、秋葉とかいう人にきちんと挨拶した。

――今日はよかったな。伯父さんにごちそうになって。

秋葉は顔をくしゃくしゃにして、二人の頭をごしごし撫でた。撫で方が激しく乱暴で、梢はちょっといやだったのを覚えている。

――この店の名前、どういう意味なの。

充が訊《き》いた。秋葉が答えた。

――頼まれて、おれがつけた。おれの好きな映画をもじってな。

充がグラスを倒してしまい、気を取られている間に秋葉は立ち去った。梢は、店の名をどの映画から取ったのか聞きそびれた。

ドアを開けてすぐ、その背中が分かった。カウンターの一番端に、横顔を見せている。カウンターの中にいた加治が梢に気づいた。彼は眉《まゆ》を上げてみせ、驚かしてやれ、と示唆した。

能見の背後へとゆっくり寄っていった。

「加治さんが呼んだのか」

能見は気づいていた。ちくりと、何かが胸を刺した。

能見が振り向いた。「久しぶり」

こっくりしたが、なぜか俯《うつむ》いてしまった。伯父は再会を喜んでいない。

能見の隣に腰を下ろした。

「連絡しなくて、すまなかった」

「いい、別に」

能見は加治に、アルコールの入っていないカクテルを何か、と頼んだ。

全然違う。今まで想像していた再会の場面と、まるで違う。

「……怒ってる？」

「何」

「だって……」

「馬鹿言うな」能見は梢の肩に手を置き、笑みを浮かべた。「……ばつが悪かっただけだ」

「迷惑だった？」

能見は梢の頭を撫でた。

「あの、伯父さん――」

能見は眉を上げて先を促した。

「あたし、もう十五歳だから……」

ああ。能見は撫でるのをやめ、笑った。

「もう大人なんだよ」

「そうだな」

能見の照れた笑いを見て、ようやく気が緩んだ。

梢の前に、ノンアルコールのチェリーカクテルが置かれた。一口飲んでみると、ずいぶん甘ったるい。

「どうしてたの」

「仕事の関係でな」

「連絡くれてもいいのに」

「だよな」

「だよな、じゃないよ」梢は頬を膨らませた。

加治が笑い声を上げた。「形無しじゃねえか、伯父さん」

「黙っててくれ」

「ポケベル、たくさん打ったんだよ」

能見が言葉に詰まったのを、梢は見逃さなかった。

「……じゃ、どうして」

二度、すまんと小さく呟《つぶや》いて、能見は梢をじっと見た。

梢は耐え切れなくなった。「別にいいけどさ、そんなこと」

天井を仰いで、息を吹き飛ばした。

「少し痩《や》せた？」

痩せて見えるし、肌が白くなったような気がした。それにどこか、違って見えた。何が違って見えるのか、よく分からない。どこかちぐはぐな感じ。

梢は家族のことを話した。母は相変わらず働きづめ。充は親友のせいで怠け癖がついてしまった。

能見はグラスを覗《のぞ》き込んだ。「親父はどうだ？」

「うん……」平気の様子でそう言った。しかしそのあと、言葉が続かず黙ってしまう。

「相変わらずか」

「うん」

梢は父の話を切り上げ、この五年のことを話した。父の話が出ると暗くなってしまう。いつか話すとしても、今は嫌だ。再会したばかりなのに。

「バレエは続けてるのか」

小学二年のころ、梢はバレエ教室に通い始めた。

「伯父さんがいなくなってからも続けてたんだ。しばらくはね」

能見が車で送り迎えをしてくれた。能見の都合が悪いときは、能見に命じられた父がやった。父は文句言わず従っていた。

「楽しかった、みんなとも友達になれたし」

能見が突然消えたあと、小学五年のころから、一人で通い始めた。父は送り迎えしてくれなくなり、金が無駄だと文句を言った。

ある日突然、梢はバレエをやめた。

「才能がないって気づいたんだ」

その日。教室の帰り、珍しく父が迎えにきた。駅のホーム の端。冬だった。後ろを振り返れば、人が一杯いた。

「お金じゃない。体も固かったし、上達もしないし……」

——ただ握って、上下に動かすだけでいい。優しくな……。

「全然進歩しないんじゃ、やっててもうんざりするだけなんだもん。だから、きっぱりと……」

チェリーカクテルに微かな波が立った。ぼやけた能見の手が見える。手にはハンカチ。自分が泣いているのに気づかなかった。

気づいたとたん、ぽろぽろと涙が零《こぼ》れ出した。

——だれにも言うな……とても恥ずかしいことだから……。

「伯父さん、あたし——」

がしゃん。音が響いた。続いて、イテエという男の声。

「なんでこんなもんがあるんだ」

トイレから出てきた客が、車椅子に躓《つまず》いたのだった。

「もうちょっと端に寄せておけよ」

加治が言う。「すいません、お客さん」

「梢、あれはおれのだ」

「あれ?」

「あの車椅子」

梢は能見の全身に目を走らせた。

「どこか悪いの。怪我?」

「怪我が発端だった」

「……意味、分かんない」

「おれはもう」能見は体を捻《ひね》って真っ向から梢に向かい合った。「歩けない」

「どうして」

「交通事故」

「麻痺《まひ》？　治らないの？」

「ああ」

「ふうん、そうなんだ。可哀想だね」

「………」

「あたし、トイレ」

梢はトイレへ向かった。便器の上に腰掛け、閉めたドアを見つめた。すぐに、ドアがぼやけてきた。

手の震えが、肩に伝わっていく。涙が絶えまなく転がり落ち、ピンクのスカートに染みを作る。歯を食いしばらないと、声が出てしまう。

——自分勝手なのは分かる。でも、だれかを頼りにしてもいいはずじゃないか。

自分の涙が、能見の抱えた障害へのものではないことを、充分分かっていた。能見の脚への哀れみはほとんどなかった。

希望を断たれた自分への哀れみが、涙になった。

——もう、駄目なんだ……。

父は話して分かるような人間ではない。能見は父を、拳《こぶし》を使って押さえ、言うことを聞かせてきた。父を押さえるには、だれかの拳以外に効くものがなかった。拳を失った能見に、何ができるのか。

——いいんだ、今まで考えてた通りにすればいい。あと半年したら家を出る。それでいい。だから……。

それでも、涙は止まらなかった。

十

「出てこないな。声ぐらいかけたほうがいいぞ……彼女、よっぽどバレエが——」

能見は鼻で笑い飛ばした。

「なんだよ」

能見は首を微かに振った。

口を開きかけた加治の目が玄関ドアに向かい、唇が歪《ゆが》んだ。

「杉下だ……おれに任せて——」

「一度済ませないと、終わらない」

囁《ささや》き声での会話。そのうちに、二人組が能見の背後にきた。

二人の男は能見の左右から顔を出した。

赤いフリースにジーンズ、というい で立ちの金髪男が言った。「言ったでしょ」

「このままじゃまだ分からん。なんとか言え」

ダークスーツを着た、何もかも薄い造りの顔を持つ男、杉下はその顔を能見へ突き付けた。能見は黙ったままでいた。

二人はいきなり能見を持ち上げた。加治の怒号が飛ぶ。

能見は車椅子に乗せられた。

「てめえら――」

車椅子から加治を見上げ、表情で示した。

――ほっとけ。

加治はその場で歯嚙《はが》みした。

杉下の顔が歪む。「お前のそういう目が気にいらねえ。人を嘗《な》めきってる」

杉下が前に立って能見を見下ろし、もう一人が後ろから車椅子を押さえている。神社脇の塀に囲まれた陰気な細い路地。見上げた空には、くねった松の枝葉。

杉下はいきなり右腕を振るった。能見の頭は激しくぶれた。

「ヤク嫌いの秋葉は、もういねえ」

また殴った。能見の口から血が垂れた。

「組長も代替わりした。今度の組長はヤクのしのぎOKなんだ」

また殴る。能見の口の中から白いものが飛んだ。能見がつけているブリッジ式の入れ歯だった。

「入れ歯なんかしてやがる」

杉下は足で能見の顎《あご》を蹴《け》り上げた。反動で車椅子の前輪が大きく浮いた。

能見は口から激しく血を吐き、スーツを汚した。顎が喉《のど》につくほどうなだれた。

「おんなじ穴に住んでるくせに、何がヤク嫌いだ。カッコつけんのもいい加減にしろ」

さらに二度、杉下は腕を振るった。そのたびに、能見の頭が揺れた。

「ヤクに手を出さねえのは、高潔か。平気で人をバラす奴が、だれに対して胸を張る？……町田、転がせ」

町田と呼ばれた男は車椅子を傾け、能見を路上に転がした。杉下は、能見の後頭部を踏みつける。能見の頰が路上の塵《ちり》を吸いつけた。

町田が能見の太ももを蹴りつけた。そのとき初めて、能見は自分の身をかばった。

「なんだ」町田は笑い、また足を振り上げた。能見は腕を延ばし、かばった。「なんだってんだ」

「今ならお前、おれの気持ちも分かるよな」杉下はしゃがみこみ、手指をさらした。両手の小指がなかった。「おれにエンコ切らせたのはお前なんだからな」

「組長は――」血とともに言葉を吐いた。「信義を守る人だった」

「甘ちゃんだ。秋葉と仲のいい奴はみんなそうだった」

おれは手がいてえ、お前がやれ。杉下は町田に任せた。町田は蹴りを繰り出した。

「どうした能見」杉下は煙草に火をつけ、路傍にしゃがんだ。「やられっぱなしか」

杉下の顔が蔑《さげす》みの笑みに歪んだ。

能見は町田の蹴りを受け続けた。

「杉下さん──」町田が息を荒くしながら言う。「なんてことねえよ、こんな奴」

杉下は煙を吐きながら、能見の顔を見ていた。杉下の顔から、ゆっくり笑みが消えた。

「ウチでパシリに使いますか」町田が能見の頭を足の裏で蹴《ふみにじ》った。

杉下は目を細め、能見の顔を見つめていた。

町田は能見の体に馬乗りになった。それを見つめる杉下の視線が一瞬、どこか遠くに逸《そ》れた。

「能見!」杉下の怒号が響いた。

驚いた町田が飛びすさった。

「なんのつもりだ」杉下は立ち上がった。「いい加減にしろ」

町田が再び能見を蹴った。

「町田もういい……能見、ふざけてんのか」

怪訝《けげん》な表情を浮かべながらも、町田は能見を蹴った。

とたんに杉下が間をつめてきた。杉下の振りかぶった拳は、町田の顎を捕らえた。町田は壁ぎわまですっ飛んだ。

「もういい」杉下は能見の顔のすぐそばに煙草を落とし、靴でもみ消した。「……嘗めやがって」

ふざけやがって。二度呟《つぶや》き、歩きだした。町田もそのあとを追っていく。

能見は初めて呻《うめ》き声を上げ、ゆっくり仰《あお》向けになった。目を閉じ、痛みに耐えた。

軽い足音が近づく。やがて顔が能見の視界に入った。

「あの……加治さんは行っちゃ駄目って言ったんだけど」

梢が眉根《まゆね》に皺《しわ》を寄せて、能見の瞳《ひとみ》を探る。梢の目のふちが薄赤く染まっている。能見は目を逸らし、暗い空を眺めた。

「……いこう。手伝う」


店で手当てをし、能見と梢は店を出た。

狭い歩道を、梢が車椅子を押した。梢は何度もすみませんと頭を下げ、道を開けてもらった。

能見は黙っていた。

「大丈夫?」

「何が」

「車椅子なんて、押すの初めて」

「ひっくり返しても文句はいわない」

「ねえ伯父《おじ》さん。さっきのケンカのとき、どうして脚を庇《かば》ったの」

「気になるのか」

「そうじゃないけど……」

その呟きに、儚《はかな》い期待が交じっているように思えた。能見はできるだけさりげなく答えた。

「癖でな」

ふーん。期待の消え去った相槌《あいづち》が降ってきた。車に乗るまで、梢はずっと黙ったままだった。

車をスタートさせ、訊《き》いた。「初めてだろ、オープンカー」

「ちょびっと寒い」

能見はシートヒーティングのスイッチを入れ、バックシートに置いてあった膝掛《ひざか》けを梢に使わせた。

夜の街を走る。風が梢の髪を揺らせた。

「梢、悪かった」

「何が？」

「体」

梢はそっぽを向いた。「どうしてそんなこと……」

そのうち、梢の顔が振り向けられた。能見は前を見つめ続けた。

「中身まで変わっちゃった？」

「変わった部分はあるかも知れない」

「充はがっかりするかも知れない。だってあの人をやっつけてくれる人がほしいんだもの。それは――」

「お前も一緒だな」

「でも違う。あたしは充より大人だから」

「無理するな」

「無理しなかったらやってけない」

つい、梢の横顔に目がいった。梢は前を見つめたまま。

「警察とか、相談所とか――」

「そうだね」

気のない返事。能見は唇を噛んだ。自分のこれまでの人生を考えれば、あまりに白々しい提案。

「できることはなんでもする」

「何ができるの」

言葉を継げない。シートヒーティングの温度を調節するふりをして、会話の空白を埋めた。

赤信号に引っ掛かった。能見は梢を見た。梢も能見を見た。

「少し――」ぎこちない笑みを浮かべた。「期待し過ぎちゃった。もう平気」

「今までは、殴って言うこと聞かすしか知らなかった」

「いいって」

「何かうまいやり方が――」

「伯父さんは自分のことだけ考えて……そうしたって、だれも責めたりしないんだから」

十一

事務机がきつきつに九つ。使われていない机も幾つかある。

桜田は現在の表向きの所属、広報部別課の狭い部屋に独りいて、能見資料を目の前にしていた。桜田は三十一歳。センターに配属されて四年。有働人脈の監視のための出向だったがすでに終え、現在、籍はそのまま南城分室の仕事をしている。財団法人薬物乱用防止啓蒙《けいもう》センター関東本部広報部別課が、正式所属先。西新橋のビル街、民間賃貸ビルのワンフロアにある。五年前まで有働警視がいた場所。彼が、社会の隅々まで張り巡らせた民間協力者たちを指揮していた場所。

桜田は、有働がいたころのセンターにいられたら、とときおり思う。今のセンターは有働がくる前の状態、警察組織の中の流刑地に逆戻りしている。

フロア奥にある広報部別課は、相談電話等において、薬物事犯に関わる情報が入ったときの連絡員たちの区画。警官でありながら、捜査は許されない警官たちの居場所。

腕は一流、薬物事犯一筋の叩《たた》き上げ。それが有働だった。警視である有働に別課の管理者は、低すぎる役職だった。彼は出世し過ぎた、とは彼を知る者の評。有働はほかのエリートたちとまったく馬が合わず、煙たがられた揚げ句に左遷された。

壁の一角には有働の遺影がある。歴代で六人いる別課管理者のうち、ただひとり遺影が飾れているのが彼だ。大きくやや厚めの唇は、見る者に微笑んでいる印象を与えている。濃く力強い眉を持つ筋張った四角い顔。

桜田は思う。

――有働さんの下だったらやってみたかった。

左遷への不満、薬物事犯への憎しみに駆り立てられた有働は、その長い経歴から得た人脈を使って独自の情報組織を作った。入ってくる情報のうち臭いものを選び、内偵した。

センター別課に捜査活動は許されていない。だが本来の担当部署から、出るはずの苦情が出なかった。夥《おびただ》しい情報の中から、ある程度ウラの取れたものだけが回ってくる。手間が省ける上に、彼らの手柄に貢献した。端緒を与えた有働は、手柄をくれなどと一言も言わない。それで、黙認という形が取られた。

古株から聞かされた有働の台詞《せりふ》を思い出すと、桜田は頼もしい思いを抱く。彼の活動に疑問を呈した幹部に放った言葉。

――我々がしているのは捜査ではなく、確認だ。

有働が消えた今、組織はなくなり、ここは再び窓際族たちの溜《た》まり場だった。

「まだいたのか」

突然背後から声をかけられ、桜田は振り返った。

センターにきて半年にもならない広報部別課の新主任、野村警部がいた。どういうわけか彼にはある噂が立っていた。彼は、肩たたきや懲罰のためにここにきたのではない、という漠然とした噂。だれかがこう言っていた。

――彼は有働人脈の一人……。

桜田は南城指示により、野村の動向を監視していた時期がある。彼は、ただいるだけに見えた。結局、有働の事件に関しては何もしていない、と判断された。

「何も――」野村は桜田の手元に視線を走らせた。「きみを詮索《せんさく》しようなんて気はない。心配するなよ」

口調は柔らかだが、瞳《ひとみ》には厳しさが滲《にじ》む。桜田はそう言われてみて初めて、自分が広げた資料を手で覆っているのに気づいた。

「そんな心配はしてません」

野村は姿を消した。

——どうもあいつは気にいらない。

監視されているような気がする。野村は刑事畑の人間。公安と刑事の仲の悪さは、公然の事実だ。桜田がセンターに籍を置きながら公安要員として活動しているのも、半ば公然の事実だった。

桜田はいったん席を立って流し場にいき、コーヒーをいれて戻った。

表紙には複写不可、要返却とのスタンプ。中には能見のすべてがあった。生まれてから現在まで、正確に言えば五年前までの人生が詰め込まれている。能見亮司は現在三十七歳、岐阜県某村の出身。祖父母、両親、妹の六人家族。認知症の祖父、祖母、酒と博打《ばくち》に溺《おぼ》れる父、吝嗇《りんしょく》家《か》で盗癖のあった母。

——他家の田畑より作物の窃盗。盆栽、観葉植物等の窃盗。鶏卵の窃盗……。

次の一節に、桜田は思わず笑みをこぼした。

風説と但し書きがあり、犬をさらってきては食卓にのせていた、という近所の者の談話が記されている。真否はともかく、そんな噂を囁《ささや》かれるような、典型的な嫌われ一家だったようだ。

中学時代の能見の素行は、どこにでもいる平均的な不良少年の域を出ていない。補導歴は二度。喧嘩《けんか》と飲酒。

妹を守って暮らしていたが、中学卒業直前に父親とぶつかり、家を出た。能見は最初に名古屋へ出た。名古屋での滞在先は中学時代の先輩のアパートとある。名古屋を出て上京したのは十七のころ。

能見はその後、二度と実家に帰ることはなかった。

父親は違法賭博《とばく》を愛好していて、そのせいで町のやくざに付け込まれていた。また、借金をしてはうまい話に投資し騙《だま》された。自分には事業の才覚がないことに、最後まで気づかなかった。父は能見の家出から二年後、トラクターの横転事故により死亡。通りかかったトラクターの横転に巻き込まれた。農道で放尿中に、とある。

母は父の死で保険金、慰謝料などの金を手にし、直後、金を手に家を出た。今に至るも生死、所在は不明。祖父母はその後数年のうちに相次いで死去。今度は妹の真希《まき》が、保険金を手にして村を出た。妹とだけは、ずっと連絡を保っていたようである。

——能見は自分の生活状況について、大幅な粉飾を加えていた模様……。妹に対して、チンピラである自分の姿を隠していた。

前科はない。推定、という断りつきで十代のころに窃盗、強盗を常習的に行っていた、とある。

十八、九のころからトルエンの密売に関わったらしい。密売に関わるうちに、能見自身もトルエン中毒にかかった。どこにでも転がっている、チンピラの成り立ち。

——かつてのトルエン中毒の影響で前歯四本を欠損、入れ歯をはめている。周囲の人間にはバイクの事故で欠損した、と説明している。

二十歳のころ、能見は自発的に矯正施設に入所。中毒を治した。

——推定。この直前に秋葉辰雄と知り合っており、秋葉の影響を受けて入所を決意したと思われる。

——証言・広域暴力団員の某……能見亮司は秋葉の仲間になりたいと申し出たが、秋葉は、能見がトルエン中毒であることを理由に拒絶した。

——証言・矯正施設職員の某……入所中の能見の言動。妹には、出稼ぎのためしばらく会えない、と嘘をついている。

能見は施設を出てしばらくののち、秋葉の仲間に加わった。二十一歳のころだ。その当時、秋葉辰雄は三十一歳。能見がなぜ秋葉の仲間に入れたのか、経緯については一切不明。

——秋葉の育った家庭環境と能見の家庭環境が酷似。これが遠因ではないかと思われる。秋葉ファイル参照、との注意書。すると、秋葉のファイルも存在しているのか。桜田の渡された資料は、能見ファイルだけだ。

——推定。能見は秋葉たちとともに強盗、窃盗を中心に犯罪活動を続けていた。検挙前歴はなし。

三十ページにわたる、詳細な調査書だった。

最後のページの一番下にこうある。

——転向の可能性評価、Ｅ。

公安の協力者にはなり得ない、という最低評価。しかし、有働のためには働いた。刑事好きの公安嫌い。彼のような反社会的性向を持つ男には珍しくない。

桜田はファイルを閉じた。明日から本格的に能見の過去五年を追う。簡単な仕事。なんの興奮も覚えない。

——病院、リハビリ施設を当たれば一発……待て、障害者手帳を持ってるはずだ。ということは福祉事務所にもその記録はあるだろう。

考えれば考えるほど、簡単に思える。

――しかし能見って奴は……。

桜田はファイルの表紙に目を落とした。

――だいぶ重視されてるらしい。この調査は本調査だ。ただの前歴調査なんてもんじゃない……。

多彩な証言者の顔触れを見れば、広範な聞き込みが行われたのは想像に難くない。

――有働警視謀殺によほど深い関わりが……。

桜田の目が、ファイル右隅の日付に止まった。

《作成1996・7・03、提出1996・7・04》

有働の事故、秋葉の射殺はいつあったか。確か、九十六年の十月だったと記憶している。ファイルは、それより三ヵ月も前に作成されている。てっきり、有働や秋葉の事件が発生したために作成されたと思っていた。

あの襲撃事件以前から、彼らは目をつけられていたのだろうか。

ここまで考えてふっと思考が停止した、いつものように。抱えた案件に対し、自分の〝許される範囲〟を越えた個人的な推察を重ねることに、自分からブレーキをかけた。範囲を決めるのは自分ではない。

十二

ぼそぼそと、窓の外から話し声が聞こえる。

充は手元から目を離し、背伸びした。トイレの窓はいつも、細目に開けたままだった。塀のてっぺんから、人の頭が三つ覗《のぞ》いている。額から上しか見えないが、一人は父の甚一だと気がついた。話し声は低く、内容は分からない。二人の男が代わる代わる話していて、父の頭が幾度も塀の陰に沈んだり浮かんだりする。

借金か、ほかの何かか。

とにかく父が帰ってきた。充は残りの用を足し、水を流してトイレを出た。玄関前を通ったとき戸が開き、甚一が入ってきた。

一瞬、緊張が充の体を駆け抜けた。

「お帰り」

俯《うつむ》き加減だった甚一が、顔を上げた。充を認めると突然、詰め寄ってきて腕を摑《つか》んだ。甚一の長い顔の長い眉《まゆ》が歪《ゆが》む。

「便所か」

「うん――」

「今、笑った」

「笑ってないよ」

甚一は空いた手で充の髪を摑んで、外まで引きずっていった。

「父親を馬鹿にしやがって」甚一は充の髪を握ったまま揺すった。「盗み聞きなんか男の――」

「してないよ」

充は両腕をぴんと伸ばし、腿《もも》につけた。意識しなくても体中の筋肉に力がこもり、震えがきた。

「何を見た？　何を聞いた？」

「聞いてないし、見てもいない――」

充はいきなり頰を平手で張られた。

「おれが苛《いじ》められてるのを盗み見てた」

「そんなの言いがかりだよ」

「卑怯者《ひきょうもの》。息子のくせに」

今度は拳《こぶし》がきた。充はよろけ、背後の自転車にぶつかった。

甚一は充の腹を蹴《け》った。充は尻餅《しりもち》をついた。そこを、甚一の蹴りが再び襲った。

ひとしきり蹴ったあと、甚一は言った。「立て」

痛みを堪《こら》え、充は従った。

甚一は充の耳を指でつまみ、捩《ねじ》り上げた。

充は無言で耐えた。こういうときに何か言うと逆上させてしまうことを、経験から知っている。甚一は口の中で何か言い続けた。この野郎だとか馬鹿野郎だとか呪詛《じゅそ》の言葉が、歯の間からかすれた空気となって噴出する。

「情けねえ。刃向かってこい。どうした」

充は身動きさせず、耐え続けた。

「なんで黙ってやられてる」甚一は自分の頬を軽く叩《たた》き、充の顔の前に突き出した。「男だろ。どうした」

甚一の目がすわってきた。

「殴れ！」

何もしない。

「お前を見てると苛々《いらいら》する。おれだったらやり返してる」

充は身動きしない。

甚一は充の耳から手を離した。

「だからお前は駄目なんだ」

甚一はいきかけて止まり、大きく振りかぶって充を殴った。充は地に尻《しり》をつけた。

「どうしてそうなんだ。卑怯者の上に反抗心もなし」

思考が止まったまま、充はのろのろと立ち上がった。

「親父に反抗できるようになって、男は一人前だ」甚一はまた充に拳を振るった。「今のは言葉のあやだ。親父をぶちのめすなんて、考えちゃいけねえ」

甚一は充を置いて家の中に消えた。

甚一の姿が完全に消えるのを待って、充は全身の力を抜きへたり込んだ。

言うことは支離滅裂、被害妄想が強い、男がどうのと語りたがる。いつものことだった。甚一の場合、しらふのときとそうでないときの差があまりない。今も、完全にしらふだった。

——自分の人生がうまくいかないからって……。

口元をこすった手のひらに、血がついた。

いっぱしのことを心の中では言える。だが実際甚一を目の前にすると、自然に体が硬直し思考が停止する。

——犬と一緒だ。

パブロフの犬。自分の場合は餌を待って涎《よだれ》を流すのではなく、攻撃に耐えるためにすべての感覚を遮断しようと試みる。声だけでも、充を凍りつかせる効果がある。

玄関を上がったとき、甚一のどなり声が聞こえた。その場で気をつけの姿勢をとった。母がどなられている。

充は緊張を解いて静かに廊下を進み、二階へ上がっていった。

襖《ふすま》は開かない。充は軽く襖を叩いた。

襖の向こうでかちゃかちゃ音がした。

「いいよ」姉の声。

充は襖を開けた。

すでに姉の姿はない。カーテンは引き回されていて、明かりは消えていた。充は自分のベッドの上に寝転がり、電気スタンドをつけた。一つの部屋を分割して使っているため、天井の照明は使わないことにしてある。

鍵《かぎ》をかけ忘れているのに気づき、いったん立って施錠し、ベッドに戻った。

——おばけが怖いから、寝る部屋一緒にするよ。

寝室を同じにするとき、姉が言ったことだった。そのときの充はまだ何も分からず、散々嫌がった。

襖の鍵に目がいった。破る気になれば簡単なものだが、今のところ、ちゃんと鍵の役目を果たしている。姉の身に何かあった。漠然とそう思っている。姉が入浴しないのも、それが原因に違いない。多分、覗かれたとか。

だれかが階段を上がってきた。

「梢」

甚一だ。充の体が一気に硬直した。

「具合悪いのか。ご飯食べてないっていうじゃないか。下に降りておいで」芝居がかった甘い声。「梢」

カーテンの隙間から、姉が顔を出した。

——もう寝てるって言って。

言ってすぐ、姉はカーテンの内側に消えた。

「姉ちゃん、もう寝てる」

五秒ほどそこにとどまっていたが、やがて人の気配が消えた。ぎしぎし、階段の軋《きし》む音が遠のいていった。

「ご飯食ってないの」

間があった。「うん」

「具合悪い？」

「別に……あなた、今日もお肉屋とこの子と？」

「うん」

「毎日飽きないわね」

「飽きる？　友達に？」

　姉は返答をよこさなかった。

「今日は、親父がダンプに轢《ひ》かれて死ねばいいって話した……」充は身を起こし、カーテンを見つめた。「姉ちゃんもし、おれが親父を殺したらどうする」

　長い間待ったが、答えはなかった。

「姉ちゃん？」

「自分をあいつより上等な人間だと思うなら、そんなこと考えちゃ駄目」

　充は寝転び、天井を見上げた。いつもの黒い木目が、今日も充を睨《にら》む。充は憤然と睨み返した。

「姉ちゃん、高校にいかないの」

「多分」

「家出るの」

「うん」

　ついカーテンへと目をやった。「おれも一緒にいっていい？」

「そんな余裕、あたしにはない」

「おれも働く」

「できないこと言わないの」

「女一人じゃ、何かとたいへんだよ」

姉はころころと笑った。「いっちょまえのこと言っちゃって……あんたまで家を出たら、母さん独りぼっちになっちゃうでしょ」

「……みんなで家出しよう。あいつ一人置いて」

「母さんは家出ないよ。あんたと同じ」

「何が同じなの」

「父さんを前にすると、ロボットになっちゃう」

「おれは違う」

返答はない。

起き上がった。「ロボットなんかじゃない」

姉は何も返してこない。

「おれ、ラジオ聞くから」充は一応断り、ラジカセのスイッチを入れてイヤホンを耳にした。

芸能人のお喋《しゃべ》りが聞こえてきた。

五分も経たないうちに、カーテンを分けて姉が姿を現した。姉は洋服のままで髪はくしゃくしゃ、目が赤らんでいる。

充はイヤホンを外した。

「珍しいな。スカートなんか穿《は》いて」

姉の視線は、畳のどこかと充の瞳《ひとみ》を幾度か往復した。もともと色白の姉の肌だが、今日はやけに白く見えた。

「……帰ってきた」

「え?」

「伯父《おじ》さん、帰ってきた。今日、加治さんの――」

「なんだよ」充は姉に詰め寄った。「なんで知らせてくれなかったの――」

「梢」襖の向こうから声がした。甚一だ。

姉と同時に襖へ目を向けた。

「お風呂《ふろ》に入りな。お前は女の子なんだから、きれいにしなくちゃ駄目だ。今、下で聞いたが、学校でなんか言われてるらしいじゃないか」

「姉ちゃんは寝てるって」

「話し声が聞こえたぞ」

体が強ばった。姉と視線が合う。姉へ強ばった笑みを送った。充のついた溜《た》め息が、震えた。

充は襖《ふすま》の直前まで進んだ。姉が腕を引いたが応じなかった。振り返った先に、いやいやをしている姉の顔があった。その仕草が、充を煽《あお》った。

充は囁《ささや》いた。

――言ってやる。

震える吐息を静めた。体の硬直は解けていない。

「父さん、能見の伯父さんはきたかい」

「何？」

「姉ちゃん、今日会ったとき伯父さん、いつここへくるって言ってた？」

何かがぶつかり、襖をこする音がした。

「能見が……いや、義兄《にい》さんが帰ってきたって、今そう言ったのか」

「そうだよ。なあ、姉ちゃん」

姉は何も答えない。

「ちょっと開けてくれ。梢に話がある」

「あたしは寝てるって言ったでしょ」

「梢？」

姉は襖を見もせず言った。「もういって」

分かった。甚一は下へ降りていった。

充は小さく奇声を上げ、ベッドに体を投げた。「そうか……姉ちゃん、伯父さん元気だった？　今までどこにいたの」

姉は沈んだ瞳で充を見つめ、何かを言いかけた。

「またどっかにいっちゃうんじゃないよね」

「……多分ね」姉はカーテンの中へ消えた。

「どうしたの」

「会えるよ……そのうちに」

十三

人の絶えた小さなオフィス。断続する、甲虫の羽音。

部屋の中には、部屋の持ち主の嗜好《しこう》を示すようなものは何もない。

南城はシュレッダーを使い、不要の書類を裁断していた。

裁断しかけた書類の一枚に目が止まった。

──韮崎警視、本日の活動と評価……。

南城はその書類を含め残りのものをすべて裁断した。

──韮崎はまだ能見へ突っ込んではいないようだ。思っていた以上に出足が遅い。

目的も手法も微妙に違うが、韮崎と南城の所属先はよく似た名前だ。向こうは刑事部、こちらは公安の組織犯対策担当。向こうは室長、こちらは分室長。

南城は今朝から能見亮司の二十四時間監視を始めた。

能見の監視に、三人ずつ二チーム。能見の現状内偵に一人、能見の過去五年の調査に一人。

刑事たちには二種類の者たちがいた。桜田裕太《ゆうた》のようにほかに所属先を持ちながら分室の仕事に従事している者と、分室専従の者たち。現在の総員は十三人。

デスクの上の電話が鳴った。

《ご入り用だそうで》

「サカタ。待ってたよ」

南城のために働いている民間協力者の一人だ。

「お前の得意技が欲しい」

《音ですか、画《え》ですか》

「両方。通話の録音と自宅前の映像記録。自宅前のカメラは音声なしでいい。いつもの通り、セッティングだけしてくれ。そのあとはウチのもんが引き継ぐ――」

正規の申請をして盗聴行為をするつもりは、さらさらない。

電話を終えて、部屋を出た。

西新宿に向かった。オフィスタワーの最上階にあるレストランモールの中の、高級中華レストランが会合の場だった。

個室に案内された。他の三人が円卓を囲んでいる。

滝神、今は貿易会社経営の新《しん》。以前は死んだ渡部もいた。

「遅いぞ」滝神の叱責《しっせき》が飛ぶ。

「仕事、ですよ」

「飲み物を頼め」新のひしゃげた顔は、すでに酒で赤くなっている。「何がいい」

「ウーロン茶で」

「飲まないのか」

滝神が割って入った。「能見については、どこまで進んでる」

「行動監視、過去五年の追跡、現状。秋葉についても少々。まだ何も出ません」

「奴の半身不随は本当か」

「なぜそんな必要がある」新が言ってくる。「車椅子の偽装がなんの役に立つ？」

「今のところは」

「無害を装い、油断させるつもりかも知れない」

「あるいは本当に無害か」

「有働や秋葉の知っていることを、能見も知っていると考えておかしくない。引っ張ったらどうだ南城」

「もし、能見が何も知らなかったら、彼もこちらの事情を知りたがる」

「そこをうまく対処するのが、お前の仕事だろう」

新が言った。新の顔は一度見たら忘れない。片頰に、拳《こぶし》がはまるほど大きな窪《くぼ》みがある。狩猟、それも熊撃ちが趣味の新は二十年以上前、手負いの熊に、頰の肉を殺《そ》ぎ取られた。この新が、民間の側にいて南城分室の内偵活動に協力している。

滝神が言った。「分室のほうは？　部下たちの状態は？」

「良好です。まあ、桜田については少々問題ありですが」

「あの若造か」

「ほかの連中と折り合いがよくない。だから今回は、単独で簡単な仕事を割り当てました」

「うまく使え」

一番器量が小さい、しかし分室の創設者というだけでトップにいる滝神に、南城はうんざりし尽くしている。器量が小さいだけでなく、醜い。

「五年前、火消しをちゃんとしないからこんなことになる——」

滝神の愚痴が始まった。あの夜、監視員に同行していた南城は、スターライトスコープごしに確かに目撃した。秋葉と能見、二人の男が夜の公園で銃撃されるところを。

秋葉の歪《ゆが》む顔と、それを見て驚く能見の顔。よく覚えている。

「ところで、こないだ囮《おとり》にひっかかってきた奴らのことだが――」

新と滝神が仕事の話に入った。南城はそれを聞き流していた。

獣しか撃ったことがないが、いっぱしのガンマンのつもりでいる新、スパイマスターにでもなったつもりでいる無能のデブの滝神。自分を偽る癖がついている二人は、よく気が合うようだ。

――特に滝神だ……この野郎。

南城はときどきいぶかしく思う。おれはなぜ、こいつに使われているのか。

――運不運、そういうことだ。

南城はウーロン茶とともに幾つかの料理を口にした。その間に滝神と新の仕事の話は終わっていた。

新は狩りの話を始めた。滝神は聞いているふうを装いながら、春巻にかぶりついている。手も口も、油で塗《まみ》れている。

能見に羨《うらや》ましいと思うところがあるとしたら、それは一つだけ。

――仲間に恵まれた。

五年前に行われた能見の前歴調査の結果から南城は、秋葉と能見がホモセクシュアルではないかと疑った。その強い結び付きを説明するのに、それが一番しっくりくる気がした。能見に聞かせたら、どんな顔をするだろう。

——あの二人は親子だった。年は十しか離れてないが、親子だった。

今ではそう思っている。能見は、子供を持てない秋葉と秘密の養子縁組を交わしたようなものだ。秋葉がなぜヤクを憎むのか、五年前にはなかなか分からなかった。今回、再び行われた調査によりそれが出てきた。元妻の美知子が親友に語った内緒話、それが密かにだれかへ流れ、やがて分室の捜査員が持ち帰った。

秋葉の母親は薬物中毒者だった。妊娠中もヤクを使い続けていた。その結果、生まれた秋葉に先天異常が現れた。体の形状、脳に障害は出なかった。秋葉は生まれつき染色体異常があり、子供を作れない体だった。いや、子供を作れないわけではない。もし秋葉が子供を産ませたら、ほぼ間違いなくその子供は障害を持って生まれてくる。

子供好きだった秋葉は、自分の子を持つことを断念した。その反動が、ヤクへの憎しみに転化した。

秋葉はトルエン中毒の若者に出会い、一度は拒絶した。若者が本気で自分を変えようとしていると知ると、手を差し伸べた。トルエンさえ抜けば、能見には見込みがあった。

能見の心のうちは推測するしかないが、彼は秋葉の中に、理想の父親像を見たのではないか。能見は命をかけてもいい仲間、親に恵まれた。青臭くて嫌らしいが、どこか羨ましい気もする。

失礼しますよ。南城は席を立った。引き留められなかった。

——能見……。

南城は部屋を出ながら思った。
——五年前は負け、仲間を失った。今回はどうかな。
廊下を進んでいく南城の携帯電話が鳴った。
《クマダです。予備調査終わりました》
「どうだ」
《加治は、元秋葉の仕事仲間でした。そのため、店には——》
「知ってる。その店は悪党たちの溜《た》まり場だったんだろう」
《ええ。それで今、店に集まる男たちの間で噂が立っています。それが能見亮司が戻った目的でもあったわけです》
「噂？」
《能見亮司は、秋葉を探しにきたと言っているそうです。秋葉はまだ生きている、秋葉は自分を助けて医者を世話し、リハビリにも付き合った、と》
「秋葉は死んだ」
《別人を仕立てた、と語ったそうです。秋葉は能見を助け、消えた。だから能見は秋葉を探しに街に現れたんです》
南城は低く鋭く笑った。
「……書類による報告は不要だ。お前はその噂の真否を追え」
南城は電話をしまった。
廊下の真ん中に立ち尽くし、南城はひとしきり笑った。能見の語ったことの真否はひとまずおく。

——最近欠けてた面白みってやつが、戻ってきたな。

今の報告のお陰で、能見に何らかの接触を試みるのは得策でなくなった。生きているなら秋葉は、必ずいつか能見に接触する。

——自分の息子なんだからな。

五年前の借りを返しに、秋葉が戻ってくる。本当にそんなことになれば、まさにファンタジーではないか。では、能見の役割は。

——役割なんかない。奴は、親を失って鳴いてる子犬だ。

十四

秋葉美知子がレジブースに向かってゆく。その途中、東野と目が合った。東野は微笑みを送った。美知子はそれに応《こた》え、微笑んだ。

厨房《ちゆうぼう》前の壁に寄り掛かり、東野は美知子を見つめていた。美知子はアルバイトと打ち合わせらしいことをしている。

柔らかな笑みが美知子の顔を包む。気楽な世間話も交じっているのか、美知子の小さな口に微笑みが浮かんだまま消えない。黒目がちな瞳《ひとみ》がきらめいた。

さっきの電話を思い出し、東野の唇がほんの微か、歪んだ。

——……まさか秋葉さんが本当に……。

美知子の尖《とが》った顎《あご》が上を向いた。口に手を当て、大きく笑ったのだった。美知子の白い喉《のど》が眩《まぶ》しい。

——……そんなことってあるか。

東野は秋葉生存の噂を、美知子には話せないでいる。

——秋葉さんが生きていたら、ここにくることがあったら……。

美知子は秋葉へ走る。

美知子と目が合った。何、と美知子の瞳は問いかけてきた。なんでもない、と東野は瞳で答えた。美知子はまたお喋《しゃべ》りに戻った。

美知子と目が合ったとき、こう考えていた。

——能見、もうここへはくるな。


深夜零時過ぎ、能見は借家に戻った。加治の店から五百メートルほど離れたところにある清掃工場脇の、三階建ての小さな貸ビル。その一階を借りた。一階はガレージつき。ちょうどいい物件を探すのには苦労した。

入り口はサッシの掃き出し窓。土足で入る造り。トイレと小さな流しがあり、床はリノリウム。事務所用の物件だった。入居前に人を頼んでだいぶ手を加えた。ガレージ、玄関、室内とすべての段差を埋め、トイレにはポールを回して使いやすいようにした。バスタブを運び入れて隅に置き、流しの給湯器から急拵《きゅうごしら》えの配管を引いて風呂《ふろ》とした。排水は、バスタブの排水口に繋《つな》げた電動ポンプで行う。

ソファセットとベッド、木製の棚、小さなテレビ。部屋をカーテンで三つに仕切って使っている。

能見は部屋に入るとソファに移り、所持品をテーブルに置いた。その中には、添嶋から仕入れた銃身につけ替えたばかりのスイス製自動拳銃《じどうけんじゅう》、ＳＩＧザウエルがあった。東京湾横断道路で試し撃ちを終えてきた。

休日でもなければがら空きの、海の上の高速道路だ。路側帯に車を止め、車両の通行が途絶えたときを狙い、照明ポールに向けて二十発ほど試し撃ちした。

明日明後日にも、新聞ネタになるだろう。身障者マークを剝《は》がし、ナンバープレートにカッティングシートで細工を加えた。ちゃちな偽装だが、なんとかなるだろう。なんとかならなかったらそのときは、それまでのこと。

橋の上から見た、暗い海が目に浮かぶ。

限りなく続く一枚板のような、暗い海。


最終便が頭上を過ぎていった。ジェットエンジンの轟音《ごうおん》が遠のいていき、やがて途絶えた。凪《な》ぎの海。粘りがあるかのように緩く蠢《うごめ》く波。

秋葉お気に入りの城南島の公園。波打ち際の柵《さく》にもたれかかっているのは、能見と秋葉の二人。秋葉はここから旅客機を眺めるのが好きだった。

あの夜は仕事の話から入った。仕事自体は簡単に済みそうなもので、特に差し迫った問題もなく話は済んだ。

そのあと、能見は惚《ほ》れた女と結婚の意志があることを打ち明けた。意志はありつつ逡巡《しゅんじゅん》する能見を、秋葉は励ました。能見が気にかかっていたのは、その相手が堅気だったということ。秋葉の妻美知子は、すべて分かった上で秋葉と一緒になっている。

——気にするこた、ねえよ。

秋葉の答え。

——仕事のことなんか説明するな。パクられなきゃうまくいく。

打ち明け話を終えて気が楽になった能見は、秋葉に帰ろうと促した。今夜はもう、旅客機はこない。

——ちょっと待て亮司……。

秋葉は能見を引き留め、モルヒネの取引について静かに詰問してきた。

取引は、能見が独自に進めていたものだ。秋葉たちはグループを組んでいるが、それぞれが独立した形を取っていたので、個人では何をやるのも自由だった。ただし、ヤク関係を除いて。後ろめたい取引ではないと思っていたが少し気にかかり、秋葉には隠していた。それがばれていた。

——おれとの付き合いは何年になる?

——十二、三年かな。

——覚えているか。ヤクの仕事をしたら、縁を切る。一番最初にそう言ったな。

覚えている。能見はまだ、やっとのことでトルエンを抜いた二十過ぎの若造だった。

——覚えてる、けど秋葉さん……。

能見は抗弁した。薬と言っても、医薬品不足の旧ソビエト圏にまっとうな医薬品として流すのだ、と。

――だったらお前、ロシアまで付き合って届け先を見届けるのか。どういう使われ方をするのか、ちゃんと確かめるのか。おれに大見得切るくらいだから、当然そうするんだろう?

能見は、黙るしかなかった。

――処分しろ。

――華僑の男たちが怒る。

――殺せ。手を貸す。

仮借のない男だった。

――おれがモルヒネ処分するの、見にくるか。

つい聞いた能見に秋葉は言った。

――お前がそうすると言ったら、そうする。それくらいの信用、あるさ。

そのときの、秋葉が浮かべた染み入るような笑みを、能見は今もはっきり覚えている。

――話は済んだ……。

秋葉はひとり先に歩きだした。

――リョウジ、加治の店にいって飲もう。

音は何も聞こえなかった。銃撃を受けたと知るまで、一瞬の間があった。

秋葉は低く叫び、能見へ向けて自分の身体を投げ出した。能見は秋葉を抱き止め、地面に倒れ伏した。

目を上げたそのとき、目の前の地面が弾《はじ》けた。能見は秋葉を抱き締め、頬を地面につけた。

――撃たれたのか。

静かな夜。静かな弾丸が二人を襲った。遮蔽物《しゃへいぶつ》はどこにもなく、逃げるところは海しかなかった。

秋葉が呻《うめ》き声を返してくる。辺りを探る能見の目に、藪《やぶ》から進み出てくる三人の人影が入ってきた。等間隔に離れ、ゆっくり近づいてくる。

――三人きた……。

いつも銃器を携行しているわけではない。武器はない。

――海……ほかに案、あるか。

なかった。

能見は心を決め、傷ついた秋葉を抱え上げると柵の外へ落とした。

大気が切り裂かれる音。

続いて能見も柵を乗り越えにかかった。見下ろした場所に、秋葉がいた。黒く蠢く波間の中に、両手を差し延べている秋葉の姿があった。

そのとき、能見は弾丸を食らった。

弾丸に背中をひと押しされ、海へ落ちた。落ちてきた能見を、秋葉はその両腕で出迎えた。

ソファの上で、能見はズボンを脱いだ。

手を突っ張り片手に鏡を握り、腰から尻《しり》、腿《もも》と目をこらして調べていく。

傷がないか調べていた。麻痺《まひ》部分に傷があれば、褥瘡《じょくそう》にかかる恐れがある。褥瘡とは、床ずれの酷いものだ。能見のような機能不全者は、気をつけなければいけない合併症。触覚を失い痛みを感じない部分に、どんな小さなものでも傷をつけると、褥瘡にかかる恐れがある。放っておくと、傷の部分から壊死《えし》を起こしてしまう。

腿の部分にあざがあった。杉下たちにやられた部分だ。小さく舌打ちした。念のため抗生物質配合のクリームを塗っておいた。医者にかかることになるかも知れない。

体の点検を終え、能見は車椅子に戻り銃を手にした。部屋の中を見回してみる。いつガサが入ってもいいように、準備だけはしておかなくてはならない。

うまい隠し場所は見つからない。結局、銃を車椅子のシート下にあるポケットに差し込んだ。シート下は布が二重になっており、マジックテープで口を閉じるようになっている。銃をしまい、能見はソファに背を預けた。一瞬、能見の瞳が遠くを見る。部屋の中にないもの、場所、人へと飛んだ。

「………」

息が漏れた。梢や充には会うつもりがなかった。加治にうまくやられた。梢と会ってしまったら、充とも会わないわけにはいかない。五年前と今とでは、どうしても接し方は変わらざるを得ない。

気持ちを入れ替え、能見は車椅子に乗って移動した。体は麻痺のせいで、常時便秘の状態。尿意も便意も感じない。数日に一度、浣腸《かんちょう》をしなければならない。

液体となった便が流れていくのを見ても、肛門《こうもん》から酷い音がしても、排便のたびに痔《じ》を防ぐ座薬を押し込むことにも、今ではなんの感慨も湧かない。
もう、情けないとは思わない。

第二章

一

能見は小林の笑みに迎えられた。小林の健康そうに日焼けした顔には、幾らか皺《しわ》が増えていた。

風の強い中、バドミントンに興じる若い男女。小さな公園のベンチ。

小林と秋葉との付き合いは、能見よりも古い。優しい心の持ち主で、殴ったり殴られたりすることは苦手な男だった。

能見はあの夜のこと、この五年のことについて、加治や東野にしたような説明で済ませた。五年前のあの事件以来足を洗った、事件のあと警察に睨《にら》まれたこともありなんとなくばらばらになった、と小林は語った。小林は昔から実行者であり、立案者ではなかった。秋葉という立案者を失った小林は今、車のセールスマンをしている。

小林は自嘲《じちょう》の笑みをこぼし、火のついた煙草を地面に叩《たた》きつけた。

小林の横顔。口元に浮かぶ自嘲の笑みが消えない。能見は小林の肩を軽く叩いた。

「女房と子供を食わせなきゃならない。けちな稼ぎを続けてる」

「稼ぎ方なんか――」

「分かってる」

いい暮らしじゃないか。能見の言葉に、小林は鼻で笑いどこか遠くを見た。

嬌声《きょうせい》が風に乗る。バドミントンの二人。風でコックが大きく流され、追った女が尻餅《しりもち》をついた。

「いいケツしてる……なあ能見、女のケツって、なんであんなにいいんだ」

能見はちょっと考えた。「割れてるからだろう」

小林は軽く笑った。「なんだそりゃ……でも、そうかもな。割れてないケツには、なんも突っ込む気がしねえや」

「いつかは足を洗うときがくる。予定より早くきただけだ」

「……今のおれは、昔おれが想像してた未来のおれの姿より、だいぶ惨めだ」

仕事に戻らないといけない。さりげなく言い、小林は腰を上げた。一回伸びをしてから、能見をじっと見下ろした。

「念のため聞くが、お前のこいつ――」小林は車椅子の車輪につま先を当てた。「ほんとか」

能見は頷《うなず》いた。

そうか。小林は呟《つぶや》いた。いいヤマ見つけたんだが。

思わず見上げたそこに、からかいの笑みがあった。

「冗談さ……今どうして稼いでる、年金だけか。金なら少しは――」

能見は声を上げて笑った。

「なんだ、人の好意を――」

「みんな最後にそう言ってくる。金に困ってるように見えるか」

小林は能見を上から下へと見た。「スーツは高そうだ」

「実際、大丈夫なのさ」

「いつでも頼れ」

「ところで、秋葉さんのことなんだが……」

「うん？」小林はネクタイを直しながら能見を見下ろした。「秋葉がどうした」

能見は視線をどこかへ投げた。「いいんだ。なんでもない」

「ならいい」小林はにっこりした。「仲間がいてよかったよ、お前もおれと同じだな」

「何が？」

「自分の理想通りには生きられない」


今の小林に、秋葉が生きているのいないのと言ったところで、どうにもならない。秋葉なら、現在の小林に接触すること自体を避けるだろう。彼は堅気だと聞いた時点で、接触をしないのが本当だった。

でも、古馴染《ふるなじ》みは古馴染み。別れの挨拶《あいさつ》ぐらい、いいだろう。

小林と別れた能見は、別の顔の前にいた。

「野郎はすっかり腑《ふ》抜けになっちまって、カミさんには尻に敷かれるし、子供は生意気ざかりだし、一言で言えば、情けないってことだ。だいたい、小林は肝っ玉が小さくて——」

森尾の話が続いている。市ケ谷にある森尾の事務所。表の看板に、探偵事務所の文字。ソフアセットも、種々のリストが詰まった書棚も、森尾がついている大きなデスクも、すべてが高価に見えた。だが、何を書いているか分からない掛け軸があったり、ダルマが置いてあったり、日本刀が飾ってあったり、神棚がきらめいていたりし、組事務所のように見えた。

「今までどこほっつき歩いてたんだ。秋葉の件に関係してたんだろ。一体どうしてあんなことになったんだ、勝手に消えやがって。お前は昔からそうだった。自分のことしか――」

森尾は秋葉と同い年の仲間。当然、秋葉との付き合いも古い。小林とは正反対の男で、口が回り落ち着きがなく、気が荒い。

ヤマのネタを仕入れるのに便利かと思って、探偵事務所を開いたという。

「だがな、ろくなもん転がってこねえ。せいぜい、浮気をネタにゆするぐらいなもん」

「人妻の浮気で？」

「ああ。でも女ばっかりじゃねえ」

「女のほうが、別の楽しみもあっていいんじゃないのか」

「まあね」能見の瞳《ひとみ》の中にあるものを見た。「……なんだ」

「ケチな稼ぎだ」

一瞬、森尾の口が止まった。捩《ねじ》れた笑みが浮かんだ。

「半身不随で国から金もらって食ってる奴に、そんなこと言われたくねえ。こっちは自力で食ってる。ヤマ踏めるのか。踏めないだろ。だったら偉そうな口きくな」

能見は無言で、両手を上げた。

能見は秋葉たちに加わって二年もしないうちに、秋葉に重用されるようになったが、それを面白くないと感じた男がいた。それが森尾。直接やり合うことはなかったが、森尾の能見に対する冷めた感情は周知の事実だった。

秋葉は言っていた。

——ああいう奴だから、ほっとけ。

「東野もうまくやりやがった。あの野郎——」

秋葉が残した大金と秋葉の女、両方手に入れ、今ではレストランの支配人に収まっている。恨み節が延々と続いた。仮に明日、東野がここにきたとしたら、結構仲良く会話を弾ませられる。そして多分、小林や能見への悪口を楽しむだろう。

能見は早々に話を切り上げた。森尾にも秋葉は生きていると話したが、彼の反応はみなとほとんど変わらないものだった。能見の頭の中を疑うことも、しっかり忘れなかった。

「ほんとに生きてるんなら、でかいヤマを持ってきてくれる。昔からそうだ、秋葉のそばにいると金が転がり込んでくるんだ」

能見はドアに向かいながら言った。「自分でヤマ踏んだらどうだ」

「またそんなことを——」

「お前の脚は踏む気があれば何でも踏める。だったら踏んでみろ、自分独りで」

二

いきなりの壁。電話とコンピューター端末を目の前にしている桜田は、椅子の背に大きくもたれた。

能見亮司の名がない。

能見らしき銃創患者搬入の報告はどの病院にも入っていない。全国の福祉事務所に問い合わせたが、能見亮司という名の男が、医療費の助成、施設への入所の斡旋《あっせん》、障害者年金受給の申し込みを行った形跡がない。そもそも、これらの公的サービスを受けるにはまず、身体障害者手帳を受け取らなくてはならない。それには都道府県知事の指定医による、診断書と意見書の提出が必要だ。

ここまでくると、最初のところに戻ってしまう。能見が入院していないというところに。

とにかく次は、全国のリハビリテーション施設へ虱潰《しらみつぶ》しに問い合わせしてみようと考えた。

「しかしな……」

身体障害者手帳がないと入所できない。すべてがそこにかかってくる。

南城に相談してみようか。今このフロアのどこか、通称〝待避所〟のどこかに、南城がいることは分かっている。

――まだ早い。

壁にぶつかって早々南城に泣きついたのでは、こちらの腕を疑われてしまう。

能見の前歴資料に目を落とす。能見亮司は本名、とある。偽名を使ったか。犯罪常習者だ、可能性はある。

能見所有の車の情報も入っている。車の名義は東京西部の某リース会社のもの。能見はその会社とロングリース契約を結び、車を借りている。不随者用の改造を施しているが、それも契約のうちだという。

能見がリース会社に提示した免許証のコピーは、加治の店の住所になっていた。免許の名義は能見亮司のまま。だが運転免許センターの記録によると、能見は免許の更新をしていない。二年前が更新時期だったが彼は更新せず、今も失効したままだ。リース会社に提出したのは、有効期限を違法改変したものらしい。

少なくとも、桜田にとって能見亮司という人間は存在していない。

——可能性はまず、偽名。偽名で入院、リハビリ、障害者手帳入手を行った。傷の初期治療には、金を積めば口を閉じている医者を使った。奴ならそういう知り合いがいてもおかしくない……でも、偽造身分を手に入れたなら、なぜ車を借りるときにそれを使わなかった？

桜田はコンピューターのスイッチを切り書類をカバンに入れ、腰を上げた。馬鹿な考えが浮かんだ。

——もしかして……。

もともと障害者ではない。だから、記録がない。

——なんのために車椅子なんかに。

妄想を振り払った。

廊下に出たところで、ばったり南城と顔を合わせた。

「具合は」

「はい、まだとりかかったばかりです」

「で？」

結局、早々に壁にぶち当たったことを白状するはめに陥った。

「可能性としては、偽名と……です」

「偽名と？」

「いえ」

「と？」

南城の瞳が、言葉を待って桜田を見据えた。

「いえ」なぜか照れ笑いが出た。「馬鹿な考えですが、能見はもともと身障者ではない、ということも……」

南城の視線が桜田から離れた。廊下の向こうへ、壁を突き抜けてどこかへ飛んだ。

「続けろ……追加情報を待て」

南城はひどく優しげな、というより面白げな顔を向けて言い、歩き去った。とたんに、桜田の肩から力が抜けた。

ビルを出た。今日は風が強い。すずかけの枯れ葉が左の肩に飛びついてきた。すぐに振り払ったが、なぜかその枯れ葉は湿っていたらしく、コートに葉の形の染みがついた。舌打ちが漏れた。

タクシーを呼び止め、乗り込んだ。「西新橋へ」

思いが飛ぶに任せ、桜田は車窓に目を向けていた。人、車、バイク、自転車、男、女。

能見亮司という男を裸にしようとしている。与えられた仕事がそうだというだけで、個人的には能見を知りたいとは思わない。思わないが、知ることはできる。

奇妙な優越感。自分は、探ろうと思えばどんな人でも丸裸にできる力を持っている。正確に言えば、力を持つ組織に籍を置いている、ということだが。やる気になれば、どの家のドアの中も覗《のぞ》ける。自分に与えられた職責に付加された特権は、桜田の自尊心をくすぐった。そう、まさしくこれは特権だ。

——おれは国を守っている。

桜田はまだ、自身が突然センター出向を命じられたときのショックを覚えている。所轄の警備課に属し公安警察官として働いていたとき、突然の出向を命じられた。センターが墓場だということは知っていた。

腐っていたとき、あの南城が接触してきた。

——お前は捨てられたのではない、選ばれたのだ。

能見や秋葉、有働警視の件について、もちろん桜田の知らない情報はあるのだろう。どの情報をだれにどれだけ与えるかは上司の考えることだが、だからと言って、桜田の優越感に水を差すことはなかった。

「運転手さん、場所変更——」

センターに戻り少しは野村にゴマをするかと考えていたが、突然気が変わった。センターの奴らに何をどう思われようと構わない。あそこにくすぶっている奴らとは違う。

「大田区の城南島へ」

一度精算を済ませ、十分ほどで戻るから待っていてくれと頼み、タクシーを降りた。平日の昼間だが、公園の常設駐車場には十台以上の車があった。アスファルトを敷いた小径《こみち》を歩いていった。すれ違う人はいない。人造の小さな林を抜けると、突然視界が開けた。広大な芝生広場。

ただの風が、急に潮風だと感じられてきた。芝生広場の先には、海が広がっていた。

あの夜の正確な場所は分からない。資料にもただ、この場で銃撃、とあっただけだ。

芝生を渡った。ぽつりぽつりと人影。波打ち際の柵《さく》にもたれて話す、あるいはベンチに座り寄り添うカップル。作業着姿のままキャッチボールしている者も。この辺りは民家のない工場地帯だ。

波打ち際まで進み、景色を眺めた。沖に広がる羽田空港はどこまでも平坦《へいたん》で、一種奇妙な違和感を覚える。

左右を見回す。当然、あの夜の痕跡《こんせき》は何もない。

海へ逃れた秋葉と能見は、運河で隔てられた隣の京浜島まで泳ぎ渡った。あの日の夜明け近くに、京浜島工場街の公園そばで血染めの電話ボックスが見つかっている。やがて、死んだ秋葉と電話ボックスの血液が一致した。もう一人の男の血液も検出されたが、比較物がないためそれが能見のものだとは証明されなかった。

ほかに情報ソースがありでもしたのか桜田のもらった資料では、秋葉と一緒にいたのは能見だと断定されていた。

――ここがすべての始まりだ。能見、ここからお前はどこへ行った。

不思議と言えば不思議なのは、深夜の公園での銃撃なら大きな新聞ネタのはずだが、桜田にはそんな事件が起きた記憶がない。何かの理由で伏せられたのか。

——現に資料には、ここで銃撃が、と書いてあった。

捜査が行われはしたのだろう。そうでなくて、資料にこの場所が載るはずがない。

いつもの癖が出て、自分の知らないことへの詮索《せんさく》を中止した。

数分、風に吹かれた。

ふと、柵から下を見た。波消しブロックが積んである。

——夜に、海へ逃れるためにここから……。

下にそのまま落ちたら怪我をする。桜田は柵から身を乗り出した。ブロックのかなり上まで、海面上昇の痕跡がある。

——満潮で助かったんだな。

カバンの中から小さな望遠鏡を取り出した。隣の京浜島まで、最短でも一・五キロはありそうだ。

——大した体力だ……。

秋葉は能見を助けて死んだ。能見が撃たれなければ、秋葉は助かったかも知れない。撃たれたとしても、そこが脊髄《せきずい》でなければ、二人とも助かったかも知れない。

数機の旅客機を見送り、踵《きびす》を返した。

手入れの行き届いていない芝生で、あちこちまだらになっている。芝生に目を落としながら歩いていた。芝生を渡り切り、小径に戻ったところで目を上げた。

能見亮司。

我知らず肩の辺りが痙攣《けいれん》した。歩みが止まりかけたが、それだけはなんとか避けられた。だが、僅《わず》かに滞りはした。

――馬鹿野郎……。

自分をののしった。

能見は桜田を見つめていた。車椅子の背にもたれ、感情の消えた瞳《ひとみ》が桜田を射抜いている。

桜田は目を逸《そ》らし、能見の脇を通り抜けようとした。

「おい」

――まさか、おれにか。

一瞬、聞こえなかったふりを、との思いが過《よぎ》る。どうするか決めかねているうちに、足が止まってしまった。能見の首がふり向いて、桜田を見た。

「何か」

能見は上から下まで桜田を見た。「知り合いだったか」

「わたしと？　さあ、存じませんが」

桜田は会釈して、いきかけた。

「あんたが――」能見の声が追いかけてきた。「おれを知っているような素振りだったんでな」

「そうでしたか」早口で言った。一瞬あとで、何も言わないほうがよかったと気づいた。もう遅い。歩き出そうとした。

「おい」

また歩を止めた。「はい」

「駐車場まで押してくれないか」

「ええ……いいですよ」

桜田は能見の車椅子を押して、進み始めた。

——とんでもないドジを……。

後悔の念を覚えながら、桜田は慣れない車椅子をよろよろ押し、道を進んだ。

能見は終始無言。

いくつかの段差を越えたり降りたりするのを手伝った。手伝いはしたが、能見はそんなことを自力でこなせるように見えた。

駐車場まで戻った。

「ここで……あんた、名前は」

「コジマです」

「コジマさん、すまんな」

「いいえ」

「なんの仕事か知らんが、仕事さぼりもたいがいに」

愛想笑いを浮かべた。「ばれましたか」

能見は独りで車椅子を動かし始めた。

桜田はまったく気を抜かず、だがはた目にはのんびり見えるように歩きだし、一度も振り返らず、タクシーまで戻った。

「出してください」

嫌な汗をかいた。桜田は律義にハンカチを取り出し、首筋を拭《ぬぐ》った。

思い返してみた。自分に不審を感じただろうか。

――感じないはずがない。おれを知ってるのか、なんて。

不意打ちだった、などと言い訳を考えてみても始まらない。

南城の顔が浮かぶ。

携帯電話に着信が入った。

《こちらウキタ。お前、あそこで何をしていた》

こんなときに、嫌な奴。

「あそこ?」

《振り向くな。能見がお前の乗ったタクシーを尾行してる》

振り返りそうになった。こらえた。何か反射物、後ろの光景を映しているものはないか。当然、ミラーの類《たぐ》いはすべて運転手に角度を合わせてあり、桜田の役には立たない。

「……ウキタさんは」

《能見のかなり後ろにいる。能見を囲ってた。そしたらびっくり、お前がのこのこ現れて、しまいに能見と一緒に帰ってきた》

「偶然声をかけられたんです」

《何をしていた》

「能見の――」ブレーキがかかった。自分の仕事を明かしてはいけない。それが同じ案件に関わることでも。これが決まりだ。「室長を通さないと言えません」

《室長を通したあとで、電話かけてるんだ》

「室長の許可が出たんですか」

笑い声。《質問の許可は出てないけどな》

「とにかく——」

「お客さん、行き先は」運転手が尋ねてきた。

「ええと——」

《どこか駅にいけ、鉄道に乗り換えろ》

桜田は運転手に一番近い駅を尋ねた。よく分からない、と運転手の答え。

「多分、京急のどこかだと思うけど」

「駅までいってください。どこでもいいから」

運転手は辺りの表示に目を配りながら、車を西に進ませていった。

《嚙《か》みつかれたんじゃないだろうな》

「偶然ですよ。介助を頼まれたんです。無視するのも却《かえ》って変でしょう」

十分もしないうちに、京急平和島駅についた。

繫《つな》ぎっ放しにしていた電話を切った。ずっと携帯電話を耳に当てたまま歩いていては、能見の目にどう映るか。タクシーを降りて駅へ。辺りを探って能見と目でも合ったら。そう考えると、顔を上げることができなかった。

どこから何を見られているか分からない。とにかく、出鱈目《でたらめ》な金額の切符を買った。

改札を抜けてホームに着いたとき、電話が鳴った。

「ウキタさんその後——」
《南城だ》
息が詰まった。「……はい」
《説明しろ》
桜田はすべての始まりである銃撃場所を見ておきたかった、という動機説明から始め、能見と偶然会い、偶然介助を頼まれ、と話していった。
《お前の感触はどうだ》
「感触？」
《奴はお前に不審を持ったと思うか》
「……そうとは、思いません」
——彼はおれの挙動に不審を抱き声をかけてきた。おれを怪しんだ……。
《ではなぜお前に声をかけた》
——奴は確かに疑っています。
「ほかに人がいなかったからでしょう」
数秒、間があった。
《ほかに何かないか》
「何もありません」
通話は終わった。桜田はベンチを探した。見あたらない。壁際までふらふら歩いていき、背を預けた。

南城は電話から無線へと切り替えた。

「どうだウキタ」

《台車は駅を過ぎ西進。止まる気配はありません》

「分かった。続けてくれ」

馬鹿が。南城は小さな無線ブースに独り言を響かせた。

能見が桜田を尾行していたのか、ただの偶然だったのか、分からない。桜田は道なりにいけばやがて辿《たど》りつく至近の駅に向かった。道筋は公園から都心方向へいくのに、なんの不自然もない。

――もっと遠くの駅に引っ張らないと、尾行かどうか分からないだろうが。

三

あの若造。

彼が立っていたのは、能見と秋葉が撃たれたまさにその場所だった。海面までの距離を測ったり、望遠鏡で辺りを眺めたり。

能見を見たあの顔、体の反応、問答の仕方。すべてが不審を後押しした。あいつはおれを知っている。

車椅子を押させて着いた駐車場には、彼を待つタクシー。

タクシーを待たせ、仕事さぼりのサラリーマン。臭くない、というほうが無理だ。足に、自家用車でなくタクシー。刑事か。なぜ今ごろ刑事があの現場を見にきたのか。刑事の病、現場詣《もう》でというやつか。わざわざ現場を見にきた、ということがあの男は刑事だと指示しているように思える。

——では、おれはなぜあそこへ？

刑事への問いが自分へ返ってきた。

——気が向いただけだ。

だれにとも分からず言い訳した。

いったん家に戻って体を休め、陽が落ちてから目黒駅近くの加治の店にでかけた。

ほかに客は、カウンターにカップルが一組だけ。いや、もう一人奥にいた。中年過ぎの男が独りでテーブル席につき、酒を飲んでいる。

加治が出てきて手を貸してくれ、能見は止まり木に止まった。自分のような独り客がテーブル席を占領していては、加治に迷惑がかかる。そのための配慮だった。

「夕飯はパスタにしよう」

「それでいい」

「まずはビールか」

能見は頷《うなず》いた。

すぐにビールが出た。一口飲んで、加治に頼み事をした。ノブに言って、ペットボトルのミネラルウォーターを用意させてくれ、と頼んだ。

加治は厨房《ちゅうぼう》へ消えた。

とたんに、背後から声がかかった。「ちょっといいか。二、三訊《き》きたいことがある」

店の奥にいた独り酒の男だった。小太りの小男で、丸顔に福耳という穏やかな容貌《ようぼう》。男は胸ポケットから黒い手帳を出した。

「二人きりで話したいんだが、そこから降りられるか」

「面倒事ならごめんだ」

「突っ張るな……おれは有働警視の身内だった男だ」

加治が戻ってきた。加治の手を借りて車椅子に戻った能見は、奥のテーブル席で男と差し向かいになった。

男は名刺を取り出し、能見に手渡した。長い所属先名だった。

――警視庁刑事部国際捜査課組織犯対策室室長。

「韮崎《にらさき》という」

「で？」

「さっきも言ったが、おれは長らく有働警視の下で働いていた。有働さんがあのセンターに飛ばされるまで、だが」

言葉を切り、韮崎はグラスの中のウィスキーを口に含んだ。

一瞬、能見と韮崎の目が合った。韮崎はグラスを傾け、間を取った。能見は視線を切らず、彼を見つめた。

「有働警視は事故偽装され、秋葉ほか数名が殺された。犯人は、密輸を生業にする組織……」

能見は黙って先を促した。韮崎はすぐには続けず、真っ向から見つめてきた。探し物をしているという、あからさまな目つき。

「警視はある男に目をつけた。内偵には、秋葉ほか数名の民間人が協力した。男の背後には地下組織が控えていて、ある夜、急を突いてきた。同じ日同じ夜、有働警視は突然の事故で植物状態になり、秋葉は撃たれ、そのほか三人の民間人のうち一人が心臓発作、二人が失踪《しっそう》……きみの知ってる話ばかりですまんな」

彼の探し物は続いている。能見は無言を返した。

「秋葉は生きている、だと」

能見は鼻で笑ってあらぬほうを見た。

韮崎もあらぬほうへ視線を泳がせた。「わたしときみの目的は同じはずだ」

「……おっちゃんを見殺しにした」

「おっちゃん？　有働さんのことか。有働さんをおっちゃんと？」

視線を外した。韮崎の観察は続いている。

「なぜきみみたいな奴らと有働さんが親しかったのか、おれには解せない」

だろうね。能見は呟《つぶや》き、ビールをあおった。

「これは公表されていないことだが……有働さんが事故に遭った夜、センターに侵入者があった。公益法人とはいえ、警察関係の施設への侵入者だ」

韮崎の目が細められ、再び探し物が始まった。

「侵入者は有働さんのデスクやロッカーを漁《あさ》った。同時刻、有働さんの自宅にも侵入者。偶然同じ日に空き巣が入った、とは考えられない。金銭の被害はなかった。侵入者の標的は、警視の文机や書類棚だった。警視の急を聞いて病院にでかけた有働夫人の、留守中の出来事だ。侵入者は、有働さんの内偵記録を持ち去ったようだ……能見」韮崎は声を絞った。聞き取れないほどの囁《ささや》き。「これは知らなかったろう」

能見はテーブルのどこかを見つめていた。

「この話に興味がないとは言えないはずだ」

ゆっくり時間をかけ、能見はビールを飲み干した。「……ないね」

韮崎の瞳《ひとみ》の中に、福顔にはそぐわない暗い輝きが宿った。その口の端《はし》には冷笑。

「きみに接触するのは控えていた。こちらが接触したことが却ってきみの心に火をつけやしないか、と心配してな……だがもう、燃える余地はない、きみの心には」

能見は頬杖《ほおづえ》をついて、壁にしつらえたガラスケースを眺めた。加治のミニカーコレクションがきらめいている。

「これを見ろ」

韮崎は三枚の写真をテーブルの上に置いた。監視カメラの映像を転写したもの、と一目で分かる。

「五年前の十月三十日。当時秋葉夫妻が住んでいたマンション、玄関フロアの防犯カメラ」

俯瞰《ふかん》から捕らえている。一枚目。男が一人、秋葉の遺体を担いで入ってきたところ。二枚目。写真の隅で公衆電話を使っているその男の肩。三枚目。玄関を出ていきかけ、ちらりと振り向き何かを見つめる男。ハンチング帽を目深に被《かぶ》り、顔ははっきりとしない。背の低い怒り肩の男。

「きみはこいつを知っている」

能見はグラスを傾けた。

「きみは秋葉と一緒にいるところを襲われた。血染めの電話ボックスが見つかっている。鑑定の結果、二種類の血液が検出され、そのひとつは秋葉の血液だった。血に混じって海水も検出された。お前たちは別の場所で銃撃を受け海へ逃れ、京浜島に泳ぎつき、この写真の男に公衆電話で助けを求めた。かけた先は足のつかない携帯電話」

韮崎はすらすらと暗唱していく。何度もなぞったことのある記憶のようだ。

「写真の男、こいつはお前たちの側にいる。男は秋葉の遺体に敬意を払っていた。秋葉美知子に匿名電話をかけ、遺体があることを知らせた。秋葉は、ソファの上にきちんと手を組んで座り、ワイシャツは乾き、弾痕《だんこん》が残っているはずの上着は着せ替えられていた。頭髪にはきちんと櫛《くし》……この男を動かしていたのは……お前だ」韮崎は言葉を切り、能見を見据えた。「失踪するにはあまりに重い傷。お前はお前自身の命を守る必要があり、姿を消した。敵の大きさを知っていた」

能見と韮崎の視線が引き結ばれた。

「こいつを――」韮崎は写真の男の上に人差し指の先を当てた。「引っ張ることはいつでもできる。どんなに遺体に敬意を払おうとも、こいつの行為は死体遺棄だ」

「なら引っ張れ」

「泳がせてる」

「それはまた」

「物は言いよう」

「すでにこいつの身元は押さえて……まるで信じてない顔だな」

「信じるとも信じないとも言ってない」

能見は韮崎の名刺を指で弾《はじ》き、テーブルの上を滑らせた。韮崎は自分の手元まできた名刺を、弾き返した。

「その体だ、いずれおれが必要になる」

能見は黙って冷笑を送った。

「消される前に口を開け」

能見は彼の背中に言葉を投げた。「あんたも消されないようにな」

韮崎はその場で止まり、横顔を見せた。

「おれの活動は知られちゃいない。心配するな」

能見は薄く笑った。「おっちゃんもそう思ってたようだ」

韮崎は何か言いかけ、思い直して歩き去った。


彼は、訊《き》きたいことがあると言って近づいてきて、一つも質問せずに帰った。話し相手が欲しかっただけ、などということはあるまい。質問し忘れたのか、質問の必要がなかったのか。

能見の黙考を、加治の声がさえぎった。

「あいつ、デカなのか」

「ああ」

能見は食事を済ませ、ミネラルウォーターをもらい、店を出た。

風は収まっている。

――あいつ、デカなのか。

もう十年以上も前。能見自身があるところで言った言葉。

能見は秋葉に付き合い、深夜のバッティングセンターにいた。

秋葉はケージの中に入り、バットを振り回し始めた。振り回しながら、隣のケージの男と囁きを交わしている。

能見はケージの後ろにあるベンチに腰掛け、その様子を探っていた。細身で長身、グレーの髪をきっちり分けて、銀縁メガネをかけている。上着は脱いでいる。白いワイシャツにネクタイ、きっちり折り目の入ったズボン。

金融屋かと思った。

先にその男がケージから出てきた。壁のフックにかけていた上着を着込みながら、能見に目を落とした。

――お前が元ヤク中か。

能見は秋葉を見た。秋葉はバットを振り続けている。そのことはだれにも話さない、そう約束していたはずだった。

――こっちの世界に戻ってこれて、よかったな。

能見は腰を上げ、詰め寄りながら威嚇の視線を当てた。能見はまだ二十前半だった。男はくつくつと笑った。

——若いな。うらやましいよ。

——何がおかしい？

男はさらに笑みを大きくした。

——もうちっと大人を想像してたがな。案外、若い。若いと、吠《ほ》える。

男は悠々と去っていった。

秋葉がケージから出てきた。

——だれなんだ。

——昔、パクられそうになったことがある。

——あいつ、デカなのか。

——すべての悪党は追いきれねえから、ヤク扱いに徹している。

どこか称賛する口調。それが能見には面白くない。秋葉と二人だけの秘密だったことをばらされたのも、癪《しゃく》に触った。

——ひよっこ扱いしやがって。

野郎、と呼んでいた有働を、おっちゃん、と呼ぶようになるまで、半年ほどかかっただろうか。

なぜそこまで彼と親交を結べたのか、不思議な気持ちがする。道を外れた者を頭から除外しない鷹揚《おうよう》さ、暖かい視線、と言っては凡庸だろうか。

だが何より際立っていたのは、憎しみ。ヤクをばらまく奴らへの憎悪は、まさに仮借のないものだった。その落差が、能見を引き付けたのかも知れない。

有働が若いころ、ヒロポン中毒の通り魔が出た。有働は現場にかけつけた警官のひとりだったが、襲われた子も母も救うことができなかった。

これは秋葉から聞いた。有働はどんなに酔っても、その話をしようとしなかった。

──お前ら、いくらでも盗め、奪《と》れ……ヤクのばらまきだけは許さねえ。

それから、と付け加えた。殺すのは悪党だけに限る。

規範、と言うと青臭い。だが、有働にはその規範が確立されていた。若かった能見は、その姿に感化された。

思いを馳《は》せながら、車椅子を進ませた。

夜がさらに濃くなっていく。

街灯に近づいた能見の影が、長く長く伸びている。

四

ドアを潜ったとたん、香ばしい香りに包まれた。パン屋に併設されている小さな喫茶店。

パンは好きだが、パン屋の匂いは大嫌いだった。パンの匂いだけなら平気だが、クリームやジャムやチーズの匂いが交じる。暑苦しくて嫌。

梢は席に落ち着き、カフェオレを注文した。約束の時間にはまだ十五分ほどある。遅刻すると思って急いだが、逆に早く着いてしまった。学校帰りに直行してきた。

届いたカフェオレは、湯気を立てている。梢は小さな溜《た》め息をついた。

——アイスって言うの、忘れた。

カフェオレで馴染《なじ》みがあるのは、スーパーで売っている、ストローが背に張りついた紙パックのやつだ。母がよく買ってきてくれる、五つパックの特売品。

だから梢にとって、カフェオレといえばアイス。一口飲んで、砂糖を足した。それから、頬《ほお》杖《づえ》をついて窓の外を眺めた。カフェオレがほどよく冷めるまで、しばらく待つ。猫舌だった。

窓からは、駅前が見渡せた。あの人この人、あてなく視線を泳がせていく。

グレーのスーツを着て、大きなショルダーバッグを肩に下げ、片方の腕には書類封筒を抱えた女性が通り過ぎていく。確信に満ちた揺るがない視線を前方に定め、自分の居場所や自分がしていること、しようとしていること、どれにも迷いがない。小気味いい足音が聞こえてきそうな歩き方。

十年先、自分はどうなっているだろうか。あんなふうに、中学生の女の子が思わず見とれてしまうように、なっていたらいい。

——多分無理だろうけど。

十五歳なのに、来年には社会に出ようと考えているのだ。自分には、同じグレーでもグレーの作業服あたりが相場だ。母と同じように、一日中工場の所定の場所に立ち続け、まったく同じ動作を繰り返す。一日終わってみると、八時間もの仕事の間、何を考えていたかまったく思い出せない。

多分、そんなことになるのだろう。充はまだ男だから選択の幅が広い、などと思う。その充はあからさまにはしゃいでいた。ことあるごとに、伯父《おじ》が帰ってきた、と口にして父を見る。今までの萎縮《いしゆく》が嘘のように、明るく強く振る舞っている。

心中は理解しながらも何か、危惧《きぐ》を感じる。他人の強さを頼りに、父をやり込めて面白がっている充は、知り合いのやくざの与太話をするときの父と、よく似ていた。

梢は充に、伯父の体の変化をどうしても打ち明けられなかった。母は一応、約束を守ってくれる人。充に黙っているのが耐えられなくなり、母に伯父のことを話した。

——充には母さんから言ってあげて。

つまり、逃げを打った。

母は考えに沈んだあと、いきなりこう言った。

——ちゃんと食べられてるのかなあ。お金とか、大丈夫そうだった？　仕事してるって言ってた？

即物的だが、さすがに母は目の付け所が違う。仕事、経済状況など、梢はまったく気にもしなかった。伯父はそんな心配を感じさせない姿だった、と自分に言い訳した。

母が充に伯父のことを話したかどうかは、まだ知らない。

父は、はしゃぐ充を無視していた。母に悪態をつかなくなり、充に手を上げない。梢にも寄りつかない。いや、一度あった。学校へでかけた梢を、父が追ってきた。電信柱の陰に梢を引っ張っていき、数枚の紙幣を差し出した。

——足りないか？

駅前に小さなトラックが停まり、男が降りてきて後部ハッチを開いた。男は台車を降ろし、ビニールに包まれた新聞紙を積んだ。

男は台車を押し始めたが、車輪が歩道の段差に引っ掛かり、新聞の束が滑り落ちた。そこに中年の男が通りかかった。中年男はひょいと新聞の束を跨《また》ぎ、歩き去った。

その光景が、伯父を思い出させた。ひょいと跨いでいくことのできない伯父。

もうショックは消えた。少し、気落ちしているだけ。そう、少しだけ。

伯父は助けてくれる人ではなくなった。それは確かに梢を気落ちさせたが、それはそれ。能見のそばにはだれか必要なはず。助けてあげる人が。

だから、彼女に連絡をした。

ぼんやりしている隙に、軽やかな影がさっと梢の向かいに腰を下ろした。待ち合わせていた相手、松川結子《ゆうこ》だった。

「待った？」

「いえ、全然」

黒のパンツスーツ姿で、やや茶がかった長い髪を後ろでまとめている。化粧は薄め、指輪もピアスも銀、あるいはプラチナ。その輝きだけでは、梢にはどちらか判然としない。

結子はウェイトレスにコーヒーを頼み、小さな顎《あご》を自分の手のひらに載せた。

「戻ってきたのね」

「はい」

そうなんだ。呟《つぶや》き、煙草を一本口にくわえ、火をつけた。ハッカみたいな匂いが梢の鼻をくすぐった。

「知らせてくれてありがとう」

結子は笑みを浮かべた。

――早く会いに……。

言いかけた梢より先に、結子が言った。

「今さら――」どこか遠くを見て。「帰ってきてもね」

結子の笑みは、伯父を切り捨てる決意のための笑みだったのか。

梢と結子が出会ったのはほんの偶然。三年前、加治の店を覗《のぞ》いたときのこと。相変わらず伯父は姿を見せていない。そう聞いて店を出た梢を、遅れて出てきた女の人が追ってきた。梢と加治の話を耳に入れていたという。よく見ると、店にいるとき梢とやや離れてカウンターについていた人だった。

――盗み聞きのつもりはなかったの。

結子と名乗ったその女性は、伯父と交際していた、と打ち明けた。

――あなた、亮司さんの親戚《しんせき》の方？

釈然としないものを覚えた。不満にやや近いしこり。伯父を亮司と呼ぶ女の人を、今まで一人も知らなかった。

その場で互いの事情を話し合い、やがて、どちらかが能見を見つけたら、連絡する取り決めができた。

「梢ちゃんが気を悪くするかもと思って、今まで言ってなかったんだけど」届いたコーヒーをかきまぜ、結子は目を伏せた。「二年くらい前から付き合ってた人がいてね」

「分かりました」

「分かった？」

「伯父とは付き合えないんですね」

結子は儚《はかな》く笑った。「そう……そういうことになるかな」

ちくりと何かが胸を刺した。

——結子さんはずっと放っておかれたんだ、理解しなくちゃいけない……。

しかし、そんなにすんなり口へ出されては、こちらが馬鹿にされたような気持ちがする。こちらばかりが想像を逞《たくま》しくして、当人には余計な世話を焼いている気持ち。

「あの人、元気だった？」

「元気は……元気でしたけど——」

「あたしは気が長いほうだけど、五年はちょっときつかった。いなくなった理由も、いつ戻るのかも分からないままの、五年は……結婚してたわけじゃないし」

結子は応えを求め、梢の瞳《ひとみ》を覗き込んだ。梢は黙って頷《うなず》いた。頷くしかなかった。

「五年後に帰ってくると分かってたら、待っていたかも知れない」

「今の人のほうがいいんですか」

ちょっと驚いた顔をしたあと、結子はカップを口元へ運んだ。

「いい悪いじゃないの、そういうことは。梢ちゃんもいずれ分かる。大人になったら」

「仕返し？　勝手にいなくなったことに対する仕返し？」

「そんなつもりはない。そりゃあ、ちょっと恨めしい気持ちはあるけどね」考え込む仕草をして、「ちょっと？　ちょっとじゃないわね……でも仕返しじゃない。そうね……過去に縛られるのは嫌。だから切り捨てた、それだけ」

待ってる間に三十路越えちゃったしね。結子は呟いた。

「五年、どうしてたって」

「仕事でって」

「どんな仕事」

「詳しくは知りません」

「梢ちゃん、あの人がどんな仕事してたか、知ってる？　彼から聞いたことある？　五年前より以前の話だけど」

「なんか……警備会社に勤めてる、とか」

「警備会社、か。あたしと同じ説明」

「なんですか」

「ただ──」結子は口を閉じ、窓の外に視線を飛ばした。考え続けている。「どこか彼には、踏み込めない領域があった。どうしても覗けない、だれも入れない場所が心の中にあるの。付き合っても付き合っても、知り尽くすことができないのよ」

「そんなの、だれでもみんな一緒じゃないんですか」

「あら」結子は眉《まゆ》を上げた。「そうかもね……でもあたしは不安だった。今付き合ってる人は、彼とは正反対。分かり易すぎて張り合いが出ないくらい」

「会わないんですか」

「……分からない。なんだか、あの人はあたしに会いたくないと思ってるような気がする」

あのときを思い出した。加治の店で顔を合わせた、あのとき。伯父には確かに、喜んでいない瞬間があった。

「会ったほうがいいと思う？」

「それは……あたしがどうこう言えることじゃありません」

「でも言ってみて。会ったほうがいい？」

ふんわり笑みを浮かべ問いを放つ結子。梢は、結子が勝ち誇っていると感じた。五年捨てられ続け、伯父が帰ってきた今、初めて優位に立ったかのような。

——恋愛って、勝ち負けなのかな。

そんな疑問が湧く。その次には、やや強い、まったく別の感情が沸いた。結子と顔を合わせる前には、思ってもいないこと。

——伯父さんはあなたのことを必要なんて思ってない。

伯父さんを助けてあげる人に、自分がなればいい。


「充、きてたぞ」

加治の店のいつもの場所に腰を落ち着けたとき、加治が言った。

「なんだと言ってた」

加治の声が険しさを含んだ。「おれが説明しなきゃ分からんのか」

能見は沈黙した。

加治は続けた。「一生会わないつもりか」

能見は何も言わず、頬杖《ほおづえ》をついてどこかを見ていた。

「腐れ親父には会わないようにして、充には会う。それでいいんじゃないか」

まず何か食わせてくれ。能見は言った。加治は動かなかった。

「何が嫌なんだ。がっかりさせることか。嫌われるかも知れないことか」

能見は食事の催促を繰り返したが、加治は動かなかった。

「お前——」加治は厨房《ちゅうぼう》のほうをチェックする素振りをして目を逸《そ》らした。「ビビってんだろ」

飯作らせる。加治は厨房へ消えた。能見は反撃の機会を奪われ、独り置かれた。

——中身まで変わっちゃった？

梢の言葉。

——変わった部分はあるかも知れない。

あのとき、能見はそう答えた。だが、実は違う。

今までのおれと同じように、そう誓った。そう振る舞っているつもりだった。車椅子に乗る体になったからって、落ちぶれも、荒れもしない。そう心掛け、事実変わっていないと思っていた。

加治が戻ってきた。

「加治さん」

「ん」

「確かに、ビビってたかも知れないな」

「そうそれでいい」

加治はにっこりした。

「お前は昔から素直な奴だった」

五

台所に立っている母のそばに寄った。

「これなに」

梢は数冊の本を母に見せた。すべての本が、障害者介護に関するものだった。

「ああ」母の疲れた顔に笑みが浮かんだ。「勉強しようと思って。もし、あれだったら、あれだから」

いつものことだ。「分かんないよ。ちゃんと話して」

「兄さんいろいろ不便だろうし、ここで一緒に暮らしてもいいわけでしょ。だから勉強」

母は笑みを大きくした。

「馬鹿じゃないの」

母の顔が曇った。「なんてこと言うの」

「父さんに見つかったらどうするの」

「でもね――」

「ここで一緒に暮らすなんて無理。父さんが許すはずない」

「ちゃんとお願いすれば分かってくれるよ。あの人だって悪い人じゃないんだから」

「同居なんか……父さん、伯父《おじ》さんを苛《いじ》めるだけだよ。それでいいの」

「どうしたの」母の手が梢の頬に触れた。「泣かなくてもいいじゃない。ごめん。お母さんが悪かった」

「別に悪くない……ただ、ちゃんと周りのこと見て、考えてほしいの……お母さんが優しいのは分かるけど」

母のあまりに真っ正直な優しさが、切ない。

母は梢の髪を優しく撫《な》でた。

「兄さんも少し、なんというか強すぎたから、ウチの人とぶつかったりしたけど、もう過去のことにしよう。仲直りさせて、ここで一緒に暮らそう」

「多分、伯父さんは断る」

「それならそれでいい。無理強いはしないから」

「伯父さんのこと、充には言ったの」

「うん」母の顔から笑みが消えた。「もう陽は落ちたってのに、帰ってない」

梢は辺りを見回し、勝手口のそばの古新聞の束に目を止めた。本はすべて、その中に紛れ込ませた。

父さんにはまだ内緒にと念を押し、二階へ上がった梢は、暗い部屋のベッドの上に腰を降ろした。

——同居なんて無理。無理じゃない、駄目。

絶対、父さんに苛められる。でも、いてくれたら何かが変わりそうな気はする。

——とにかく今は、父さんに内緒にして、遠くから父さんを縛ってくれてればいい。姿を現さない怪物みたいに……怪物呼ばわりじゃあ、酷いか。


茂晴が言った。「帰ろうよ、もう小銭なくなった」

二人は粗末な木のベンチに腰掛けていた。目の前に居並ぶケージの中では、男ばかり見知らぬ数人がバットを振っている。

各々のケージの正面には大画面のモニターがあり、モニターに映るピッチャーの動きに合わせて穴から軟式ボールが出てくる仕組み。本当か嘘か、百五十キロ出るという松坂ケージなどというものもあるが、モニターに映っているのはそれっぽいユニホームを着た見知らぬ若者だ。だから通称、ばったもんセンターと呼ばれている。

「今日はお前、気味が悪いぞ。むきになってバット振り回してたと思ったら、急に黙っちまって」

充は虚ろな目でどこでもないどこかを見つめていた。「うん」

「おっ……充」茂晴は一番端のケージを見つめていた。「見ろ。偽ケージに入ってった奴がいるぞ」

充は気のない視線を送った。中年の男がケージの中にいて、今まさにバットを構えたところだ。

速球がきた。男の振ったバットは、球ととんでもなく離れたところを通過した。

茂晴は笑みをこぼした。「あんなんじゃ無理。まぐれでも当たりゃしないよ」

二人は男を見守った。男は一球ファールチップしただけで、打球を前に飛ばすことはできなかった。

「やっぱりな……そういや充、あれどうした」

「あれ?」

「まぐれ当たりして、ホームラン賞取ったろ。あのトロフィーだよ」

「……引き出しの中」

「飾りゃいいのに」茂晴は気遣わしげな視線を送ってくる。「そうだ。おれの家にくるか。コロッケ盗んで食おう」

茂晴が腰を上げた。

「何があったんだか知らないけど、元気出せよ」

充は、茂晴に引き立てられ、のろのろと歩きだした。

六

以前はそこらに路上駐車し、すたすたと歩き去った。この体では、それなりに場所選びが必要だった。

羽田の町の先端近く、建て混んだ中に妹夫婦の家がある。しばらく辺りを走ってみたが、能見の体に都合のいい駐車場は見つからなかった。無人型のタワーパーキングや時間貸の無人コインパーキングが、幾つかあった。そのどれも能見の利用には適さなかった。車を入れられはするが、降りることができない。結局、車通りが少なく道幅の広い一方通行の道に、路上駐車した。

ほかの車がこないうちに、車椅子へ乗り換え、進み出した。

夜が進み、人の通りはあまりない。車のすれ違いもできないような路地へ入っていく。やがて路地は、車も通れない幅になった。能見は路地の真ん中で車椅子を止めた。

路地の突き当たりに、新田家があった。相変わらず、みすぼらしい外観だった。塗装のはげちょろけたトタン塀が、僅《わず》かな敷地を囲っている。

いつだったか。甚一の尻《しり》を叩《たた》いてこの塀を塗装させたことがあった。五月。陽が溢《あふ》れていた。作業する二人の周りを、幼い二人の子が跳ね回る。

そんな光景が、一瞬頭をよぎった。

能見が初めてここにきたのは、梢が生まれる直前だった。妹の真希が早い結婚を決断し、相手の実家だったこの家に入った。その当時は舅《しゅうと》　姑《しゅうとめ》との同居で、舅はこの辺りでは珍しくない元漁師。酒飲みで短気だが、気持ちのいい人物だった。

両親が存命のころ、甚一は少し遊び好きという程度の左官職人。羽田空港造成による漁業権放棄のとき、父親は漁師をやめて左官業を始め、やがて数人の職人を束ねる親方になった。甚一も、同じ道を歩んだ。

そのうちに父親、母親が一年のうちに相次いで亡くなった。甚一が壊れていったのは、そのときからだ。父親から引き継いだ職人たちをうまく束ねることができず、職人は一人、一人と甚一のもとを去った。

自分はリーダーだから、と威張る甚一、他人に稼がせて自分は何もしないのが社長だという考えの甚一に、職人たちはついていかなかった。職人たちが去り、左官業を廃業してから、甚一は壊れ始めた。去った職人たちを恨み、仕事をくれなくなっただれかを恨み、そもそも稼業として左官を選んだ父を恨んだ。

人を使う能力に欠けていながらそれを悟らず、今さら人に使われるなんぞまっぴら、と何もしなくなった甚一に対して、このころから能見の介入が始まる。もう、梢も充も生まれていた。強がり、粋《いき》がり、ときには悪ぶる甚一に言うことを聞かせる方法は、能見にはひとつしか思い浮かばなかった。脅し、殴った。人に使われる器ではない、と自分を評している甚一だが、能見に強く出られるとそのときだけは従った。お愛想までつきながら。

職業安定所に連れていったこともある。少ない堅気の知り合いを頼って、仕事を世話したこともある。

どれも長続きしない。

あの夜がくるまで、同じことを繰り返してきた。甚一への仕事の斡旋《あっせん》と説教、軽い小突き。真希には離婚の勧め。

――話して分からないなら……。

能見は車椅子を進ませ始めた。

——どうすればよかったのか。

玄関前にきた。錆《さ》び付いた小さな自転車が隅に放って置かれている。子供たちが幼いころ使った自転車。能見がプレゼントしたものだ。

植木鉢が幾つか。何が植えられているか、まったく見当もつかない。真希は花が好きだった。能見は、花の名前を覚える機会に恵まれないまま生きてきた。

玄関前の、十五センチほどの段差を強引に乗り越え、能見は玄関間際まで進んだ。来客ブザーまで、手が届かない。

拳《こぶし》を固めて戸を叩いた。緩んだ磨《す》りガラスが嫌な音を響かせた。

歓待は、ひとまず落ち着いた。

「どうして今まで連絡くれなかったの。そんな怪我したなら、一言連絡くれれば——」

真希の恨み節はしかし、まだ止んでいない。家の茶の間で真希と差し向かいになっている。

戸を叩き声をかけた能見のもとへ慌てて飛び出してきた真希は、戸に激しく脚をぶつけた。

能見はそのとき思わず微笑みを漏らした。真希は何かというと、どこかに腕や足をぶつける癖があった。

車椅子をたたきに置き、茶の間まで腕だけで移動した。その間中、真希は手を貸そうとうろうろしたが、ただ邪魔なだけだった。

——邪魔だから手を出すな。

それでも真希はあちこち手を出した。

ちゃぶ台の前に落ち着いて、真希の涙が本降りになったのだった。

ふっくらとした頬の肉付き、いつでも笑みを零《こぼ》せられる垂れた目尻、ショートヘア。すべて、能見の知っている真希だった。さすがに、皺《しわ》が少し増えたか。

目に見える痣《あざ》はない。ほっとした。

身体については、簡潔に交通事故と説明した。遠く離れた地に出稼ぎ中の事故、治療もそこで行った、お前に知らせると家計の苦しい中さらに無理をしそうだから黙っていた、リハビリもその地でやった。連絡しなかった理由をそう説明した。

十分ほど経って、ようやく真希は落ち着きを取り戻した。

「子供たちは」

「二階に梢が……充はまだ帰ってないの。さっき肉屋さんから電話がきて、あれだっていうから、とりあえず安心して──」

能見は軽い溜《た》め息をついた。「充は結局どこにいる」

「肉屋さんとこの息子と一緒にいるって」

「どこに」

「だから、肉屋さんに」

能見は辺りを見回した。古く傷の目立つ家具、日焼けし染みの浮いた壁、荒れた畳、古い型式のテレビとビデオ。新しく見えるものはほとんどない。酒屋の名の入ったカレンダーとティッシュの箱が、部屋に不似合いな光沢を放つ。

だが、塵《ちり》ひとつない。真希が一生懸命、年を吸っていくものたちを磨く様子が目に浮かぶ。

真希が突然立ち上がり、台所にいってヤカンを火にかけ、それが終わると茶の間を通り過ぎ廊下へ出ていった。二階に上がる足音。

やがて真希が降りてきた。後ろに梢が続いていた。二人は能見を挟んで腰を下ろした。梢の顔は青ざめていた。目を見開き、瞳《ひとみ》には驚きを隠していない。

「梢とはもう会ったんだって？」真希が言う。

ほぼ同時に、能見と梢は頷《うなず》いた。

真希が一人で、この五年の新田家のことを話した。能見はただ聞いていた。梢は黙っていた。思いつめているように見えた。

「あの人もねえ、根気がなくて」

真希は溜め息を漏らした。

梢が呟《つぶや》いた。「そういう問題じゃないでしょ」

「ちょっと運に恵まれてないだけよ。兄さん、あの人もいろいろやってみようとはしてるみたいなの。ただ、独立したいんだって。人に使われるのは嫌だって言うのよ。それならそれでいいんだけど、何かちゃんとしてもらわないと――」

「口ばっかりじゃない。おまけにやくざと――」

「やめなさい。帰ってきてそうそう、そんな話」

やや強い語気で真希は言った。一瞬しん、と静まり返る。笛の音が鳴り始め、真希は台所に立っていった。

「人に使われるのが嫌？　やくざの尻《しり》について歩いてるくせに」

そっぽを向いて、梢は言った。

「充はいつごろ帰ってくる。いつも帰りは遅いのか」

梢はさっと首を回して、能見の瞳を求めた。「どうしてきたの。なんできたの」

梢の必死の顔に、薄い笑みを送った。

「いけなかったか」

「だって……父さんにばれたら……」

「覚悟の上だ」

「覚悟」梢は俯《うつむ》いた。注意しないと聞き取れないほどの囁《ささや》き。「……あたしはどうすればいいの」

「そんなに酷いことになると？」

梢は小首を傾げただけで、言葉はない。分からない、ではなく、言いたくない、という素振りだったように、能見には思えた。

「梢」

「伯父《おじ》さん、早く……」梢は顎《あご》を喉《のど》につけた。

能見は言った。「出ていけって？」

ゆっくり、梢の首が持ち上がった。

強ばった笑みが浮かぶ。「まさか……」

真希が盆を持って現れた。真希が湯飲みをちゃぶ台に置いているうちに、梢はすっと立って消えた。

「梢」

真希の呼びかけには答えない。

今どこでどうしてるの、仕事はしてるの、年金はもらってるの。真希の質問が続く。適当に答えながら、能見は自分の失策を思っていた。自分のメンツしか考えていなかった。逃げずに向かうことで、自尊心の砦《とりで》を守ろうとした。

加治のせいにはできない。加治はなんと言ったか。充にだけ会うという方法もある、と言った。自分は自分で決めて、なんの策も考えずのこのこやってきた。何を考えてか。

——甚一に痛めつけられるくらいは、なんてことない。

そう。自分の側のことだけだ。

「真希」能見は続いていた真希の質問を遮った。「あの子たち、ちゃんとしてるか。親父とうまくやってるのか」

真希はすっと視線を逸《そ》らした。「充なんかは……ときどき酷く殴られたり蹴《け》られたり。やめてくれって、ちゃんと言ってるのよ。でもね、駄目なの」

「梢は」

「中学に上がってから殴らなくなったから、少しほっとしてる。でも梢は相変わらず、あの人を毛嫌いしてる」

「それだけか」

「たぶん」

——あたしはどうすればいいの。

梢は自分を抑止力として使っていたという意味に取れる。だから、どうすれば、だ。何をどうすれば、なのか。

「充はのほほんとした子で扱い易いけど、梢はね……女の子だし、難しい年頃だから。部屋にも鍵《かぎ》なんかかけて、だれも入れないの。そのくせ、寝るところを充と一緒にして——」

耳障りな擦過音が辺りを震わせた。ガラスの震える音。玄関の戸が開いた。

「おい」しゃがれた声が響く。「いつも言ってるだろ、表の……なんだこりゃ」

足音。廊下の板が軋《きし》む音。

やがて、能見の背後に気配が生まれた。

「だれだ」

「兄さんよ、やっと帰ってきたの」

甚一は何か、短く低く声を上げて、能見の前に回り込んだ。

「どうも、久しぶりで」

能見の向かいに腰を下ろした。甚一はなぜか笑った。顔の肉が引きつっている。

「お元気そうで何よりです」甚一の目は真希と能見とを往復している。「まあ、あれです。もしかしたらこいつから聞いたかも知れませんが、その、今は不景気で」

能見は甚一の顔に目を当てていた。酒が入っていると一目で分かる肌の色。

「職は探してんです。ところが年だし、なんの取り柄もねえしでその……な」

な、は真希に向けられたもの。真希は応《こた》えなかった。

能見は言った。「左官をやれ」

「いやもう、すっかり腕が錆《さ》びついちまって、使いものになりません……なんだ酒出してないのか。しょうがねえな。すいません義兄《にい》さん、すぐに用意——」

「いらない」

「そうですか、ならいいや。酒はいらないってよ」

はい。真希は低い声で言った。

能見は妹の顔を見つめた。快活さは消え、表情も消えている。ただ、言葉を待っているだけ。言葉というより、命令と言ったほうが正しいか。

「それで」甚一は真希へ目を。「あれはだれの？　義兄さんの？」

「そうだ」答えたのは能見だ。

甚一は眉《まゆ》を寄せた。「どこかお悪いんで？」

「ちょっと怪我してな。じき治る」

能見は湯飲みを傾けた。真希の視線を感じた。真希は口を開きはしなかった。

仕事のこと、真希や子供たちへの態度。ひとつひとつ、戒めていった。そのすべてに甚一は何事かの言い訳を用意していたが、最後には非を認めて頭を下げた。

なんの意味もない。いつもこうだ。

真希が台所に立っていった。

「甚一」

耳を貸せ。能見は言い、甚一に身を乗り出させた。媚《こ》びた笑みが近づく。

能見は甚一のうなじに手をかけた。「梢に何かしたら、殺す」

「何かって……」甚一は顔の前で手を振り、とりなしの笑みを浮かべた。

能見は甚一のうなじを握り締めつけ、彼の瞳《ひとみ》を覗《のぞ》いた。「分かったか」

甚一の笑みは凍りつき震え、やがて消えた。

真希が帰ってきた。

「いいな」

「……はい」

真希は二人の顔を見比べている。

「じゃ、おれは帰る……甚一」

「はい」

「遊びに夢中で、充の帰りが遅いようだが、いちいち殴るな」

「そりゃあ、もちろん」甚一は愛想笑いを浮かべた。「殴るなんてとんでもない」

能見は頷《うなず》き、移動を始めた。真希、甚一ともについてくる。

「義兄さん、どこが悪いんで？」

「ヘルニア。一時的に足に痺《しび》れがきてる」

「そうですか。やっかいですな。ヘルニアってのは、治るのに時間がかかるそうですからね」

甚一は真希を促し、手助けさせようとした。能見はそれを断った。器用に廊下を滑っていき、
能見は玄関の車椅子に戻った。

「見送りはいい」

狭い玄関内で車椅子を器用に反転させ、能見は外に出た。

「それじゃあ」調子が外れて高い、甚一の声が追ってきた。「またいつでもどうぞ。今度は酒を用意しときますよ」

玄関を出たところで、肩ごしに振り返って戸に手をかけた。

真希と目が合う。

無。なんの表情も浮かんでいない、と思ったとき、ふっと顔が苦く歪《ゆが》んだ。ほんの、一瞬だけ。

能見は妹の瞳から目を外せないまま、ゆっくり戸を閉めた。

――真希は希望と諦観《ていかん》を併せ持っている。諦《あきら》めていながら、ときどき、僅《わず》かに残りくすぶる希望が顔を出す。

事態を見守るだけしかできず、見守っていればいつかは、と願っている。酷い家庭で育った自分だからこそ、自分が家庭を持ったときは絶対失敗しない、したくない、そう心に決めた。

――だから、あの野郎と別れずにいる。自分の敗北を認めたくないがために。

奴隷。くすぶる希望に支配された奴隷だ。

能見は車椅子を進ませ始めた。と、人影に気づいた。木製のちゃちな門柱のそばに、少年が立っていた。

「充か」

影は数歩歩いて前に出た。確かに充だった。やや大人びているが、あのころとほぼ同じ顔。丸っこい顔だったのが、やや頬がこけ顎《あご》が尖《とが》ったようだ。充は能見の車椅子を見つめている。

「元気だったか」

充は微かに頷いた。

「まだキャッチボールはできる。野球は続けてるのか」

充は黙って首を横に振った。

「クラブは何を？　何かスポーツしてるんだろう」

「もう治らないの？」

声はだいぶ低くなった。声変わりの時期を迎えている。

今度は能見が黙って頷いた。

「父さんと会った？」

「ヘルニアで一時的に、と話した。多分信じてる」

「こなきゃよかったのに」

充は惚《ほう》けた顔で能見の横を通り過ぎていった。

七

路地を進んでいく。新田家よりみすぼらしい家は見当たらない。

乾いた音が響いた。

能見は音のした前方に目をこらした。二つ先の街灯の下のT字路。

車椅子を止めかかった能見は、こらえ、スピードを落として進んだ。何か判別できないが、角の際に黒い小さな箱が落ちていた。街灯の光が届くぎりぎりのところに、それはある。

そのまま進んでいく、黒い箱に目を当てながら。

突然、すっと黒い箱が視界から消えた。手指は見えなかった。あの陰に人がいる。無線か電話か、黒い箱を落としてしまい、タイミングをはかって取り戻した。

――しかし……腕の悪い奴を使っているな。

皮肉の笑みが浮かぶ。相手は韮崎か、それともあいつらか。

そのとき、背後に物音が生まれた。疾走する足音。迫ってくる。

長く伸びた影が能見の足元に現れた。影はさらに長くなり、やがて、吐息が聞こえてきた。

足音が能見の背後で止まった。「あたし別に、早く出てってほしいなんて――」

その声に、心のどこかが痛んだ。能見は言葉に嘘があることを知っていたし、梢も多分、自分の嘘がばれていると知っている。それでも、言いにきた。

「思ってなかった」

「おれはこないほうがよかった」

「そんなことない。だって……」

影が微かに揺れた。

「父さんがああなのは、伯父《おじ》さんのせいじゃない」

影がさらに近づいた。

「車どこ？　送ってあげる」

「もう遅い時間――」

車椅子が動き出した。

目的地などないかのような速度で、車椅子と梢は進む。すれ違う人の滅多にない、住宅地の中。冷え冷えした街路灯に照らされた、白い道が続く。

「充と会ったでしょ」

「ああ」

だいぶ経ってから梢が言った。「充、勘弁してあげて」

「勘弁も何も。怒っちゃいない」

そう。梢は呟《つぶや》いて、軽く息をついた。

能見はいまだ逡巡《しゅんじゅん》を覚えながらも、口を開いた。「梢」

「はい」

「親父に……何かされてるのか」

僅かに間があった。「どうしてそんなこと聞くの」

能見は梢の顔を振り仰いだ。梢は何かに気を取られたというように、どこかそっぽを向いた。下手な演技。梢のために目を逸《そ》らした。

「相談するところはある。警察でもいいし――」

「何もないって言ったでしょ」

「家を出るなら手を貸す。加治さんのところでもいい。独り暮らしで部屋に空きが――」

「どうして伯父さんのところじゃ駄目なの」

会話が途絶えたまま、二人は道を進んでいった。やがて、路肩に止めた能見の車が見えてきた。

「あのね」どこか急いだふうに、梢は言った。

二人は車の脇まできた。

「今日、学校の帰りに……」

能見はリモコンを操作した。低い金属音が聞こえ、車の幌《ほろ》が上がり始めた。

幌を畳み終わった。梢は先を続けない。

能見は車椅子を反転させ、梢と対面した。街灯が背後にあって、表情の動きがよく見えない。

「どうした」

「ううん」影の中に白い歯が浮かんだ。「なんでもない」

「学校の帰りに？」

「なんでもないって。ただ、加治さんの店に寄ろうと思ったんだって話」

嘘を簡単に見破れた。

それだけ言い、追及はしなかった。

「そうか」

充はイヤホンを外し、のろのろと半身を起こした。ラジオDJのおしゃべりは、耳に入ってこない。マンガ雑誌を手に取ってみたが、すぐに放った。どうせこれも、なんの役にも立たない。

どうしてもあの姿が瞼《まぶた》の裏に蘇《よみがえ》ってきてしまう。背を丸めて、大きな輪っかを手でしごきながらこちらに向かってくる、あの無様な姿。

——裏切られた。

正直な気持ちだった。

伯父の嘘を父が信じている間は、安心していられる。その期間をずっと先まで延ばすのだ。

そのためには、伯父にはもう二度とここにきてもらうわけにはいかない。

——伯父さんにだって責任はある。おれたちを途中でほっぽり出したという責任が。

伯父はこの気持ちを分からなくてはいけない。非難できないはずだ。

——どうせ姉ちゃんだって同じ気持ちに違いない。

ようやく風呂《ふろ》に入る気になり、充は部屋を出た。

廊下を進み階段の突端まできた。そこで足が竦《すく》み、凍った。

明かりのない階段。一階から漏れてくる淡い光を背に、黒々と人の形が浮かび上がっている。

「充……」

表情がまるで分からない。ただの黒い面。

「いこうと思ってたとこだ」

——逃げろ。

不吉な声音にそう悟った。体は応じない。

「ここんとこ、随分ビビらせてくれたな」

影が階段を駆け昇ってきた。体は凍ったまま、何ひとつしてくれない。甚一は充に摑《つか》みかかり、壁に押しつけた。

「野郎の体のこと、お前も知ってたんだろ」

ようやく見えた父の顔。コマ落としのように、口元に笑みが作られ歪《ゆが》んでいく。

甚一は充の体を引っ張り、突き飛ばした。充は暗い階段を、一階まで転げ落ちた。

「あの野郎の脚が治らないって、知ってたんだろ」

声が降ってくる。充はただ、体のあちこちに点在する痛みに耐えていた。

「ばれないと思ったか、なめやがって」

なぜか分からない。伯父の体が知れてしまった。

階段が軋《きし》む。父が降りてくる。

「お前は卑怯《ひきょう》もんさ。自分じゃ何もできず、伯父さん頼み。当てが外れるとそっぽ向く。お前はあいつのこと、もう嫌いになってるだろ。お前は梢とは違う。心が腐ってる。それを自分じゃ気づいてねえ」

恐怖以外のものが充の心に侵入してきた。どんなものか、充には判断しかねた。一番それに近いものとすれば、羞恥《しゅうち》だった。

「梢は野郎を送ってくって、急いで出てった。お前はどうだ。ちゃんと歓迎してやったか」

板の軋みがすぐそばまでやってきて、止まった。

充は身を起こして駆け出した。茶の間を通り過ぎたところで、足がもつれて転がってしまった。目の前には台所の戸口。顔に片手を当てた母が、床に散らばった何かの本を拾い集めている。

母の瞳《ひとみ》は力を失い、虚ろだった。

――……母さんのせいか。

きっとそうだ。腹に黒い怒りが生まれた。母はいつもろくなことをしない。

「親子だからな」妙に間延びした父の声。「お前の心ん中なんか分かってる。野郎にどう言ってやった。どうせ、こないでくれ、とでも言ったんだろ」

「うるさい！」

充の突然の咆哮《ほうこう》に、甚一は一瞬黙った。薄笑いも一瞬消えたが、すぐに戻った。

「そうか……図星か」

甚一が歩き出した。充に近づく。

「今なら逃げられる。玄関はすぐそこだ」

充は痛みをこらえて立ち上がった。

「どうする」

充は確かに怒りも憎しみも感じた。しかし同時に羞恥に近いもの、恐れに近いもの、焦燥に近いものまでを感じた。

気づくと、充は玄関の引き戸に取り付いていた。

背後から、甚一の笑い声が聞こえた。

八

南城は待避所にいた。昼、本庁の中で仕事をこなし、陽が落ちてから西新宿の雑居ビルの中に埋もれている分室の出張所にきた。表札は架空の民間企業のものがかけられている。ほかに人は絶えていた。

今日一日の、各方面からの報告を読み込んでいた。民間協力者のサカタは、能見の自宅監視のセッティングを完了していた。そのさい、サカタはピッキングを使い能見の自宅に侵入した。電話は設置していないため、盗聴はできない。部屋の各所を身障者用に改装している。各種薬剤、栄養剤の類《たぐ》い、大人用おむつなどが散見できた。

——能見がおむつか……。

能見の姿を見ても感慨を持たなかった南城だが、なぜかおむつと聞いて侘《わび》しいものを感じた。

南城は考え、とりあえず玄関付近の映像監視だけに止めることにした。

部屋は、保証人不要を売りにする不動産屋の物件。能見は高い保証金とともに、賃貸契約を結んでいることが分かった。車は長期レンタル、部屋は保証人不要、電話も引かない。サカタが撮影した能見の部屋の写真に目を通した。物がなさ過ぎ、生活の匂いがない。彼の現在の生活形態を見るとまず間違いなく、仮住まいだと思えてくる。

——どこかに本宅、いや、隠れ家がある。

そうまでする理由は何か。やはり、秋葉は生きているのか。

彼の自宅から百メートルほど離れたアパートの一室を借り受け、監視所を設けた。人を一人詰めさせ、常時監視を行っている。無人自動記録にしなかったのは、秋葉本人が能見の自宅を訪れる可能性もある、と考えたからだった。

——秋葉が何かを狙っているなら、まず、そんなことをしまいが。

秋葉にとって今の能見は、足手まといでしかない。可能性があるなら、それには備えておくべきだ、ということである。

能見の移動監視班からの、本日最後の口頭報告も入ってきていた。それによると、能見は妹夫婦の家を訪れた、とのことである。

南城は一葉の写真を手にした。青白い、特殊フィルムを使った写真だ。腕のいい公安警察官の第一条件のひとつに面識率というものがある。どれだけたくさんの関係人物の顔形を頭に叩《たた》き込んでいるか、ということだ。

南城は頭の中の面識ファイルから、すでにその写真の面を引き出していた。

加治の店の玄関前。男が一人出てきたところを撮ったものだ。

――韮崎……有働の部下だった男。

韮崎が能見と会った。韮崎の行動監視を強化するか。しかし、韮崎が有働の死に不審を抱きながらも何も摑めなかった、という事実はすでに仕入れている。韮崎なら、戻ってきた能見に話を聞きにいくのは当然だろう。そして、当の能見は韮崎を排除するはずだ。そう思うのはなぜか。

――韮崎に何か打ち明けたら、秋葉のやることに水を差しかねない。

秋葉についても現状調査が行われた。今のところ、秋葉の生存を示すものは何ひとつ出てきていない。

南城は五年前に作った秋葉のファイルに目を通した。

秋葉は能見より十歳年上。出身は東京。家族関係は能見と酷似したもので、すでに生家はない。秋葉は私生児として生まれ、父親はいない。五年前、南城の部下が秋葉の父親を探したが、見つけることはできなかった。秋葉が父親のことを口にしたことはなかったらしい。

——父親のいない者、いても酷い父親だった者……そういう奴はなぜか、自分が男であることに拘《こだわ》る傾向があるようだ。

南城は机の上の書類をすべてしまい、その必要のあるものはシュレッダーにかけた。

シュレッダーの前に立った南城は、大きく伸びをした。いらない書類を粉砕して一日を終わるのが、いつもの儀式だ。

頬に、皮肉の笑み。あの能見が妹家族のことに首を突っ込んで頭を悩ませているとは、なんとも健気ではないか。

新田家の内情はある程度手にしていた。弱みと言えば、あの一家だけが能見の弱みと言える。能見は、ほかに係累を一切持っていない。

——能見も甚一も、道を踏み外した者という意味では同類だ。

外道。だが外道にも、二種類ある。その自覚がある者とない者。認知と言い換えてもいい。自覚ある者は、秩序だった行動をし、自分を律することができる。家族を愛することだって、もちろんできる。その上で、人を殺せる。だが自覚のない者は、ただ利己的なだけ。自分のことしか頭になく、したがって言動は厭味《いやみ》になり、まともな人とは付き合えずそれなりの相手だけが寄ってきて、ただひたすら腐っていく。家族には愛されず、自分も家族を愛さず、やがて野垂れ死ぬ。

能見は自覚している外道で、甚一は自覚していない、できない外道だ。

——おれは？

もちろん、おれは能見の同類だ。

南城は律義にすべての部屋の様子を覗《のぞ》いたのち、防犯ロックを仕掛けた。愛車アルテッツァが待っている。

南城は足取り軽く、エレベーターへ向かっていった。


「思いがけない展開」

茂晴の囁《ささや》きに、充は黙って頷《うなず》いた。

茂晴の両親が営む肉屋の店内。明かりはすべて落としてある。茶の間との仕切り戸を透かして、明かりやテレビの音、会話が聞こえてくる。

充が茂晴の家の前にきたとき、茂晴は自分の部屋にいてくれた。小石を窓に投げて茂晴に気づかせ、いつもみたいに、店の勝手口からこっそり入り、人の絶えた店内の隅に座り、すべて話した。

ここにきてから、もう一時間以上経っている。十一時近い。

茂晴が言う。「親父さん、酷くなるかもな……タイミングよく、交通事故とかで死んでくれりゃいいのに」

——腐ってる。それを自分じゃ気づいてねえ。

「元気出せよ。今はほら、虐待とか言って問題になってんだろ。耐え切れなくなったら、どっかに駆け込みゃいいんだ。なんとかしてくれるって」

——梢は野郎を送ってくって……お前はどうだ……野郎にどう言ってやった?

充は低く呻《うめ》いた。心が痛くてたまらない。

「今日、泊まっていくか。だったらウチの親にちゃんと言って支度するけど」

姉の顔がよぎった。「帰るよ」

茂晴が腰を上げる。「なんか食うか」

「いらない」

「外の自販機でなんか飲むか」

充は腰を上げた。そのとき、そばの取っ手を手がかりに摑《つか》んだ。取っ手は収納の取っ手で、ドアが開いた。軽い音がした。

「しいっ」茂晴が言う。

充はドアを閉めようとして、大小並んで揺れるものに気づいた。充はそれに見入った。

「早く閉めろ」

「……うん」

使い込まれた包丁の数々が、薄暗闇の中にもかかわらず、鈍く光を放っていた。

開け閉めのたびに悲鳴を上げる玄関戸をじりじりと開けていき、顔を覗かせた。茶の間の明かりが、障子ごしに見えた。

茂晴の家に戻りたくなった。

姉の顔が浮かんだ。できるだけそばにいてやらなければ、という思いが湧く。伯父《おじ》はもう、頼れない。

充は意を決して、しかしできるだけ静かに中へ入り、戸を閉め鍵《かぎ》をかけた。廊下を慎重に進む。廊下の床も、小さな悲鳴を上げる癖がある。廊下側の障子は開いていた。そっと中を覗く。ちゃぶ台に、母が突っ伏していた。母のほかにはだれもいない。安堵《あんど》を覚え、母のそばに寄り肩を揺すった。母はすぐに顔を上げた。目がしょぼついている。

「何してたの。もうちょっとで警察に相談するとこだったのよ」

「寝てたくせに」

「よくそんなこと言えるね。こんなに遅くなって、どういう――」

充は手を振って母を押し止めた。「父さんは」

母はふっと辺りを見回した。「分からない。お風呂《ふろ》か、寝たか。どっちかよ」

「寝る。風呂はいいから」

充は何か言い募る母を置いて、すたすた歩き去った。

暗くて狭い階段を昇っていく。階段を昇り切ると、姉弟が使う二間が並んでいる。

充は寝室の襖《ふすま》に手をかけた。目よりも手が、先にそれに気づいた。取っ手のすぐそばに、拳《こぶし》大の穴が開いている。その穴から、微かに明かりが漏れていた。穴の位置は襖の向こうに回ると、姉がつけた鍵のある辺りになる。

胸騒ぎを覚えた。

襖の向こうから鋭い音がした。肌が肌を打つ音。

さらに二回続けて、同じ音がした。充は震える手で襖を少し開け、中を覗いた。

仕切りのカーテンが引かれ、姉のベッドは見えない。だが、影が見えた。姉の枕元の電気スタンドが灯《とも》っていた。

影が腕を振り、また音が響いた。

耳たぶを流れる血の音が高まった。ごうごう、音を立てている。

「もっと先を……それでいい」

話しているのは父だけ。姉はまったく声を発せず、どういう姿勢でいるのかも分からない。父の荒い息が耳に届き、充は吐き気を覚えた。

「いいぞ……続けろ」

しばらく、父の息吹だけが続いた。充の思考はまとまらなかった。父は悪いことをしていて、姉は傷つけられている。止めなければならない。だが、見なかったことにしたほうが……。

——駄目だ。そんなの……駄目だ。

思うが、体は動かない。

「恨むな。おまえたちみんなと、あの野郎が悪いんだ……おれより野郎のほうがいいんだろ……おれはお前のなんだ？　お前がおれより伯父さんを選んだ。だったら——」低い笑い声を挟んだ。「いいよな。親子じゃないんだから」

——どうして逃げないんだ……姉ちゃん、どうして。

いつもの姉の調子からすれば、はねのけて逃げるぐらいはできるはずなのに。

——姉ちゃんだって、ロボットじゃないか。言うこと聞くしかないロボットじゃないか。

充は叫んだ。絶叫をあげた。

カーテンの影が激しく揺れたが、そんなことは充の目には入らなかった。何を見ているかも、何を叫んでいるかも分からず、ただ吠《ほ》えた。吠え続けた。

ズボンのジッパーをいじりながら、父がカーテンをかき分けた。

「何やってんだ。黙れ！」

階下から母の声がした。続いて足音も。

「殺してやる」充は飛び掛かった。

父と充は揉《も》み合った。襖が倒れ、何かのガラスが割れた。何が割れたのかは分からなかった。

「何やってるの、やめて」

母が二人の間に割って入ってきた。

三人は揉み合いになった。そのうち、母が突き飛ばされ、充は床に押さえ付けられた。

廊下に尻餅《しりもち》をついた母が叫んだ。「やめて」

「なんでもない。ちょっと説教してただけだ。遅くまでどこいってたんだって」

「違う。違うよ母さん！」

なんの加減もせず、父は充の頬に拳を叩《たた》き込んだ。

「うるせえ充」

父の拳で、頭がぼうっとした。必死でそれに耐えた。「父さんが――」

「充！」

鋭い声に遮られた。姉の声。姿は現さなかった。

「父さんも母さんも、下にいって」

「梢？」母が尋ねた。

「もういって。疲れたから……休ませてよ」

三人の視線が交錯した。父の顔が笑みで捩れた。

「でも……」

下にいけ、いけったらいけ。父は母に命令した。母はじりじり後ずさり始めた。父は充の耳元に口を寄せた。

「お前が余計なことを言い触らしたら、梢が傷つく。みんなから後ろ指さされるんだ。余計なこと、するな」

父は充を離し、立ち去った。

静寂が戻った。充はしばらくの間、思考が止まりぐったりしていた。息が整ってから、やっと身を起こした。

「なんでだよ」

電気スタンドの明かりが消えた。カーテンの向こうから、微かに衣ずれの音が聞こえたのみ。言葉はない。

充はのろのろと立ち上がり、自分のベッドへと向かった。枕元のティッシュ箱から一枚ティッシュを手に取り、口元を拭《ぬぐ》った。血が筋を引いた。

「充」別人のようにかすれ、生気のない姉の声。「だれにも言わないで……」

言葉は途切れ、すすり泣きがあとを追った。

「あいつの思う壺《つぼ》じゃないか」

応《こた》える声はない。

「どうして逃げなかったのさ」

やはり応えはない。怒りが込み上げた。黙ってやられていた姉に対する、苛《いら》つきが怒りに変わった。

「姉ちゃんだって、ロボットじゃないか」

充は黙った。自分はなぜ姉を責めているのか。

静かに、姉はすすり泣いた。充はそれを、呆然《ぼうぜん》と耳にしていた。

——ほんとに……ほんとにあいつを……。

充はだれかに問いかけた。ほかに答える者はない。充は分かっている、答えは自分が返さなければならないことを。

第三章

一

瓢簞形《ひょうたんがた》をした池の静かな水面に、ちぎれ雲が浮かんでいる。池を囲む樹木は、秋の色をまとっていた。

「あれ、白鳥？　もう日本にきてる？」

池のずっと奥に、ふたつの白い影がたゆたっていた。

「あれはアヒルだ」

結子は鼻で笑った。「分かってる、言ってみただけ」

梢と結子が会っていたことを、能見は今初めて知った。ゆうべ梢が言いかけたのは、このことだったのか。

柵《さく》にもたれ池を見つめていた結子が振り返った。「梢ちゃんは亮司の身体のこと、一言も言わなかった。なんとなく理由は分かる気がするけど……あたしに新しい人がいるって先に聞いちゃったら、言いにくいところあるかも。あたしが変に、そのう——」

「同情」

「まあそう……ほんとに交通事故？」

「どうして」

結子は柵から離れ、能見のそばにある石柱でできた腰掛けに座った。

「梢ちゃん、あたしに亮司の面倒見てほしいと思って、知らせてきたんだと思う」からかいの笑み。「面倒、見てほしい？」

能見は薄い笑みを返したにとどめた。

化粧法を変えたのか、結子はだいぶ薄化粧になった。そのせいか、五年前より若く見える。あか抜けた、と言ったほうが正しいか。結子も能見と同じ、貧しい過疎の村からの脱出組。出会いは、ありきたりなものだった。能見が住んでいたマンションの一階の喫茶店に、結子が勤めていた。能見の日課らしい日課は、朝一番にコーヒーを飲むことぐらいしかなかったが、自分でいれる気はまったくなかった。店に通ううちに会話を交わすようになり、そのうち、能見が外へ誘いだして付き合いが始まった。付き合いは能見が失踪《しっそう》するまで、三年続いた。

「あたしが恨み言のひとつも言うだろうと思ってた？」

能見は微苦笑し、頷《うなず》いた。

「安心して。言う気はない……」結子は身を乗り出し、能見の瞳《ひとみ》を求めた。「馬鹿にしてる？」

能見は顔を戻した。戻したとたん、結子は顔を背けた。

「お前をか」

「自分からはろくに話そうともしないで、鼻で笑ってるだけ。戻ってきても、そっちから連絡しようなんて気はまったくない」

「もう、おれのことは必要ないと思った」

「確かめもせずにそう決めてかかったわけ？　すごい」結子は腰を上げ、何かしようとしてちょうどいいことが見つけられず、再び腰を下ろした。「はっきり言いなさいよ。亮司のほうが、あたしを必要としてないって」

「おれは……」

「何」

「だれも必要としてない」

結子はふんと鼻を鳴らし、呟《つぶや》いた。ずいぶんカッコいいわね。

能見は結子の横顔に目をやった。「今の人と一緒になるのか」

「少しは気になる？　多分、このままいけばね。ごく普通のサラリーマン……亮司とは違って」

結子は能見の瞳を覗《のぞ》き込み、瞳の中に何かを探した。真実を探していた。

「そうか……刑事が訪ねてきたのか」

「亮司がいなくなってすぐに……あなたの仕事についても……複数の噂話や証言をソウゴウして導き出した推定、だってさ……刑事の話ほんとなの？」

白い水鳥が水面を蹴《け》って飛び立っていく。

「あの鳥飛んでいった。「ほんとうだ」」能見は横顔に刺さる視線を感じ、溜《た》め息をついた。「アヒルじゃなかったんだな」

結子はゆっくり立ち上がると、柵まで歩いていった。柵へもたれ、風に吹かれた。

「すまない」

間があった。「何をだれに対して謝ったの？」

「隠していたことを、お前に対して」

結子は笑った。一瞬体をのけ反らせ、顔が天を仰いだ。

「信じられない。亮司みたいな人って、現実にいるのね」結子はくるりと振り向いた。意外に、すっきりした顔をしていた。「あたしとはじゃあ、遊びだったわけだ」

「どうしてそうなる」

「将来のことは？　どう考えていたの？」

「そりゃ……」

「犯罪者が？　結婚とかそういうことも？　うまくいくと思ってたの？」

「試してみる価値はあった」

試してみる価値はあった。結子はそう呟き、ゆっくり歩いてきた。

「そういうの、今の娘には嫌われるよ」

「最近は男のほうが嫌がってる」

結子は能見の前まできて膝《ひざ》を折り、肘《ひじ》置《お》きの端に手を置いた。その瞳が悲しみを帯び、少し遅れて優しさが加わった。

「あなたはそんな体だし、将来性はないわね。左うちわで専業主婦ってわけにはいかない」

能見は黙って聞いていた。

「物は試し……どうしてもそばにいてくれって、言ってみれば？」

結子は能見の瞳を見つめ続けている。能見は手を伸ばして、結子の頬に触れた。

「ほら」いっとき目を閉じて、結子が言った。「カッコつけたって駄目……手、震えてる」

「震えてなんかいない」

「はいはい……分かりました」

能見は体を折り、結子の唇に軽くキスをした。結子は能見の表情を窺《うかが》い、意味を探り当てた。

「今のは……さよならって意味みたいね」

能見は結子の頬から手を放した。結子はすっと立ち上がった。

「あなたのこと、忘れたほうがいい？」

「……自分で決めてくれ」

「忘れてくれって言われたほうが、どれだけ楽だと思う？」

「だったら……忘れないでくれ」

一瞬驚きの表情を見せたあと、結子は儚《はかな》い笑みをこぼした。「きっぱり忘れてやる」

いい女過ぎるわけではない。度外れて意地が悪いわけでもない。いい女だったり意地が悪かったり、優しかったり、冷たかったり。嫌いな食べ物が幾つかあり、好きな食べ物はたくさんあり、気楽なテレビが好きで、新聞はナナメ読み、映画は好きだが物凄《ものすご》く好きというわけでもない。音楽はそのときのはやりにすぐ乗ってしまう。もちろん、おしゃれには強い興味を持つ。最初のころはしおらしくしていたが、付き合いが進むと地が出て、口うるさくもなり我がままも言うようになった。

普通の女で、顔はまあまあ。色白で薄い唇、という能見の好みに合っていた。だから、能見は結子を口説きにかかった。

付き合いが深くなってから、彼女に魅《ひ》かれた本当の理由を見つけた。結子は普通だった。そこに魅かれた。好みの顔形をしていて普通の女なら、それで充分。

あたしのどこが好き、なんて質問を結子もしてきた。それに能見はこう答えた。

——普通なところ。

結子は気を悪くした。もう少し気取ったことを言え、ということだったらしい。

結子は今、枯れ葉を踏みながら去っていく。能見は池の傍にいて、その背中を見送っていた。

結子は振り返ることなく俯《うつむ》き加減で歩いていき、やがて、木立の陰に姿を消した。

普通。

——本心からの答えだったし、最高の褒め言葉のつもりだった。

状況が違えば、結子に縋《すが》り付いていたかも知れない。そう考えてみて、能見は悟った。

——……まだ惚れてるってことか。

そう悟ったとたん、心のどこかが裂けた。この五年裂かれ続けてきた心に、新しい裂け目が加わっただけとも言えた。だからと言って、痛くないわけではなかった。

慣れることのできない痛みだった。

二

「八田さん」

頭の上から声がした。八田は首を伸ばして見上げた。

「屋上、防水し直したほうがいいぞ」

エンドウ不動産貸倉庫第三号の三階。運河に面した鉄扉が開け放してあり、八田はそこに立っていた。一人の男が屋上にいて、長い鉤棒《かぎぼう》を手に、手動クレーンの鎖を手繰り寄せようとしている。

「カマダさん、落っこちるなよ」

「そんなヘマしねえよ。鎖を新しいのに取り替えるだけでいいんだろ」

「鎖の先端はここ——」扉の中央辺りの外壁に打ち込んである円形フックを指さした。「ここに繋《つな》いでおいてくれ」

カマダは滑車やジャッキの交換も勧めてきたが八田は不要だと答え、その場を離れた。

長らく無人だった古倉庫に人の息吹が流れている。八田を含め四人の男がいた。

八田は階段で一階に降りた。一階には八田と同年配の男が一人いて、エレベーターの操作盤をいじっている。

「八田ちゃん、やっぱり専門業者に頼んだほうがいいぞ」

「エレベーターのこと分かるって言ったじゃないか」

「それなりにって意味だったんだよ」

「動けばいいんだ。動くだけじゃないな、止まんなきゃ駄目だ」

「マニュアルは事務所にあったから、あんたに分かりやすいように要約しておくよ」

「頼む」

八田は歩きだした。埃《ほこり》がたまったままの小さな事務所に入っていく。汚れた事務机の上に、真新しい段ボール箱が二つ。八田は宅配便のラベルを剥《は》がし、火をつけて床に落とした。箱のひとつを開封した。一番上に一通の手紙が置いてある。八田は目を通し始めた。段ボール箱の中のものを手に取りながら、文面に目を通していく。

「八田さん」

肩が跳ね返った。「なんだよ！」

「わりい」屋上にいたカマダが立っていた。「びっくりし過ぎじゃねえか、済んだよ」

「早いな」

加えて一階と三階の窓の補強を頼むことにした。コンクリに鉄格子をボルトづけしてほしいと頼んだ。

「材料や道具はみんなシャッター前にそろってる」

カマダは了承し出ていった。

八田は紙片に目を戻した。段ボール箱の中に、すうっと視線が移っていく。

小さなカメラみたいなもの、何かのセンサーのようなもの、夥《おびただ》しい配線の束、電子ロック錠、小さな発信機みたいなもの、受信機のようなもの、携帯電話が幾つか、暗幕……。

もうひとつの段ボール箱を開けた。十四型のテレビモニターが入っている。

文面の続きに目を通した八田の唇に、微かな笑みが浮かんだ。

八田は手紙をしまい、部屋の奥にある機械室のドアに向かった。機械室の中には配電盤や空調機器、給湯設備もある。そこにのっぽの馬面、クラモトがいた。

「八田ちゃん、このまんまじゃ使えないいな。これ」

クラモトは、壁に張り付いている一メートル四方ほどの大きさの箱の前に立っていた。その赤い箱は、ハロゲン化物噴霧式消火装置の集中操作盤。消火装置そのものは各フロアに独立して一基ずつ備えられているが、それらすべてをここで操作できる。後付けの機器なので、配線、パイプの類《たぐ》いが剝《む》き出しで壁を這《は》い、天井の穴へと消えていた。

「中は空。ボンベがついてない」

「そうなのか……」

「必要なのか。この装置のことちゃんと知ってるのかい。ハロゲン化物っていうからよく分からないだろ。ハロンって言えばどうだ」

八田は首を横に振った。

「じゃあ、フロンは」

「大気汚染の犯人」

「まあそうだ。オゾン層を破壊するのがフロン。ハロンはフロンの仲間。特定フロンガスに指定されてる。火災発生時に火の上から噴霧すると、そいつは瞬時に容積の大きな気体になる。で、火に対して窒息効果を発揮するわけだ。そのせいで火が消える。人が吸い込むと、死ぬ」

「それは分かったが、なんで空なんだ」

ハロゲン化物の拡散を防ぐために、ハロンバンクという機関が設置されていて、不要となったハロゲン化物を集めているのだという。集められたハロゲン化物は、新しく設置される消火装置のために使い回しされる。

「だからボンベが抜かれてるんだろう。前の会社がここを出るとき、防火の担当さんがちゃんと仕事したってことだ」

クラモトは操作盤の蓋《ふた》を開き、操作盤の四隅をいじって、操作盤そのものを引き開けた。中には五十センチほどのボンベを設置する受け口があり、ボンベそのものはなかった。

「ふうん」

「必要なのかい、この装置。どうしても必要なら、設備はあるんだから、ハロンを手に入れりゃいいだけだ」

八田は待つように言い、その場を離れた。

十分ほど携帯電話で話し、戻った。

「スプリンクラーのほうは使えるのかい」

「ちょっときなよ」

クラモトに連れられ機械室を出て、倉庫へ戻った。

「上を見てみな。あと付けのハロン設備の噴霧口はあの列……分かるだろ。それ以外のほら、煤《すす》けて汚れてるのが水のスプリンクラーだ。これはそこの――」壁の一方を指さす。そこには通常の消火栓設備のパネルがはめ込んであった。「そこの装置と連動してる。熱感知式で……どうやら煙感知器はないようだな」

どこにでもある非常ベルの押しボタンがついた消火栓設備。電源が切られているので、赤ランプは灯《とも》っていない。

クラモトが続ける。「水とフロンと、両用することはないから、どっちの設備を使うか選ぶことになる。それには、ここで何を貯蔵するのかってことも考えないと。それぞれに用途が違うからな」

八田は考えに沈んだ。一度、ハロンか、と呟《つぶや》いた。

「おれは何をすりゃいいんだ。説明だけか」

「ちゃんとその手、借りるよ。いろいろとね」

八田はクラモトを促し、事務室に戻った。

「防犯装置。ここじゃ値の張るものを扱うもんでね」

八田は段ボール箱のひとつを開けた。中を覗《のぞ》いたクラモトが言う。

「こういうのはおれの専門じゃないんだがなあ……ちゃんとした業者に頼んだら?」

「経費を浮かせろってさ」

「ふうん、素人仕事じゃいざと言うとき誤作動なんかして、後悔するぞ」

八田はひきつった笑みを見せた。それは絶対、困る。

「なんとかしてくれ。一応みんな機械屋なんだしさ」

八田たち四人は、その後三時間ほど倉庫内の改装作業を続けた。クラモトの消火装置の知識は専門業者並みだったが、防犯のほうはそうでもなく、試行錯誤が続いた。用意された各種センサーや監視カメラはプロ用のもので、正しく起動させるのに苦労した。

「あ……」脚立を廊下の踊り場に立てて作業しているとき、八田はつい声を上げた。

脚立のてっぺんにいたクラモトが見下ろす。「何」

八田は手を合わした。「おれちょっと抜ける。二時間ほどで戻ってくるよ」

「どこでもいってきな。その代わり、土産にビール」

「分かった」

「八田ちゃん、今日の日当はきちんともらう、トンずらすんな」

「するかい」

「それとなあ……」クラモトは天井のほうへ顔を戻した。「口止めされるのは別に構わない。長い付き合いだし……なんかやばいことに使うのか」

間があった。「質問はしないでくれ。ここのことはだれにも——」

「それは請け合う。心配すんなよ」

八田は事務所に戻りジャケットに着替え、靴も普通の革靴に替え、ショルダーバッグを肩にかけた。

倉庫を出た八田は品川駅まで歩き、電車で電気街秋葉原駅までいった。そこで降り、あとは歩いた。近道をしようと路地へ入りこんだ。途中、神田明神へ続く階段が目に入った。心が魅《ひ》かれる。八田は神社が大好きだった。何をするというのでもない。腰を落ち着け、鳩に餌をやる程度のこと。

やるべきことがある。思いを振り切った。

——ことがすべて済んだら、ここにお参りにこよう。

そんなことを思う。

八田は近道の路地を抜け、大きな通りに出た。すぐに看板が目についた。

——クライン英会話学校。

間口が狭く細長いビル。この学校の超初心者コースに通い始めて、二月ほど経っただろうか。英会話になど、まったく興味はない。したくもない勉強だが、ここの馴染《なじ》みになっておく必要がある。それは自分を守ることにもなる。

憂鬱《ゆううつ》な一時間が始まる。八田は大きく深呼吸して気持ちを切り替え、ビルの中へ踏み込んでいった。

それでも能見の過去五年ははっきりしない。

桜田はセンターが入っているビル一階の、コーヒーショップにいた。

南城からの追加資料はすでに桜田の手元に届いている。能見に関係している人物の相関図。能見の妹夫婦、姪《めい》と甥《おい》、恋人。秋葉グループ、有働関連、その他大勢。能見が当時住んでいたマンションの住人まで網羅してある。

このうち、直接の接触も間接の接触もしてはいけない、と厳命を受けた人物たちがいて、彼らの名前には印をしてある。秋葉グループの各員、秋葉グループ周辺の同業者の何人か、妹一家、当時の恋人など。

能見を助けたというなら一番ふさわしい人物たちだが、南城は彼らすべてがシロだと断定している。

これまでただリストを眺めていたわけではない。能見と付き合いのあった同業者二人、行きつけだった喫茶店の周辺、親しかった自動車販売業者とその周辺、小さな中国人グループの周辺などを歩いた。ときどきに応じて身元を偽り、話をでっち上げ、能見本人には触れないよう話題を誘導した。

桜田が探したのは、車椅子に乗った男の姿。しかし、聞き込みはなんの成果も生まなかった。リストの中に医者はいない。

桜田は、小さなコーヒーカップを手で抱いた。南城への不満。

――接触不可の人物が多すぎる。接触していい人物へも、深く突っ込んではいけない。何も出なくて当たり前。もう少し自由にやらせてもらえれば、きっといい成果を提出できるはずなのに。

この情報統制はなぜか。

――室長は、能見の仲間には勘の鋭い奴が多い、と言ってた。だからお前はうかつに接触するな、ということか。それではまるで、こちらの勘が鈍いと言われたようなものだ。

――それともあれがネックになってしまったか。

五年前の銃撃事件の現場を見にいって、能見に会ってしまった。

――いらないミソをつけた。あんなところにいかなければよかったな。

窓の外、人の流れを眺めながらひとしきり、腐った。南城へついた嘘は、訂正せずにいた。多分大丈夫だろう。そう思う根拠は何もないが。

二杯目のコーヒーを頼んだ。自分のしたいことをだれにも説明せずに行動している。センターの同僚、上司にはなんの断りもしなくなった。文句ひとつ、聞こえてこない。

――陰じゃ言ってるはずだ。

おれを羨《うらや》ましいに違いない。そう思うと少し、気が晴れた。南城に使われているという事実はあるが、彼を除くと桜田を縛る者はいない。今回は南城とホットラインを繋《つな》いだ単独行動だ。それがまたいい。

桜田は独身で家族と同居。郵政事務官をしていた父、専業主婦でエコライフとやらを追求する母、講義に出る時間よりアルバイトの時間のほうが長い大学生の妹。郊外の一軒家。

彼らは桜田が警察官であることは知っている。公安警察官であることを説明したことはないが、仕事の話題を避ける様子からなんとなく察しているようだ。

家に帰って太平楽な家族の顔を眺めると、奇妙な感覚を覚える。おれが毎日、なんのためにどういう仕事をしているのか、分かってるのか。分かってないんだろう、それでいいんだ。おれはあんたたちが何も知らないでいる間、国を守ってるんだ。

そう思うと、自分が愛しくなってくる。

コーヒーが届いた。香りを嗅《か》いで気持ちを切り替えた。どう気持ちを盛り上げてみても、仕事に行き詰まっているのは変わらない。

一気に気持ちが萎《な》えた。溜《た》め息が出る。

一口、二口、三口。コーヒーをすする。

——シロ。シロと断言したな。

室長はシロだから突っ込むな、と断言して秋葉グループ始め能見に近しい者への接触を禁じた。室長がそう断言したなら、シロに違いない。室長がシロと断言したのは、それなりのことをしたからだ。

——おれの求めている名前は、このリストにはない。もっと思いがけない人物に違いない。もう一度、リストを眺める。載っていない名前を探して、載っている名前をじっくり調べていく。有働警視本人の名前はない。これは確かだ。有働はあの夜に植物人間になったのだから。有働と能見との繋がりはどうだったのか。能見ファイルには、そこのところが抜け落ちていた。親しかったのか、それとも、秋葉がらみで付き合っていただけか。能見と秋葉は傷つき、秋葉が死んだ。能見の近親者に能見を助けた奴がいないなら、秋葉の近親者はどうか。秋葉の妻はシロの印がついている。秋葉の妻がシロで、それを飛び越して秋葉の親類が助けた、ということはあるのか。

——秋葉の親類を探ってみてもいいか。

リストをカバンの中にしまった。秋葉の親類云々《うんぬん》は薄い気がするが、これはいい思いつきではないか。

リストにない名前を探る。まだなんの進展もないのに、桜田はその思いつきの良さに気分をよくした。

三

——もう二度とここへはこないでくれ。

東野は念じながら、ここ数日を過ごした。幾らそう念じたところで無駄だとは分かっていた。しかし、念じないではいられない。

日が過ぎていく。能見はこない。秋葉の元女房に、能見が会いにこない。しだいに、なぜこないんだ、と思うようになってくる。

——そんなことがあるとも思えないが、しかし……。

東野と美知子の暮らしぶりを見た能見が、今さら自身の闖入《ちんにゅう》に無為を感じて、会いにくるのを遠慮している、ということがあるだろうか。

このごろの東野は、店のドア近くに立って、ぼうっと外を眺めていることが多くなっていた。

「方々で言って回ってるみたいだな、あいつ」

ざるそばをすすりながら、森尾が言う。趣味の悪いインテリアで満たされた森尾の事務所。東野は能見がほかの元仲間にどう接しているのか気になり、森尾を訪れた。森尾は遅い昼食の最中で、東野に茶も出さなかった。

能見はここにもきていた。秋葉が生きているという話もしていったという。

——ただの嫌がらせ、思いつきじゃなかったわけか。

加治だけでなく森尾にまでそんな話を聞かせているとなると、能見は本気で秋葉が生きていると思っているようだ。

「気にすることたねえよ。能見は多分——」森尾は側頭部に指を当てた。「ここがいかれちまったんだ」

「そうは見えなかった。本気みたいだった」

「馬鹿だな。そういう奴らは本気で与太話するもんだ。あいつの中じゃ、秋葉が生きてるってことは事実なんだろう」

「何が目的で」

「だから言ってるだろ、いかれてるんだ、まともな目的なんかない」

気楽な森尾を見てもなんの安堵《あんど》も感じない。森尾と自分では、抱えている状況が違う。秋葉の下で仕事をするようになって、一番先に親しくなったのは能見だった。秋葉に命じられたのだろうが、能見が東野の先導役、教育役だった。親しくなりはしたが、どこか厳しい、冷たい感じのする能見とは、友情という領域までは到達しなかった気がする。

――厳しいというより、距離があるという感覚。

心と心の間にある距離を、どうしても縮めることができなかった。なぜか。能見が特別排他的な奴だったからか。そう思わないでもない。しかし。

――正直言うと……怖かった。

荒ぶることのない豪胆さ。冷たく澄んだ凶暴さ。お前はできる奴なのか、とこちらを観察し値踏みしているような眼差し。

二人の距離を縮めなかったのは、能見ではなく自分のほうか。そばちょこにそば湯を注ぐ森尾を眺めながら、今、思い至った。

「身代わりの遺体だ？　話が出来過ぎてら」

東野もそう思わないではない。加治と同じく、東野も秋葉の遺体を目にしている。確かにあれは、秋葉だった。

「なんも気にするこた、ねえじゃん」

――それだけじゃないから、気にしてるんだ。

東野自身は秋葉が生きているという、そのことは信じてはいない。問題は、能見が東野の裏切りを疑っているらしいということだ。

森尾の言うように能見の心が壊れたというなら、心配が減るどころか大きくなる。正常に働かない判断力でものごとを考えた能見が、どんな答えを導き出すのか。能見はとにかく復讐《ふくしゆう》相手を求めている。相手は、自身の鬱屈《うつくつ》が満たされるならだれでもいいのではないか。だれか、手近な者を選ぶのではないか。

——そうなったら、おれの命の問題にもなる。

「早いとこ、美知子さんと入籍しちまえ。万が一秋葉が生きてても、そうしておけば秋葉が出てきたって、気にすることは何もない。籍入れてたら、秋葉はどうすると思う」

少し考えた。「身を引く……かな」

「秋葉なら、能見みたいにのこのこ会いになんかこねえ。黙って消える。奴は男気のある奴だ」

「そりゃあ……」

そうかも知れない、秋葉なら。問題はだから能見だ。秋葉は身を引くかも知れない。能見が美知子へ耳打ちしたらどうなるのか。美知子がそれを知ったらどう行動するか。

——秋葉が身を引いても、能見が美知子に入れ知恵してしまったら。

「そんなに気になるんなら……」そばを片付けた森尾は煙草に火をつけた。「能見……消せ」

東野はつい森尾を見つめた。案外、平気な顔をしている。

「手伝ってくれますか」

鋭く奇声を発し、森尾は目を剝《む》いた。「冗談だよ」

東野は引きつった笑みを顔面に張り付かせた。「おれだって」

気味の悪い汗で、シャツが背中に張り付いた。

――能見を消せ……。

ここ数日、はっきりそう考えたことはなかった。台詞《せりふ》として、心の中で思い浮かべることはなかった。だが、分かっていた。自分がそうできたらいい、と漠然とした考えを持っていることを。分かっていながら、怖くて、避けていた。

「消さなきゃならねえほどのトラブルはねえよ」

煙とともに、森尾は言葉を吐き出した。

「分かってます」

美知子のこと、能見の東野への疑い。それらが東野の頭の中に渦を巻いた。どう考えても、能見を消すことは自分なりの理に適《かな》っているように、思えてきた。

向こうがその気なら、黙って見ているわけにはいかない。ただそれだけのことではないか。

能見は自分を消したがっている。そんな妄想が、なんの根拠もなく、確信へと変わっていった。

朝は何も変わったところがなかった。母はいつも通り朝食と弁当を作り、姉が先に起き、充はその姉に起こされた。父は寝入ったまま姿を見せない。

まったく、いつも通り。

学校で充は、特に喋《しゃべ》らず、ぼんやりと過ごした。多い日には二度、三度と廊下などですれ違う姉と、今日は一度も行き合わなかった。

姉とは、ゆうべから一言も話していない。

いつもなら茂晴と一緒に放課後を過ごすのだが、今日は用事があるから、と茂晴と別行動を取った。

家に帰って私服に着替え、再び家を出て駅へ向かう。

伯父《おじ》には一言言いたかった。ゆうべのことを明かすつもりは、ないともあるとも言えた。まだ決めてない。では何を言いたいのか。自分でも分からない。

助けを求めるつもりは、まったくない。なんの役にも立たないのだから。

——伯父さんのせいで姉ちゃんが……。

すべてが伯父のせいだとは思わない。父が一番悪いのは分かる。しかし昨夜の父の暴走は、伯父の訪問も一因ではないのか。伯父があんな姿を見せたから、と言えるのではないか。ということはつまり、伯父のせいだ。

ドアガラスから中を覗《のぞ》いた。女の人が二人カウンターの中にいる。加治の姿はない。夕方からしか出てこないのは知っていた。

中に入り、カウンターの中の女性に加治のことを尋ねた。加治はまだ出ていない、という。外に出て腕時計に目をやる。四時過ぎ。まだ早いか。ポケットに手を入れ、粗末な財布を取り出す。中には数百円。電車賃のことを考えると、店の中で待つのは控えたほうがいい。加治なら、代金はいらないと言ってくれる。だが万が一、いつまで経っても加治が出てこなかったら、代金を払わなければならない。

辺りを見回し、とことこ歩き出した。角に面した店の玄関を見渡せる場所。すぐそばにある神社の鳥居の下、石段の隅に腰を下ろした。

この裏通りは車通りも人通りもまばらだ。ただ時々、思い出したように砂利ダンプが通り過ぎていく。雲が出始め、いつもより早めの夕暮れを演出している。石段は冷たく尻《しり》を冷やす。耳元を微風がくすぐる。

気が滅入ってきた。

なぜここにいるのか、何を言うつもりでいるのか、改めて迷う。姉はゆうべなんと言ったか。だれにも言うな、と言った。その約束を守るとすれば、ゆうべのことは言えない。では何を？ただの恨み言をか。

——別にいいじゃないか。おれにはそれくらいしたっていい理由が……。

背後から一羽の鳩が飛んできて、近くに着地した。鳩は充を窺《うかが》いながら、首を振りつつゆっくり近づいてくる。

「ないよ。なんにも」充は手のひらをさらして見せた。「餌なんか持ってない」

目の前に影が立った。「何やってるの」

見上げたそこに、姉が立っていた。学校の制服のままだった。

「……姉ちゃんはどうしたの」

充の目は姉のバッグを捕らえた。去年の修学旅行のときに姉が持っていった、大きなスポーツバッグがそこにあった。

「その大荷物……」充は言葉を飲み込んだ。「姉ちゃん」

「仕方ないでしょ」姉は当たり前のように言い、充の隣に腰を下ろした。

「伯父さんのところに？」

——おれはどうすりゃいい。

言いかけて、やめた。自分が父にされることは、ただ殴られ蹴《け》られるだけ。姉がされることは何か。想像もしたくない。

「伯父さん、姉ちゃんのこと置いてくれるって？」

「置かせる」

横顔に目をやった。いくぶん青ざめているが、穏やかに見えた。姉はいつの間にか二羽に増えた鳩を眺めている。

姉が独白のように言う。「鳩って、どうして首振るんだろね。首を棒切れで固定したらどうなるのかな」

「それでも歩けるんじゃないの」

「首振ってぽうぽう言ってりゃいいんだから、気楽な人生ね」

「気楽ばっかりでもないんじゃない。苛《いじ》められたりするしね。猫とか、鳩嫌いのおじさんとか」

「でも……飛べるし」

姉は一瞬天を仰ぎ息をついた。充にはその様が、何かをふっ切ったようにも、決意を固めたようにも見えた。

「一度はっきり言っておこうと思って。怒らないで」

「なに」

「あんた、昨日の夕方まではまるっきり、だれかさんみたいだった」

「だれかさん？」

「父さん」

充は吐き捨てた。「そっくりなもんか」

「自分じゃ分かってないのよ」

「違う」

「あんたは父さんと同じことしてた」

充はさっと足を伸ばして、鳩を追い払った。

「おれに当てつけなんかするな」

「伯父さんの障害を知る前はあんた、父さんにどう接してた？　障害のことが分かったあとは？　手のひら返したみたいに変わった……充まさか、悪いこと全部伯父さんのせいにしてないよね。もしそう思ってるなら、それって——」一瞬口ごもったあと、早口で続けた。「だれかに似てない？　みんな他人が悪いんだっていう考え方、だれかに——」

「そうやって——」充は勢いつけて立ち上がった。「姉ちゃんだっておれのせいにしてるじゃないか」

姉は相変わらず平静な、と言うより感情の消えた顔で充を見上げた。

「あたしがいつ、何をあんたのせいにしたの」

「だからそれは……おれが姉ちゃんを……」

「いつ、あんたにあたしを守ってなんて言った？　そんなこと、思ってると思う？」

「…………」

「勝手に決めつけないで。そんなこと、思ってやしないんだから」

お前は男ではないと断言されたように、充は感じた。

「自分はなんだ。逃げもせずスケベなことされてさ」

言ってしまって、総毛立った。姉の反応を確かめる勇気はなかった。充は憤然と歩を進め、
石段の反対の端に腰掛けた。

姉は何も言ってこなかった。

しばらく二人、無言で風に吹かれていた。

やがて、我慢し切れなくなった。

「ごめん」

充は言った。姉は答えなかった。

砂利ダンプが通りかかり、埃《ほこり》を巻き上げた。二人、黙ってダンプを見送った。

ずいぶん経ってから、姉が口を開いた。「分かってくれた？」

まだ認めたくない気持ちはあった。しかしこう言った。「……どうすりゃいい」

「自分の力で何かすることを覚えるの」

「伯父さんに頼らず？」

「そう」

姉は含み笑いを漏らした。充は姉を見た。姉はどこか遠くを見ていた。

「そう言いながら、あたしは家を出て伯父さんに頼ろうとしてるけど」

いろいろな言葉が散り散りに浮かんで消えた。結局、こう言った。

「いいと思うよ……姉ちゃんは女だし」

すぐに後悔を覚えた。女という単語がまた、ゆうべのことを思い出させた。

「早くこないかな、伯父さん」

急いでそう、付け足した。

四

添嶋のところにいるとき、加治から電話がきた。加治は思いがけない名前を口にした。

──甚一から電話がきた。お前に連絡を取りたいんだと……家にきてくれってさ。

添嶋と別れ、羽田に向かった。

能見が粗末な門柱の間を抜けたとき、玄関戸が開いて甚一が出てきた。甚一の顔が笑みで大きく裂けていった。

「きたな。ちょうど煙草買いにいこうとしたとこだ」甚一は弾む足取りでそばまできた。「せっかくだから散歩はどう？　お義兄《にい》さん」

「用事は」

「まあまあ」おどけて、語尾を上げた。「押しましょか、それそれ」

甚一は車椅子の握りを摑《つか》み、押し始めた。

「止めろ」

「手貸してやってんだ、感謝の言葉ぐらいほしいね」

嫌な笑い声をあとに付け加えた。

能見は肘置きに肘《ひじ》をつき、手のひらに頰を載せた。深い溜《た》め息が出た。

甚一は走り始めた。狭い路地を蛇行しながら、笑い声を上げた。

二人は多摩川沿いの道に出た。突然空が広くなった。停泊中の遊漁船のアンテナやマストが揺れている。

「ここはいつきてもいい眺めだ、なあ」

背丈ほどの堤防が続いており、能見には船も川面も見えなかった。車の通りが少なく、充とよくキャッチボールをした場所だ。

ところどころに遊漁船の看板が立つ。道の先遠くに、堤防に腰掛けている数人が見えた。自転車で走り去ろうとしている人も。それ以外に人の姿はない。

甚一が辺りを見回し、車椅子を止めた。「煙草くれ」

能見は煙草とオイルライターを手渡した。

「洋モクか、まあいいや」

甚一は煙草に火をつけ、煙草の箱もライターもポケットにしまった。

「ライターは返せ」

「うるせえ」甚一は煙草を一服した。

「返せ」

「脚、隠してたな」甚一は能見の回りをぐるぐる歩き始めた。「介護がどうの、バリアフリー住宅がどうのって本が出てきてな。こりゃなんだって、真希に尋ねたわけだ。殴って白状させた」

能見は一瞬、肘置きを握り締めた。

「あんたを引き取って一緒に暮らせないか、だと」

能見は口元に淡い笑みを浮かべた。

――真希はそういう奴だ。

本のせいでこの体のことがばれた。しかし。

――お前は昔から優しい奴だった。優しさに邪魔されて辺りのことが見えなくなるくらいに。

「何ニヤついてやがる……おれにいびられながら、あそこで暮らすか。あんたがいいならおれはいい。どうする」

甚一は能見の面前に立ち止まった。能見は歯を食いしばった。予想した通り、甚一は拳を固めて、能見の頬を殴った。

「痛え」

言ったのは甚一だった。右手を腹の辺りで抱え、顔を歪《ゆが》めた。歪めながら、笑みを浮かべようとしている。

「おれは頭脳派だからな、こういうのは苦手なんだ。あんたとは違って」

能見は舌に血の味を感じた。

「あんたはそう、学校の番長ってとこだ。ケンカだけでみんなを圧倒してる脳タリン。分かるだろ。そんな奴が力をなくしたら何が残る。人を痛めつけるばっかりで、勉強はしてねえから頭は空っぽ。唯一の取り柄がなくなっちまって、みんな離れていくんだ」

能見はゆっくり首を巡らせた。真後ろは見えないが、見える範囲に人影はない。だが、隠れる場所は幾らでもある。

能見は舌打ちを漏らした。

「助けはこねえぞ」

——あまりに見晴らしが良すぎる。

奴らは必ず自分を見ている。添嶋のところにいくときは、尾行回避行動を取った。添嶋のところを出てからは、なんの策も取っていない。どこで捕捉《ほそく》されるとも限らない。もう捕捉されていると考えたほうが無難か。

ならば、甚一にあっけなくやられておいたほうがいい。

まずは言葉。「甚一。やり過ぎがあったかも知れない、それは謝る。だからもう、やめてくれ」

甚一は汗で光った顔を能見へ突き付けた。「何をだ」

「あいつらを殴ったり、何かしたりすることだ」

「全部しつけだ」

「あいつらは苦しんでる」

「土下座、見てみてえな。そうしたら、考えないでもない」

能見はじっくりと甚一の顔に視線を注いだ。歪んだ笑み、悪意に溢《あふ》れた瞳《ひとみ》、落ち着きのない足元。

「なんだ」能見の静かな注視に、ややうろたえた甚一が言う。「はやく土下座しろ」

「お前のために折る膝《ひざ》はない」

鼻を鳴らした。「自力じゃ折れねえコンニャク脚が！」

甚一は片足を振り上げ、能見の顔面を狙った。が、空振り。尻餅《しりもち》をついた。

甚一はさっと起き上がり、車椅子の後ろに回った。握りを摑み、一気に椅子を傾けた。能見は車椅子から転げ落ちた。

甚一は短い奇声を発し、空の車椅子をかつぎ上げた。

ガードレールの向こうに、二十五メートルほどの四角い船溜《ふなだ》まりがあった。水門に仕切られた、堤防の内側にある船溜まりだ。小型の船が二艘《そう》、浮かんでいる。能見にも見覚えのある場所だ。一度、あそこにボールを落としたことがある。

甚一は車椅子を、その深みに投げ込んだ。しぶきが高く上がった。

「おれの家族だ」甚一が吠《ほ》えた。「どうしようと、おれの勝手だ」

――部屋にも鍵《かぎ》なんかかけて……。

真希の声。

――寝るところを充と一緒にして……。

甚一はゆっくり歩いてきて、五歩ほど手前で止まった。

「お前がいたから、ウチはうまくいかなかったんだ」甚一の顔が醜い笑みに歪んだ。「あいつらはおれのもんだ。おれの好きにして、なんの文句がある」

心が弾《はじ》けた。ふっと、能見の顔からすべての表情が消えた。「車椅子だけで満足か」

「何」甚一は一歩、前に出た。

「大人は相手にできないか」

「それはてめえのほうだろうが」

もう一歩、甚一が前に出る。

能見の右手が左の袖《そで》の中に入った。能見は袖の中で、手首にかけているワイヤーの輪を握り締めた。

「お前なんぞ、地べたに這《は》いつくばって啖呵《たんか》切るしか能がねえ。もう、とやかく言わせねえ」

甚一が半歩前に出た。

「おい、あんたたち！」怒号に近い声。中年の男が一人、歩いてきた。「今、あそこになんか投げ込んだだろう」

甚一が言う。「なんだよ、あんた」

「あそこを管理してるもんだ」

甚一はにいっ、と笑った。「なんでもねえ……じゃあまたな、お義兄さん」

背を向け、すたすた歩いていく。

「おい待て」中年男が甚一を追おうとする。

「待ってくれ」能見が呼び止めた。

男が踵《きびす》を返した。「何を捨てたんだ」

「頼まれてくれないか」

車椅子を引き上げてくれと頼んだ。

困るんだよなあそういうことされちゃ。男は愚痴ってから、鉤棒《かぎぼう》を持ってくると言い置いて去った。

——つらいところだ……。

皮肉な笑みがこぼれた。

——追いすがってぶちのめすことができない。

甚一の姿はもう、見えない。

五

夜が始まろうとしていた。光が青さを濃くしていく。

車椅子を引き上げてくれた男は親切で、濡《ぬ》れた車椅子を拭《ふ》くタオルを用意してくれ、缶入りのお茶を馳走《ちそう》してくれた。詮索《せんさく》好きでもあったが、能見はただの兄弟ゲンカだと話し、補足を加えなかった。

男と別れた能見は、新田の家に向かった。家は無人だった。オイルライターは取り返せない。

能見は諦《あきら》め、その場を離れた。

進むうち、なんの支障もなかった車椅子が小さな悲鳴を上げ始めた。可動部分のどこかが、きりきりと微かに呻《うめ》く。

車椅子の変調は気持ちを萎《な》えさせる。大事なものを甚一に盗られ、車椅子はしくしく泣き、能見は二度、三度と溜《た》め息を漏らした。

車に戻り、幌《ほろ》を上げたまま走り出す。風に吹かれているうちに少し、気が晴れた。

正直、甚一をどうしたものか分からない。完全に嘗《な》められている。車椅子に乗った男などいつでも伸《の》せる、と考えている。因果というやつか。

もう二度と腐った家族に苦しめられるのはごめんだ。そう思い、少年の能見は家を出た。だが今、やはり家族に苦しめられている。

――いや、違う……。

すぐに打ち消した。苦しんでいるのはおれじゃない。

目黒の自宅まで戻り、車椅子に乗り換えて出掛けた。食事のほとんどを、加治の店を中心とした外食で済ませている。栄養補助のプロテイン以外、家には食べ物が何もない。

角に面した加治の店が見えてきた。

歩道のない細い道。車椅子は相変わらず呻いている。

店のある四つ角までできたとき、向こうの神社の石段が目に入った。小さな街灯の明かりの際にいて闇が濃いが、二つの人影を認めた。石段の端と端に離れて座る、小さな影。

顔はよく見えない。だが、居姿に見覚えがあった。

能見は神社に近づいていった。二人はそれぞれ俯《うつむ》き加減で、アスファルトを見つめていた。一人のほうは、貧乏揺すりをしている。

能見が彼らの面前にきたころには、彼らも能見に気づいた。気づいたが、立ち上がりもせず、声もかけてこない。ただ、見つめたり視線を外したりしている。

「ケンカでもしたのか」

姉弟は一瞬視線を交わした。

充が貧乏揺すりをやめて腰を上げた。何か言いかけ、思い止り、ポケットに手を突っ込んで視線を遊ばせた。梢は落ち着かない視線のままで、裸の膝を抱いている。

「いつからここにいる」

梢はちょっと小首を傾げ、もじもじしている。

「伯父《おじ》さん」充が言った。「姉ちゃん、頼みがあるんだって」

言いなよ。小さな声で充が促す。梢は何も言い出せない。能見は二人のそばにきたときから、梢の大きなバッグには気づいていた。

「おれのところからじゃ、早起きしないと学校に遅刻するぞ」

梢の顔がふっと上がり、その瞳《ひとみ》が能見を捕らえた。

「飯も作らないし、朝は起こさない、洗濯もしてやらない――」

梢が石段を蹴《け》って立ち上がった。前髪が嬉《うれ》しげに揺れた。

六

刑事部の組織犯罪対策室のすることと、公安部の組織犯罪対策室のすることとの違いは、特にない。

刑事は聞き込み、公安は尾行監視、と性質の違いを言い表すことがあるが、こと薬物事犯の捜査に限り、両者のすることに違いはない。情報提供者を作り、監視尾行、あまり行われず公言もされない浸透作戦。

両者の持つ目的に、微妙な違いはある。あくまでも被疑者逮捕を一番に置く刑事部門、逮捕よりまず組織の全容解明に重きを置く公安部門。さらに公安は、普通の犯罪組織への関心が薄い。外国勢力、政府やそれに類する公的機関、団体などと結び付いた犯罪組織に重きを置いている。

南城の対策室分室は遊軍扱いであり、はっきりとした担当地域を持たない。そのときにより標的が変わる。

現在、中南米の某国の大使館員と、日本の暴力団組織とパイプを持っている外国人密輸組織との関連を疑い、内偵を進めていた。

ほぼ一年かけて、外国人組織、暴力団、ある大使館員周辺の監視を続けていた。外国人組織と暴力団組織との繋《つな》がりは摑《つか》んでいたし、取引の数回を監視しつつ見送りもした。しかし、大使館員と彼らとの繋がりがはっきり摑めず、内偵は進展しない。日本に在住している外国人組織重要人物との会食現場を二度確認したこと、クリスマスにその人物から大使館員の子供宛にプレゼントが贈られたこと、安全な商売女を数回あてがわれたこと、愛人を世話されたことなどを摑んでいる。

大使館員は郵便物の出入りを真っ先に仕切ることができる部署にいる。南城たちは大使館員が、日本政府には中身について云々《うんぬん》する権限のない外交特別郵便を悪用していると見ていた。

特別郵便を使って薬物を日本に、というのではなく、日本で得た薬物取引の儲《もう》けを現金のまま送り出している、という推測を立てていた。推測が事実だとすると、送られた国にも彼の仲間がいることになる。この点について対象国への通報、協力要請はまだしていない。

　この夜も、南城は滝神管理官、室長補佐と三人で今後の計画を話し合った。

　犯罪行為とは関連が薄いと思われている対象者の友人を、〝釣って〟みるかどうか、という点で意見が分かれた。その友人は日本に根を下ろしており、転向可能性評価も高い。

　友人を協力者にできれば対象者の懐に飛び込めるが、接触した揚げ句断られてはこちらが目をつけていることを向こうに知らせることになる。

　外交特権があるため逮捕はできない。容疑が固まったら大使館に知らせ、対象者を更迭させる。このあとが本当の目的。大使に恫喝《どうかつ》を加え、表ざたにせず貸しを作る。対象国への捜査協力要請をしないのは、これが理由だ。今通報したのでは、貸しを作れない。

　議論は続き、結局この件は棚上げになった。

　小さな会議は散会した。

　南城は滝神たちと別れ、警視庁庁舎を出て地下鉄に乗った。電車を乗り継ぎ、着いた先は新宿にある分室。七階に上がり、鍵《かぎ》を開けて中へ入る。二重扉になっていて、表のドアを閉めなければ次のドアは開かない仕組みだ。

　南城は二つのドアを通り抜け、中に入った。

　事務机や戸棚が並ぶ大部屋を通り過ぎ、彼専用の個室のドアの前に立つ。ドアにはポストの口が開いている。

南城は鍵を開けて中へ入り、ポストの中を確かめた。今日一日の活動報告が数枚入っていた。わざわざポストを使うのは、余人にいらぬ好奇心を抱かせないためだ。

報告書を手にデスクについた。四畳ほどの広さ。四人が座れるソファセットのほか、調度品や装飾品はまったくない。

デスクライトを灯し、書類に目を通す。一枚目は能見担当の移動監視班からの報告。すぐに〝失探〟の文字に気づく。

——馬鹿ども……。

能見は午後三時過ぎ、車ででかけた。彼は一日一回必ずガソリンスタンドにいくが、今日もその日課は変わらなかった。毎日、洗車をする。

ガソリンスタンドを出て約三十分後、尾行班はまかれた。進行方向、及びその延長区域には、能見に関連のある施設や関係人物の住居に該当するような場所はなく、行き先の推測は困難、とある。

——意識して尾行をまいたのなら、その方向に何かがある。

能見がこちらの監視尾行を覚知しているかは不明。覚知していないながら予測行動をしているかも不明。今のところ、能見はそれらしい行動を示していない。

——桜田がうまくやっていれば。

桜田のことが頭に浮かび、彼からの報告を探した。紙切れ一枚。一日の行動についてのざっとした報告のみ。新事実も推測もなし。

能見の監視報告に目を戻す。姿を消した能見を捕捉《ほそく》したのは午後五時過ぎ、加治の店の前だ。

十代前半から半ばの男女二人と接触。その後、二人を連れて店の中へいき、四十分ほどして店を出た。その後、二人を連れたまま車椅子で移動、自宅に到着。同行した者のうち男のほうは、それから二十分ほどののちに彼の自宅を離れた。ほかの二人は二十時三十分現在、自宅に滞在しており動きなし。

まだ写真はない。だが南城は二人の子供が彼の姪《めい》と甥《おい》であると推測した。姪が一晩泊まりにきた、というところか。

——あるいは……逃げてきたか。

周辺調査により、新田家の子供二人が父親に虐待を受けている、という風聞を入手している。弟の新田充は、父である新田甚一から日常的に暴力を受けている。そして、姉の新田梢。同じように暴力を受けていると思われるが、子細は不明。そのときの報告には素っ気なく、近所の人物の噂話が付け加えられていた。梢は学校で孤立していて、その理由は——。

南城はすぐにこう推測した。

——姉は性的虐待を受けているんじゃないのか。

風呂《ふろ》に入らず、自分の身だしなみに一切構わなくなる、というのは、性的虐待を受けている子供に多く見られる特徴だ。

皮肉の笑みがこぼれた。

——さて能見、お前はこれをどう始末する。

煙草に火をつけた。能見の失探。気になる。日ごろ、能見は昔馴染《なじ》みに会うほか何もしていない。何かしたことがない、と言ってもいい。

——……何もしなさ過ぎ、だ。

今日の失探は能見が、監視始まって以来初めて何かした証しではないのか。

彼の何もしなさ過ぎが変に映るのは、彼の生活に、将来へ関わる継続的なものが何もないせいだ。遠い未来でなく、一年二年先のことでいい。仕事を探すとか、資格取得のために教育を受けるとか。あるいは、レンタルビデオ店の会員になるとか、新聞配達の契約を結ぶとか、ケアセンターに通うとか。つまり。

——奴の生活には血が通っていない。

南城は以前、能見の住居は仮住まいだ、という推測を立てた。この〝何もなさ〟は、それを裏打ちしているように見える。

——では能見、何しにきた。

秋葉を探す、そういう目的はあるだろう。あるにしても、彼には生活がなさ過ぎる。なぜ能見の過去五年が、いつまで経っても明かされないのか。つまり、明かされないことにこそ意味がある。

——能見は見張られていることを承知している。その上で、街に戻ってきた。警戒のため、個人情報を隠している……しかし、姪や甥とは隠れもせず会っている。能見の弱みとなる人物なのに。

能見が自身に課した情報統制は能見個人に絞られている。

やがて、ひとつの推測が生まれた。その推測は、南城の頬に再び笑みを刻ませた。

——やはりお前は……だれが敵かを知ってるんだな。

能見が甥や姪と堂々と会うのは、彼が敵の性質を知っているからではないのか。だれかれ構わず手を出す外道の集まりが相手ではない、と知っているのだ。

南城は煙草を揉《も》み消し、保存すべき書類をデスクの引き出しにしまった。いらない書類はすべて、いつものようにシュレッダーで粉砕した。

携帯電話が着信した。

前置きはない。

《明日、打ち合わせがてら船に乗る。お前もこい。滝神さんもくる》

酔っているらしいひん曲がった声で言いたいことだけ言い、新は電話を切った。

――時間ぐらい言え。

南城は電話をしまうと部屋を出て、エレベーターで一気に地下まで降りた。改装を加え、やはり各種のロックで守られている車庫にいく。居残りの車両が数台あった。そのほかに、南城のアルテッツァも置いてある。

車を車庫から出して、飛び出した。

南進していく。三十分ほどで、目黒の某アパート前に到着した。能見の自宅前監視のために借りたアパートだった。

古い手だが、二回、三回、二回、とドアをノックする。すぐにドアが開き、ぼさぼさ頭の小男が顔を出した。

「ご苦労さまです」

一DKの簡素なアパート。物は少なく、殺風景だ。円いちゃぶ台が据えてあり、上に空き缶が置いてある。

テレビモニターがひとつ。今も能見の自宅前を斜め前から捕らえている。小型の監視カメラを原付きバイクの中に仕込み、対象の自宅前に置きっ放しにする手法を取っていた。

「お前の趣味か」

ちゃぶ台の上の空き缶には、オミナエシが黄色い花を咲かせている。

男は白い歯を見せた。「この部屋、あんまり陰気過ぎるもんで」

「オミナエシの時期は終わったと思っていたがな……現状を」

能見と子供はあれから外出していない。来客はなし。

南城はビデオ映像をチェックした。確かに二人は、能見の姪と甥だった。印象は地味だがすっきりとした顔立ちの梢、目つきから聡《さと》い印象を受ける小柄の充。能見関連人物ということで、新田家の人間の面はすべて事前に押さえてあった。

梢の大きなバッグに目が止まる。ほんの一泊二泊、という感じは受けない。

――緊急避難か。

梢が押しかけたか能見が保護したのか、まだ分かっていない。

南城は、ビデオ映像からのプリント写真を手にした。暗視カメラを通した白黒写真で、能見の自宅前を斜めから撮っている。能見の車椅子を押す梢、姉の荷物を持っている充。どこか遠くを見ている能見。

うら寂しいものを感じる。秋葉を追って街に現れた能見、能見を頼りにしていて当てが外れ、それでも彼に寄り添う姉と弟。

「……ファイル不要、破棄しろ」

七

温めた薬液を数度出し入れし、腸の中を空っぽにした。浣腸《かんちょう》をするのは三日ぶり。本当は、昨夜のうちに済ませる心積もりでいた。

梢をここへ置くことになって、予定を変更した。恥じてもいない、情けなくも思っていない作業だが、だれかのいるところでそれをするとなると、話は違う。

服装を整え狭い台所へ移動。そこに置いてある小さな冷蔵庫から水の入ったペットボトルを取り出し、がぶ飲みした。加治の店からもらってきたミネラルウォーターだ。

能見のような体の場合、尿路感染を心配しなくてはならない。その周辺の筋肉の動きが失われているので、自浄作用が働かず、尿口から菌が入る恐れがある。だから、普段から水分を多く取るようにしていた。尿の量を増やして、中をきれいにするためだ。

陽は高い。梢は学校にいった。

昨日のことは、はずみだった。

神社の石段の、端と端に座って俯《うつむ》く二人を見たときに、その予感はあった。家を出てきたのか、とのひらめき。どうするか決める間もなく、二人の前に着いた。梢の大きなバッグを目にしたとき、自然と言葉が出た。

二人のこともう、放って置けない。完全な決着が必要だ。時間はあまり残されていない。

昨日、神社の前で会った二人は、態度が落ち着かず口数も少なかった。梢をここに置くことを了承したあとも、二人の口数は少なかった。だが、二人の表情はまったく相反するものだった。

梢はその顔に安堵《あんど》を隠さなかった。笑みもこぼした。口数が少なかったのは、決まりが悪かったか、照れがあったか。一方の充はやはり沈みがちで、梢や能見の話にもどこか上の空、表情も堅苦しかった。

ゆうべは加治の店で食事をしたあと、三人でここにきた。

——変なところに住んでるね。

梢はそう感想を口にした。

ひとつのフロアをカーテンで三つ、ベッド、バスタブ、ソファというふうに区切っていたが、ベッドを梢に使わせることにした。梢は遠慮したが、能見は受けつけなかった。

梢はさっそくベッドの回りのカーテンを引き、中に消えた。着替えのほかに、少ない荷物の配置でもしていたようだ。

——平気か。

つい訊《き》いた。

充は頷《うなず》いた。

——お前はどうする。

家に帰る、と充は言った。そのあとに、おれは平気だから、と付け加えた。

梢が姿を消していた数分のうちに、充は二度、何かを言いかけてやめた。能見は黙って待った。梢が戻ってくると、何か言いたい、という気配は完全に消え失せた。

着替えを済ませて気持ちが切り替わったのか、梢はおしゃべりになった。

——ビデオデッキもないし、CDもないし……。

冷蔵庫は小さくて使いづらいし、流しは洗面台くらいしかないし、ガス台は一口コンロだし、コップ以外の食器がないし、お箸《はし》もないし、洗濯機もないし、炊飯ジャーもないし、電子レンジもない。

そして、にっこりした。

そのにっこりは、充に目を止めたとたんに消えた。充は儚《はかな》い笑みを浮かべた。

——おれは大丈夫。男だから。

ほんの僅《わず》かの間、静寂が流れた。

突然、梢が充の頭を張った。能見は虚を突かれた。ぱしんと、軽い音が響いた。

——でも子供じゃないか……。

梢はいきなり泣き出してしまい、能見はまた虚を突かれた。梢は顎《あご》を喉《のど》につけ、大粒の涙をこぼした。能見は何も言えずただ、姉弟二人を馬鹿みたいに見つめていた。

能見は小さな紙切れに自分の携帯電話番号、それに加えて住所も書き込んで充に手渡した。

——ここのことは絶対秘密にするから。

充は言い、腰を上げた。

——待て……。

もう遅いからと呟《つぶや》いた充は、一直線に玄関に向かい、振り向きもせずさよならも言わず消えた。

梢はその後また無口になり、自分のベッドの中に消えた。

翌朝、能見は梢にとりあえず三万円ほど渡した。ここから学校までの交通費と、昼食代金、それに小遣いとして。

一眠りしていくらか元気になった梢は、こんなにたくさんいらないよと言いながら、遠慮せず受け取った。

梢は近くのコンビニエンスストアにいって、お握りと総菜、インスタントみそ汁を買ってきた。能見はあまり食欲がなかったが、付き合って朝飯を食べた。

梢は途中で席を立ち、カーテンの中に消えた。ややあって出てきたとき、制服に着替えていた。

——いってきます。

笑顔でいい、戸口に向かう。

——気をつけてな。

能見は答えた。梢が戸口で止まり小さく手を振ったので、能見もそれを返した。梢はスカートを翻して外へと飛び出していった。

自分が振った手を一瞬見つめた。世間にはこんな生活もある、ぐらいのことは知っているつもりだ。だが、苦笑を禁じ得なかった。

食後にと梢が買ってきたインスタントコーヒーが、テーブルの上に置き去りにされている。

——……強いな。

胸を締め付けられる。

梢が、甚一に何かされたらしいことは察しがつく。こうしたい、ああしたいということを遠慮せず口にする性格の充が、自分もここにとは言わなかった。ただの遠慮ではない。梢だけ、逃げる必要があった。

自分のせいか。能見の障害が甚一を助長させた、そういうことではないのか。

——おれは男だから。

子供らしい、子供でなければ気恥ずかしくて、正面切っては言えない台詞《せりふ》。この台詞がせいぜい自己暗示に使うくらいしか使い道がない、ただのお題目であることに、充はもう気づいているだろうか、いないだろうか。

二人の子のことを思っているうち、甚一へと思いが及んだ。瞬間、能見は今まで生きてきた能見に戻っていた。

「三百万、指定の場所に振り込みを頼む」

能見は携帯電話で指示を与え終わってから、車で近くのガソリンスタンドにいった。幌《ほろ》をかけて洗車機に突っ込み、エンジンを止めた。やってきた係員に、ルーフ部分を除く洗車を頼んだ。

大きな箱が車を洗い始める。能見はイグニッションをスタンバイにした。メーターパネルに灯が灯《とも》る。

能見はサイドボードから広域帯電波レーダーを取り出した。トランシーバーほどの大きさで、長いアンテナがついている。

能見はレーダーを作動させた。小さなノイズを排除しながら、数種の電波帯を探るうち、メーターの針がぴんと跳ねた。能見はイグニッションを捻《ひね》ってオフにした。針がすうっと収まった。もう一度、イグニッションをスタンバイにしてみる。針が上がる。

能見は洗車機が作業を終えてから、もう一度同じことをした。やはり、針が反応を示した。

洗車が終わって、車を整備場に入れた。そこでもうひとつの黒い箱を取り出した。見た目は電波レーダーと同じようなものだった。能見は腰をかがめて覗《のぞ》き込んできた係員に待てと示し、スイッチを入れた。装置は音で反応を教える。トランク側には反応を示さず、ボンネット側に反応を示した。装置は発信サーチャー、電波の出所を探す。

能見はウィンドウを開け、係員を呼んだ。

「何事です」

怪訝《けげん》な顔をしながらも、係員は能見の頼みどおりボンネットの中を探ってくれた。

能見は声を張った。「何かないか」

「何かってなんですか」

「ないはずのもの」

「音が強くなった辺りを探ればいいんですよね」

電子音が音階を上げていく。

「あの……取っちゃっていいんですか」

見つけたらしい。

「取ってくれ……いや、待て」

迷う。ここで追跡用発信機を取り去っていいものか。影響はどうか。取ってしまえば、能見が尾行者に気づいたことがばれる。整備にきて偶然発信機を見つけた、などと思ってくれるだろうか。あの係員に聞き込みされてしまえば、一発でばれる。昨日まで、発信機はなかった。車に乗り込むとき、毎日この作業をしていた。今まで装置が反応することはなかった。

おれは秋葉を探しているわけだし、秋葉を隠しておきたいおれがだれの尾行も受けたくない、と考えてもおかしくない。別に影響はない。

「取ってくれ」

ややあってサーチャーの電子音が途絶え、係員が煙草の箱ほどの黒い箱を持ってきた。長いコードが一本、短いコードが一本伸びている。長いほうがバッテリーから電源を引くコードで、短いほうがアンテナだ。

「なんですか、これ」

「分からん」

能見は料金提示を要求したが、係員は困った顔をして迷ったあと、サービスにしときます、と言った。

「これ、どうしますか」

「捨ててくれ」

能見はようやくガソリンスタンドを出た。

――すぐに反応がきた、さすがだ。

昨日添嶋のところにいくとき、初めて尾行排除行動を取った。今日になって発信機を仕掛けたということは、昨日は尾行をまけたということなのだろう。

能見は世田谷区へ向かった。

厚く明るい雲が、空一面を覆っていた。雨の心配はなさそうだが、陽が顔を出す気配も感じられない。

世田谷区は一方通行、行き止まり、狭い路地が細かく入り組み、ドライバーを悩ませることで有名な地域だった。能見はほとんど徐行でしか進めないような路地を進んだり、わざと行き止まりの道を奥まで進んでからバックで戻る、などのことをしばらく続けた。

そのあと、首都高速三号線に入った。路肩をやや広くしただけの退避区域に差しかかった。

能見はそこに車を寄せて止めた。

能見は数台の車を見送った。まだ尾行者の車が食いついていたなら、ここで止まれずに先へいってしまう。

再び走り始めた能見は、奴らに同じ手を使われないように、次の退避区域がくる前に高速道を降り、目的地に向かった。

神奈川県の多摩川沿い。河原間際にある添嶋商会の拠点では、広い駐車場にトラックが数台停まり、荷役作業をしていた。

能見は車を降り、応対者に来訪の目的を告げた。添嶋はすぐに現れた。

能見は添嶋と一緒に倉庫の奥へ進んでいき、貨物エレベーターで地下一階に降りた。

地下も倉庫。だが物は少ない。明かりは落としてあり、無人だった。二人は倉庫の奥の、小さなドアの中へと消えた。

一枚の分厚い壁がつけ足されていて、細長い部屋がもうひとつ作られている。幅は五、六メートル、奥行きは二十メートルほど。壁の片側にはずっと奥まで棚がしつらえてあり、大小さまざまな段ボール箱や木箱が積み上げられていた。

添嶋は台車を押して中程まで歩いていき、ひとつの木箱を載せると能見のそばまで戻ってきた。

「狩猟用ならすぐ手に入るんだが、嫌だっていうから」

「いうから？」

「骨を折った。感謝してほしいね」

能見は黙って、軽く頭を下げた。

「なんだ、その態度は」

添嶋は木箱を開けた。添嶋が手にしたのは、コルト社製のデルタ・セミオートマチック・スナイパーライフルだった。このスナイパーライフルは、アメリカの制式軍用ライフルM—16を元に作られたもので、見た目もM—16にそっくりだった。

「結構苦労したぞ。なんでライフルじゃなくて、スナイパーライフルじゃないと駄目なんだ」

少し考えた。「思いつきだ」

能見は添嶋からライフルを受け取った。全体に艶《つや》消し塗装が施されていて、光を反射しないようになっている。スコープは通常のものより太く長い。暗視対応スコープに付け替えられていた。銃身には何かを指さすように、レーザーサイトが取り付けられている。コードが全部銃把のところまで伸びていて、その先には小さなボタンがついている。

「遠くからなんかを撃つんなら、これよりほかにもっといいのがあるんだがな」

添嶋は数歩歩いていき、明かりをすべて落とした。

能見はライフルを構え、スコープを覗き込み、スコープのスイッチを入れた。緑色の世界が広がる。部屋の最深部の壁際に砂袋が積み上げられているのが、はっきり見える。

「選んだのはあんただ。おれはただ、スナイパーライフルと言っただけだ」

能見は左手そばのボタンを押した。レーザーが発振され光線が飛ぶ。空中の塵《ちり》に反射した光が淡い筋となって見えた。レーザーの光は、思っていたほどには強くない。

指を離したとたん、レーザーが消えた。ボタンを押しているときだけ発振するように細工してある。レーザー出しっぱなしでは辺りの空気に塵や埃《ほこり》が多かったとき、こちらの正確な居所がすぐにばれてしまう。

「何を撃つ」

「鳥」

「馬鹿言え。食うところがなくなっちまう。照準の同調とか、ほんとに人任せでいいのか」

「弾が出て、狙ったへんに当たればいい。マッチの頭を狙うわけじゃない」

「よく知ってるな。アメリカの狙撃手《そげきしゅ》は五百メートル離れた場所から、マッチの頭を打ち抜く訓練を――」

「あんたに聞いたんだよ」

「そうだったか……話したか」

添嶋にスコープの調整や試し撃ちを頼んであった。山の中にあるスポーツ射撃場で撃ってきたという。だれかにばれる気遣いはない。射撃場そのものが、添嶋の持ち物だ。

能見は安全装置を外し、遊底を動かして初弾を薬室に送り込み、一発撃った。

轟音《ごうおん》が部屋を満たした。と同時に、能見の車椅子が大きく後ろへ跳ね、前輪が浮き上がった。

「予告してから撃て、この馬鹿」

能見は車椅子にブレーキをかけ、一発撃った。さっきよりは酷くないが、やはり車椅子全体がずり動いた。

──案外、使えないかも知れない。

能見は考えにふけった。

「お前が使うのか。秋葉のだろ」

「明かり、もういいぞ」

添嶋が明かりを灯した。能見はライフルを添嶋に手渡した。添嶋はライフルから弾倉を外し、薬室に残った弾を抜いた。

「お前が使うのかって聞いてんだよ」

「だったら?」

「その体で秋葉の手伝いか」

能見はライフルをしまうように促した。

添嶋がライフルを木箱に戻す。

「あ、そうか」添嶋がさっと能見を見た。「だからスナイパーライフルなのか。遠くから狙撃の加勢か」

能見は肩をすくめて見せた。

「だったらお前、ちゃんと練習しなきゃ駄目だぞ。間違って秋葉を撃っちまったらどうするんだ」

「詫《わ》びを入れる」

「……コケにしやがって」

台車へさらに二つの木箱を載せ、二人はそこを出た。

「送り先は前と同じところでいいのか」

能見は頷《うなず》いた。

二人は一階に戻った。添嶋は若いのを呼び付け、あとの指示を与えて台車を持っていかせた。

用事の済んだ添嶋に、能見は手を差し出した。

怪訝《けげん》な顔。「なんだそりゃ」

「ひとまずあんたからの買い物は終わりだ。感謝を示せ、と言ったろう」

「振り込みがあったのは確認した。金払ってくれりゃ、感謝なんぞ……」

能見は手を差し出したまま、待った。添嶋は嫌々という風情でその手を握った。

能見は車椅子を反転させ、車へと戻っていった。

添嶋の声が追ってきた。「なんか、これっきりって感じじゃねえか」

能見は肩ごしに横顔を見せて、片手を軽く振り、進み始めた。

「またくるんだろうな」

能見は答えず、進み続けた。

八

理科室への移動中、充と廊下ですれ違った。小豆色《あずきいろ》の体操着を着ている充は、体育館への移動途中らしかった。梢は足を止めた。珍しいことだった。充も足を止めた。これも珍しいことだった。

「ゆうべ、大丈夫だった？」

「帰ってこなかったから。こっちは心配するなよ」

つい、梢は充の顔を探った。新しい傷は見当たらなかった。

「姉ちゃん、なんか顔付きまで違う」

充の浮かべた淡い笑みを見ると、梢は彼の頭をかき抱きたくなった。廊下の真ん中だし人通りもある。こらえた。

「大丈夫さ姉ちゃん。そのうち、悪いこと全部なくなって、みんな一緒に暮らせるよ」

十三歳の充が、一晩会わないだけで大人になったように感じた。

「姉ちゃんは伯父《おじ》さんのところで、待ってりゃいい。おれ、何があっても伯父さんの家の場所、あいつには喋《しゃべ》らないから」

充は行きかけ、歩みを止めた。肩ごしに振り返って言った。

「おれ……父さんと同じじゃない」

充の口調は柔らかく、照れたような笑みを浮かべた。

「あたしも少し言い過ぎて――」

「自分の力で何かすることを覚える、だったよね」

充は歩き去った。梢はその背中を見送った。充の中に何かが加わった。今までにはなかったもの。安堵《あんど》か、諦観《ていかん》か。どれも違う。考えて、その何かにぴったりくるものを見つけた。

――なんでそんなに、余裕があるの。

そのあと、梢と充は一度も顔を合わせなかった。

放課後、梢はＰＨＳで家に電話をかけた。だれも出ない。五分ほどして再びかけた。また、だれも出ない。

学校を出た梢はいつもの道順をいき、途中、いつもお使いにいく八百屋さんに寄って小ぶりの段ボール箱をひとつもらった。

家の近くで、またＰＨＳを使った。さっきと同じように、間を置いて二度かけてみた。だれも出ない。

家に着いた梢は、いつも悲鳴を上げるはめガラスを腕や手で押さえ、戸を慎重に開けた。玄関のたたきを探る。父の靴はない。だが靴がなくても家にいるときがある。下駄箱の中を覗《のぞ》いてみた。父が普段履いている靴は見当たらない。

思い切って呼び鈴を押してみた。だれも出てこない。

梢はそっと靴を脱いで上がり、台所へいき、そこでまた耳を澄ました。茶の間の掛け時計の針の音しか、聞こえてこない。

荷造りにかかった。まずは自分専用のご飯茶碗《ぢゃわん》と汁椀《しるわん》、それに箸《はし》。客用の中から同じものを一組選び出し、箱に詰めた。さらに小鉢や皿、包丁、コップ、フライパンなどを選んで箱に収めた。

今日の午前中までは、伯父からもらったお金でこれらのものを買うつもりだった。代替わりしたとき不要になった炊飯ジャーを、捨てきれないと母が残しておいたことを思い出し、それを持ってこようと決めた。どうせ家までいくなら、いるものは借りることにしたのだった。

――それに、独りでそんなものを買い出しするのはつまらない。どうせなら……。

伯父と一緒にデパート巡りをしてもいい。

梢は父が戻ってこないかどうか気にしながら、ほかに何が必要だろう、と小首をかしげた。

携帯電話に着信が入ったのは、午後三時ごろだった。能見はそのとき自宅にいて、ずっと放ったらかしにしていた車椅子の軋《きし》みを直すため、潤滑スプレーを振り回していた。約束は午後五時半と決まった。

約束の場所についたときには、雲に覆われているせいもあって、すっかり夜になっていた。真希たちの家から五キロほど北、大きなプラスチック成型工場。

能見は来客者用の駐車場に車を乗り入れて待った。五時半を過ぎると、中年の女性ばかりが断続的に現れ始めた。五分ほど待たされて、真希がドアの横に立った。

「目立つ車ねえ」

「ルーフを上げてるから、そう見えるだけだ」

真希を横に乗せ、車を出した。行き先を定めず、適当に流した。

「なんだか恥ずかしいな、オープンカー」

「すぐ慣れる」

「梢のことなんだけど」

能見は黙って先を待った。能見が何か言うと思ったのか、真希はしばらく黙っていた。能見が何も言わないので、真希は口を開いた。

「梢、どういうつもりなの。昨日のあれの通りなの」

能見は頷いた。梢はゆうべ真希に電話で家を出たことを伝えた。伯父の生活を助けるため、と梢は説明していた。

「兄さん……あれからうちの人となんかあったの」

「取り立てではない」

「二人とも家を揃って出たわけじゃないからあれだとは……」

相変わらず〝あれ〟が多い。

「あれ?」

「家を嫌いになったんじゃないとは思ってるけど」

「真希……梢や充が、あの家を好きだと思ってるのか」

間があった。「だって自分の家じゃないの」

「お前は自分の家が好きか。おれとお前が育ったあの家が好きだったか」

「それとこれと、なんの関係があるの」

「似てるだろ」

「まさか。あのときの母さんと今のあたしが似てるって言うの」

真希は片手で自分の肩を揉《も》み、くすり、と軽く笑った。

「そこだけは違う」

「似てるなんて、そんなわけないんだから」

「真希、現実をしっかり見てくれ」

「そんなわけあるはずないの……ないのよ……そんなになってたまるもんですか」

能見はちらっと真希の横顔を見た。肩へやった手はそのまま、顎《あご》を上げ気味にして前方に視線を投げている。顔には、なんの表情も浮かんでいない。何も、読み取ることができない。

赤信号に引っ掛かった。能見は膝《ひざ》かけを忘れていたことに気づき、後部座席から手にすると真希に渡した。真希は膝かけを被《かぶ》った。

大きなスクランブル交差点だった。人が四方から一斉に流れ始めた。

「今、お前は幸せか」

真希は何も答えなかった。

「お前が幸せなら、あの子たちも幸せだろう。どうなんだ」

長い間があった。

「あたしは精一杯のことしてるつもり。責めないで」

「責める気はない」

「そうね……あの人があたしや充をあれするの控えてくれて、定職についてくれて、それと……梢にちょっかい出すのやめてくれれば、もっとあれなのかも」

能見は首を回して真希を見た。やはり、なんの表情も浮かんでいない。

「知ってたのか、梢のこと」

真希の頰に力がこもり、筋が入った。そのうち、息が荒くなっていく。真希は歯を食いしばった。

信号が変わった。能見は車を出した。

「泣かない」

真希の呟《つぶや》きが、風の隙間から能見の耳に届いた。能見は一瞬既視感を覚えた。ずっと昔、似たような言葉を真希の口から聞かされた。

「知ってたのかって、そう言ったよね。兄さん、知ってたの」

「直接梢から聞いたことはないし、尋ねたこともない。そう感じてるだけだ」

「あたしもそう。梢の様子、おかしくなっていっていろいろ考えてるうちに、まさかなって思い始めて……あの人、ある日突然梢を殴らなくなったし……一度確かめなきゃって思ってたけど、どうしても訊《き》けなかった。もしそれが本当だったら……」

能見は車を流していく。やがて、車は多摩川沿いの道に出た。黒い河原がどこまでも続いている。

「あんな家庭に育ったんだから」突然真希が言った。「あたしはどうしても、失敗したくなかった」

「………」

「失敗するはずがないって思ってた……あたしが頑張れば、必ずよくなるって……」

「今度こそ本気で考えろ。弁護士を立ててきちんとやれ。費用はおれがすべて用意する」

真希は上の空だった。「昔はあんな人じゃなかったのに……義父《とう》さんや義母《かあ》さんが死んでから、変わっちゃった……それと、兄さんもいたし」

「……おれ？」

「兄さんがもう少し優しくしてくれれば、少しは違ったかも知れない。何かと言うと兄さんが現れてげんこじゃ、あの人もねじ曲がっちゃうよ」

口調に非難は感じられない。風に負けない最低限の声を出し、思っていることをそのまま口にしている。

「兄さんがいろいろ世話を焼き始めたから、あの人は捻《ひね》くれちゃった。もうちょっとあの人を信頼して、立ててあげればよかった。兄さん、最初っからあの人に厳しく当たり過ぎた。兄さんがいたせいで、あの人は大黒柱になる機会を失ってしまったの。どうせおれなんかって、思っちゃったの」

――おれが手を出し始める前に、あいつは真希を殴り始めた。だからおれは……。

野郎のほうが先に手を出した。この理屈が通るのは、能見の生きる世界でだけのことだったのだろうか。家庭というものに、そういう考えを持ち込んで甚一を痛めつけた自分は、間違っていたのか。

ほかにどうすればよかったのか。

「勝手なこと言ってごめん」

能見は無理して笑みを送った。

「離婚、ちゃんと考えてみる……あたしの成功を諦《あきら》めてしまえば、あの人にはなんの未練もないの」

「なら……奴には消えてもらえ」

「だからってあれしちゃ駄目だよ」

「あれ？」

「殺すとか、そういうこと」

能見は慎重に、なぜそんな言葉が出るのか尋ねた。結局、結子の身に起きたことと同じことが、真希にも起きていた。起きていて当然のはずだった。能見はなぜかそれを失念していた。

五年前、刑事が訪ねてきて能見の行方を訊いたというのだ。そのときご丁寧にも刑事は、結子にした説明を真希にも話した。噂話や証言から推測して、というあの話を。

能見が何か言葉を探しているとき、真希が言った。

「ほんとかどうかなんて、聞かない。別にそんなことどうでもいいんだ、あたしには」

「隠していて――」

「隠していてくれてありがとうって言っておく。若いころに知ってたらどう思ったか分からないけど、今は、そんなこと気にもならない。兄さんが外でどういう人か知らないけど、あたしや子供たちの前ではどういう人か知ってる。あたしたちに必要なのは、そっちのほう。外のことなんか知らなくてもいいし、大したことじゃない。あの子たちには話してないよ」

今後も話さないから。真希は言い添えた。

身内にだけはばれていない。そう思っていた。とんだお笑いだ。能見は複雑な思いを抱き、顔を背けて密かに自分を嘲笑《ちょうしょう》した。

帰ってご飯作らなきゃ。そう言う真希のために、能見は車を羽田に向けた。

「兄さん」

真希の横顔にちらっと目を走らせた。真希は真上を仰いでいる。

「星が眺められるからこの車に？」

「そういうわけじゃない……事故ってしまうだろ」

「それもそうね……兄さん、約束守ってる？」

「約束？」

「兄さんが家を出るとき、あたしに残した書き置きのこと」

脳裏に、寂しい山が蘇《よみがえ》った。満天の星が蘇った。

「ああ……お前は？」

「ここ何年かはさっぱり……空を眺める余裕なんてなかった」

真希は、寂しく笑った。

九

ひところの騒ぎが済み、後部デッキから人気が絶えた。陽は水平線の向こうに消えたが、残照の名残が青白く浮いている。

女の若やいだ嬌声《きょうせい》が、デッキチェアに座る南城の耳にまで届いた。キャビンに引っ込んだ新が、女相手にはしゃいでいるのだろう。

南城たちが乗っているのは、全幅二十メートルはあるモータークルーザーで、新の持ち物だった。操船スタッフはすべて新の会社の裏を支える男たちで、日本、東南アジア、南米とその顔触れは多国籍だ。

薄暗闇の中、南城はウィスキーのお湯割りを口に含んだ。風が肌を刺す。

沖に出たのは午後三時過ぎ。滝神もくるはずだったが、緊急の会議が入ったとかで彼はこなかった。

仕事の話はまず置いておけ。新は言い、船べりに道具を並べさせた。鳥籠《とりかご》、ショットガン、ライフル。射撃用ゴーグルをかけ、新は海に放った鳩を狙ってストライカーショットガンをぶっ放ち、ルガー・ミニ14ライフルを撃ちまくった。ショットガンの散弾は鳩をことごとく粉砕したが、ライフルのほうはただの一発も当たらなかった。

釣りの趣味もないのに十一月の海に付き合わされるのは、この酔狂のためだった。

鳩がすべていなくなって、新は満足気に言った。

「どうだ」

「何が」

耳にティッシュを詰めてホット・ココアを飲み始めていた南城に、新はライフルの銃口を向けた。

「冗談でも、そんなことはしちゃいけませんよ」

「心配するな、空だ」

「空でもしないもんですがね」

鼻で笑ってから、新は銃を下ろした。これでガンマン気取りだ。

「なあ」近寄ってきながら、新は言った。「能見とかいうの……やるのか」

「多分、いずれは」

「お前がやるのか」

「おれか、おれの部下がやるんでしょうな」

「おれ、やってみてもいいんだが」

「動きの乏しい的ですしね」

「コケにしてんのか」

「とんでもない」

新が銃に狂い出したのは、大学生のころのアメリカ留学がきっかけらしい。日本の若者には珍しくないが、実際に本物の銃を国内に持ち込んでコレクションする者は、そういないだろう。

新が手を差し出した。「握らせてくれ。持ってるんだろう」

南城は懐から私物のグロック17を引き抜き、弾倉を抜いてから新に渡した。新は南城の手元に残った弾倉を一瞬うらめしそうに盗み見たが、未練を断って海の向こうにグロックを構えた。

「えらく軽いもんだな」

「プラスチック製ですから」

「X線検査に写らないとか」

「それは昔の話。今は造影剤が交ぜてあります」

「こいつで……したことあるのか」

「そいつはまだバージンですよ」

振り向いた新が、南城の額へぴたりと銃口を向けた。

「どうだ。おれの構えは」

銃を摑《つか》み捻って、新の指の骨を折ってやりたくなる。「なかなかです……向こうへ向けてください」

新の酔狂が済んで、ようやく仕事の話が始まった。

昨夜、売り物があるという男が新に接触してきた。素性を明らかにせず、自分は中継ぎ投手みたいなものだ、と男は言った。代理人だという。なぜおれのところにきた、と新は尋ねた。もちろん、新が密輸や違法薬物の捌《さば》きをしているとだれから聞いた、という意味をこめての質問だ。

男は、言えないと逃げた。こちらも用心を重ねているのだ、と。男はナカガワと名乗り、大崎で便利屋をしているという。もし新さんが信用できるようなら、依頼人はちゃんと顔を出す。ナカガワはそう話した。

見本だと言い、薬液のガラス製アンプルを置いていった。新は知り合いの医者にそれを調べさせ、中身がモルヒネであることを割り出した。

まずはナカガワの素性を洗わねばならない。明日、ナカガワと新は会う。南城はその現場に網を張り、男の素性を洗う。

ライトが灯《とも》され、デッキが黄色い光で満たされた。

もう港が近い。

南城はテーブルの上に置きっ放しになっていた一枚の写真を手に取り、眺め、ポケットに収めた。ナカガワという男を隠し撮りした写真だ。

新には、知らない顔だと言ってある。だがそれは、嘘だった。同じく写真でだが見たことがある、五年前に。

携帯電話に着信。分室員クマダだった。

《ハナダを確保。どうしますか？》

「待避所へ連れてこい。おれもすぐいく」

ハナダは三十五歳の小男で、民間人。殺された渡部のそばにいて彼をサポートし、同時に監視役をしていた。結局、この監視役はハナダには不適当な仕事だったわけだ。彼は、渡部が軽井沢で殺された直後から失踪《しっそう》していた。

「ハナダ。おれは裏切り者を探しているんじゃない。真相の究明ってやつをしたい。どうして渡部が殺されたのか、事実を知りたい。渡部が奴個人で抱えたトラブルで消されたなら構わない。だがまだ、その確証はない」

ハナダは鎖でパイプ椅子に縛りつけられている。南城はハナダの正面に腰かけ、ハナダの背後に二人の部下がついていた。

確かに、ハナダを除いた全員が現職の警察官だった。

ハナダの顔からの出血は、彼自身の白シャツを真っ赤に染め終わり、腿《もも》の辺りへと達している。

「言葉の意味を吟味しろ。真相の解明のため。さっきそう言った。裏切り者を見つけて消そうなんて、思っていない。第一、人一人消すのは始末が面倒臭い」

「おれは……なんにもしてません……」

南城は部下に目配せした。部下二人は拳《こぶし》を使い、原始的な拷問を加えた。

南城はハナダの返り血がついたシャツの袖《そで》を、唾《つば》で濡《ぬ》らしたハンカチで叩《たた》いた。「取れねえな……」

ハナダはすすり泣いた。

「おれは裏切り者を探してるんじゃない」

「ただ……おれは」

「なんだ」

「渡部社長は今度いつ軽井沢にいくんだって訊《き》かれて——」

「だれに聞かれた、だれに言った」

「分からない」

南城は溜《た》め息を漏らした。

「ほんとなんです。電話がかかってきて、郵便ポストを覗《のぞ》けって言うから、覗いたら封筒が入ってて——」

依然染み抜き作業を続けながら、南城は聞いた。「幾らもらった」

「ちょっとだけ、五十万」

「教えたのか」

「おれも最初は相手にしてなくて、でも、そんなことが二日続けてあって、適当なこと言って金だけ手に入れてりゃいいかって思ってた。そしたら……撃たれた」

「……いつ、どこで」

「マンションにいるとき。電話がまたかかってきて、出たとたん、窓ガラスがいきなり砕けて。外からの狙撃《そげき》で」

「で、教えたんだな」

すっとハナダの顔が上がった。必死の形相で細かく首を振る。

南城はまた部下に命じた。部下がハナダをいたぶり始めた。部下は一言も発しない。ハナダの泣き声と肉の打たれる音が響く。

小さな部屋に静寂が広がった。

南城は染み抜きをやめ、ハナダを冷たく見つめた。

ぐったり俯《うつむ》いているハナダから、生気が消えていた。

「すみません……室長」

舌打ちを漏らした。「顔を見せろ」

部下の一人が髪の毛を掴み、ハナダの顔を引き上げた。剝《む》き出しのままの瞳《ひとみ》は、何も見ていない。

「あとを頼む……クマダ、次からは少し力を抜け」

南城は車を飛ばした。

光と塵《ちり》の溢《あふ》れる夜の街道。

ハナダに対しては、なんの感慨も湧かなかった。奴はしくじった。死んでも文句は言えない。南城はこの世界を、特別な世界とは思っていない。

——しくじったら命を落とす。そんな仕事は、そこらじゅうに溢れてる。

その意味では、ハナダの死に同情の余地はない。奴がトラックの運転手なら、事故で死んだというところだ。何も変わりはない。

南城は、警視庁本庁舎に一番近い民間の駐車場に車を入れ、そこから徒歩で庁舎まで戻っていった。

「船遊びは楽しかったか——」待っていたのは滝神だ。「今日のオンナはどうだった」

「どうでしょう。よく見なかったもので」

新と滝神はよく娼婦《しょうふ》を船に連れ込む。射撃を見てほしい新はそこに南城を引っ張る。南城はオンナを買ったことはなかった。あまり、興味がない。

「能見の件はどうなった」

「そのことですか——」

——能見は五年前の敵を知っている可能性が大、秋葉が生きているかどうかは分からない。

能見は秋葉を探す以外に何か目的を持って街へ戻ってきた。奴は今日、こちらが仕掛けた追跡用発信機を見つけ、取り去った。ガソリンスタンドの係員の話によると、能見が発信機を見つけたのは偶然ではない。発信機を取り去った能見は、尾行をまき、どこかへ消えた。すべてのことを考え合わせると、今後、何かが起こる可能性が大きい。秋葉が生きていても不思議ではない。そして、新に接触してきた男は五年前の……。

「能見については、何も心配要りません。彼は、過去の人間です」

とっさの判断。なぜ、そんなことを言ったのか。

――あんたにはまだ早い。台なしにはさせない。

あちらへこちらへ。移動を続けた一日がようやく終わった。

南城はステアリングを握り、郊外のマンションに向かっていく。

平凡が詰まった家庭。南城を待っているのがそれだ。特に美しいわけでも不細工なわけでもない、平凡な顔立ちと性格の妻。特に賢いわけでも馬鹿なわけでもない息子。お手とお座りと伏せ、それに待てができるダックスフント。

南城のこれまでの人生がまさに、凝縮された家庭と言えた。平凡な父、平凡な母、波風の立たない家庭で育った。友達付き合いも並にこなし、特にもてたわけではないが、それなりに恋人は作れた。思い返してみると、自分の人生は真っ平らなように感じる。何事もなかった。大したこと、何かあったか。なかった。

だから滝神に釣られたのだろうか。実は嫌悪し尽くしている滝神の下で、囮《おとり》組織を運営することを選んだのは自分自身だ。なぜだったのだろう。

——思い出せない。

思いの霞《かすみ》は取れない。自暴自棄になったことも、絶望したこともない。能見や秋葉のように、糞《くそ》みたいな家族に囲まれて育ったわけでもない。悪に憧《あこが》れたわけでもない。金はあるにこしたことはないが、夢に見るほど欲してはいない。

——なんとなく、で説明はつくか。面白そうだと思っただけだ。

上司だった滝神から聞かされたアイディア。存在しない部署を作り、警察のネットワークを自在に使って犯罪行為で金を儲《もう》ける。

本来一つしかない分室に、秘密のもう一部屋を加えた。偽の分室が囮組織を運営サポートする。情報収集、泳がせ捜査のための囮組織が、実は囮ではない。本物の犯罪組織。

滝神、新と南城、死んだ渡部。分室を知るのは、この四人だけ。何も知らない十三人の警察官たちが、組織を守っている。

有働に事故偽装をしかけたのは新のところのチンピラたちだが、秋葉と能見をあの夜あの公園で狙撃したのは南城の部下だ。国のためと信じ手を汚すことを許可された、と騙《だま》されている者たち。

——この日本にそんな許可証、あるか。

公安の洗脳教育を受けた彼ら、本来の所属場所で不遇を託《かこ》っていた彼らは、なんの疑いも持っていない。極秘の組織が数多く存在する公安という怪物のありようが、南城たちの欺瞞《ぎまん》工作を可能にした。

南城はあの夜、部下たちの仕事を眺めていた。秋葉の顔が苦痛に歪《ゆが》んだところを、能見が秋葉を抱え柵《さく》を乗り越えようとするところを、能見の腰の辺りが銃弾で弾《はじ》けたのを。

すべては五年前。あるリークが発端だった。渡部があるグループに食いつかれている、というリークがきた。そのリークは、南城名指しで届いた。南城たちは金銭取引により、有働の名前を得ることができた。それがなかったら今ごろ、南城たちは灰色の壁を見つめて過ごしていたかも知れない。

リーク者の追跡ももちろん行った。南城を名指しできたリーク者はつまり、囮組織の全容を知る者である。放ってはおけなかった。

結局リーク者は見つからず、さらなる接触もないまま五年が過ぎた。

今このとき、能見は戻ってきた。車椅子に乗って。

組織を作り上げるまでは、確かに面白かった。組織の運営が安定すると、面白みは消えた。

——能見の再登場で、少し面白みが戻ってきてくれた。

車のスピードを上げていく。

滝神たちとの仕事で得る臨時収入は、おおっぴらには使えない。監察官室というところは、一般の想像以上に真面目で、苛烈《かれつ》な仕事をしている。目をつけられたら、疑いを晴らすのは容易ではない。

だから、金は別名義で溜《た》め込んでいる。別名義で車を四台所有している、というのが今のところの実質的な儲けだった。

では、なぜ警官になったのか。

やはりこれも、なんとなく。正義感や人間への関心が薄いことは、少年のころから気づいていたが、警察は自分を仲間に加えた。だからここにいる。やめる理由がなかったから続けているが、続ける理由も特にない。仕事こそ公安警察官だが、仕事にはそれぞれに特殊な面があり、特別に凄《すご》い職業だとは思えない。

公安の仕事の過程で、口外してはならないことや、滅多に見られない修羅場を見、また、自ら修羅場を演出したりもした。そのときの感想はどうだったか。

——ま、そんなこともあるんだろう。

この生活に何が足りないかと言えばそう、面白みが足りない。人を殺して面白いと思うほどキレてはいないが、それなりに刺激的ではあるし暇つぶしにもなる。犬を殺すのと一緒だが、犬は考えが分からないし言葉を交わせない。

だから、犬は殺してはいけない。不公平だ。言い訳もできず、呪詛《じゅそ》の言葉も吐けない犬を、殺してはいけない。

普通を憎む反面で滝神に釣られたのか、というと否定したくなる。

——普通で結構、ただ何かが足りないだけだ。

何かが足りない、と思うならやはり普通を憎んでいるということなのでは？　この辺りに考えが及ぶと、もうどうでもよくなってきてしまう。

戯言《ざれごと》を言うと、このまま死ぬまで生きていっては、回顧録に書くネタが何もない。

——能見とおれはよく似た人間だ……だが回顧録を読んで面白いのは、あいつのほうだ。

そのうちに、あの写真、新に接触してきたという五十代過ぎの男に思いが飛んだ。

これを知った滝神は言うだろう。能見を引っ張ってきて口を割らせろ、と。そのくせ、自分の手は汚さない。組織の長としての処世術、だという。その滝神、ナカガワという男をただのお使いだと信じている。

——さすがに……おれも驚いた。

男には確かに見覚えがある。容姿はおろか、服の趣味まであのときと同じだ。猫背の小男、目立つO脚、乱杭歯《らんぐいば》。厚手でチェックの入ったジャケット、ハンチング帽。

——こいつは、秋葉の遺体を、能見ふうに言い換えたら秋葉の偽遺体を、秋葉のマンションに届けた男だ。

秋葉辰雄射殺事件として事件認定され、刑事が動いたとき、南城は裏から手を回してマンションョン防犯カメラの映像を手に入れた。そのとき、この顔を重要な面として頭の中にファイルした。

今、その男が現れた。

——しかも、ナカガワが持ってきたのはモルヒネのアンプル……あのころ、能見がヤクの取引をやりかけて秋葉に止められた。

事後ではあるが、その事情はすべて仕入れてある。いまだ活動中で、能見を探し回っている中国人グループのことも摑《つか》んでいる。

——ナカガワの後ろには秋葉がいるのか。能見のヤクを餌に、取引を持ちかけてきたということか。

だとしたら、ぜひにも会いたいものだ。会わなければならない。

なぜ彼のことを新たちに隠したのか。何かの意趣返しか。彼らに冷や汗をかかせてやりたかったのか。そんな、血の通った理由ではない。

——おれは秋葉の手腕を見てみたい。

街道は嘘のように前が開けた。南城はスピードをさらに上げた。

——能見、お前はだれが敵だか分かってるんだろう。

右折ポイントがきた。タイヤを鳴らして右折する。後輪が心地よく滑った。

——おれたちが敵だと、分かってるんだろう。

大きく滑った車体にカウンターを当てて車体を引き戻す。

——おれをあいつに会わせてくれ、能見。本当に生きているなら、おれは秋葉に会わなくてはならない。


だれかがいるところに帰ってくるなど、何年ぶりのことだろう。

能見は車をバックで車庫スペースに収め、幌《ほろ》はかけずに車を出た。

入り口の戸を引き開けたとたん、いい匂いが鼻孔をくすぐった。

小さな台所の入り口から、梢が姿を現した。

「お帰りなさい。伯父《おじ》さん、ちゃんとしたテーブル買ったほうがいいかも」

「どうして」

「だって、見て」

ソファの前の背の低いガラステーブルの上に、茶碗《ちゃわん》や皿が並んでいる。

「こんなに低いんじゃ食べにくい……入ったら」

そうだな。口の中で言い、能見は中へ入った。能見が脱いだ上着を、梢が受け取った。

「ごめん、うっかりしちゃった」

能見はテーブルに近づいて目を落とした。ささやかな食事が並んでいる。鳥肉とキノコの炒《いた》め物、削り節をかけた白菜のお浸し、白菜の漬物。

「白菜がふたつ並んじゃった。買ったあとで気づいたんだ。漬物は何が好き？」

嫌いな漬物はない。能見は答え、車椅子をテーブルのそばにきちんとつけた。梢はその間も立ち働き、茶碗にご飯を盛り、汁椀《しるわん》にみそ汁を満たした。

食事が始まった。梢は今日一日のことを話した。学校でのことはほんの少しだけ、学校帰りに家に戻ったこと、そこでしたこと、もってきたもののこと、スーパーでの買い物のこと。

能見は聞き役に徹しながら、食事を続けた。味は悪くなかった。

食事が済んで、梢は食器をまとめて台所へ消えた。台所から水音が響いてくる。

妙な具合になってきた。こそばゆい。

――発信機を取り払い、尾行者をまき、スナイパーライフルの試射をした。梢は多分甚一に酷いことをされ、ここに逃れてきた。充は家に戻ることを選択し、独りで踏ん張っている。真希はすべての悪要素から目を逸《そ》らしてきたが、ようやく事態を直視する気になり始めた。事態は昨日より好転したと思いたい。

同じ一日の出来事。混乱を覚える。能見は煙草に火をつけ、空に向かって煙を吹いた。

何もなかったかのようだ。なぜこんなに平安なのか。

梢が現れた。「洗濯物、どうしてるの」

近くにコインランドリーがある、と能見は言った。

「たいへんでしょ」梢は車椅子に目を落とした。「毎日通うの」

毎日はいかない、と能見は答えた。

「洗濯って毎日するものなんだよ。ほんのちょっとでも」

独り暮らしだからそんなにしなくていいんだ、と能見は言った。

梢は台所入り口横のカーテンスペースの中へ消えた。そこはバスタブを運び込んで風呂場《ふろば》にしている場所だ。

ややあって、梢は段ボール箱を手に戻ってきた。

「脱衣籠《かご》ぐらい買えばいいのに。コインランドリーって、どこにあるの」

能見は場所を教えたが、もう少しゆっくりしろ、と言った。親が死んでも食休み、という諺《ことわざ》があることを教えようとした。

「とりあえずいってきちゃう。時間遅くなるから」

段ボール箱を手にしたまま、梢はいったんベッドスペースのカーテンの中へ消え、すぐに出てきた。

「コーヒー、いれようか」

能見は首を横に振った。

梢は段ボール箱を抱え出掛けた。

能見は軽く息をつき、どこでもないどこかに視線を遊ばせた。微苦笑が口元に浮かぶ。

まあ、こういうのもいいだろう。長くは続かないにしても。

部屋を仕切るカーテンが少し開いていて、その奥のベッドが見えた。ベッドのそばの壁には、梢の中学の制服がきちんとかけられていた。微苦笑は消え去った。

強い思いが湧き上がってきた。と同時に、あの言葉があとを追って蘇《よみがえ》った。

——兄さんがいたせいであの人は……。

甚一への接し方を失敗したのかも知れない。だが、あれが最善だと思っていた。ほかに思いつく手はなかった。

能見は煙草をもみ消して、携帯電話を取り出した。電話には真希が出た。離婚成立のために、知り合いの弁護士を紹介すると伝えた。

《そんな急に……確かに今日会ったときはああ言ったけど》

心の準備ができるまで、あの人と向き合う心積もりが固まるまで待ってほしい。真希はそう言った。

「充は」

《平気。ちょっと元気ないみたいだけど、食欲も普通だし》

充と話したかったが、充はまだ帰っていないという。いつか聞いた肉屋の友達のところにいっているそうだ。真希は梢のことを聞き、能見は様子を話した。梢は家から必要品を持ち出したと、手紙を置いていった。

梢のことよろしくね、と真希は言い、通話は終わった。

梢に付き添ってきたときの、充の様子が気にかかる。静かに佇《たたず》み、平静だった。あれはただ、能見の知らない充の成長の証しなのだろうか。絶望していただけなのに、それを見抜けなかったのか。

能見はソファに移動し、服の上から腿《もも》をマッサージした。

数十分経ち、段ボール箱を抱えた梢が戻ってきた。

「乾燥機は使わなかった。待ってるの、飽きちゃったから」

洗濯物を干す場所と言えば、バスタブの上に紐《ひも》を一本渡してあるだけ。洗濯挟みもない。ぶうぶう文句言いながら、梢は洗濯物を紐に引っかけた。

作業が終わって梢は言った。「あたしの下着、いじんないでね」

「馬鹿抜かせ」

梢は能見の隣に腰を下ろし、ふうっと息をついた。

「新聞は」

「取ってない」

「テレビ番組、分かんないじゃん」

なんにもないんだから。梢は言い、伸びをした。直後、伸びをやめて能見に体を向けた。

「そうだ、車あのままでいいの。屋根がかかってなかった」

すぐに梢を連れてここを出て、加治のところへ夕食にいくつもりでいた。今まで通り、外食だけで済ますつもりだった。

能見は車椅子へ戻ろうとした。

「あたしやる。やり方教えて」

能見は小さなレシーバーを手渡し、やり方を教えた。梢は腰を上げて戸口へ向かっていったが、途中で立ち止まった。

「ドライブ」

「もう遅い」

「まだ八時」

「明日も学校だろ」

梢は隠さず不満を顔に表した。

「お祝い」

「何の」

「あたしの引っ越し」

能見は苦笑した。

梢はじっと能見を見つめてきた。

十

冷え込みは秋のものというより、初冬のものといったほうがよかった。

それでも梢は、幌《ほろ》を上げたまま走ってくれとせがんだ。そのほうが何か、お祝いっぽくていいという。言う通りにした。

明るい夜だった。雲の形がはっきり見える。

能見の恰好《かっこう》は普段とほとんど変わらないものだったが、梢はトレーナーの上に白いフリースを着込み、その上からジージャンを羽織って、寒さに備えた。

「顔はさすがに寒いね」

能見は、ほろ酔い気分でこの車を転がすと今はちょうどいい季節だ、と語った。とたんに叱られた。やはり、飲酒運転はいけないそうだ。

適当に流すつもりだったが、行きたいところはないかと聞いた。〈海ほたる〉がいい、という。

「遠い」

とにかく海がいい、と言う。いつも見てるじゃないか、と能見は言った。新田家は羽田にある。

「あれは河だよ」

神奈川の川崎と千葉の木更津を、海を渡って結ぶのが東京湾横断道路。川崎側からはずっと海底トンネルで、海ほたるを挟んで木更津へは海上の橋が繋《つな》いでいる。海上に浮かぶサービスエリアが、〈海ほたる〉だ。

途中、梢たちの家のある羽田を通り過ぎた。梢の表情に特別な変化はなかった。

多摩川を挟んだ羽田の対岸、河口の先端からトンネルが伸びている。能見は料金所を過ぎる手前でいったん車を止め、幌をかけた。長いトンネルをこのまま走ったら、煤《すす》だらけになってしまう。

トンネルに入った。黄色いアルミニウム灯の列が続く中、二人を乗せた車が進んでいく。

「夕焼けの中を走ってるみたいだね」

梢は言って笑みを見せた。

なぜか、トンネルの中では二人とも口数が少なくなった。

最初はずっと緩い下り勾配《こうばい》が続いていた。走るうち、道は緩い上りになっていき、トンネルに終わりがきた。

出てすぐのところにあるのが、海上に浮かぶサービスエリア、海ほたるだった。身障者向けの設備はそれなりに備えてあった。能見は駐車場の中の、身障者マークの書かれた場所に車を止めた。

真っ先に展望デッキへ上がった。周りはすべて海。空が広い。遠くの街の灯がちらちら揺れていた。

梢は能見の車椅子を押して、柵《さく》の間際まで進んでいった。

空をちらっと見て梢が言う。「ここじゃ駄目」

二人は十メートルほど横に移動した。

「ここでいい……明かりが邪魔」

二人がいる場所は、照明と照明の狭間にある薄暗がりだった。

「空がさ」梢は呟《つぶや》き、天を仰いだ。

ぽつん、ぽつんと大きなちぎれ雲が浮かんでいた。月は見当たらない。だがなぜか雲の白さは浮き立っている。あくまでも白い。街中では見られない星野《せいや》に、白いちぎれ雲が抱かれていた。

二人は、ごく遅いちぎれ雲の動きを黙って追った。

冷たく澄んだ潮風が、二人の髪を乱す。梢が深呼吸してから、ゆっくりと息を吐き出した。白い息が潮風に乗って流れ、消えていく。しばらく経って、天を仰いでいた能見を梢が見下ろした。

「何、今何か言った」

「おれが」

「うん」

能見は首を捻《ひね》った。梢は少し笑い、天に顔を戻した。何か言ったろうか、と能見は自分の心の流れを遡《さかのぼ》った。思ったことを、気づかずに口にしたとすればこの言葉だというものを、やっと見つけた。

「おれたちの育った家は、凄《すご》い山の中にあった」

——懐かしい。

「おれたちって」

「おれと真希。過疎が進んで、半ば廃村だった。川の上流深くにあって、周りは山や谷だらけ。山の斜面に段々畑を作って作物を作るんだが、土地は痩《や》せててほかに産物もない。村全体が貧乏で、ぎすぎすしていた」

「母さんに聞いたことある。あんまりいい思い出がないって言ってた」

「……実際、嫌なことの多い家だった。おれたちには秘密の隠れ家があって、何かあるとそこに逃げた。貧しい中にも土地持ちのじいさんなんてのがいた。じいさんは馬を持っていて、馬のために山ひとつを切り開いて牧草地にしていた。周りはぎっしり木が溢《あふ》れているのに、その山だけは禿《は》げ山で、てっぺんに一本だけ大きなナラの木があった。その木の根元に、汚いビニールシートを張ったじいさんの休憩所があった。おれたちの逃げ場所がそこだった。じいさんは陽のあるうちしか山にいないし、嫌なことはいつも夜に起きた」

「どんな」

「借金取りが押しかけてきたり、何か文句だか苦情のある近所の奴がきたり、夫婦ゲンカが始まったり、親子ゲンカが始まったり……嫌なことはいつも夜に。そんなとき、おれは真希を連れて家を出る。そして、博労のじいさんの山へいく」

「バクロウって、何」

「馬を売り買いする人のことだ。木のベンチに座って、二人で空を眺めた。真希は星が好きだった。いつまで眺めていても飽きないと……おれのほうが飽きて、早く帰ろうと急《せ》かしたこともある」

「母さん、星好きなんだよね。あたしも小さいころ、母さんに星座を教えてもらったよ。羽田の空だから、そんなにたくさんは見えなかったけど。伯父《おじ》さん、星座分かる」

「お前は」

「まず最初に北極星を探すんだよ。北斗七星を探して……ないな」

しばらく探して、どうやら北斗七星はこの時期この時間、北の空の水平線間際にあることが分かった。

「じゃ、カシオペアを探すんだよ——」

梢は能見のそばに屈《かが》んで、能見の目線に合わせて腕を伸ばした。

「星で四角形を作って、対角線を延ばしていくんだ」

梢は知っている星座をひとつひとつ、能見に分からせようと指さしていく。白鳥座は翼の片側をちぎれ雲で遮られていて、エチオピアの王女アンドロメダは、下半身に雲のスカートをまとっている。見る者すべてを石にしてしまう魔物メデューサを退治したり、怪物鯨に生け贄《いにえ》にされかかったアンドロメダを助けた勇者ペルセウスは、アンドロメダ王女のすぐそばにいるはずだが、今は雲の中で休息を取っている。彼が片手に持つメデューサの生首だけが、ちぎれ雲からはみ出していた。天馬ペガススは、魔物メデューサがペルセウスに首をはねられたときにこぼれた血から生まれた馬。北極星を探すのに利用したカシオペアは、王女アンドロメダの母親。

「真希から教えられたのか」

「うん……あたしが好きなのは、あんまりよく見えないけど……あそこ、北極星のそばの五角形、ケフェウス座っていうの。五角形の底辺の外側、真ん中辺りにある星」

能見は梢の指さした辺りを探った。どれがその星なのか、よく分からない。

「ガーネット・スターっていう赤い星……よく見えないな。暗い星だから」

「どうしてあれが」

「あたしの星。一月の誕生石なんだ……あの星、変光星っていって、明るさを変える星なんだって。理科の授業のとき、学校の先生が話してた。そういうとこも好き」

「どうして」

「だって、人間味あるでしょ」

能見は軽く笑った。梢は飛ぶように立ち上がって、柵に取り付いた。その顔はずっと空に向けられている。

「一月二十日、石はガーネットだからね」梢は含み笑いを挟んだ。

「……忘れないでおく」

約束、と言いかけて能見は言葉を飲み込んだ。一月は遠い。

さらりと唄《うた》うように梢は言った。「いつかの一月でもいいから」

梢はそのあと、早口で言葉を継いだ。「母さんはなんで星が好きだって？」

「聞いたことないのか」

能見と真希が逃げ場所に使っていた博労じいさんのテントの下には、空き缶を棒切れにくくりつけた灰皿があった。能見はじいさんの残した吸い殻で、煙草を覚えた。一方、真希は星を眺めたり、ハーモニカの練習をした。酷いときには、月明かりの下で宿題をしたことも。

能見は中学を出てすぐに家を出たが、そのとき、真希に贈り物をした。中学校の図書室から盗んできた、星座と神話の本。ちょうど新着本が届いたときで、能見はそれを盗み、ラベルを剝《は》がし校名のスタンプをカッターナイフで削った。多分、ばれていたと思うが、真希はありがとうと受け取った。

「きれいだから……そう言っていた」

「ふうん」

実際の真希は昔、こう言った。

――ここには汚いものしかないから……。

星が好きだと言った。ここに存在する汚いものから目を逸《そ》らすため、あるいは相殺するため、真希は星を眺めていた。そう考えたとき、あることに思い当たった。

——お前は……おれが家を出たあとも、あの山へ登っていたのか。だから、梢に教えられるほど詳しくなったのか。おれが星の本なんかやったせいなのか。

ただ純粋に星を眺めるのが好きだった、そうであってほしい。

おれはお前を捨てたわけじゃない。能見は、独り藪《やぶ》の中の小径《こみち》をいく、真希の小さな背中に言葉を投げた。

——おれのほうが、弱かった、耐え切れなかった。

負い目を負い目として感じてはいなかったはずだ。だが、甚一という男を知ってからの能見は、必要以上にあの夫婦に干渉してきた。それはやはり、自分が真希に対して無意識に負い目を感じていたための反動ではなかったのか。

「伯父さんて、どんな子供だったの」

「……別にどうってことない子供だった」

「普段いつも、何考えてた」

「そんなことを……」能見は笑った。

梢が能見を見下ろす。「どうして笑うの」

「そんな質問、されたことない」

「忘れちゃった？」

「そうじゃない……とにかく、子供らしいことを考えていた」

――実際の両親はどこかほかにいて、おれたちを探していると考えていた。父親と母親に死んでほしいと考えていた。今ではお笑いだ。こちらが出ていけばいいだけのこと。逃避と脱出は、意味が違う。

自分個人は、それでいい。ならば、真希に対して誠実だったか。能見は答えを避けた。では、五年前の事件に責任のある者たちへの拘《こだわ》りを捨てられないのは、なぜか。

その問いに対しても、答えを避けた。

だれかが問う。矛盾しているぞ。

――……承知の上だ。

「あっ」

梢が小さな声を上げた。能見を見下ろしている。そのとき能見は、煙草を吸おうとしていた。

「あのライター、なくしちゃったの」

からかうように、梢は言った。

手にしているのは、百円ライターだった。

――盗られちまった。お前と充が小遣いを出し合っておれにくれた、ジッポーもどきのオイルライター。横に狼の彫り物があって、五年前おれや秋葉さんと一緒に海を渡ったライター。甚一に盗られちまった。

「大事に取ってある」

「充が大人になったら、あげるんだよね」

「そうだったな」

にっこりしてから顔を天に向け直した梢だが、突然身をそらせて笑った。くるりと体を反転させ、背を柵《さく》に預けた。

「今夜の伯父さん、おしゃべりだったね」

能見は梢の背後の空に目を当てた。

「あいつらのせいだ」

十一

——なんでこない。普通に考えたら、こないはずはないんだ。

ある考えが浮かぶ。あいつは普通じゃないんじゃないか。

店の奥に、客のためには使わないカウンターがある。ドリンクを作るための場所であるとともに、ウェイターやウェイトレスが控えている場所でもある。東野がいつもいる場所も、このカウンターの内側だった。

東野はカウンターに手をついて、店内にくまなく目を配っていた。配るふうを、装っていた。疑念は膨らむ。怪しいしこりだったものが、今では大きな腫瘍《しゅよう》と化していた。能見はあれきり。秋葉美知子には、真っ先に会いにくるのが当然なのに。

東野は能見の帰還を、いまだ美知子に話していない。

東野はグラスにウィスキーを注いで、生のまま一気に干した。液体が喉《のど》を焼いた。寝酒の必要など感じたことはなかったが、このごろの東野は夜が進むと酒に手が出る。もともとあまり強いほうではない。翌日は二日酔いで目覚め、変に浮ついた気持ちで昼を過ごし、陽が落ちるころに一瞬いつもの自分を取り戻し、夜が更けるとまた酒に手が出る。

酒量が増えたことに気づいた美知子が、控えめに気遣いを見せたが、東野は気づかないふりを通している。

夕方、加治に電話してみた。かつての仲間の様子を気にする域を出ない興味、そんなふうを装った。気候の話や景気の話をし、加治が能見について話し始めるのを待った。東野自身から持ち出すのは、意識的に避けた。

加治の口から能見の話題は出なかった。仕方なく、東野のほうから口にした。

——飯を食いにくる。元気だ。

電話のあと、考えてみる。加治が自分から能見のことを話さなかったのは、なぜか。別になんてことない話題だから、と思ったのか。東野自身が能見の話題を避けたように、加治にも何か避ける理由があって話したくなかったのか。もしそうなら、何が理由なのか。

——秋葉さんがどうこう、という話題も出なかった。出て当然なのに。

東野が自分から言い出さなかったのは、その話題に東野自身が一物あるからだ。自分がそうなら、加治もそうではないのか、加治もその話題に一物あって、だから話したくなかったのではないのか。

——つまり、こう考えていい。彼は能見から、何か聞いているのではないのか。能見が今後することを聞いていて、それでその話題を避けたんじゃないのか。

確かに今の東野は加治と友人と言ってもいい関係だ。電話で世間話をするくらいの、そう、先輩、友人あるいは知り合いだ。付き合いは浅いとも言え、深いとも言える。加治がどちらの味方かと言えば、それは間違いなく能見だ。幾ら秋葉の元妻のパートナーだからと言って、それは変わるものじゃない。

――加治も仲間か？

東野自身、秋葉が生きているとは思わない。思いたくない、というほうが当たりか。秋葉が生きているなら、新しい伴侶《はんりょ》を得ている美知子の前にわざわざ現れない。というのが森尾の意見だった。東野もそう思わないではない。

――なんだか……秋葉さんに生きていてほしいと思うようになってきた。

秋葉が生きているなら、能見の壊れ具合も軽減される。だが秋葉が死んでいた場合、能見の憎しみは極みまでいく。能見に歯止めをかける者は、だれもいない。

自分勝手な夢想が、一瞬東野を捕らえた。生きている秋葉が能見に囁《ささや》いている。美知子はあして新しい人生を歩んでいる。だから能見、おれたちは身を引こう。過去の遺物として、消え去ろう。

だから、能見はここにこないのか。秋葉さんに促されて身を引くことにしたか。加治が自分から口にしなかったのも、それが理由か。でも、そうだとしたら能見から一言あってもよくないか。

それでは都合が良すぎる。思い直し、夢想を捨てた。秋葉が生きているなら何事もない、秋葉が死んでいるなら壊れた能見が暴走する、という予想で巡る思考が落ち着いた。問題は、どうしても秋葉が生きているとは思えないということだ。

新しい客が一組入ってきて、従業員たちに動きがあった。東野がわざわざ手を出す必要もなく、ただ見守っていた。自分の身の危険など考える必要もない、ごく普通の人々。自分もそうなれたはずだったのに。

奥の事務所から、美知子が姿を現した。細みの体に、上下黒のパンツスーツがよく似合っている。今夜も、いつもの通り髪をアップにまとめている。店に出るときはいつもそうだった。

東野を見つけ、真っすぐ近づいてきた。きらきら光る大きな目が、笑みを含んでいる。

「会長さんのところの話、聞いた?」

柔らかく包むような声。この声におれはやられた、といつも思い知らされる。

「ほら、会長さんのところのシャッター、落書きにやられたって話――」

商店会の会長が営む米屋のシャッターが、缶スプレーの落書きで汚された、よく調べてみたら、会長のお孫さんの仕業だった。その後起こったケンカ騒ぎの顚末《てんまつ》を、美知子は楽しそうに語っていく。

東野はただ、聞いていた。

秋葉とは確か、十二、三の年の差があったはずだ。秋葉は彼女のどこに魅かれたのだろうか、おれと同じように声だろうか。

東野の二歳年上。三十半ばだが二十代と言っても充分通る。目元は芯《しん》の強さを表し、身体は危うさを示し、声は温かさを示し、笑顔は子供っぽさを表す。安定しているような、していないような、どちらとも言えない印象。

秋葉グループのだれよりも年下だった。なのに、彼らみんなのお姉さん、あるいは母親だった。酒の飲み過ぎをたしなめられて頭をかき、彼女の一声でちゃちなケンカが収まった。秋葉の女だったから、という理由だけではなかった。彼女は生まれついてそういう女だった、というほうがしっくりくる。だから……。

——みんなのお姫様だった。

美知子は自分の過去をまったく人に話さないが、森尾から噂を聞いたことがある。秋葉と能見が美知子からヤマの依頼を受け、それが縁で交際が始まったという噂だった。自身はずっと堅気の美知子がどういう理由でどんなヤマを依頼したのか、一切知らない。

一通り話を終え、美知子は踵《きびす》を返した。と、数歩歩いて戻ってきた。

「たまには飲みにこいって、加治さんが」

「加治さん？」

「随分ご無沙汰《ぶさた》だから、さっき電話してみたのよ。揚がりも上々で一息ついてる、だって」

美知子は染み入る笑みを浮かべたが、それに心を奪われる余裕は、まったくなかった。

「ほかに何か言ってたか」

「何かって、何を」

美知子は小首を傾げ、東野を見つめた。東野はその瞳《ひとみ》の中に、隠し事がないか探った。ないように、見えた。

「いいんだ」

そう。美知子は言い、事務所へと向かっていった。

加治は美知子に能見のことを言わなかった。またも疑念が渦巻く。あることに思い当たった。

美知子と話した加治は、東野が美知子に能見の帰還を話していない、ということを知ったに違いない。美知子がそれを知っていたなら、出て当然の話題だからだ。

──加治は、おれが能見と秋葉さんのことを美知子に隠している、と知った。その加治も、能見の帰還を美知子に隠し、能見はおれには会ったのに美知子には会おうとしない。美知子だけが何も知らない。おれは知っている、知っていて言わない。能見はここにこない。加治はすべて知っていてそれなのに……。

BGMのピアノ曲は充分音量を抑えてあるはずだが、それでも耳に障った。

東野が能見や秋葉のことを美知子に隠している、ということが加治にばれた。加治にばれたということは、当然能見へも伝わるはず。話して当然なのに隠している東野を、能見はなんと見るか。

──裏切り行為……そう見る。

東野はカウンターを横断し、電話機の前に立った。二度、逡巡《しゅんじゅん》してから受話器を手にした。電話が繋《つな》がって真っ先に、ざわめきが耳に届いた。

《なんだ、またか》

なんの気もないように聞こえる加治の声。

「美知子が電話したって聞いたけど」

日ごろ話すことも少なくなっているのに、今日で二度目の電話。加治の声に怪訝《けげん》なものが含まれた。

「能見さんのことなんだけど」

《なんだ》

「なんで、美知子に話さなかったんです？　能見さんのこと」

少し間があった。《お前はなんで話さないんだ》

「……言いそびれただけですよ。秋葉さんがどうこういう話をしたし」

これで言い訳は済んだ。そう思った。

《お前が美知子さんに話すべき事柄だ。おれが話すわけにはいかなかった……これはお前への気配りのつもりなんだが、そうは思えないってわけか》

「……ちょっと気になっただけで」

《おれから話してほしいのか》

「おれが話す。だから——」

《こっちは黙ってる。そのほうが気が楽だ》

ごめん。言って、勝手に電話を切った。

——確かにそうだったのかも知れないし、そうでないかも知れない。

気配りだったかも知れないが、そうでないとも言い切れない。自分がうまく丸め込まれたような気が、どうしてもする。東野はグラスのところに戻って、また酒をあおった。

酒の回った頭が、勝手に妄想を膨らませていく。

お前が話さないのはなぜだ。加治はそう言った。話せない理由があるんだろう。そう匂わせた。

——加治は能見に感化されて、東野を目の敵にしてる。何の気が楽なんだ。

——加治は言ったな。気が楽だ、と。何の気が楽なんだ。

美知子に能見や秋葉のことを知られていないほうが、気が楽なこととは何か。

美知子に対して気が楽。どういう意味だ。

——まさか能見、おれを……。

まだ結論を出すのは早い。さらに酒をあおり、気を静めようと試みた。もう一度ゆっくり考えてみればいい、時間はたっぷりある。

そう考えた直後。

——本当にそうだろうか……おれの時間はたっぷりあるんだろうか……。

東野は腕時計を見つめた。何の意味もないと思いつつ、能見が街に戻ってから今までの時間を、計算し始めた。

十二

そうなのだ。そう決めればよかったのだ。早く心に決めていればよかった。

充は明かりを灯《とも》したままベッドに横たわり、両耳にラジオのイヤホンを差し込んでいた。若く元気で騒がしいパーソナリティ役のお笑い芸人たちのおしゃべりにも、今日の充は聞く耳があった。

いらいらすることもなく、おびえることもない。こんな気持ちを味わうことができるのなら、早くそうすると決めておけばよかった。

——茂晴には悪いことをした。

あとで謝ろう。充は学校の帰り、茂晴の家に寄った。茂晴が外した隙に、充は精肉の仕事場から肉切り包丁を一本手にして、学校カバンの中に入れた。何かくるむものを持ってくればよかった、とそのときになって気づいた。充は教科書を開き、包丁の刃の部分をそこに挟んだ。刃を覆うのに教科書ではぜんぜん長さが足りなかった。包丁は、充の肘《ひじ》から手指までの長さよりも長かった。細身でよく研いであり、鈍い光を湛《たた》えている。

なぜわざわざ茂晴の店から包丁を盗んだのか。ほかに当てがなかった。もちろん、家の台所にも包丁は幾つかある。だがそれは使うわけにはいかない。

母が大事に使い込んでいるものを、そんなことには使えない。

いつどうやるか、まだ決めてない。実際包丁を仕入れてみると、そんなに急がなくてもいい、という気になった。

——その気になれば、いつでもできるんだ。

姉が安全圏に逃れたことも、一時の切迫した気持ちを落ち着かせた。だからと言って、気持ちが萎《な》えたわけでは全然ない。今後何かきっかけがあったら、そしてきっかけは必ずあるだろうが、そのときは一切躊躇《ちゅうちょ》しない。伯父《おじ》は確かにいろいろやってくれたが、決着をつけることはできなかった。だから、自分がやる。

——父さんにそっくり……。

間違っていると示さなければならない。

——自分の力で何かすることを……。

恐れは消えた。自信が満ちてくる。こんなこと、今までにあったろうか。

不思議なことに、そう心に決めてからというもの、甚一は家に寄りつかない。まだ一度も顔を合わせていない。

皮肉な笑みが浮かぶ。決意が父に悟られたわけではないだろうが、もし、なんらかの気持ちの変化を感じて父が自分を避けているのだとしたら、こんなに気持ちの晴れることはない。

ラジオではおしゃべりが小休止し、音楽が流れ始めた。軽いポップ調の音楽。女性が唄《うた》っている。

――この歌手はなんて名前だったかな。確か……。

軽く目を閉じていた。頬に空気の動きを感じ目を開けたときには、もう父の顔が面前に迫っていた。

父は素早く充の体に馬乗りになり、両手を充の首にかけた。指が喉《のど》に食い込む。充は甚一の手首を摑《つか》み、外そうと試みた。体をよじって父を跳ね飛ばそうともしてみた。すべて、失敗した。

父の荒い息遣いが耳に届く。無言のままだった。充の目に涙が溢《あふ》れ、頬に筋を引いた。

――死んじゃう……本気だ。

意識が遠くなりかけた。そのとき、ふっと父の手から力が抜けた。ほんの少し、死なない程度に。

父が一言怒鳴った。何を言ったのかは分からなかった。肺に空気を送り込むだけで精一杯だった。どこもかしこも熱い。胸の中も、喉も、顔も、父の手首を握り締めた指も。

「勝手は許さねえ。どいつもこいつも、なんだと思ってる。おれが父親だぞ」

父の息は酒臭い。瞳は充を睨《にら》みつけている。暗く据わり、怪しくうごめく瞳。その瞳は、自分の息子を見つめているようには見えない。痛みではないほかのもののせいで、充は再び涙をこぼした。

「あいつじゃねえ、おれが親だ」

充は細かく頷《うなず》いた。

「嘘つけ」父の瞳がふっと横にずれた。父は片手を離し、枕の横に伸ばした。何かを摑み、引き抜く。「こいつはなんだ」

父は手にしたものを、充の目の前でひらひら振った。固くタオルでくるんだ肉切り包丁だった。

血の気が引いた。充は何度も首を横に振った。せっかく生まれた自信が逃げ出していく。震えがきた。

父は包丁を自分のベルトに差し込み、その手を再び充の首にかけた。

「気にするな。おれも親父を殺そうと思ったことがある、何度もな」父の口元が笑みで歪《ゆが》んだ。

「梢はどこだ」

充は首を横に振った。そのとたん、父は両手に力を込めた。

「どこだ。知ってるんだろ。おれはただ、大事な娘を保護したいだけなのさ」

充は首を振った。首を絞める力が、ぐんと増した。気道が再び閉ざされた。

「あいつのところなんだろ。どこだ……お前死ぬぞ」

まさか、殺すはずがない。実の息子を殺すはずが。

――おれは……こいつを殺そうと考えていたのに？

実の父親を殺そうとしていたのに、父親が自分を殺すはずがないと考えている。筋が通っていない。充はうっすら目を開けた。父の瞳《ひとみ》は充を捕らえて離れない。

――もしかして、この人狂ってる……。

自分も狂っているのか。だから人殺しをしようなんて考えついたのか。やはり自分も、こいつの息子ということか。恐れや悲しみを凌駕《りょうが》したものは、絶望だった。

――おれはこんな奴の血を引いた……。

「どこだ。梢はどこだ。能見の家はどこだ」

意識が遠くなる。本当に、死を意識した。それでいいのかも知れない。姉や伯父さんとの約束をちゃんと守り通した。二人とも、それだけはちゃんと認めてくれるはずだ。そして、忘れないでいてくれるはずだ。

何も考えられない。充は自分が何かうわ言を言っているように感じた。何を言っているのかは、自分でも分からなかった。

突然、首の拘束が解かれた。胸の圧迫もなくなった。父が何か言ったが、何を言ったのか充には判然としなかった。

激しく何度も息をつく。咳《せき》が何度も出た。体全体を使って息をした。

――諦《あきら》めてくれた……。

なぜかふっと、感謝の気持ちが沸く。

手も脚も投げ出したまま、充は生き返ろうと努めた。首を動かし部屋を探る。父の姿はない。

そのとき、投げ出したままの右腕が何かをさし示しているのに気づいた。そのままの形で、指が固まっている。

指は、自分の学校カバンを指さしていた。カバンの口が開いている。

充はベッドから転がり出た。まだ咳が出る。這《は》っていきカバンに取りついた。目当てはペンケース。能見の携帯電話の番号と住所を書いた紙片は、ペンケースの中にしまっていた。

充はペンケースを開けた。やはり、紙はない。

何も見えなくなった、目を見開いていながら。

父を殺せず、包丁は取られ、伯父の居所を教えてしまった。

——おれは結局、駄目男なんだ。親父と一緒の。

ぽろぽろと、涙が転がり落ちた。

のろのろと立ち上がり、部屋を出た。階段を降りて茶の間へと入った。茶の間には母がいた。

「充……」

母は呟《つぶや》いて顔を背け、すぐに腰を上げた。急いでいたが、母が何を抱いて台所に去ったか分かった。救急箱だった。

父はいない。茶の間と続きの部屋、両親の寝室の襖《ふすま》が開きっぱなしになっている。そこにもいない。充を責めたあと、すぐに出かけたらしい。

「梢の居場所なんて」か細くかすれた声が台所から届く。「お母さん知らないもの」

充は聞き流していた。立ち尽くしたまま、電話を見つめた。できることはある。

充は受話器を取り上げ、姉のＰＨＳの番号を押した。電波の届かないところに、とアナウンスが流れた。電話を切る。

逡巡《しゅんじゅん》してから、能見の携帯電話に、と思いを決めた。受話器を取り上げてから、番号が分からないことに気づいた。姉の番号は暗記していたが、能見の番号はまだ知ってから日が浅い。

番号を書いた紙片は、父に取られた。

「母さん、伯父さんの電話番号は」

母も知っているはずだ。

「……父さんが破り取ってしまって……」

まだ手はある。思い出した。伯父のポケットベルだ。

——番号、番号……。

自分のアドレス帳には確か、番号が書いてあったはず。二階に行きかけた足が、ぴたりと止まった。

連絡役は梢。メッセージの送り方を知らない。数字による文字変換が分からない。

充は畳に尻《しり》をつけた。打てる手はもう、何もない。

何も考えられず、視線は泳いだ。充の視線はどこか中空をさ迷い、ちゃぶ台の上をかすめた。

そのとき、それに気づいた。

ちゃぶ台の上にはテレビ番組雑誌、おかきの盛られた菓子籠《かご》、テレビのリモコン、大きなガラスの灰皿があった。父の煙草が一箱、加えてそばに、ひとつのオイルライターが置かれていた。充はそばへ寄ってライターを手にした。

あのライター。梢と充が半分ずつお金を出し合い、伯父に贈ったオイルライター。横に狼の彫り物もある。間違いない。伯父の誕生日に買ったものだ。伯父はいらないと言うに違いないと考え、直前まで秘密にしていた。母に付き添ってもらって、雑貨デパートのライター売り場にいったのだった。龍にするか狼にするか、梢と充で意見が対立した。結局、母が間に入って梢が引いた。充の見立て通り狼の彫り物に決めた。漠としたイメージでしか狼のことを知らないが、伯父には狼がぴったりだと思った。充はそのころ、『狼王ロボ』に夢中になっていた。

——おれにか。

照れ笑いを浮かべた伯父は、充と梢の髪の毛を交互にくしゃくしゃにした。充と梢は黙ってそうされながら、そっと笑みを交わした。

自分が大人になったらくれる。そう約束している。伯父は覚えているだろうか。

なぜライターがここにあるのか、それは何を意味するのか。

充は伯父のライターを手に取り、握り締め、ふらふらと二階の部屋へ戻っていった。

十三

風が窓を叩《たた》き始めた。海の上で梢と二人眺めたちぎれ雲は、今ごろ、駆け足でずっと遠くへ去っているだろう。

「いつもシャワーだけ？　たまには湯船に浸かりたいって思わない？」

梢の使うシャワーの水音が続いている。部屋には蒸気が満ち、小さな換気扇の出力では換気が間に合わない。窓には結露が浮かぶ。

能見が部屋にしつらえたのは、バスタブを置きカーテンで仕切っただけのもの。湯を溜《た》めて浸ることはできないしろものだった。

帰ってきてすぐ、梢はシャワーを使い始めた。能見は何をすることもなく、にぎやかなテレビに目を向けたり向けなかったりしていた。

能見はいくことがないので正確な場所は分からないが、確か、近くに銭湯があったはずだ。能見はしかし、今夜はここのシャワーを使うように命じた。もう時間が遅い。梢は嫌がらず部屋のシャワーを使い始めた。

海ほたるのひとときののち、二人は木更津側まで車を走らせた。ここまできて海上道路を走らないのはおかしい、と梢が言ったためだ。能見は梢の意見を受け入れたが、実際橋の上を走ってみて、梢は言った。

——なんにも見えないからつまんない。橋はお昼のほうがいいね。

いつか、能見が銃の試し撃ちをしたのもここだった。そう言えば、なんの騒ぎにもなっていない。標的にした照明灯が今どうなっているのか見逃した。

水音と換気扇の低い唸《うな》り声と、ときおり風の窓をノックする音が交錯している。能見は車椅子を降りもせず、入り口のサッシ戸近くに陣取っていた。

なんとなく、梢がシャワーを終えるまではここを動かない、動きたくないような気がした。お姫様を守る剣術遣いの下級武士か。

そんなことを思ったとき、能見は戸の外に気配を感じた。風の音、風擦れの音。そのどれでもない、コンクリートを何かが擦る音。

能見は車椅子をサッシにつけ、カーテンを細目に開けた。

戸のすぐ前、横手に止めた車を覗《のぞ》き込んでいる人影がひとつ。男。ガラスに顔をつけ、しきりに中を気にしている。発信機を取り付けにきた奴とは思えない。時間は早すぎ、接近の仕方も下手。

影はやがて、意外なことをしてのけた。ポケットを探って小さなものを取り出すと、車のドアに長い引っ掻《か》き傷をつけた。

薄暗がりの中、男の歯が見えた。

能見は部屋の奥を見た。シャワーの音は途絶えたが、まだしまいではないらしい。シャワーだけの入浴なのに、随分長いものだ。

「煙草を買ってくる」能見はサッシを開けた。影は能見を見つけ、固まった。

能見は車椅子を外に進ませ、後ろ手に戸を閉めた。能見は彼に目を当てながら、鍵《かぎ》をかけた。

「見つけたぞ誘拐犯」甚一は笑みを広げた。

顎《あご》で車を指す。「あとで請求書を送る」

能見は車椅子を進めた。甚一はその前に立ちはだかり、車椅子を止めた。

「梢、返してもらう」

能見は顎で道路を指し示した。

「お義兄さん、やめといたほうが——」

こいつがきたことを、梢には知られたくない。「いいからいけ」

甚一は笑みを消した。口の端を歪《ゆが》ませ、下がり始めた。能見は車椅子を進ませた。

道路に出た二人が対峙《たいじ》した。風が二人の髪を乱す。猫が通り過ぎた。ほかに人影はない。寒々とした蛍光灯の下、二人の影が細長く伸びた。

「いい加減うんざりだ。どっちが上か、はっきりさせる頃合いだ」

能見は尻の辺りに両手を伸ばし、普段は使っていないシートベルトを引っ張り出して、腰元を固定した。肘置きに肘《ひじ》を立て、顔の前で手を組む。

「自分のしたことが分かってんのか。お前は人さらいだ」咳《せき》のような笑みを発した。自分の言ったことが気に入ったらしい。「おれがいる限りそんなことはさせせねえ」

能見は溜《た》め息を漏らした。

「おれが父親だ。あいつらをどうこうしていいのはおれだけ。お前は他人だ」

能見は黙って、甚一の捩《ねじ》れた顔を見つめていた。

――兄さんがいたせいであの人は……。

真希の声。

「おれは今ここで、テメエをぶっ殺してもいいんだ。テメエは誘拐犯、おれは娘を取り戻しにきた父親」

能見は左の袖《そで》に右手を差し込んだ。甚一がそれに注目した様子はない。

「黙ってないで――」

「いつか言ったことを覚えているか」

「何」

「いつか言ったことを覚えているか」

甚一の目が据わってきた。「……かまわねえ、こっちは」

「どうしてお前は――」小首を捻《ひね》った。「そうなんだ」

「……みんなテメエが悪いんだ」

甚一は腰に手を回し、タオルに包まれた包丁を取り出した。

「誘拐犯と格闘、大事な娘を取り戻した父親。いい話だ」

諦観《ていかん》の失笑が漏れた。「大事な、なんていうのはやめろ」

「テメエにはなんの権利も――」

ほんの少し、能見の顔に苛《いら》つきが浮かんだ。「権利なんかどうでもいい、感情の話だ。おれは梢が、充や真希が、大切なんだ……お前とは違って」

甚一は痙攣《けいれん》に似た笑みを浮かべ、包丁をくるんでいたタオルを取り去り、右手に握ると腰だめに構えた。

「テメエになんの――」

「その刃物は……ただの景気づけか」

《……で、どうしましょう》
「家のほうはどうなってる」
《動きなしです》
少し待て。南城は言い、考えに沈んだ。
あと数分で自宅に着く。車のハンドルを握ったまま、南城は沈黙した。能見自宅定点監視者は、南城の言葉を待っている。

「移動監視班は」

《待機してます。こちらの状況は分かっていないと思います》

「相手は」

《新田甚一のようです》

「伸びたままか」

《はい》

迷っている時間はない。すべてが台なしになる。

「監視を続けろ。無線を使う。そっちを聞け」

南城は通話を終え、無線に切り替えた。

「庭番エヌオー、移動マルニ、指示を与える。マルニは台車宅前路上の〝異物〟を回収。エヌオー、バックアップ。マルニ、回収した異物はH3へ搬送。扱いはC1」

《了解》

「台車に悟られるな。すべての扱いはC1扱い」

《了解》

「エヌオー、これからそちらに向かう」

無線を終え、南城は車を返し、きた道を戻り始めた。

——とにかく、邪魔が入っては困る。

都心にトンボ返りだ。

新田甚一を秘匿回収することに決めた。騒ぎになり所轄署が出てきては困る。

──やはり能見の中には、何もないのか。

自分が何をしたか、能見は分かっているのだろうか。甚一を路上に転がしたまま放って置き、家に戻ってしまった。

──能見が秋葉と組んで何かをするつもりなら、してはならないことだ。

ヤマの前に、警察へ引っ張られるかも知れない行動を取り、それを隠す気もない。この行動の意味は何か。能見はやはり、何も知らないまま秋葉を探しているだけなのか。秋葉とは連動してないのか。

電話や無線では詳しい話を話せないが、だいたいのことは分かった。どうやら能見は、あの体で刃物を持った甚一を倒したようだ。

──原因は間違いなく、新田梢に関するものだろう。

車を飛ばすうちに報告が入った。移動マルニは新田甚一を回収。意識はないが生存。呼吸も心音もはっきりしていて、命に別状なし。警察病院への搬送のため、移動マルニは現場を離脱した。

小一時間かけて、南城は監視用アパートへ到着した。

「映像を出せ……オミナエシは」

「枯れてしまいました」

部下はビデオを巻き戻し始めた。「かなり訓練してますね、奴は」

やがて、再生が始まった。

高感度カメラによる灰色の映像。能見の自宅前を、ハス向かいから写している。車と隣の建物の植え込みのお陰で、奥まったところにある玄関そのものは映っていない。

　道の奥から男、新田甚一が現れた。時折手元に持ったものを確かめながら、あの家この家という風情でぶらぶら歩いてくる。能見の自宅前で足を止めた甚一は、数秒、辺りを見回した。歩きだした甚一は、能見の車に強い注目を浴びせたあと、手元を動かし始めた。

「車泥棒かと思いました」

　南城は手を振って黙るように促した。

　そのうち、甚一の顔が玄関のほうに止まり、若干の会話。やがて甚一と能見の二人が現れた。路上で向かい合い、今度は少し長めのやり取り。

　――声も拾えるようにしときゃよかった。

　ちらっとそんなことを思う。思ううちに、始まった。

　甚一が大振りのナイフらしきものを腰だめに固定し、能見へと突っ込んだ。

「スロー」

「はい」

　映像が時をゆっくり刻み始めた。甚一の持つ刃物が胸に届く直前まで、能見は何もせずにいた。相手の背丈に合わせて腰をかがめた甚一が、能見の胸の辺りにぶつかった。

　次の瞬間、能見はハンドリムを両手で摑《つか》み、素早く回転させた。車椅子は片輪を支点に、くるりと反転。刃が胸に突き刺さる寸前の、鋭い回避。

　つんのめった甚一が膝《ひざ》をつく。

——確かに。奴はこういったことを想定した訓練を積んできたな。

いなされた甚一は、体勢を立て直して刃物をひらめかせた。そのときすでに、能見の左手は甚一の右手を摑んでいた。

振りほどこうとした甚一だが、急に動きを止め、刃物を取り落とした。甚一は能見に摑まれた右手首を掻《か》きむしり始めた。

——握力ひとつで……違うな。

映像を解析したいが、そんな機材はない。南城は映像にストップをかけ、顔を近づけた。監視者が呟《つぶや》く。「何かを使ったようです……」

甚一の手首の辺りに、何か一瞬きらめきが起こった。再びスローで映像を動かしてみる。能見が何をしたか、だいたい分かった。

甚一の手首に、紐《ひも》、ワイヤー、あるいはピアノ線の類《たぐ》いがかかっていて、能見が締め上げている。甚一の動きが止まったのは、その痛みがあまりに強烈なためだろう。

そのあとは一方的だった。顔面の殴打が続く。最初のうちこそ抗《あらが》いを見せていた甚一だが、手加減のない掌底《しょうてい》の連続に半ば意識を失い、アスファルトに尻《しり》をつけ木偶《でく》と化した。電気的に増幅され灰色がかった白黒画面の中、甚一の顔一面が黒く染まった。粘りのある体液が糸を引いて垂れ、アスファルトに黒い斑点《はんてん》を作っていく。

「ストップ」

映像が止まった。能見の顔がこちらに向いている。

——それでいい……これが見たかった。

能見の顔には、感情らしいものが何ひとつ浮かんでいない。ごく普通の人間が人を傷つけるときには、それがどんな質のものであれ激情の噴出が必要だ。能見にはそれが欠けている。怒りも憎しみも、悲しみも後悔もない。

──その顔だ。お前は昔と変わっていない。

妹のために奔走して見せても、姪《めい》や甥《おい》をいくら可愛がろうとも、能見の本質がここにある。能見は心を決めたら、なんの躊躇《ちゅうちょ》も覚えず人を殺《や》れる。

──それがお前だ。いくら家族を愛そうとも。

携帯電話が鳴った。

《こちら移動マルニ、異物は意識を取り戻した。治療中。以後の指示を》

「治療が終わったら、ベッドにほうり込んで寝かせておけ。何も聞かず、話させるな」

《異物はこちらの身元を知りたがってます》

「善意の第三者。それだけだ」

《了解》

──よけいな手だししやがって。

だが野郎が死んでなくてよかったか。死んでいたら処置は、ほんの少しばかり複雑になっただろう。

映像の中では、能見のショーが終わっていた。能見の後ろ姿が映っている。衣服を整えながら、悠々と去っていく。映像を止めさせ、南城は考えに沈んだ。記憶の倉庫から、あることを思い出そうとしていた。

渡部が別荘地で拷問死したときの内容。今、新田甚一を痛め付けた能見の手口。抑えきれなくなり、口元に微笑みを浮かべた。

間違いない。南城は確信を深めた。

——渡部を拷問したのは、お前だ。

十四

表ではなんの騒ぎも起きていない。甚一は勝手に帰ったらしい。

部屋の中、明かりはすべて落とされている。サッシに引いたカーテンごしに、青い光が漏れてくる。つけっ放しのエアコンの微かな囁《ささや》きのほか、届いてくる音はない。風は急に収まった。

能見はソファに横たわり、毛布をかぶっていた。梢はカーテンの奥のベッドへと姿を消している。

能見はテーブルの煙草に手を伸ばした。火をつけたとき、梢が声を送ってきた。

「寝煙草はいけないいんだよ……」

「これで終わりだ。早く寝ろ」

能見は煙草に火をつけ、青い夜に青い煙を吐き散らした。

甚一を殺すつもりだったかどうか。殺してもいい、という気はある。だがさっき、あの場所で、となるとどうだったか。無事に帰す気がなかったことは確かだった。

簡単に言うと、委細構わず、というところだ。こんなことは久しくなかった。

――せっかく杉下にやられて見せたのに、無駄になった。

奴らは見ていただろうか。見ていた、と考えておいたほうがいい。自分をただの惨めな敗残者、と見続けてくれれば幸いなのだが。

梢は路上で起こったことを、知らずに済んだ。能見が戻ってきたとき、台所に置いた小さな鏡に向かって髪を乾かしていた。ヘアドライヤーを忘れてきたことを、しきりに悔やんでいた。梢は能見もシャワーを使え、と勧めてきたが、能見は明日にでも、と断った。

――たいへんだったら手伝うよ。

梢が真顔で申し出た。いらない、と能見は答えた。

――照れなくてもいいよ。

――違う。風呂《ふろ》は独りと決めてる。

ベッドに消えていく直前、梢が怪訝《けげん》な顔で鼻をひくつかせた。

――なんか、臭う……。

おれには分からん。能見は答えた。梢がベッドの中へ消えてから、衣服を改めた。ズボンの裾《すそ》がべっとりと血に汚れていた。能見はジャージに着替え、汚れたズボンは放っておいた。もともと黒地で目立たないし、臭いなどどうとでもごまかせばいい。

薄暗闇の中を漂う煙をぼんやりと眺めた。充の身を案じたまま、電話ひとつせずにいる。甚一がここを突き止めたのは、充の口をこじ開けたせいに違いない。

能見は心の中で詫《わ》びた。明日、顔を見にいこうと決めた。

「伯父《おじ》さん」

いくらか気の抜けたようにも聞こえる、やや掠《かす》れた梢の声。

「眠れないのか」

少し、間があった。

「内緒にしてたことがあるんだ。結子さんに会ったの。伯父さんが帰ってきたよって、教えようと思って……結子さんと会った？」

「ああ」

「……フラれた？」

「こっちにもその気はなかったし、向こうにもその気はなかった」

ふうん。梢は言った。そのあと、静寂がしばらく続いた。

「ねえ」一層、声が低くなっていた。「もうどこにもいかない？」

能見は天井の筋目を見つめた。「状況が許せばな」

「状況って」

「先のことは分からないって意味だ」

一瞬、不思議な気持ちを味わった。なぜいけないのか、なぜ駄目なのか。梢や、真希や充を見守りながら静かに暮らすことが、なぜいけないのか。そんな暮らしがどんなに心休まるものか、考えなくても分かる。それができたらどんなにいいか、とも思う。

それが分かっていてなぜ、過去にこだわるのか。多くの者が新しい暮らしへ踏み出しているのに、自分だけがこだわるのは、なぜか。

能見は密かに、寂しい笑みを浮かべた。

——驚いた。この五年で初めて、自分を疑った。

どう取り繕ってもおれは外道だ。だから、外道の道をいく。話は簡単だ。

——思い詰めたガキじゃあるまいし、生き方を変えられない、なんてことは思わない。いつでも変えられる。ただそれは、やるべきことをやってからの話。梢たちと同じように、有働のおっちゃんも秋葉さんもおれの家族だ。

謀反を起こしかけた心が落ち着いた。だが片隅に小さな破片が残り、いつまでも消えないでいる。何かを諦《あきら》めなければならないために生まれた、哀しみの破片。

「伯父さん、あたし……」

能見は言葉を待った。梢は先をなかなか続けなかった。能見は煙草を揉《も》み消した。

「寝たか」

返事はない。能見は毛布を顎《あご》の上まで引き上げた。

「あたし、父さんに酷いことされた」

思わず、瞼《まぶた》を閉じた。

「だれにも話せないようなことを……」

何も言えなかった。

「あたしのこと、嫌いになった？」

「馬鹿を言うな」

「穢《けが》れちゃったよ」

「穢れてるのは甚一だ」

うまく言えない、伝わっているとも思えない。

「お前の気持ちひとつだ。ほんの一瞬で綺麗《きれい》にできる類いのものだ。だからもう、お前は穢れてない」

「どうやったら、穢されたものを綺麗にできる？」

「それは……」長い間、必死に考えた。出た答えがこれだった。「お前はもう綺麗になったといったら、なった」

カーテンの奥から含み笑いが聞こえてきて、能見は虚をつかれた。

「伯父さんらしくて、いい……気持ちひとつ、なんだね」幾分、声に明るさが戻った。「ねえあたし、結婚できる？」

「当たり前だ」

長い間ののち、突然梢が言った。「あたしは口が裂けても言えないようなこと言った。次は伯父さんの番」

「何を言えばいい」

「なんでもいい。秘密、人に言えないこと、欠点、恥ずかしいことでもなんでも」

「そうだな……聞いてばかりじゃな」

「でしょ」

「おれは、小便はたれ流し、糞《くそ》は浣腸《かんちょう》でしか出せない。いつもおむつをしている……」

少し間があった。「分かってた……おむつのパックが置いてあったから」

「それだけじゃない、おれは――」ついうっかり言ってしまった。「不能だ」

「フノウ？」

「機能を失った。子供を作れない」

梢は黙った。

「自分の口でだれかに言ったのは、これが初めてだ……これでフェアか」

「ごめんね」

「気にするな」

「だから結子さんと別れたの？」

「それだけが理由じゃない」

「それって、そんなに大事？」

「……分からんな。おれは自分の子供を作れないが、お前たちがいる」

「あたしはもう子供じゃないよ」

「そういう意味じゃない」

「子供じゃなくてあたし……」

梢は先を続けなかった。能見も促しはしなかった。

「覚えてる？」何かをふっ切った調子を含んでいた。「母さんの星の本、今はあたしが持ってるの。母さんからもらったの」

一瞬、独り山をいく寂しい背中が見えた。

「……そうだったか」

「もうぼろぼろ……裏表紙に母さんへメッセージ書いたの、覚えてる？」

「忘れた」

「嘘でしょ」

「……嘘だ」

「やっぱり……忘れるはずないもん、そんなこと。昔から優しい人だったんだね、伯父さんって」

——大事な妹を置いて独り逃げた、外道に落ちた……。

迫るだれかがいる。

「もう一時……寝なきゃね」

それきり、梢は黙った。

能見は独り山道をいく背中を見つめていた。よく見てみるとそれは、真希の背中ではない。

自分の背中だった。

——寂しくてたまらなかったのは、おれか。

ゆっくりと、眠りが訪れた。

第四章

一

鉄のような、砂のような独特の匂い。壁に背をつけて座っていた充は、背後の掃き出し窓を覗《のぞ》き見た。

乾いたコンクリートに浮かんだ小さな黒点が、徐々に数を増していく。雨がきた。

今日の体育はバスケットボール。運動靴が床を鳴らし、体育教師の笛が響く。体育館を半分ずつネットで分け、女子と男子で使っていた。茂晴が級友と二人、その仕切りネットにからまって遊び始めたが、すぐに教師に見つかり注意を受けた。茂晴とはクラスは別だが、体育のときは一緒だった。

体育にはあまり熱心ではない。興味がなくなっている。興味のない者はうまくなれない。うまくない者はみなから頼りにされない。体育での充は、いつにも増して目立たない存在だった。

もう何年も前、伯父《おじ》にそのかされて野球を始めたことがあった。伯父はよくバッティングセンターに連れていってくれた。まだ充は小学校の低学年。子供用にスピード調節のできるケージがあったが、それでもろくに打ち返せなかった。

ボールが怖かった。でも背後から伯父が励ますので、恐怖を抑えつけてボールに向かう。震えを隠してバットを振る。何週間か経ったころ突然、自分がボールを怖がっていないことに気づいた。

向かう気持ちを持てば、実態のない幻想には捕らわれない。

──でも、あいつは幻想じゃない。

心の中の抗弁が、言い訳じみて聞こえた。

野球を勧めた伯父だが、伯父本人はまったく野球が駄目だった。

当時、速球で鳴らしたプロ野球選手は野茂と伊良部。充たちがいっていたバッティングセンターには伊良部《いらぶ》ケージというのがあり、嘘かほんとか百五十キロの球が出た。

伯父はよくそのケージに入った。普通のスピードには恐怖を覚えなくなった充も、さすがに伊良部ケージの球速は恐かった。

伯父の表情や素振りには、なんの恐怖も表れない。充は感心したものだ。

ただ、感心はそこまで。一球もまともに打ち返せない。しかし伯父は、伊良部ケージへの挑戦をやめなかった。

──普通の球で練習したほうがいいよ。

伯父は答えた。

──ここでいい。

伯父が気を悪くしたようだったので、充は言うのをやめた。そして思った。子供だな、伯父さん。

いつだったか伯父に尋ねたことがある。野球の経験あるの。

――ない。

おれには野球しろしろと勧めたくせに、とかなんとか、充は言ったように記憶している。

――子供のころ、のんびり野球をやってられなかった。もし許されていたなら、必ずやっていた。

そう話した伯父の中に哀しみを見た気がした。だから、代わりに自分が頑張ろうと思った。その決意は、それから一年ほどして消えてしまうことになるのだが。

茂晴が駆け込んできて、腰を下ろした。

「雨か……なあ充」

だれかが暴投したボールがそばに飛んできた。茂晴が横っ飛びに飛んでボールをキャッチし、投げ返した。

充は隣に戻ってきた茂晴の横顔を見た。茂晴はその視線を避けた。

「気悪くしないで聞いてくれよ」

「うん？」

「昨日」苦笑を挟んだ。「ウチの店からでっかい包丁がなくなったんだ」

ふうん。充は視線を逸《そ》らした。茂晴はもとからこっちを見ていなかったので、震えた瞳《ひとみ》の動きは見られずに済んだ。

「で、騒ぎっていうか、大したもんじゃないけど、そうなって。お前、昨日遅くまでウチにいたろ。親が確かめてこいってうるさくて……」

茂晴はまた苦笑した。

「おれがって？」

「いや、そういうんじゃなくてさ」茂晴は落ち着きなく足をぱたぱた動かし、それを自分で見つめている。

充は言葉を投げ付けた。「盗るわけないだろ」

茂晴は強ばった笑みを浮かべた。

「だから……分かってるって。そんなことするはずないし……おれ、順番きたから」

茂晴は腰を上げて走り去った。

――包丁は取られたばかりでなく、秘密も守れなかった。絶対だれにも言わない、そう約束したのに。ゆうべ、伯父も姉もただでは済まなかったはずだ。

父はあの包丁を持ってでかけた。何に使ったのか、どう使ったのか。それは多分……。

――おれのせいだ。

充は自分の膝《ひざ》の間に頭を埋めた。校舎のどこかにいるはずの姉を思った。今日だけは姉と会いたくない。

数分が過ぎ、充の順番がきた。充はコートの中に入ったが、ただみんなの動きに合わせていったりきたりするだけで、ただの一度もボールにさわらなかった。

出番が終わって、充はみなと離れて壁際に座り込んだ。しばらくして気づいた。茂晴がボールをつきながら、そばをうろうろしている。茂晴は観戦に夢中、という風情ながら、充から離れていかず近づいてもこない。

「茂晴」

茂晴が振り向いた。何かを期待していたような、強ばった渋面がそこにあった。だが口調は平静を装っていた。「何」

充は手招きして茂晴をそばへ寄せた。「包丁はおれが盗った。親父を殺そうと思って……ごめん」

茂晴は目を見開いて驚き、それから無理して無表情を作った。

「包丁、あいつに取られた」

「そっか」思案顔をしてみせてから、笑みをこぼした。「失敗してよかった。おれ——」

「もういいんだ」

茂晴は充のそばにしゃがみ込んだ。「もうやらないよな」

充は微かに頷《うなず》いた。

「だったらいい」茂晴はにっこりした。

茂晴はボールを抱いて充の隣に腰を下ろした。包丁のことは知らんぷりしよう、そんなことを浮き浮きと話し始めた。充は聞き流しながら、突然伊良部ケージのことを思い出していた。

あの約束を思い出していた。

——必ずいつか、伊良部ボールをあの的に当ててやる。

伯父は仁王立ちし、〝ホームラン〟と書かれた的をバットで指し示した。

——もらったトロフィーは、お前にやる。

姿を消していた間、伯父は一度でもその約束を思い出したことがあるだろうか。

――でも。

へたくそなバスケットを眺めながら思う。

――伊良部ケージは消えたよ。今は松坂ケージだ。今でも挑戦する気、ある?

黒い手帳を見た甚一の瞳から、尊大さがすうっと消えた。

「寝たままでいい」

南城は椅子を引き寄せて枕元に座った。

ギプスとその上の金属型が、甚一の顔の半分を覆っている。警察病院に公安発令の委細秘匿扱いを頼み、彼を置いていた。

甚一は喋《しゃべ》り始めたが、南城は手を振って止めさせた。

「何言ってるのかさっぱりだ。筆談で頼む」

小机の上にはすでに幾度か使ったらしいノートとペンがあった。南城はそれを手渡した。

――気絶してて何も分からない。

書かれた言葉はぶっきらぼうだが、甚一の目元には媚《こ》びる調子が浮かんでいた。多分、包帯の下では愛想笑いも浮かべているだろう。

「路上で倒れてるところを保護された」

甚一の目が中空を漂い、何かを迷う。

「書け」

――ソウサは。

「してほしいのか」

——はい。娘がさらわれた。

「だれに」

——義理の兄、名は——。

「そんなことはどうでもいい」

ペンが止まる。甚一の瞳が疑念を含んだ。

「お前は刃渡り三十五センチの肉切り包丁を携帯していた」

ふっと甚一の視線が外れ、そこらを漂う。

「お前の指紋がべったりだ」嘘。鑑識になど回していない。「どういう意図で包丁を?」

瞳が南城を捕らえた。再び手元が動き出す。

——娘がユウカイされたから取り返しにいった。義兄は危ない奴で、何されるか分からない。だから——。

「銃刀法違反だ」

瞳に驚きが滲《にじ》む。

「警察に通報すべき事柄だ」

紙に書いた。それは身内の恥になると思ったから、と。

「ならば、今後も黙っていろ」

甚一は呻《うめ》いた。抗議を口にしたようだ。南城は甚一の上に覆いかぶさり、顔を近づけた。

「貴様のネタは上がってる。児童虐待。すぐに検挙できる」

——それはウソ。娘はウソを言わされてる。おれは父親です。

南城はいきなり甚一の顎《あご》を殴った。甚一は絶叫を上げた。

「能見にも梢にも近づくな」

甚一は必死に何か口にした。何ひとつ伝わってこない。

「子供に手をつける奴は、ムショの中では一番嫌われるらしい」

甚一はメモに必死の走り書きを記した。何もしてない。

「真意が伝わってないらしい。あの二人に近づいたら、おれがお前をムショにぶち込む。何をしても、しなくても」

南城はにっこり笑いかけた。甚一は落ち着かない瞳《ひとみ》で、南城を見つめた。

「分かったか」

震え、甚一は答えてこない。

「答えろ」南城はまた、にっこりする。

甚一は何かに魅入られ、細かく頷きを返した。そしてふっと視線を逸《そ》らした。

「消えてほしいか。おれもそうしたかったところだ」

病院を出て車に戻った南城は、皮肉を味わっていた。

——お前の大事な梢ちゃんのために、おれが。

まあ、たまにはこういうのもいい。

甚一はあと数日入院して様子を見る必要があるという。顎、前歯、鼻を骨折。右手首を一周する裂傷。渡部のときとまったく同じだ。

両目に弾丸こそなかったが。

車を流れに乗せ、進ませていく。フロントグラスを雨粒が打つ。本降りだ。

すぐに携帯電話に着信が入った。

《態勢を報告しろ》滝神だった。

「〝囲み〟は指示済み。尾行班は待機中、問題なし」

《うまくいくか》

「いかせますよ」

《ナカガワはちゃんとくるか》

愚問。

「そう祈りましょう」

今日の午後、新とナカガワの取引交渉が行われる。南城たちはナカガワを尾行し行き先を確かめ、素性を洗う。

ナカガワの背後には秋葉がいる。

ナカガワが直接秋葉と会う馬鹿はしまいが、線は繋《つな》がっているはずだ。

《しっかり頼むぞ》

――あんたも。

真実の報告は先延ばしだ。邪魔してもらいたくはない。歪《ゆが》んだ笑みが浮かぶ。

――その意味では滝神も、新田甚一となんの変わりもないな。

二

現場そばの路上に止めたワンボックスカーの中に、南城ほか部下二人がいた。すべての無線情報の統括、指示出しをするのがここだ。後部座席には指揮台が設けられている。南城の車は、この車のすぐ後ろに止めてあった。

正午前には先行監視員が現場に入って辺りを調べ、午後十二時半に全監視員が配置についた。移動班として車両二台、バイク二台が待機。会合場所周辺には指揮車一台を中心に、四名の張り込み員。

オフィスタワーの中の一角。三階分の吹き抜けを持つ、明るく広いカフェだった。

《ベア、現れました。四人です》

「了解、こちらでも確認した」

三階廊下から俯瞰《ふかん》で撮影されているビデオ映像が、モニターに映っている。カメラはベアと呼ばれた新ほか、三人の男が歩いているのを捕らえていた。

新たちはフロアのほぼ中央のテーブルについた。新は一人でテーブルにつき、他の三人が回りを囲む形。南城は苦笑を漏らした。できの悪いギャング映画のようだ。

各員の配置を確認したあとは、だれも無線を使わず、指揮車の中では世間話もなく、やや緊張を含んだ沈黙が続いた。

指揮車のルーフを叩《たた》く雨音だけが響く。

午後一時になった。
「各員、状況を知らせろ」
〝亀〟の姿を捕らえた者はいない。
じりじりしながら待つ。こちらの動きを悟られたか。
雨音を聞きながら二十分ほどを過ごしたそのとき。
《こちらカフェ前、亀を確認。一人、灰色のズボン、灰色にチェックのジャケット、黒のハンチング帽。ショルダーバッグ、傘を携帯――》
南城たちは耳を澄ますとともに、モニターを注視した。
《こちら、店内マルイチ、亀入店を確認》
《こちら店内マルニ、こちらも亀を確認》
亀ことナカガワの進みに沿った報告が続々届き、やがてモニターが彼の姿を捕らえた。
《三階モニター、亀を捕捉《ほそく》》
「指揮車、亀を確認」
新たちに近づくナカガワの姿が、モニターに映った。ナカガワは新の前まできて軽く頭《なじ》を下げた。二人は、立ったまま短く言葉を交わした。様子から、新がナカガワの遅刻を詰っているように見える。
部下が別系統の無線スイッチを入れた。南城は片耳に別のヘッドホンを押し付けた。
《……ってことでね》
《勘弁願います。雨の日の渋滞ってのは、どうにかならんかね》

モニターの中では、ナカガワと新がテーブルについた。ナカガワは手袋を外す。
《しかし、しゃれたところを選びましたな》
《あんたみたいな人と話をするときは、明るいところでないと》
ウェイトレスが注文を取りにきて、話は中断した。ナカガワはコーヒーを頼んだ。
《考えてくれましたか》
《考えるも何も、あんたは自分のことを話そうとしない。腹の割りようがない》
《あたしのことなど、分かったってなんの意味もありません。あたしはただ、代理人を引き受けたってだけ。取引が本決まりになったら、口を閉じてどこかに消えるんだから》
この点について、数分のやり取りが続いた。ナカガワは、新が本気でモルヒネの捌《さば》きを引き受けてくれるとなったら、そのときこそ依頼人は素性を明らかにする、と請け合った。
だがなおも、新は前向きな返事をしない。予定通りの筋運びだった。
《ナカガワさん。あんたの話に飛びつくほど、こっちもウブじゃない。おれのことをだれに聞いた？　あんたじゃない、あんたの依頼人の話だが》
《依頼人に直接聞いてくれ。あたしはそのへんのことは、なんにも知らない。知りたくもない……新さん、平気でこんなことやってると思うかい？　汗びっしょりだ。あたしはそんな業界の人間じゃない》
《あんたの汗の話など興味はない――》
「三階モニター、亀のアップを」
《三階モニター、了解》

モニターの映像がズームされ、ナカガワに寄っていく。俯瞰映像のため顔はよく見えない。そのとき偶然、ナカガワがハンチングを上にずり上げて、額の汗を紙ナプキンで拭《ぬぐ》った。
――やはりあいつだ……秋葉の遺体をマンションに届けた。
こんなことには慣れてない。彼の言葉は真実に思えた。紙ナプキンはすぐによれよれになり、笑みは強ばり、瞳には落ち着きがない。水の入ったグラスを手に取り、一口飲む。
――秋葉……なんであんな素人を？
仲間のすべてに手が及んでいると見て、仕方なくあいつを使っているのか。ただ一人やる気らしい能見は、電話番ぐらいにしか使えない。
《で、モルヒネは幾らある》
《三万ケース。こないだ見本で渡したガラスアンプルを一ダースとして一ケース。それが三万》
《アンプルで三十六万個……かなりのものだな》
新は考えに沈み、やがて言った。
《それで……一アンプル幾らと考えてる》
《依頼人は一アンプルで五千円と》
《すると全部で……十八億円か、高いな》
《よくは知らないが――》
《いちいちそんな予防線は張らんでいい》
《分かった。ヤクにすりゃ、三十やそこらはいくんだろう》

《ウチが自分の手でヤクに変えるわけじゃない。業者に頼む。手間賃をごっそり取られる。アンプル五千じゃ無理だ……アンプル二千》

ナカガワは席を外し、携帯電話を使った。傍受はできず、待つしかなかった。

──秋葉か？

南城はその様子を見つめながら、そんなことを思う。ほんとにそうなら、秋葉が生きていてやる気を失っていないなら……。

──そこまでして仲間の仇《かたき》にこだわる奴が本当にいるなら、会って話をしてみたい。

戻ってきたナカガワが言った。

《アンプル四千。これ以下では駄目だそうだ》

《アンプル二千五百。これ以上は駄目だ》

また明日ということになり、話は終わった。

ナカガワが席を立った。

「移動班、準備はいいか」

各員がOKをよこす。

「店内マルイチ、マルニ、三階モニター。所定の行動に移れ」

ナカガワが新と別れ、歩きだす。彼が店を出るのを待って、フロア張り込み員があとに続き、モニター班も指揮車合流のため移動を始めた。

「囲め。絶対に逃がすな」

部下の一人が運転席へ移動。その間に、幾らか息を切らしたモニター担当の二人が戻ってきた。

「ご苦労さん」

言っているうちに報告が届いた。

《亀、北通りを公園通り方面へ徒歩で移動中》

尾行各員が動き出す。指揮車はまだ動き出さない。次にナカガワが何を使うか決まってからだ。

「戻りました」部下が一人入ってきた。「これを」

部下の手から手へ、ビニール袋に入っているガラスのコップが渡された。渡された部下は、手袋をはめてコップを取り出しライトスタンドの明かりにかざす。

「室長――」依然コップを探りながら言う。「……駄目です。見たところ、指紋はついてません」

確かに素手でコップを触ったはず。古臭い手だが、指先に水絆創膏《みずばんそうこう》でも塗ったか。

「分かった……別の手を考えよう」

数分後。

《亀、公園通り左車線寄りの歩道で停止。移動マルサン、見えるか》

《今確認した。指揮車へ。亀はタクシーを拾おうとしている》

「相手はタクシーだ。バイク、頼むぞ」

《了解》

南城はヘッドホンを外し、脱いでいた上着を摑《つか》んだ。

「おれは車を移る」

南城は指揮車を降り、指揮車の後ろに停めてある自分の車へ乗り込んだ。エンジンに火を入れている間に、指揮車が走り去った。すぐに無線のスイッチを入れた。細かに位置確認を繰り返す部下たちの声が届いてくる。ナカガワはタクシーに乗り込み、移動を始めたようだ。

南城はまだ走り出さず、無線のチャンネルを切り替え、別の尾行班を呼び出した。

「台車移動班、聞こえるか。こちら狐」

《こちら台車移動班》

「位置を」

《渋谷付近の明治通りを原宿方面へ北進中》

南城は再び無線を元のチャンネルに戻し、ハンドルを握ったまま待った。数分経ったころ部下の無線交信が、ナカガワの乗ったタクシーは靖国通りを市ケ谷方面へ向けて走っている、と伝えてきた。

南城は車をスタートさせた。今の時点ではナカガワと能見の進行方向はまるで別だ。

足手まといの能見に連絡を取ろうとしない秋葉は、ナカガワにも同様の指示を出しているはずだ。事を構えようとしている秋葉、それを助けるナカガワ。そして能見は無視されている。

——やる気充分だってのにな、能見。

無線交信を辿《たど》って車を進ませていく。雨の日にはつきものの渋滞に引っ掛かり、難渋した。ナカガワのタクシーも尾行班たちも同じように、渋滞には苦労しているようだ。バイク班を置いていてよかった。

四十分ほど走り、タクシーはようやく外神田までできた。ナカガワはそこでタクシーを降りた。

南城はそのときまだ、二キロ手前にいて渋滞に苦しんでいた。

《こちら徒歩マルイチ、亀はビルに入った。このビルは……英会話学校。指揮車、聞こえているか》

《聞こえている。蛇抜けを警戒。徒歩マルニ、裏口を探せ》

部下たちはちゃんとやっている。まったく関係のない建物を使い、裏口を抜けて尾行を逃れようとする手を警戒している。

《こちら指揮車、狐聞こえますか》

南城はマイクを手に取った。「聞こえている」

《亀は英会話学校に入りました》

「徒歩マルイチ、学校の名前を」

《徒歩マルイチ、校名はクライン英会話学校》

――クライン……どこかで聞いた……クレイン、クラウン、クラーク。

渡部の友人に、そんな名前の奴がいなかったろうか。

三

美知子は能見にすがりつき、手を握り締め、涙を浮かべた。能見はされるままにしていた。

東野が離れてその光景を見守っている。今までの無沙汰《ぶさた》を叱る美知子の言葉が続く中、能見と東野の目が合った。

東野が先に視線を逸《そ》らした。

明かりがすべて落とされ、薄暗い店内。ほかに従業員はいない。開け放しになった厨房《ちゅうぼう》のドアから、仄《ほの》かな明かりとくぐもった物音が漏れてくる。

静まり返った店内を、雨音が優しく満たす。

少し落ち着いた美知子は、窓際の席に能見の車椅子を誘導した。東野は隣の席に一人ついた。

「これからたくさん埋め合わせしてもらうわよ、リョウさん」

涙を拭《ぬぐ》い終えた美知子が言う。

「できることだけにしてもらう。おれにはもう、ジャンプしてリンゴをもぎ取るのは無理だ」

昔は年相応に見えたものだが、今の美知子は年より幾らか若く見えた。黒が好きなのは変わらないようで、今も、上下黒のパンツスーツ姿だった。

ほかにも何か変わった、と感じた。透明感、とでも言うか、そんなものが漂っている。年を重ねて静かに油が抜けたのか。だが美知子は、油が抜けるにはまだ早い。

綺麗《きれい》だがどこか、けだるさが漂う。哀しみの余韻だろうか。

――秋葉と一緒にいるとき、銃撃を受けた。秋葉をマンションに届けたのは自分で、姿を消した理由は、正体の分からない何者かにまだ狙われているようだったので。

能見の説明を信じたようでもあり、信じていないようでもあった。判じかねた。

「残念ね、それ」

それ？　能見は瞳《ひとみ》で尋ねた。

「犯人が分からないこと。今でも大手を振って街を歩いてるんでしょう」

能見は苦笑を返した。東野へと目を走らせてみる。東野は美知子の横顔に目を当てていた。その瞳から、彼の驚きが読み取れた。何に驚いたのか。美知子がさらりと、犯人への恨み言を口にしたことだろうか。

美知子はレースのカーテンごしに、ガラスの雨粒を見つめた。

「もう終わりなのね……あたしだってあの人の女房だったんだから、リョウさんが戻ってきて、仇討《かたきう》ち……なんてね」儚《はかな》く笑った。「忘れるしかないのね」

「忘れてほしくはない」

「言い違えたわ……諦《あきら》めるしかないのね」

能見は答える代わりに、煙草を取り出し火をつけた。

「ライター、どうしたの」

能見は百円ライターを見つめた。

「あのとき、散々あたしたちに自慢したじゃない」

加治の店でだったか。あのとき、能見は子供たちからもらったライターを見せた。聞きかじりの逸話も披露した。ベトナム戦争のとき、米軍兵士が胸に銃弾を受けたが、胸ポケットにジッポーライターを入れていたために命を拾った、云々《うんぬん》。

森尾が、それは違う朝鮮戦争の話だ、と言い出し、小林は遠慮ぎみに、ジッポー社の宣伝のための作り話だと言い出し、ほかの奴がとどめに、お前のはジッポー社製ではないから関係ない、などと言い出した。

秋葉はにやにやしながら眺めていた。みなを黙らせたのは、美知子だった。

「しまってあるよ」

「そう……」

美知子はじっと百円ライターに目を注いでから、また雨粒に目を向けた。あのときのことを、美知子も思い出したのだろうか。

能見は東野を見た。東野は能見と美知子の間に置いてある、空の一輪挿しを見つめている。どちらの顔も、見ようとしない。

——言いそびれていたか、おれのこと。

気持ちは分からないではない。そのことは、そっとしておくことにした。

「今まで連絡ひとつしないでいて、嘘に聞こえるかも知れないが、おれはみっちゃんのことを心配していた」

「あたしはあなたを心配していたわよ」

恨めしそうに睨《にら》んできた。

「悪かった……でもこんないい店のオーナーだ。安心したよ」

安心したよ、は東野に向けて言った。東野は、一瞬だけ能見に目をやり肩をすくめ、視線を外した。

「マンションに寄ってって。仏壇に線香を上げてほしいの」

「墓参りした。戻ってすぐ」

「そうだったの……あなただったの、毎年お墓参りにきてた人。お墓を掃除して、お供え物を置いていく人がいるみたいなの」

「いや」能見は目を伏せた。「……だれだろうな」

会話が途絶えた。雨音だけが響く。能見は煙草を揉《も》み消した。

「東野、コーヒーいれてくれ」

東野は一瞬惚《ほう》けたような顔をしたが、すぐに顔を背けた。

「そうだった。何も出してなかったね」東野は席を立っていった。

美知子は片方の眉《まゆ》を上げた。「内緒話?」

「迷ってたが……やはり、みっちゃんには言っておかなければならない」

能見は話し始めた。


能見の意図は分かった。コーヒーを飲みたかったわけではない。

東野はカウンターの内側に入り、空にしていたパーコレーターのスイッチを入れ、作業を始めた。沸騰を待ちながら、カップやソーサーの準備。

窓際の席。レースのカーテンが作る薄暗がりに、二人の影が浮かんでいる。能見の口が動いていて、美知子は微動もせずに聞き入っている。

——余計なことしゃべったら……。

思うが、今はどうしようもない。間違いなく、話の中に自分のことが出ているはずだ。秋葉はまだ生きている、なんていう与太も。能見が以前ここにきたことを東野が隠していたことも、秋葉のことを聞いていながら黙っていたことも、東野の裏切りの証拠にしようとしている。

――能見はなんでおれを責めてこない？　なぜ以前店にきたことや秋葉のことなんか全部、おれのいる前で明かさないんだ。

ガラスのポットに泡が立ち始めた。

――秋葉を殺した犯人が、大手を振って歩いていると思うと残念……だと。

初めて、彼女のそんな思いを聞いた。東野は五年前から、そのことについては触れないようにしてきた。それは優しさだったはずだ。美知子もあえて話しはしなかった。それでいいはずだった。

だが能見には、気持ちをすんなりと口にしている。

――おれには話せず、能見には話せた。

美知子はこんなことも言った。能見が仇討ちしてくれると期待していた……。

――おれには期待しないわけか。

能見を避けたかった理由がここにある。能見が二人に加わると、自分は疎外感を味わう。そんな予感があった。予感は当たった。

――秋葉さんは分かる。でもなんで、能見まで別格扱いなんだ。

なぜ自分は能見と同じ場所に立てないのか。ヤマを踏んだことがないからか。

美知子と同居し、立ててもらっているし、愛情も感じる。まだ、何かが足りない。尊敬とか、依存とか、そういう類《たぐ》いの感情が。

湯が沸騰している。東野はコーヒーの準備にかかった。そのとき二人の様子に気づき、驚きに捕らわれ体が凍りついた。

美知子が手を伸ばし、能見の手を握っている。美知子の首は真下を向いていて、片手で顔を覆っている。

肩の震えまで見えた。泣いている。

――やめろ、死んだ殺された仇だなんだ……そっとしておいてくれ。なぜそんなことが分からない。

東野はコーヒーをいれる手を止めた。泣いている美知子のところに、自分が現れるのはどうしてもまずい。能見に何を吹き込まれたのか。美知子はそれをどう受け止め、何を言ってくるのか。

――おれに後ろ暗いところはない。

思ったところで、安堵《あんど》は得られない。

ようやく、美知子の涙が止まった。美知子は顔を上げ、無理に笑おうとする。

「あたしにできることは？」

「死ぬまで、口を閉じていてくれ」

「分かったわ」

それともうひとつ。能見は言い、店の奥に視線を飛ばした。茶色のピアノが静かに佇《たたず》んでいる。

「約束、覚えてるよな」

「馬鹿」美知子は能見を睨んだ。「縁起でもない……覚えてはいるけど」

「訊《き》いただけだ……あれはあのときのピアノか」

儚《はかな》く笑い、美知子は頷《うなず》いた。

東野が近づいてきた。「コーヒーだよ」

能見と美知子の前に湯気が立った。「コーヒーだよ」東野は自分の分を作ってこなかった。東野はさっきと同じ隣の席につき、床に目を落とした。

能見はコーヒーカップを口に運んだ。

「ごめん。なんでもないの」美知子が東野に話した。「昔話してるうちに、いろいろ思い出してしまって」

能見は東野に目をやった。表情の消えた顔がそこにあった。

「口説いてたわけじゃない」

能見の浮かべた笑みに、東野は応《こた》えなかった。


相変わらず美知子は美しかった。嬉《うれ》しくもあり、悲しくもある。美知子ほど強く、能見に秋葉を思い起こさせる者はほかにいない。

能見が美知子に初めて会ったのは、能見が秋葉の仲間になって三年ほど経ったころ。あくまで忠実な能見に、秋葉も真の信頼を寄せ始めていた。

――こいつの依頼でヤマを受けた。能見、二人だけでやる。

十年以上前。能見は深夜のファミリーレストランで、秋葉を待っていた。現れた秋葉がそう言った。

秋葉の広い背の陰に隠れていた〝こいつ〟が、能見の前に現れた。化粧気がなく地味な、長い髪の痩《や》せた女性。二十そこそこ。能見より若く見えた。

──何をやるんだ。

──パクリ。

パクリの依頼にこの女が。驚いたのを覚えている。

──金は一銭も入らねえ。

──嫌なんて言うと思ってるのか。

場所は、暴力団が運営するヘロイン中毒者専用の地下レストラン。出されるものはヘロインほか各種の薬物、酒、女、賭博《とばく》。

能見と秋葉がそこから盗み出したのは、一台のピアノだった。常時人が詰めているところだったので、二人は何人かに血を出させなければならなかった。

詰めていた者、客としてきていたヤク中数人に銃をつきつけ、ピアノを運び出させた。トラックにピアノを積み込んでから、能見は間の抜けた質問をした。

──なんで金積まなかった。そっちのほうが簡単だ。

──盗まれたものを取り戻すのに、金なんか払うか。

そのときになって能見は、このピアノを盗んだのはなぜなのか、事情を一切無視して秋葉に付き合っていたことに思い当たった。

だから聞いた。

──あの娘の親父がヤクの代金を捻《ひね》り出すために、勝手に娘のアパートに入ってピアノを運び出した。そういうことだ。

後日、のちのトラブルを避けるためと称し、秋葉は美知子をピアノと一緒に自分のマンションへ保護した。そのまま美知子は居着いた。

能見は美知子のピアノを聞いたことがない。だがあるときから、能見たちと美知子にある約束ができた。仲間のだれかが死んだら、そのとき初めて棺桶《かんおけ》の前でピアノを弾く。

――五年前、ピアノを弾いたのだろうか。

ハンドルを握り羽田へ向かう能見は、そんなことを思った。美知子には聞けない。

自分のときの選曲は、美知子に任せてある。

四

能見が真希たちの家に着いたとき、ズボンの大部分が湿り気を帯びていた。触ってみて分かるということであり、気にはならない。この脚は寒さも暑さも伝えてこない。

能見は傘の先端を使ってドアベルを押した。反応はない。もう一度ベルを押した。待ってみたが、やはり反応はない。

甚一が寝込んでいて、それを真希が介抱していると予想していた。入院したか。

車椅子をひさしの中に避難させ、傘を閉じた。時刻は三時半過ぎ。そろそろ充が帰ってくるか。

能見は煙草に火をつけ、煙を吐き出した。雨の中に煙が漂っていく。

絶え間なく煙草を吹かし、雨音に耳を傾けていた。

やがて、だれかの話し声が聞こえてきた。声はだんだん近づき、家の門の前で止まった。学生服を着た二人が、話をやめて能見を見つめた。

「お帰り」

充は目を落とした。

隣の少年が二人の顔を見比べながら、軽く会釈した。能見は目礼を返した。

一瞬、静寂が彼らそれぞれを隔てた。

やっと充が言った。「きてたんだ」

「帰ろうと思ってたところだ」

充は友人を無言で促し進んでくると、戸の鍵《かぎ》を開けた。

「先いってろよ」

彼は能見への興味を隠しきれないでいたが、家の中におじゃましますと一声発し、姿を消した。充は学校カバンを上がりかまちへ放って、戸へ背を預けた。

「様子を見にきた」

「なんの様子」

「お前の」

「責めにきたの」

知らず、眉間《みけん》に皺《しわ》を寄せた。「何をだ」

充は自分の手を見つめ、玄関脇の枯れた鉢植えを見つめ、空を見つめた。

「あいつ、いったろ」

「きたが、帰ってもらった」

充の視線が地面のどこかに止まり、動かなくなった。

「梢には話していない」

充は言葉を返してこない。能見はじっと待った。静寂が続くだけだった。

能見は腕を伸ばして充の服の袖《そで》を摘まみ、揺すった。

「そうだよ」充は横を向いた。「おれが伯父《おじ》さんの家の場所、あいつに教えたんだ」

「それでそっぽ向いたりしてるのか」

充は無言を返した。

「お前が痛めつけられたんじゃないかと思ってな」

「痛めつけられてたら、どうしてくれたって言うの。絆創膏《ばんそうこう》でも貼ってくれるの」

「何をそんなに怒ってる」

「怒ってなんかいないよ。ただ……嘘、つかないでくれよ。おれはもう子供じゃない」

充の言う嘘とは何か。迷う。分からない。

「あいつ……包丁持っていったろ」

「……持ってきたな、そう言えば」

「それで何もなかったなんて」

「お前は……梢に何かあったと思ってるのか」

声に苛《いら》つきが交じった。「変に優しくして、嘘つくのだけはやめてくれよ」

「奴は確かに包丁を持ってきた。話したが……いや、話さなかったか」

今になって思い出した。あのとき自分は甚一に、帰ってくれなどと一言も言わなかった。説得を試みなかった自分はつまり、そういう奴だったということか。

「奴には、五年分の罰を受け取ってもらった」

長い間があった。

「……嘘だ」

「本当だ」

「そんなこと、できるわけないよ」

充はじっと能見を見つめ、やがてぷいと横を見た。

「……友達が待ってるから」

充は家の中へ消えた。がらがらと戸が閉まっていく。能見は頬杖《ほおづえ》をついた。

——チンピラ相手にしてるほうが楽だ。

数センチを残して戸の進みが止まった。能見は戸の隙間に目をやった。

声が聞こえてきた。「ほんとに何もなかった？」

「なかった」

間があった。

やがて戸が、静かに閉まった。

つまり、恥ずかしかったのだ。守ると大見得を切ったことを守れず、恥ずかしくてたまらなかった。

茂晴は曇天のせいでずいぶん暗い茶の間にいて、テレビを見ていた。

「あの人、伯父さんだろ」

「ああ」

「へえ、あの人がねえ」

充は畳に尻《しり》をつけた。「へえって？」

「それよりこれ。読んじゃったよ」

茂晴は一枚の紙を充に差し出した。手書きで何か書き込みがある。明かりが足りず、充はテレビの画面に向けて紙を傾けた。

――お父さんが怪我して入院したと連絡がきたので、病院にいきます。もし夕ごはんまで帰らなかったら、そのときは冷蔵庫に――。

充は飛び上がり駆け出した。背中に茂晴の声が飛んできたが、無視した。

玄関を引き開けた。伯父の姿はない。

充は傘も差さず飛び出した。門の外に出たが姿はない。路地を駆けた。すぐ次の十字路まできて、真ん中に立ち止まった。

道の先に、伯父の姿が見えた。車椅子と傘にすっぽり隠れていて、車輪を回す腕だけが見えた。

――なんて言おう……。

足が止まってしまった。こっちで勝手に熱くなって、嫌みなことばかり口走ってしまった。

喜びなのかなんなのか分からない激情を、充は無理に静めた。

喜んでいる場合ではない。

——自分の力で何かすることを覚える……。

「状況を」

《亀は依然出てきません》

一時間ほどが過ぎた。ナカガワはクライン英会話学校から、なかなか出てこない。

尾行員各員が待機して、そのときを待っていた。南城は指揮車に移って様子を見守っている。

今まで、ただ黙って眺めていたわけではなかった。尾行員の中から人を選び、学校見学という偽装で学校の中へ潜入させた。〝随時見学〟の文字がありはしたが、学校職員は見学には予約が必要だと言って渋った。それを説き伏せ、潜入員はなんとかビルへ入った。

学校職員が付きっきりだったが、教室からトイレから休憩所から、だいたいを見ることができた。

ナカガワは休憩所にいて、缶コーヒーを飲みつつ煙草を喫っていた。それとなく職員に確かめたところ、ナカガワは確かにここの生徒だという。そこまで分かって、南城は部下を引き上げさせた。蛇抜けはないことが確認された。

そして長い待機が始まった。

手としては悪くない。秘密にしておきたい相手と、同じ学校の同じ時間帯を選び、入学する。知らぬ者同士として学びながら、密かに繫《つな》ぎをつける。

――クライン……だれのことだったか。

意識して記憶したなら必ず出てくるはずだ。南城はそれには自信があった。

――だからあまり重要じゃない奴、だと思うが。

《こちら徒歩マルニ、亀、出てきました。歩道に立ってタクシーを待っています》

「よし、囲め。落ち着き先まで食らいつけ」

南城は自分の車に戻ろうと腰を上げた。そのとき、携帯電話が着信した。

《こちら庭番エヌオー》

一瞬混乱した。定点の長期監視につくのが庭番だ。今回の仕事に庭番はいない。しかし耳がちゃんとエヌオーと捕らえていたのに、遅れて気づいた。

「なんだエヌオー」

《緊急用件です》

南城は電話を耳に当てたまま指揮車を出て、自分の車のドアへ近づいた。庭番の次の言葉に、南城の足が止まった。

《台車自宅に三人の男が侵入。侵入者は台車を待ち伏せしている、と推測します――》

五

依然、雨。南城は目黒とは目と鼻の先、恵比寿《えびす》付近まできていた。酷い渋滞に捕まってしまい、ろくに進めない。

庭番エヌオーによると、三十分ほど前に四人乗りの車が能見の自宅前に停車した。数十秒後、三人の男が車を降りて家の玄関へ向かった。車はその後一分ほどして走り去った。

監視者はなぜ彼らを侵入者と判断したのか。極端に人目を避ける彼らの様子が尋常でなかったことが一つ。三人のうちの一人が、見張りのために玄関外に立っているらしいことが一つ。

一人が車で待機。二人が中、一人が見張り。

台車移動監視班によると、能見は大田区平和島付近を目黒方面へ向けて走行中だという。一応、こちら方向に進んできている。

――甚一が知り合いのやくざでも頼みにしたか。ほかに思い当たるとすれば……。

携帯電話が鳴った。《ナンバーの照会、終わりました》

新宿の某住所に加え、陳《ちん》という名前が出た。中国人らしき名前。

――次から次と……。

組関係だったか、金貸し関係だったか、そんなところから得た話。事件直前、能見が独力でヤクの仕事を云々《うんぬん》。モルヒネは消えたままで、中国人たちは能見が盗んだと思っている。中国人がどこのだれか、ということはすでに得てある。大組織とは独立した、小グループだ。

《報告しておきますが》庭番エヌオーが言ってよこした。《子犬が戻ってくるころです》

南城は溜《た》め息をついた。「子犬、昨日は何時に」

《四時四十二分です》

腕時計に目をやる。午後四時十分を過ぎていた。

「監視を続けろ。子犬が戻ってきたら……」

《はい》

「いやいい。監視を続けろ」

車はなかなか進まない。南城は舌打ちを漏らした。

——妙な具合に……。

自分の中の苛《いら》つきを自覚したとたん、疑念を感じる。

——この焦りは？

突然、笑みが込み上げてきた。しまいには、声を上げて笑った。ただ監視していればいいだけのこと、何を焦る必要が。

馬鹿な話だ。

彼女は能見の宝物だが、自分のではない。

裏道に入っていって、やっと渋滞から解放された。

《こちら庭番エヌオー》

「なんだ」

《子犬の姿を確認——》

「阻止しろ」

《……はい？》

「子犬を阻止しろ」

《……もう一度、お願いします》

「ケツを上げろ。子犬を帰宅させるな。どんな手を使っても構わん」

空電が続く。
「庭番エヌオー、聞こえたか」
《……了解しました。接触許可、と解釈していいんですね》
そう尋ねてきた口調に、躊躇《ちゅうちょ》と不審が滲《にじ》む。
「そう言ってるだろう」
《待ってください……事変あり》
またも空電。
嫌な予感を覚えた。「庭番エヌオー、状況を」
《子犬、立ち止まりました》
「それだけか」
《子犬反転。きた道を戻っています。自宅から離脱》
「ケツを上げろ。尾行だ」
《……了解》
「連絡は携帯電話に頼む。いいな」
《了解。いきます》
――何か忘れものか、梢ちゃん。
南城は渋面を解いた。
南城はバックシートに手を伸ばし、マグネット式パトランプを持つと、ウィンドウを下げてルーフに張り付かせ、サイレンを始動した。

それから数分。能見の自宅付近まできてパトランプをしまった。携帯電話が鳴る。

《庭番エヌオーです。子犬はスーパーマーケット・くぬぎやに入りました》

「店は自宅からどのくらい離れてる」

《五分から七分です》

「こちらは車を離れる。店を出たら知らせろ」

次に能見監視班に連絡を取った。

「能見はどの辺りだ」

《馬込付近で事故渋滞に捕まり、ほとんど動いていません》

「どの地点でも構わん、能見が東急池上線を横切ったらおれの携帯電話を鳴らせ」

南城自身が何かするとは想定していなかったため、携帯無線を持っていなかった。無線がないと、こういうのは辛い。

大通りに車を止め、携帯電話を持って車を降りた。

傘を差し、急ぎ足で歩き始めた。風が出始め、雨脚に強弱がつく。

裏道をいき、やがて、能見の自宅がある通りの角に立った。およそ百メートルほどの通りで、能見の家は道の中間辺りにある。路上駐車している車はない。歩き出したとき、携帯電話が着信の振動を伝えた。

《こちらエヌオー、子犬が店を出ました。子犬は豆腐を購入、どうやら――》

「分かった。電話は繋《つな》いだままにしておけ」

《了解》

南城は歩を速めた。短く見積もって、時間は五分。

道の片側は清掃工場の壁が続いている。能見の自宅と同じ並びには、小規模のマンションや民家、小さな町工場などが並んでいた。監視カメラを仕込んだ原付きバイクが見える。バイクは電信柱のすぐそばにある。不自然には見えない。

能見の自宅の玄関が直接写せる場所と言ったら、玄関の真向かいしかない。さすがにそこには、いきなり置き捨てられたバイクを仕込むのはためらわれた。

歩みを緩め、近づいていく。隣家の植え込みに何か見えた。人影。黒いジャンパー、こちらを覗《のぞ》き見た顔。見張り役だ。

南城はぶらぶら近づいていった。冬枯れた植え込みを透かして、くっきりと人影が確認できた。

――なぜ、おれが？

またも、おかしみを覚える。秋葉を炙《あぶ》り出すために能見が必要になるかも知れない。そのために、能見に無事でいてもらわなくてはならない。これが目的のはず。

だがなぜか、そんな気がしない。

《室長》

「なんだ」

見張り役がこちらに注視しているのが分かる。

《子犬はスタンド式クレープ屋ジャンボで停止。店員は若い男。子犬に親しげに話しかけています――》

南城の口元に微笑が浮かんだ。

「しばらく通信を断つ。そのまま尾行しろ」

南城は苦笑を消し去り、携帯電話をしまった。

――梢が先か、能見が先か……能見が先に着くなら、おれは引っ込むのが筋……。

この雨。梢が先に着く。

南城は傘を畳みながら植え込みの角を曲がった。一瞬、家の中に駆け込んでいく見張りの背中が見えた。三階建ての質素な建物。見た限り、住居用には見えない。サッシ戸にひいたカーテンが揺れている。

南城は淀《よど》みなく進んでサッシ戸の前に立った。ちらっと、カーテンの隙間からだれかの顔が見えた。

南城はサッシ戸に手をかけた。

胸ポケットの中の携帯電話が着信の振動をした。だれからにしろ、もう遅い。

南城はサッシを引いた。予想通り鍵《かぎ》はかかっていない。カーテンを払った瞬間、馬面の中年男が見えた。

「能見、いるか」

南城は傘の先端を馬面男の腹に突き入れた。馬面は固い息の塊を吐き出し、よろめいた。南城は踏み込んで、馬面の顔の真ん中、両目の間に指の第一関節を折り畳んだ拳《こぶし》を打ち込んだ。

何かがきしむ感触。

馬面の鼻から血が噴き出した。彼は顔をかばいながら数歩下がった。南城は馬面の髪の毛を摑《つか》み、後頭部に肘《ひじ》を打ち下ろした。

馬面は、悲鳴とともに床に膝《ひざ》をつけた。

南城は馬面の髪の毛を摑んだまま、辺りを見回した。右手の壁際に若造が、棒立ちになっている。そう認めたとき、奇声が耳に入った。

反対側からもう一人が突っ込んできた。ごついナイフがきらめく。

南城はそこに立ったまま、傘のボタンを押した。開いた傘が男の足元に。男は傘にぶつかり、もたついた。

ナイフが傘を突き通った。南城はいきなり傘を閉じ、柄に全体重をかけて体の真ん中に突き入れた。

男の悲鳴が上がった。手ごたえは確かにあった。

背後から荒い息遣いが迫った。南城は背後を見るより先に、再び傘を開いて背後に放った。

振り返って見ると、若造が傘に足を取られ、たたらを踏んでいる。

突進を止めた若造と南城の目が合った。若造はナイフを持っているものの顔は青く、体は震えている。

ようやく、携帯電話の震えが止まった。

「日本語分かるか」

「おれは……日本人です」

「陳とかいうのは」

「そこの人が……」

二番目に倒した男がそれらしい。

「二人は中国人か」

「陳さんだけ」

南城は若造から離れ、倒れた二人を見た。馬面は血まみれの顔に両手を当て、起き上がろうとしていた。もう一人、陳という男は腹を抱え、尻《しり》を高く突き上げた状態で突っ伏している。

南城はソファへ腰を下ろした。「ここを出ろ」

馬面の目は油断なく動き続け、片手がゆっくりと後ろへ回っていく。南城はすんなり、自分の銃を抜いた。馬面の動きが止まった。南城は銃口で出口を指し示す。

無傷で済んだ若造が、陳を助け起こしにかかった。馬面は固まったまま、動きを見せない。

――はやくしろ。帰ってきちまうだろうが。

「撃たないでやる、出ていけ」

「サイトウさん……」若造が馬面に囁《ささや》いた。

馬面はそのままの体勢でじりじり後ろに下がり始めた。若造が陳を担ぎ、あとへ続いていく。

三人がサッシの外に出たのち、南城は銃をしまった。のんびりしてはいられない。南城は傷ついた傘を畳んでそこらに置き、ティッシュ箱から十数枚を手に取った。それを使い馬面が垂らした血を拭《ぬぐ》っていく。やり過ぎたか。血が方々に飛び散っていて、すぐには済まなかった。

ティッシュの塊をごみ箱らしき段ボール箱に放り込み、位置のずれたテーブルを直した。

部屋の真ん中に立ち、最後のチェックをしていく。目につく異常はない。

南城は表へ飛び出した。

そこに、黒いＢＭＷ。

運転席の能見と、目が合った。

舌打ちを漏らしそうになり、止めた。能見はこちらの表情を監視している。

南城は近づいていった。助手席側のウィンドウが下がり始めた。

服の下で、携帯電話が着信の振動を伝えてきた。無視した。

南城は窓枠に肘を載せた。

「おたく、このウチの人？」

能見は頷《うなず》いた。

「ちょうどよかった。ここを通りかかったら、戸をこじ開けようとしてる奴らを見かけてな、捨ててもおけなかったんでね」

通じる嘘とは思っていない。

「あの――」能見は顎《あご》で前方を示した。「三人組か」

「そのようだ」

顔を戻した能見は、じっと南城に注視する。南城はそれを真っ向から返した。

能見が言った。「頼まれてくれるか」

「なんだ」

「おれのいないときにあいつらがまたくることがあったら、あんた、また通りかかってくれるか」

「……分からんが、通りかかるかもな」

能見は見つめ続け、南城はそれを返し続けた。雨が南城を好きに嬲《なぶ》る。

――お前、おれを知ってるんだろう。

ふっと能見の視線が外れ、ルームミラーに向かった。

「大事な預かり物がな」

南城は後ろを見た。梢がやってくる。すでに能見の車には気づいているようだ。傘がくるくる回り、白い買い物袋が揺れた。

南城の口が自然に動いた。「彼女は心配ない」

「話の分かる奴でよかった」

南城は顔を戻した。「じゃ」

「ああ……またな」

南城は歩きだした。梢が近づいてくる。梢は微かに頭を下げた。南城も下げ返した。能見の友達とでも思ったらしい。

皮肉の笑みがこぼれた。

――大事な梢ちゃんだけは守る……。

そう密約ができた。

電話が震え続けている。胸ポケットに手を入れたとき、背後から呼び声がした。

「あのお……」

振り向く。梢が小走りに駆けてくる。歩を止め胸ポケットから空の手を抜いた。

「忘れ物だって、伯父さんが」

梢は片手に食べかけのクレープ、もう片手には開いた自分の傘と、南城が部屋の中に置き忘れた傘を持っている。

——なるほど。いい顔立ちだ。

「忘れていた、ありがとう。きみ名前は」

南城は傘を受け取った。

「はい」怪訝《けげん》な顔。「新田、ですけど」

「下の名前は」

「……梢といいます」

「そうか、いい名だ」

南城は笑いかけ、彼女に背を向けた。

「あの……ドロボウ退治、ありがとう」

南城は答えなかった。携帯電話を手にした。

《こちら台車移動監視マルイチ、室長?》

溜《た》め息をひとつ。「奴は空でも飛んできたか」

《それが急に道を折れまして、裏道ばかりをすっ飛ばしまして……すぐに電話を差し上げたんですが——》

「失探か」

《申し訳ありません。すぐに捜索を——》

「奴は自宅に戻った。待機しろ」

南城は言い捨て、通話を終えた。そう言えば、叱責《しっせき》を忘れた。

――能見がどうこうじゃないな。どうも調子が狂うのは……。

道の角に人影が見えた。梢を尾行していた部下だ。

――子犬が迷い込んできたせいだ。

能見も多分子供は苦手なはずだ。根拠なく、そんなことを思う。自分と同じように、梢には調子を狂わされているはずだ、と。

南城は傘を開いた。ナイフに裂かれた箇所から雨粒がたれ、顔に筋を作った。

六

目覚めてすぐ、喉《のど》の渇きを感じた。煙い。ふと見ると、すぐ前の席で男が煙草をふかしている。

陽は完全に落ちている。ぽつぽつ続く街道の明かりが寒々しい。新幹線は今どの辺りを走っているのか。

桜田は席を立ち、乗降デッキへ出た。この場所にくるといつもなぜか、気の抜けた沈滞を感じる。ほかに人の姿はない。

洗面室に入り、鏡に自分の顔を映した。起きぬけで目が充血しているのはまあいい。朝に剃《そ》ったきりの髭《ひげ》が伸びてきているのもまあいい。ネクタイが緩んでいるのは新幹線に乗ってすぐ自分でしたことなので、まあいい。だが、ワイシャツが皺《しわ》だらけなのはいただけない。

襟元や袖口《そでぐち》に汚れが見えた。一昨日から家に帰っていない。センターには宿泊設備がないので、駅裏のカプセルホテルを使った。

顔を洗った。しかし疲労までは洗い流せない。

桜田は一昨日からフル稼働だった。人脈リストを頼りに、想像を膨らましてリストにない名前を探す作業を続けてきた。リストを見つめ頭を捻《ひね》り、推察し、電話。駄目だとまたリストに戻り、推察し、電話。見込みが僅《わず》かでもあれば、腰を上げ街へ出ていく。

だれに会うのも何を聞くのも、すべて身分を偽った。社会保険庁の調査員、未納税金の取り立て、保険会社の社員。ほかにも猫を探す人、羽毛布団のセールス、新聞の勧誘員、不動産業者、テレビドキュメンタリーの予備調査員。

会ったのは、秋葉の遠縁に当たる人物、秋葉美知子の知人友人、能見の旧自宅マンション付近の住人、能見の元恋人の自宅アパートの住人、能見行きつけの歯医者、加治の知り合いの知り合い、新田真希の近所の住人などなど。

リストにない名前で、能見とは遠いが知り合わない可能性がなくはない人物。これを探すのは、確かにいいアイディアだと思えた。

途中から、雲を摑《つか》む話だと分かってきた。

――能見とは遠いが、知り合う可能性がなくはない人物。全国民がそうじゃないか。

調査を始めて二日経ったころには、長期戦を覚悟した。

だが今日。目を有働警視に向けたとき当たりがきた。すんなりいき過ぎて、信じられないほどだった。

能見亮司は、有働警視の火葬に堂々と顔を出していた。

有働の友人で十年以上前には警官だった寿司屋の主人から、ほしかった一言をもらった。

――そう言えば、火葬のとき車椅子の奴を見たな……。

寿司屋の主人はそのとき、有働の息子に彼がだれか尋ねてみたのだという。有働の息子はこう答えた。

――昔、父の部下だった人だそうです。

能見の写真を見た主人は、火葬場に現れたのが能見に間違いないと断言した。

――嘘をついたのは有働の息子か、有働達子か、あるいは両名か。

情報不足にさらなる不満を覚えつつ、午前のうちに新幹線に飛び乗った。能見の尾行監視がいつから始まっていたのか知らないが、南城室長は彼が有働の火葬に現れたことを摑んでいたのではないか。火葬の情報は桜田にはきていない。それがあれば、こんなに遠回りしなくて済んだはずだ。

彼女が移り住んだ大阪へ旅立った。そして今、帰京の途にある。大阪にいたのは三時間ほどだった。

桜田は指先を水で濡《ぬ》らし、ワイシャツの皺を伸ばそうと試みた。やがて乾くとはいえ、汚らしい染みができるだけ。桜田は皺伸ばしを諦《あきら》めた。

――有働達子の前では上着を脱がなかったかな。確か、脱がなかったと思う。

達子が示した桜田への拒絶は、皺のよったワイシャツのせいではないだろう。

「センターの方？」

「はい。ご主人の評判はよく耳にしておりました。わたしも有働警視の下で働けたらよかったのに、と思っています」

「彼につくと出世が遅れる、なんて噂を聞いたことがあります」

「ご冗談を。彼は名伯楽《はくらく》としても有名でした」

窓の外を、ひっきりなしに車が飛ばしていく。昼下がり、達子が息子夫婦と暮らすマンション一階の喫茶店で、桜田は達子と面会した。

状況を考え、身分を偽るのはやめた。達子は能見と言葉を交わし、別れ際に握手までしている。有働警視の妻であり、加えて能見のことを知っているとなると、ここで身分を偽ることは無駄に思えた。

「わたしは有働警視の事故を調べています」

「どういうことでしょうか」

「ご存じかも知れませんが、今のセンターは有働警視がいたころのセンターではありません。わたしはもう一度、あのころのセンターを取り戻したい。そのためのハードルとして、どうしても捨て置けないのが、五年前の事故です」

ふっと笑みを浮かべ、達子は視線を外した。埃《ほこり》っぽい街。

「今さらそんなことをほじくり返して、なんになります。すべて終わったことです」

「終わっていません……なんらかの害意が動いたと思います。その害意はまだ、裁きを受けずのさばっている。悔しいと思いませんか」

「主人に関しては終わりました。あなたと同じ――」

達子は真っ向から桜田を見据えた。瞳《ひとみ》の中に桜田は、敵意を見た。

「警察がそう判断を下したんです。警察が彼は事故死だと言うのなら、そうなんでしょう。彼が一生をかけて尽くした警察がそう言うなら、彼は事故死だったのです」

――これは……反語表現だ。違うか。

彼女の瞳に宿る敵意は、つまり、裏切られた者のそれだ。彼女は夫の死因に疑念を持っているのではないか。突っ込みどころだ。

「信じません」ここはひとつ、劇的に、青臭く。「わたしの……正義を信じて下さい」

達子は声を上げて笑った。桜田は傷つけられた顔を作った。

「あなたの中の正義をどうして確かめられましょうか。ひとつふたつここに、その正義を出して見せてくれませんし」

桜田は身を乗り出した。「わたしは本気です」

「あたしも――」すうっと笑みが消える。「本気ですよ。あなたの言う正義とやらを、ここに示してみなさい」

桜田は身を引き、時間稼ぎに水を一口飲んだ。

「そんな観念的な問いを出されても、わたしにはどうしようもない。だから――」身を乗り出した。「分かっていることをお話しします。有働警視はまだその存在が明らかにされていないある犯罪組織の端緒を摑みました。だが、犯罪組織のほうが先手を打ってきたため、あの夜、警視と警視に協力していた民間人数名が命を落とした。わたしはその組織を追っているのです。

あなたの力が必要なんです」

話してしまった。本来なら南城の許可が必要なはずだった。演技のつもりで正義がどうのと持ち出したが、語るうちに、偽物でない熱意に捕らわれた。

「主人の仕事には一切関わっていません。知らないものには協力の仕様がありませんよ」

「能見亮司のことはどうですか」

「どう？」

「あなたは知り合いのはずだ。隠しても——」

無駄、と続けるつもりがそういかなかった。

「能見さんとは、主人が存命中のときから知り合いです。火葬にも駆けつけてくれました。それが何か」

「ですから……」

達子は能見との繋《つな》がりを隠すはず、と思い込んでいた。だからまず能見のことを知らないと言わせ、実は奥さん火葬場で、といくつもりだった。

しかしすんなり認められてしまった。先入観に捕らわれた凡ミスだ。

「……能見さんに話を聞きたいんです。能見さんは火葬場に現れてからのち、行方が知れないんです。能見さんを助けた人なら、彼から何か聞いたんじゃないか、と……」

「だからあたしのところにきた」

「……そうです」

「火葬のときに会ったのが五年ぶりです。それまで彼がどうしていたか、知りません」

――態勢を、態勢を立て直せ……。

桜田はまた身を乗り出した。

「あなたは息子さんに、能見さんが警視の部下だった人、そう説明しましたね。なぜです?」

これで追い詰めた。そう思った。

達子は平然と言った。「生前の主人からは、部下だと聞いていました」

嘘をつくな。一喝したい気持ちを抑えた。彼女はたった一言で、こちらを追い込んだ。もう手札がない。

「わたしは能見さんを助けたい。能見さんは独りで事件の秘密を抱いている。早くしないと、能見さんの身が危ないかも知れない」

「彼は」ふっと笑って目を伏せた。「自分でなんとかするでしょう」

「彼に何かあったら、犯人たちは完全に闇の中、安全圏に入ってしまう。今後またたれかを傷つけてそれが露見でもしない限り、二度と捕捉《ほそく》の機会はない。ほかのだれかが傷つくまで待つなんて、わたしにはできない」

達子はテーブルの上のコーヒーカップに目を落とし、次に自分の組んだ手指を見、最後に顔を上げて視線を窓の外に飛ばした。

――ただ言えばいいんだ。素直に協力しろ。あんたにはその義務がある。

桜田は期待を高ぶらせ、言葉を待った。

ついに達子が言った。「何をお聞きになりたいと言うのですか」

「能見さんがここ五年の間どこにいて、だれの助けを受けていたか。彼のそばにいて、彼の療養を見守った人物を知りたいんです」

達子は顔を戻し、にっこりした。「さきほど申し上げましたでしょう。なんにも知らないんですよ」

――……駄目か。

桜田は椅子に背を預けた。身分を明かさないほうがよかったろうか、話の持っていき方を間違えたろうか。桜田は従業員に声をかけ、コーヒーのおかわりを頼んだ。達子が今にも、もうよろしいですか、と言い出しそうだ。

「慣れない街で、たいへんでしょうね」

間繋ぎだ。

「あたしは出身がこちらですから。姉もいますし友達もいます……関西弁は抜けてしまいましたけどね」

「そうでしたか……お孫さんのお世話をされているとか」

「息子のところは共働きですからね。いい子守ができたと勝手に喜んでいますよ」

「息子さんは何をなされてるんですか？」

「息子は大学に勤めています。講師兼研究者。哲学なんてあたしにはさっぱりです」

すでにその話は得てある。東京の大学院を卒業後、知人の引きもあり大阪の大学に移ったとか。彼の妻も大学で研究をしているという。

「奥さんは何を」

「彼女は医者です」

——医者……医者だって？

桜田と達子の視線が結ばれた。

「何を考えてらっしゃるの。彼女は細胞学専門の学者です」

達子はあやすように笑った。桜田も笑みを返した。

「残念です」

桜田は達子と別れてすぐ、有働裕輔に面会した。

豪腕有働のイメージからは想像できない、小柄で声の優しい、物腰静かな人物だった。すでに達子とはあれだけ突っ込んだ話をしている。ここで遠慮することもない。自分が警察の人間で能見を探している、と真っすぐに伝えた。予想通り、裕輔は能見を知らないと語った。

裕輔に会ったのは、彼を問い詰めるためではない。

話を一通り終え、話題を世間話に誘導していき、彼の妻について聞き出した。

——裕輔の妻のところは医者家系。代々医者を稼業としてきた。だが女で医者になったのは彼女が初めてだ。大学は東京の医大を出た。今は大阪のある女子医大研究部にいる。

名は有働まりあ。これを聞いて、裕輔とはこれで別れた。

すぐに移動。大阪市街からはだいぶ外れたところにある女子医大にいく。受付でだいぶ待たされた揚げ句、やっと有働裕輔の妻が現れた。東南アジア系の浅黒い肌、やや突き出た頬骨。これはまったく予想していなかった。

「有働まりあです」

淀《よど》みのない、きれいな日本語だった。

話を簡略化し、能見という男を探していると伝えた。彼女は、知らないと答えた。

「もしかしたら、ご主人からわたしがきたと連絡があったんじゃないですか」

「ええ、実はそうです。ここにもくるかも知れないと」

話を世間話に誘導。妹も大学で医学を学んでいる、とでたらめを言って気を引く。

「そのう、失礼ですが、あなたはどちらの——」

まりあはふっと微笑んだ。「悪いことを聞くみたいな顔」

「いえ、そんな」

「わたしが日本にきたのはもう、二十年以上前のことです。ベトナム難民として、日本にきたんです」

「そうでしたか……医者の家系だと聞きましたが、ベトナムで？」

「ベトナムでも、日本でもです。兄が埼玉で医者をしています」

「日本にはお兄さんと二人だけ？」

「叔父《おじ》が東京にいます。叔父に面倒を見てもらって、今のわたしたちがあります」

「叔父さんは、東京で医者をなさっているんですね」

「ええ、整形外科の開業医をしています。義理の父とは古くからの知り合いだったとか。その縁もあって、わたしは今の主人と知り合ったんです」

「……義理の父とは、有働警視のことですか」

「ええ」まりあは、当然でしょう、とでも言うように苦笑した。

「あなたの旧姓は？　つまり、日本にきてからの旧姓ですが」

まりあは怪訝《けげん》な顔をしたが、もう構ってはいられない。

「森田……ですが」

「叔父さんの姓は」

「それも、森田ですけど」


大きな横揺れが突然きて、桜田は狭い洗面所の中でたたらを踏んだ。もうすぐ名古屋到着、とアナウンスが告げた。

──当たりだ。

桜田は確信を持った。能見を助けたのは森田という元ベトナム難民の男だ。

──整形外科で開業医、有働とは古い知り合いだった。これ以上ない条件をそろえている。加えてもうひとつ。達子が犯した微かなミス。これは新幹線に乗ってから気づいた。

──達子は驚かなかった。あんたの旦那《だんな》は犯罪組織に消された、と言われてもまったく驚かずに先へ話を進めた。あの平然さはおかしい。

有働達子と能見たちは知り合いだった。また、有働達子は森田医師とも知り合いだった。能見を助けたのは達子。治療とリハビリを担当したのが森田。

金属音が響いた。桜田はカーテンを開けて廊下へ首を突き出した。思った通り、車内販売の女性が進んでくるところだった。

「ビールあるかな」

事はまだ終わっていない。だがもう、手探りではない。ささやかな前祝いを自分に許してもいいだろう。
「前金はちゃんと払った」
《貴様は大事なことを隠していた。前金は彼らの治療費として使わせてもらう》
「治療費？」
《仲間のな》
「おれが隠したって何を――」
《貴様は奴が、警察に咬《か》まれているのを隠していた》
「警察？」
《今日、男がきた。これ以上能見に近づいたら、全員を強制送還すると脅した。送還できない者は、それなりに消えてもらうと》
「ただの脅し。警察がそんなことを――」
《こちらが何をしても、何をしなくても、ためらわない。そう言ってきた。秘密警察なら多分、やれるんだろう》
「日本には秘密警察なんて――」
――公安？　能見は公安に監視されているのか……それとも、公安の犬か。
店の喧噪《けんそう》がここまで届いてくる。小さな事務所の真ん中に、東野は受話器を握ったまま立ち尽くした。

《奴は咬まれている。刑事ならともかく、公安は汚い手を平気で使う。公安の奴らは、人権意識に不自由しているからな》

「でも、あんたたちのモルヒネを盗んだのは能見だ。放っておくのか」

《貴様のためには何もしないと言っているんだ》

電話は切れた。東野は椅子を引き寄せ、尻《しり》を落とした。

──駄目だった。

能見の自宅は東野も知らない。だから東野は、加治の店を張れと陳に伝えたのだ。電話は陳のパートナー、劉《りゅう》とのものだった。

疑心に捕らわれた東野は、自らの選択肢を自ら狭めていた。能見を始末する以外の方法は思案の外にある。しかし、自分の手を汚すことは考えていない。

美知子は能見から聞かされたことを、何ひとつ東野に言おうとしない。東野も聞かない。いや、聞けない。その後の美知子の態度は、やや沈みがちという程度。東野に対して何か疑惑を持っている素振りは見せない。

秋葉が生きているというほら話を、能見が話さなかったはずがない。

──ほかに、だれに頼めば……。

七

──付き添いなんかいらないよ。

梢は言ったが、能見は受けつけなかった。

夕食後、梢の銭湯通いのために二人で出掛けた。銭湯と加治の店がほぼ同じ方向だったので、能見は彼女の風呂《ふろ》が終わるまで加治の店で時間を潰《つぶ》すことにした。

活況のころ。忙しい加治に捨て置かれ、能見は一人飲んだ。充を思う。よくない兆候を感じる。戻ってきた加治に話してみた。

「子供のことは専門外だからな……」

加治は暗い顔で考えに沈む。

二人して、暗い酒を飲むことになった。

ややあって加治が思い出し、能見に伝えたことは暗さを濃くした。加治が能見に差し出した新聞の記事。

——練馬区内で……中古車買い取りセンターに強盗……犯人は二重ドアの防犯装置に閉じ込められ、逮捕……。

「コバさんか……」

堅気になったことを恥じていた小林。いいヤマがあるんだがと、淡い希望を込めた目で能見の車椅子に足を当てた小林。独りでヤマを踏み、失敗した。

「加治さん、何か明るい話題は」

「とことん暗い夜もある」

——パクられたからって人生終わりじゃない。

出てきたときにすべてを失っていたとしても、最低、まだ生きてはいる。生きているならそのうち、何かやることを見つけられるだろう。

長風呂の梢を待ちながら、能見はちびちびと酒をすすった。

独り客は自分だけのようだ、と思いかけ、ある男に目が止まる。カウンターの中ほどに、独り客がいた。中年で、額の広い細みの男。そばを通った加治に声をかけた。

「あの男は常連か。席四つ離れたあいつ」

加治はその男に目を走らせた。「常連ってわけじゃない……こないだも見た顔だが。気になるのか」

「いや……」

おとといの夜にもいた。

一昨日、梢と充と三人でここにきたとき、あの男はカウンターについていた。見たところ、男はビールを飲み続けていた。

今も、彼はビールグラスを目の前に置いている。何が気に止まったのか。ほんのささいなこと。ビール。ショットバーにきて、ビールしか飲まない。ビールしか飲めないのか。なぜこの店なのか。ビールしか飲めない者がきても構わない。ただ、ここはビールしか飲めない男が独りで飲みにくるには、あまり似合わない。ほかにも、ビールメインで安く飲ませる店はたくさんある。

グレーで形の古臭いスーツに糊《のり》のきいたワイシャツ。ネクタイは地味で無難な濃紺のボーダー。靴は見えない。どこかあか抜けない。

匂う。刑事の匂い。

――共済会の割引でスーツや靴を安く仕入れるから、刑事はダサい。

いつかの有働の言葉。だから刑事を見つけたければ、一番ダサい恰好《かっこう》をしている奴を探せ。

言って有働は笑った。

そのうち、能見と彼との間の客がごっそり抜けた。能見は声をかけた。

「刑事さん」

彼は輝くボトルの列にふんわり視線を向けた。彼は、自分が呼ばれたとは気づいていない、という反応をした。気づかなかったのではなく、気づかなかった反応、を示した。

能見は頬杖《ほおづえ》をついて、彼を眺めていた。そのうち、彼の顔がこちらを向いた。

「降参だ……なぜ」

能見は無言で首を傾げたのみ。

彼は能見の隣へ席を移してきた。「おれはセンターの人間だ。センターは分かるな」

彼は身分証明を見せた。名は野村、肩書は広報部別課主任、階級は警部。かつて有働警視がいた部署、やっていた役職。

「韮崎さんが会いにきたそうだな」

「彼はちゃんと仕事してるのか」

「見たところ何もしていないようだ、まだな。わたしならすぐにきみを引っ張るが」

野村はやはり、ビール以外の酒は好きではないと言った。

ダサい服を着た十人並の容姿の男、野村は、韮崎の許可を得て会いにきたのだという。彼が言ってきたのは、韮崎と変わらない内容だった。警察への情報提供。それに対する能見の反応は、韮崎のときと同じだった。

「きみの知らない話を聞かせてやろう。あの当時センターに侵入者があり、有働さんの集めた情報を――」

「聞いた」

「そうか……警察関連の施設にコソ泥が入った、と報道されて恥をかいた」

「……間抜けな話だ」

「とにかく、センターにあった記録が盗まれたお陰で、組織は再び闇へ消えた」

「あんたが出てくるということは、センターも動いているのか」

野村はふっと笑みを浮かべた。「動く部署など、あそこにはない。おれがここにきたのは、そう、何かしたいと思ったからだ。おれも有働さんの弟子だった」

「しかし、墓場の幽霊」

「おれは窓際じゃない」笑みが不敵なものに変わる。「おれは掛け持ちなんだ。韮崎さんの下で主任をしながら、センター別課主任も兼務」

「だからか」

「何が」

「有働さんより、よっぽど抜けた顔だ」

野村は黙った。

野村と入れ違いに梢が入ってきた。

「十時半にって言ったよ」梢は頰の中に空気を入れた。「いないんだもん」

「邪魔が入ってな」

梢と加治が会話を始めた隙に、能見は体を背けて電話をかけた。

「夜分恐れいりますが……有働さんのお宅ですか」

一分ほどで電話を終えた。聞きたかったことのほかに、予想外の話を聞いた。そのせいで、もう一本電話をかけた。

「……話すのは久しぶりだな、森田さん」


「亀監視班、状況を知らせろ」

《依然動きなし。今後の指示を》

南城はナカガワの監視態勢について指示を与え始めた。

ナカガワは英会話学校を出たあと、JR山手線大崎駅至近のレンタルオフィスへ入り、午後十一時が近くなっても移動の気配がない。

「エンドウに話を通しておいた。奴の指紋を取れ。取れしだい鑑識に回せ。扱いはC1」指紋の取れなかったコップを思い起こす。「まずドアノブを試してみろ。そこが駄目なら奴の外出を待ち、侵入して探せ」

通信を終わり、サマーベッドの上に伸びた。ガラスで囲われていてほどよい空調の利いた、シティーホテルの最上階にあるプール。

滝神が泳ぎを楽しんでいる。南城は、白くてぶよぶよして、股間《こかん》のいちもつを覆ってしまいそうな勢いで垂れ下がる、彼の腹の出っ張りを見るたびにいつも思う。あの腹を突き通すには、刃渡り幾らのナイフが必要だろうか。

　滝神につかず離れずついて泳いでいる女がひとり。滝神の一人娘だ。洗濯板に枯れ枝が四本生えた、という見てくれ。滝神はこの娘に悪い虫がつかないか、といつも心配を口にするが、悪い虫でもついてくれたほうがもっけの幸いだ。

　滝神がレーンを横切って、プールサイドまで寄ってきた。

「新は乗ってみたい、ということだが」

「一興でしょう」

「興じゃ困る」

　大事な取引の現場には南城の乗る指揮車を中心に電子機器がばらまかれ、現役の警官が武装して新を見守る。怖いものなどないはずだ。新はしかし、すっかり慣れ過ぎて思慮の足らない部分があるにはある。

「ナカガワの裏にはマイクがいる、ということでいいんだな」

　――ナカガワの裏にいるのは、秋葉。渡部を殺したのは能見。

「そうです。ナカガワはマイク・クラインに使われてるだけです。こちらの身元が確かか疑っていて、ぎりぎりまで姿を現したくないんでしょう」

　南城が思い出せなかったことを、新が明らかにしてくれた。クライン英会話学校の経営者は、マイク・クラインという元米国海兵隊隊員。沖縄駐留中、下半身の不祥事で不名誉除隊させられた。いったん帰国後、数年後に再び来日。ＬＳＤの密輸疑惑で一度、日本の公安当局から取り調べ及び長期監視を受けた経歴がある。英会話学校を設立したのは、今から二年ほど前。大方、資金を洗う洗濯機なのだろう。

そのマイクが、数年前、夜の街角である男と知り合い親交を結ぶに至った。渡部である。

渡部とマイクは親しくなり、その過程で、渡部は自分の抱える秘密の仕事をマイクへ明かした。のちにマイクが、手に入れたモルヒネの山を捌《さば》くのに、渡部から聞かされていた新へ目をつけた。警察に目をつけられたことのあるマイクは、警戒のため、ナカガワを間に立てて取引を持ち込んできた。

南城、加えて滝神と新が推測した事情が、このようなものだった。だが、南城個人としての見解となると、まったく別のものになる。

ナカガワは秋葉の仲間。ナカガワは架空の取引をでっち上げようと画策している。なんの関係もないマイクの英会話学校に出入りし、自分のボスがマイクだと仄《ほの》めかし、こちらを暗示にかけようとしている。マイク・クラインという男を渡部から引き出したのは、能見。能見は渡部を拷問し、こちらの全容を摑《つか》むとともに、計画に好都合なマイクの名を手に入れた。能見の担当はここまで。秋葉は独りで動き始め、能見は加勢しようと街をうろつき、秋葉を探し求めている。

秋葉がなぜこんな手間をかけているのか。答えは簡単。ひと所に敵をかき集め、殺《や》る気でいる。

――ナカガワは次の取引で、まず間違いなく滝神の名前を出してくる。

お互いの信頼のために、などと言い、取引にぜひ出席してくれと要求してくるはずだ。

——おれのことはどう考えているのか。これも簡単。おれは手を汚す役回りだし、滝神が取引に出席するのなら、おれも当然いくことになる。おれの名前はいちいち出さなくてもいい。

「——聞いているのか、南城」

滝神が何か話していた。南城は、知らぬ顔を作り直した。

「失礼」

「〝幽霊〟の話だ。五年前の」

「それが？」

「考えたんだが……あれは能見だった、なんてことはあり得ないのか」

「あり得ませんな」

「なぜ」

「能見は仲間を売らない。能見と秋葉の関係は良好だった」

「そうか……」

能見が幽霊なわけはない。ほかの奴、多分、こちらの身内にいる奴だ。幽霊。五年前有働とその内偵班が渡部に目をつけ内偵している、と南城にリークしてきた人物。

南城はその情報を五百五十万円という半端な額で買った。当初南城は、相手の身元を突き止めたのちに金を取り戻し、必要なら消すつもりでいた。しかし相手のほうが一枚上手で、尾行員はすべてまかれた。

某デパート主催の特別販売会会場がその舞台。ホテルの巨大宴会場を使ったその催しは、デパートに置いてあるすべてのものが割引で買える得意顧客向けの販売会。南城は初めてそんなバーゲンに足を踏み入れたが、様相は狂乱の一言に尽きた。広い会場一面、満員電車の中と同じだった。

相手からの接触を待ってぶらついていた南城は、突然背中に固い感触を感じ、声を聞いた。

――分かるな？

確かに相手に有利。こちらは肩越しに振り返るのが精一杯。相手のかぶったスポーツキャップを見ただけだ。この場で暗殺し姿を消すのは、容易だ。

南城と男は、人ごみの中で顔を見交わすこともなく、金と紙片を交換し別れた。各所に配置していた尾行員たちは、あまりに酷い人ごみの中で人物特定を失敗、取り逃がした。ホテルすべての出入り口には人を配置していたが、黒いスポーツキャップを見た者はいない。奴は会場を出る直前に装いを変えた。

失敗した理由は単純。監視の手が足りなかった。

目論みは失敗した。だが、紙片に書かれていた名前、有働には間違いがなかった。

「気味の悪いもんだ……いつまでも謎のままというのは」

滝神は一瞬南城を視線で責め立てた。

「金が必要になったら、いずれまた接触してくるでしょう」

洗濯板娘が近寄ってきて、滝神の手を引いた。滝神は笑みに顔を崩して、泳ぎ去った。

――幽霊が能見であるなら、あの時点でおれを知っていたことになる。

五年前、部下に命じて奪わせた有働の内偵資料を信じれば、彼らの内偵は渡部から新を辿《たど》っていたところで、まだ南城まで辿り着いていない。書面に記されていないだけ、という可能性がないわけではないが、極秘の資料にもないとなると南城の存在は知られていなかったと考えていい。

有働が知らないなら、能見は南城の名を手に入れることができない。幽霊は、南城を名指ししてきたのだ。

滝神が充分離れるのを待って、南城は携帯電話を手にした。

《サカタです》

能見の自宅の監視機器セッティングを担当した、民間人の機械屋兼コソ泥だ。

「仕事だ。特別ボーナスつき」

今日の夕方、思いついて下調べをしておいた。可能のようだと判断し、サカタにやらせることにした。

「メモしろ。世田谷区宇奈根四丁目三十番五号……」

《はい》

「常願寺という寺が現場だ」

《寺……》

「秋葉辰雄という男の、墓を暴いてこい」

《そいつは……》

驚きの絶句が始まった。

「遺骨を盗ってこい」

《しかしあんまり……おれは結構、信心深いんですよ。寺とか遺骨とか——》

「残念ながら、聞いたからにはやってもらう」

《……そんな罰当たりなことを》

「心配するな。罰当たりでない奴など、この世にはいない」

《あとでお祓《はら》いとか？》

「効果、あるんじゃないか」

——知らんな、そんなことは。

《分かりました。詳しい区画を》

南城は詳しく墓の場所を教え、サカタに書き取らせた。

《明日にでもやります》サカタは最後に付け加えた。《あの……お祓いの料金も経費、ですよね》

「払ってやる」

南城は、盗んできた遺骨をでっち上げの依頼書とともに、正規のルートで科学捜査研究所に送り、DNA鑑定をさせるつもりだ。鑑定をしたとしても、確かに秋葉のものだと判明している比較物がないため、DNA同士の比較はできない。

と、今までは思っていた。それが間違いだったことに、南城はようやく気づいた。

比較物は、確かにあった。五年前、海に逃れた秋葉と能見は陸に上がったあと、電話ボックスを使った。数時間あとに電話を利用しようとした通行人が、電話ボックスの中の血の海を発見した。

だれのものか分からない血液が大量に残されていて、警察が動いた。当時の警察は、当然そこで得られた血液をDNA鑑定に回していた。記録は残っている。確かに、秋葉のものだ。墓場の遺骨のDNAと、電話ボックスに残されていた血液のDNAが一致すれば、秋葉は確かに死んだということになる。一致しなかったときは……。

——おれは秋葉と会える。

八

雨は去ったが、厚い雲が相変わらず居座っている中、桜田は動き始めた。

医師の名は、森田郁巳《いくみ》。東京の西の郊外、米軍基地の街としても知られる福生《ふっさ》市で、森田整形外科医院という個人医院を開いている。

駅から離れた街道沿い。都心に比べると空が広い。

医院は、地価の手頃な郊外の街道沿いという条件ではよく目にする、典型的な個人医院だった。建物に付随して数台分の駐車場があり、二階建て。一階は診療、二階は入院患者のための部屋。玄関そばには、地域の祭りに寄付をしたことを証明するステッカーが貼ってある。年配の看護師と隣の民家のご隠居らしき人が、庭先で陽気に世間話を交わす光景を見た。

身分を偽り目的も粉飾し、森田医院及び森田医師の評判を聞く。悪い評判はひとつも聞かなかった。ただ、彼がベトナム難民であるということを口にするものは、ひとりもいなかった。優しさ、加えて遠慮の現れか。地域に根差し信頼されている、そして、幾らかは同情もされている人物。それが森田郁巳。

原因不明の膝《ひざ》の痛み、ということで診察を受けることにした。待合室は意外に広く、長椅子が三列並ぶ。大型のテレビ、受付脇にはダルマ、長々とおしゃべりする常連らしい老人たち。

診察室に入った桜田を診たのは、三十半ばの男。話すうちに森田郁巳の息子だと分かった。治療の間に、次のことを引き出した、あるいは推測した。

レントゲン室もありレントゲン技師もいることが分かった。看護師は十人から二十人の間。入院を受け入れるが、中軽度の者に限るようだ。ベッドは十八床。

「森田郁巳さんは」

「今の時間は上にいます」

入院患者を見て回っているらしい。

診察の結果、原因は分からないと言われた。血液サンプルを取られ、後日結果を、ということになった。湿布薬と何種かの飲み薬をもらえることになり、また、痛みが続くなら詳しい精密検査をする必要があるから云々《うんぬん》、と大病院を紹介された。

迷う。迷うが、突っ込むことに決めた。

「森田さん。わたしは有働さんの部下だったんです」

そうですか。郁雄は不自然なく言い、書き物のために椅子を回してこちらに背を向けた。わざとそうした、ように見えた。

「ここに以前、友達が入院していてね。それできてみた」ほとんど問わず語りだった。「仕事でこっちまできたが、急に痛みに耐えられなくなって」

振り向きもしない。「たいへんでしたね」

「ここではよくしてもらったって、その友人がね。その人も有働さんの知り合いだったんです。酷い怪我だったんだが、大きな病院にいかずにここで済ませたと聞いています。ここの院長さんは腕がいいらしいね」

「恐れ入ります」

「しかし……脊髄《せきずい》損傷なんて酷い怪我、ここでもこなせるもんですか」

「そんな重い患者、ここでは手に余ります。設備の問題もあるし」

「では、治療をしていないと？」

「どこかと勘違いされてらっしゃるんでは」

はったりをひとつ。

「看護師数人、レントゲン技師からも……すでに証言を得ておりますよ」

間があった。

「勘違いでしょう」

「近所の住人、通院していた患者の何人かからも、車椅子の患者を目撃した、という証言を得ております」

何も返してこない。書き物もしていないように見えた。

「わたしは味方です。能見亮司を助けたい。協力をお願いしたいんです」

森田が横顔を見せた。「能見ね……覚えがない。ほかの病院と間違っているんです」

「森田さん——」桜田は立ち上がり、彼に詰め寄った。

「あとはわたしが伺いましょう」

桜田の背中に声が飛んできた。振り向くとそこに、東南アジア系の顔をした巨漢が立っていた。

干されたシーツがたなびく、医院の屋上。

真っ白な頭髪を後ろへ撫《な》でつけ、これまた白く染まった口ひげを生やした男。それが森田郁巳だった。

「わたしは味方です。彼を助けたいんです――」

桜田は同じ話を繰り返した。迷いのない森田の返答はこうだった。

「こんな小さな病院で、脊髄損傷患者の治療をするなど馬鹿げた話だ。ここには手術室もない」

「あなたにも、彼にとっても、ここで人知れず治療を行うことは一か八か、命を賭《か》けたばくちだったはずだ」

だから？　と森田は視線で促した。

「隠そうとしても無駄です。あなた、あなたの息子さん、有働達子さん。目のつけどころは分かった。それさえ分かったなら、わたしに隠し事はできません。それが事実でありさえすれば、必ず露見させます。今のうちに――」

「だから、そんな事実はないと言っているでしょう」

「いいですか。能見亮司がここにいた。それは証言の積み重ねにより、確実なことなのです。あなたも知っているし、わたしも知っている。能見はここにいた。もう、ごまかしようのない事実です」

「そんな証言など、出るはずがない」

「通院していた数人、看護師の数人、レントゲン技師からも、能見亮司がいたという証言を得ています。名は知らなかった、または覚えていなかったとしても、顔写真により確認してあるんです。もう、言い逃れはできません」

桜田は言葉を待った。森田はただ、空の向こうを眺めていた。やがて、その口元にうっすら笑みが浮かんだ。

「あなたのような嘘つきとは、話もしたくない」

桜田は詰め寄った。「わたしが嘘を?」

「どの看護師から証言を得ましたか」

「言えません。証言者は今後もこの病院に勤めるわけで、その人の生活に関わります」

「わたしがその看護師を首にすると？　お笑いだ……ときに桜田さん、レントゲン技師は。ここにはレントゲン技師はひとりしかいませんがね」

「それは……」

——まただ……また失敗した。

「レントゲン技師の今後の生活は、どうでもいいわけだ」

「そういうことではありません。彼はわたしの誘導尋問により、なんの気なく話してしまったまでで……」

「いつ彼に話を聞きました」

「この数日来、ということにしておきましょう」

「能見という人がいたのは、いつごろのことだと言うんですか」

「それは――」

「彼はつい半年前にここにきたばかりの男ですが、それでも彼が話したと？　顔写真の男と同じ男を見たとおっしゃる」

耳が熱くなるのが分かる。

――あんたたちはただ協力すればいいんだ。こっちはなんのために働いていると思ってるんだ。

「わたしを……」

桜田は俯《うつむ》き、肩を震わせた。演技のつもりが僅《わず》か、本気が交じった。

「わたしを助けて下さい……わたしには彼が、彼の証言が必要なんです。情報をもっているのは、彼だけだ。わたしは有働警視を殺した奴に、裁判を受けさせるつもりでいます。彼が必要なんです」

桜田は森田にすがりついた。森田は目を剝《む》いて桜田を見つめた。

「彼は今、危険な状態にあります。犯罪分子が彼の口を封じようとしているんです。彼を助け、あの事件を風化させないために、有働警視の死を無駄にしないために……お願いです。わたしに正義を行わせてください」

森田は優しく桜田を引き離し、あらぬほうへ視線を飛ばした。

「……正義などと、軽々しく口にしないでもらいたい」

「有働達子さんにもお話を伺いました。達子さんが彼を助けたと確信しています。彼女は彼を助けるつもりで、わたしに対しては一切口を閉じたままだった。だけど、状況が変わったんです。彼を犯罪者として追う者は、もういません。警察が正義を行うために、彼を必要としています。彼を傷つける意図は毛頭ありません……このまま彼を放っておいたら、ここであなたが口を閉じたままだったら、あなたは危険分子に彼を殺させることになる。口を閉じていることは、彼の不利益になるんです」

桜田は森田の横顔に、迷いを見た。あと、少しだ。

「わたしの身分をはっきりと示しておきます」桜田は警察手帳の表紙を開いて手渡した。「わたしはセンターの一員です」

森田はじっと、警察手帳に見入っていた。その目は、何か別のものを見ているように見えた。過去の何かを見ているように、見えた。

「あなたの親友のために、ぜひ」

森田は警察手帳を返すと、大きく息を吸いつつそっぽを向いた。

微風が吹く。二人の髪をくすぐる。どこかで車のクラクションが響く。

長い沈黙。

「……桜田さん」

「はい」

「お話は重々承知したが、そんな事実はない。能見という人物がここにきたことはない。嘘をつけとでも？」

――どいつもこいつも……いい加減にしろ。

「森田さん……こういうことは言いたくなかった。でも、仕方がないんです」

できれば使いたくない手。だが、仕方がない。彼らは情報を隠そうとし、こちらはその情報がほしい。自分たちが成そうとしていることの重要性を思えば、これも許される。

「あなたは銃創患者を隠匿し治療した。強制されたわけではなく、自らの意志でしたことだ。通報の義務があるのに、それを怠り、今もその情報を隠匿しようと画策している。これはつまり、どういうことになるでしょうか」

森田は桜田の顔を見ようとしなかった。遠くを見つめたまま、思案を巡らせた。長い時間が経ち、再びこちらを見た森田の瞳《ひとみ》に宿っていたものは、軽蔑《けいべつ》だけだった。

ふっと何かが胸を刺す。彼の視線を受けかね、桜田は俯いた。

森田の宣告が冷たく響いた。「正義がどうと語りながら脅迫か。そんな奴とはこれ以上、話したくない」

九

医院の玄関を出て風に向かい歩いていく桜田を、森田は見下ろしていた。

――最初の奴をやり過ごしても、もっと手ごわい奴が出てくるだけだ。明かせるものは明かしてくれ。こちらは構わない。

昨夜の電話。能見の指示に従うなら、あの刑事にすべてを語るのが本当だ。

五年前の深夜。昏睡《こんすい》に陥る直前の有働から、アキバという名を聞かされた達子。達子はその秋葉から助けを求められ、森田のところに電話をかけた。傷ついた能見と、死んでいた秋葉。二人を運んできた身元の分からない男。あまりに分の悪い賭《かけ》だった、マッサージ室での手術。その後二年のリハビリ。

すべてを語ったら、数時間はかかったかも知れない。

桜田の姿が見えなくなった。

森田は昨夜の能見の指示には従わなかった。二十半ばで日本にきて、ベトナムでの医師経験など役に立たず世を恨んで過ごしていたころ。偶然、警察の友人ができた。それが、当時外事の仕事に就いていた有働だった。彼の助力で、今がある。

有働のために働き傷ついた者を守るのは、当然だ。桜田の心の奥にある歪《ゆが》みを見抜いたとき、何も喋《しゃべ》らないことに決めた。正義だ？　笑わせるな。

能見はこう言っていた。

――あんたはあんたの生活を守ってくれ。あんたがすべて話しても影響はない。守るためには嘘をつかないことだ。

能見は、訪れた警官が最後には脅しを仕掛けてくる、そう予測もしていた。

桜田はまがいものだ。見せかけの情熱の裏に、利己心が見え隠れしている。まがいものでも、こちらに実害を被らせることはできる。

能見が話しても構わないと事前に許してくれたことは、救いだった。救いだっただけに、逆に抗《あらが》う気が生まれた。

——能見……あんなまがいものに負けるな。

十

能見は森尾の背後の窓を顎《あご》で示した。ガラスに張られた探偵社の文字が、裏返しに見えている。

「いきなりやってきて、なんだ」

「あんたはどの程度やれる?」

「看板ってのは広告のための飾りだろ」探る視線。「やれることはやる」

「看板は飾りか」

能見は懐から一枚の名刺を取り出し、机の上を滑らせた。

森尾は名刺を見て言った。「ヤマか」

「やれるのか、やれないのか」

「何がほしい」

「そいつ本人と家族の身上調査。特に資産関係」

「簡単だ。資産なんてのは、電話数本でこと足りる」

「金は払う……森尾さん、余計な詮索《せんさく》はまずい」

森尾は鼻で笑った。「どうまずい」

「座ったままでも、銃は撃てる」

「大きく出たな。おれ以外に頼む奴がいないから、ここにきたんだろう」

図星だったが、無言を返したにとどめた。


「なんの用事だったの」

車の中で待っていた梢が訊《き》いてくる。

「貸したものを返してもらう相談だ……いくぞ」

能見は車を羽田に向けた。

昨日の夜、梢のPHSに真希から電話があり、真希は甚一の入院を伝えた。それを聞いた梢は、家に連れていってくれと言い出した。足りないものや借りたいものが幾つかあるという。

甚一は真希に、転んで顔を打ち付けたと話していた。甚一は、警察病院から羽田近くの病院へ転院が決まった。土曜の仕事を休んだ真希は、甚一に付き添っているはずだ。

気の抜けた午後。やがて着いた新田の家は無人だった。

「伯父《おじ》さんはのんびりしていて」

梢は言い、二階へと消えた。能見はひとり、茶の間に残された。

能見は二階へ声を張り上げた。「充はまだか」

「土曜は遅かったり早かったりで、よく分かんない」

「おれはそのへんぶらついてくる」

「いいけど、遠くにいっちゃ駄目だよ」

厚い雲が、少しずつばらけてきている。

能見は充の帰り道方向を検討しながら、路地を進んだ。充と同じ学生服を着ている子を見かけたが、充の姿はない。

能見はどこと決めずに進み、そのうち岸辺の道に出た。いつか、甚一に車椅子を船溜《ふなだ》まりに投げ込まれたのがここだ。

道は多摩川に沿ってどこまでも一直線に伸びている。案外広い道だが、車の通りはまったくない。走り去る小学生のグループ、犬を連れて自転車で走り去る老人、堤防に腰掛けて話し込んでいる二人組の若者がいた。充はいない。

能見は道に沿って進む。静かな町。

胸の高さぐらいの堤防が続き、多摩川の水面も居並ぶ船も、対岸の工場地帯も河口も、能見には見ることができなかった。

自転車に乗り釣竿《つりざお》を持った親子連れとすれ違う。

昔、充と一緒に釣りをしたこともある。

充は魚を釣り上げるたび、魚の名を訊いてきたものだった。それに対して能見は、形に特徴のあるカワハギのほか、ろくに魚を知らなかった。

充は腐った様子もなく、ほかの釣り人のところに魚の名を尋ねにいき、聞き終わるとばたばたと走って戻り、能見に教えてくれた。

釣りにも飽きた夕間暮れ。二人は堤防の上に並んで腰掛け、川崎のほうへ沈んでいく赤い太陽を眺めて過ごした。

夕焼けに向かって飛び立っていくジェット機や、多摩川をいく船を見送った。

夕焼けには魔力がある、と話し合った。水辺には確かにごみが漂っているし、水はひところより綺麗《きれい》になったとはいえ、濁った灰色。係留されている船は日々の仕事で汚れ、係留されたまま出番を失った船のさらなる惨状は、寂寥《せきりょう》を覚えさせる。

夕焼けはそれを一変させる。遠くまで伸びる赤い光は、陽を陽に、陰を陰にとくっきり区分けしてしまう。夕暮れどきの陰は、あくまで暗く濃い。汚いものを、見たくないものを隠してしまう。嫌なものを消してしまう。

だから夕焼けには、すべてを綺麗にする魔力があるのだ。魔法の光だ。

充は堤防の上に仁王立ちし、足を広げ両腕を一杯に広げ、夕日を浴びた。

——なんの真似だ。

——ショウドクだよ。この赤い光、体を綺麗にしてくれる感じ。そう思わない?

まだ日没までは三時間ほどある。

能見は空を見上げた。雲の切れ間は大きくなっていて、青い空が覗《のぞ》いていた。どこで引き返そうか考えながら、能見はゆるゆる車椅子を進めていき、小さな水門の前を通りかかった。

学生服を着た二人の子供がいた。一人は充だった。二人の子は、堤防と水門を繋《つな》ぐ鉄橋の階段に腰を降ろしていた。

「こんちは」

言ってきたのは、先日も一緒だった子だ。充は能見を見たが、何も言ってこなかった。

「梢が家に戻ってる」

充は視線を逸《そ》らした。

「会いにこい」

「話すこともないし、いいよ」

能見は彼のそばに近づいた。

「三人でどこかにでかけるか。もしいいなら、友達も連れて」

充は友達と顔を見合わせてから、能見に目を向けた。

「こいつのウチにいく約束してるんだ」

能見が言葉を探しているうちに、充は友達を促して腰を上げ、歩き出した。

――駄目だ。分からん。

唇が苦く歪《ゆが》んだ。所詮《しょせん》、自分には無理か。

――何をどうしてやれば、距離が縮まる？

能見は車椅子を返した。と、面前に充が立っていた。友達は十メートルほど離れて、充を待っている。

「伯父さん、おれはただやられてばっかりの男じゃない」

充の瞳《ひとみ》に、静かな力の充実を見た。これは、喜んでいいことなのか。

「分かってる」

「確かにおれ、伯父さんとの約束を守れなかった。だけど、もうそんなことはしない。おれがやらなきゃならないことは、ちゃんとおれが、おれの力でやる」

「……なんの話だ」

「おれだって家族を守れるって、そういう話さ」

「……そうか」

「いつまでもだれかに頼ってばかりじゃさ」充はふっと笑みを浮かべた。「男がすたるって言うんだ。そうだよね」

「……かもな」

充はにっこりした。その笑みには確かに、なんの屈託も交じっていないように見えた。

じゃ、おれいくから。充は踵《きびす》を返した。と、すぐに止まり振り返った。

「伯父さん、伊良部ケージのこと覚えてる？」

軟式ボールのゴムの匂い。

「もちろん」

「あれから一度でも、ホームランに当てることできた？」

一瞬、嘘をつくことを考えた。しかし、こう言った。

「できなかった」

「まだ挑戦する気はある」

「もちろん」

「だったらいいんだ」

充は今度こそ、歩き去った。

家に戻ると、梢は茶の間でお菓子を食べながらテレビを見ていた。

「遅いよう」

「父さんは入院していてしばらく戻ってこない。だから、それまで家に戻れ。ここにいろ」

梢は頰を膨らませた。「やだよ」

「充に気をつけてやってくれ」

すうっと頰がしぼんだ。「充がどうかしたの」

「……奴は独りぼっちだ。うまく言えないが……心が独りぼっちだ」

思案の表情を一瞬見せてから、梢は言った。

「分かった。そうする……でも」

「何」

「心が独りぼっちって……伯父さんもそうなんじゃない」

「お前はどうだ」

見つめ合い、二人は薄い笑みを交わした。

梢が先に口を開いた。「みんな、独りぼっちだね」

十一

居残っていた部下に夜食を頼んだところ、チーズバーガーとフライドポテトが届いた。油分過多が気になったが、自分のオフィスで夜食に取り掛かった。

デスクライトだけつけた部屋。窓の外には向かいのビルの明かりが灯《とも》る。能見の登場、ナカガワの登場と続き、このごろ毎日帰りが遅い。

──まさに喜劇。

今日の午後、ナカガワと新の取引交渉が行われた。間抜けどもが寄り集まって、成果の望めない取引を大まじめに進めていく。今日は珍しく、指揮車に滝神が同乗してきた。交渉現場は前と同じ、新宿にあるオフィスタワーの中のカフェ。

モルヒネの価格は、アンプル二千八百円でまとまった。

見守っていた滝神が呻《うめ》いた。「もうちょっと安く……」

南城は一瞥《いちべつ》を送っただけに止めた。滝神は、数字のことを言いだしたらきりがない男だった。

《もしこの取引が順調に済めば、ウチの依頼人は今後も継続的にお付き合いをと言ってるんですが》

《それはもう、こちらは一向に構わないがね……ところでナカガワさん、あんたの依頼人とやらとは、いつ会えるんでしょうな》

《取引の夜に、必ず姿を見せますよ》

「嘗《な》められてる」滝神が渋面を作った。「本来ならこんな取引、乗る馬鹿がどこにいるというんだ。こちらが乗ったただけありがたいと思えというんだ」

──そう。普通なら、確かに乗るべきじゃない話だ。だが、乗ってもらう。

《ところで新さん、実は依頼人からたってのお願いがあるんですが》

《なんでしょう》
《依頼人はあんたのボスに、ぜひともお目通りしたいと……》
――きたな。
南城は笑みを浮かべかけ、思い止まった。予想通りの展開だ。
《おれにはボスなどいない》
《ところがね、依頼人はいると言う。滝神さん、というお方だそうですが》
滝神がさっと南城を見た。
ナカガワは説明した。依頼人と渡部という人が友人だった、その渡部さんから新のことを聞いて取引を持ちかけた。依頼人は渡部から滝神のことも聞いていたのだ、と。
「しかし……渡部がそんなことまで話していたとは思えないが」
「あいつからでなきゃ、だれからなんです」
「そう言われると困るが……」
無線では、新とナカガワの問答が続いている。
《滝神など知らん。それにな、信頼云々《うんぬん》とあんたが言える立場か。お前の依頼人はどこにいる。どこのだれだ》
《依頼人は渡部さんと知り合いだった、さっきそう言ったでしょう。その線から辿《たど》れば、依頼人は割り出せますよ……あるいはもう？》
新はしばし黙る。
《身を守るためにぎりぎりの予防線を張っているだけです。あなた方との信頼関係が確かにな

れば、依頼人は多分、あなたとも滝神さんとも友人になれます》
《あんたの依頼人ていうのは――》間があく。モニターの中の新は、臭い演技でナカガワを睨《にら》みつけた。《以前は外国の軍服を着ていたような印象を持つんだが》
ナカガワは微かに頷《うなず》いた。
《今は小さな学校の校長先生ってところかもな》
再び、ナカガワが無言で頷く。
《なぜそこまで、顔出しを避ける》
ナカガワは肩をすくめて見せた。
《依頼人は以前、日本の警察に睨まれて苦労したようですから》
ナカガワは、依頼人が滝神の出席がなければ信用度なしとして取引を無効にする、と伝えてきた。すでに取引相手がだれか分かった気でいる新は、強い異議を唱えなかった。取引は明後日。場所、時間はナカガワが用意する。代金は海外のネット銀行経由、取引現場で直接振り込みを行う、そういうことで話が決まった。南城はまたも笑みをこらえた。
――穴だらけの取引。こんなんで取引が成立するのは、B級アクション映画くらいのものだ。そして取引は決裂、あるいは邪魔が入り、あるいはだれかが裏切り、観客お望みのどんぱちが展開される。
南城指揮の警官隊が守ってくれる。その油断が、新と滝神をマヒさせている。だが今回、滝神だけは違った。
「おれが出なきゃならんのか……」

「度胸のあるところを見せてやって下さい」

「しかし……」

「部下には、管理官の出席を伝えておきますよ。いいですね」

滝神が考え込んでいるうちに、監視員が伝えてきた。

《ナカガワ、移動を始めました――》

チーズバーガーを片付けていきながら、南城は思った。なんとか滝神を、うまくなだめないといけない。滝神はその後、南城に身代わりになってくれと言い出した。やはり顔は出したくないという。

――たまには汗をかいて、現場の苦労を知るのもいいことだ。どうでもあんたには出席してもらう。

滝神の姿を確認してからでなくては、秋葉は姿を現さない。仕掛けてこない。滝神にすべてを明かし説得する手はどうか。駄目だ。秋葉をおびき出すため、などと言おうものなら、滝神は仮病を使ってでも現場には近づかないはずだ。

つまり秋葉に会いたいなら、滝神を騙《だま》して連れ出すしか方法はない。

ドアがノックされ、部下が一人入ってきた。「亀の指紋、検索結果が出ました」

「どこから取れた」

「やはり侵入が必要でした。室内の備品にはまったくなく、捜し回って結局、トイレのペーパーホルダーの芯《しん》から採取できました」

部下はデスクの上に紙切れを置き、部屋を出ていった。南城はポテトを摘まみながら、紙切れをそばに寄せた。さすがに、手袋では尻《しり》を拭《ふ》きづらかったか。

――ミスはしたが、八田の警戒は並じゃない。さすが秋葉。

亀は軽微な交通違反を数度犯しており、指紋の記録が残っていた。

――八田勇吉……六十八歳？　随分若作りの奴だ。

荒川区西尾久で、八田商店という金属専門の廃品回収業を営んでいる男。

――ハッタ、ハッタ……。

頭の中のファイルを探っていく。該当する名は見つからない。今までずっと闇に隠れてきた秋葉の仲間か。廃品回収業というのがまた、なんともいい。ヤマに役立つ特技をいろいろと持っていそうではないか。

――八田はこちらの尾行、監視を予想して大崎のオフィスに閉じこもっているわけか。自分のヤサを突き止められないためには、そうするしかないからな。

ポテトの残りをコーヒーで流し込み、夜食を終えた。八田をどうするか思案した。すぐに答えが出た。

放っておく。

八田が秋葉と直接会うことはないだろう。彼らが今会ってしまっては、警戒の意味がなくなってしまう。

――どうせ明後日には、そのときがくる。

南城は席を立ち、シュレッダーで紙を粉砕した。必要なことは暗記した。記録の必要はない。

能見はくるだろうか。知らないなら、能見に明後日のことを知らせてやってもいい。奴を現場に駆けつけさせて、秋葉を慌てさせるのも一興。

――くれば、の話だが。奴が梢ちゃんを選ぶ可能性も、なくはない。

そのとき、電話がかかった。

《サカタです》

取引は明後日。日数のかかるDNA鑑定は、もう間に合わない。今さら不要だと言うのも気の毒か。

《秋葉辰雄、ですよね。墓の場所は――》

「だからなんだ」

《墓は間違いないと思うんですが……空なんです。秋葉辰雄の墓の中には、なんにもありませんよ》

東野の目は、手元にある電話に釘《くぎ》付けだった。もうすぐ、約束の時間がくる。

東野は受話器に手を載せた。どちらに電話するか。あいつらか、能見か。どちらを選ぶ？

美知子と自分、それに能見の世界か。能見のいない、美知子と自分の世界か。

東野は受話器を取り上げ、いつまでも続く電子音を、一分近くも聞き続けた。

指を一番最初のダイヤルの上に置くその瞬間まで、東野は迷い続けた。ダイヤルを始めると迷いが消えた。迷いは、諦観《ていかん》に取って変わった。

十二

数日ぶりに独りきりの夜。梢がいないからと言って、寂しいとは感じなかった。寂しくはないが、少し気が抜けた。

能見は上着の上にハーフコートを羽織り、外に出た。木枯らしと言ってもいい冷たい風が吹いている。晩秋は初冬と重なり合っている。実際、その変わり目はほとんど目につかないくらいのものだ。

東野が電話で言った相談事とやらに見当がつくとしたら、美知子のことだ。美知子にあまり過去を思い出させないでくれ、あるいはもっと強く、あまり店にはこないでくれ。そんなところか。

冷えきって鎮座する車のドアを開け、車椅子を寄せた。運転席下の隙間へ手を突っ込み、SIGザウエルを手にした。

能見は車椅子シート下のポケットに銃を差し入れ、マジックテープをしっかり閉じた。車椅子の後部には袋状の物入れが垂れ下がっているし、左右には車輪、前には自分の脚がある。膨らみは目立たない。

転々と続く街灯の下、自分の影を伸び縮みさせながら進んでいく。

やがて、道の向こうに加治の店が見えた。

秋葉は自分の気にいった映画の題名をもじって、加治の店をこの名前にした。

その映画には脇役として、ピアニスト志望だが親にはピアノを煩《うるさ》がられ、身の丈に合わない夢だと非難されいじけている黒人少年が出てくる。主人公はアメリカ旅行中に夫とケンカして一人旅を決め込んだドイツ人中年女性なのだが、彼女のとりなしにより、やがて少年は希望を見いだす。秋葉はその少年に感情移入したらしい。ピアニスト志望だったが父親の乱行で学費がなくて夢叶《かな》わず、それでも諦《あきら》めきれずに高級クラブでピアノを弾いていた美知子と、どこか重ねて見ていたようだ。

秋葉は美知子に再び夢をと考え、音楽大学の費用を出してやると申し出た。美知子は微笑みとともにそれを断り、大観衆の前でのピアノ演奏の夢を捨てた。

なぜ夢を捨てられたのか、能見には分かる気がする。音大の費用を出してやると言われただけで、美知子は満足したのだろう。秋葉にそう申し出られた時点で美知子の夢は、諦めねばならなかった夢ではなく、自ら諦めた夢へと変化した。自分で選択して諦めたならそのあとは、夢を綺麗《きれい》に掃いて捨てて、前を見ることができる。顔を上げることができる。

あの店にもピアノを置くべきではないだろうか、弾ける者がいなくても。そんなことを思いながら能見は、路上駐車している白いワンボックスカーをやりすごそうと、道の中央へと進路を取った。

その車の運転席から一人の男が出てきて、ゆるゆる後部へ歩いていって、後部ドアを跳ね上げた。

と同時に、能見は背後から迫る足音に気づいた。能見はハンドリムを叩《たた》くようにしごき、鋭く前へ進ませた。

足音のほうが早かった。二人の男が能見の両側に取り付き、車椅子ごと持ち上げるとワンボックスカーの中へほうり込んだ。

能見は車椅子から離れ、床に叩きつけられた。思わず呻《うめ》きが漏れた。

能見を運び上げた二人の男が後部ドアから乗り込んできて、ドアを閉めた。

陳たちか。店を張っていたのか。

「能見」

声がする。能見は倒れたまま、前部座席のほうへ視線を投げた。人影がふたつ。

「気の毒に。人間どこで恨みを買うか、分かったものじゃねえ……おい、そいつの体を調べろ」

能見のそばにいた二人が能見の体をまさぐった。

車は高速を降りた。能見の位置から見えるものは、家の二階部分、店の看板、電線に街路灯。高い建物はない。空が広い。

そのうち建物が目に入らなくなった。黒々とした枝や幹や、針葉樹の尖《とが》った茂りなど。車は勾配《こうばい》を上り、山の中へ分けいっている。

車内は後部座席を取り去って広くしてある。運転席と助手席に杉下と町田。能見のそばに若いのが二人。合計四人。

能見は前部助手席の裏に、後部を向いて寄り掛かっていた。車椅子は後部ドアの間際にあり、若者の一人が腰を下ろしている。杉下の指示により、若者たちは能見を見張りながらも絶対に近づかない。二人の若者は、二人とも二十そこそこに見えた。金髪に汚い不精髭《ぶしょうひげ》の奴と、鳥の巣のようなパーマの二人。

ビニール紐《ひも》で縛ったスコップが二本、車の揺れに合わせて乾いた音を立てる。

杉下は笑い喋《しゃべ》り、一人喜んでいた。

「おれが交渉して、お前の命の価値を幾らか上げた。自尊心が傷つくと思ってな」

杉下がシートから身を乗り出し、能見を見下ろした。

「しかし、このままお別れじゃお互い気分が悪い。せめて最後に握手でもして、別れるか」

能見はそっと、右手を左袖《そで》の中に差し入れた。手首にかけた極細ワイヤーの輪を引き出し、左手の親指にかけて、右手を戻した。

能見は、杉下に向けて右手をさし上げた。

杉下は能見の手を強く払った。

「本気にするな」杉下の顔が消えた。声だけが届いてくる。「お前ら、ちゃんとこいつを見張ってろ」

後部の二人、それぞれ返事を返した。

能見はワイヤーを待機させたままにしておいた。

構造は簡単。小さな円形ドラムをサポーターに縫い付け、そのサポーターを肘《ひじ》につける。円形ドラムとは、言ってみれば巻き尺だ。ただし、その中に巻いてあるのはコンマ25ミリのワイヤー。ドラムから出たワイヤーは、同じくサポーターに縫い付けた長さ十センチ強、中径一ミリのアルミパイプを通って手首の下へ顔を出す。ワイヤーを輪にして、絞り金具をつけ完成。

ワイヤーの輪の径は調節ができる。ドラムの中のワイヤーは五メートルほどだ。ただ、そのままだと相手にワイヤーをかけたとき、際限なくワイヤーが引き出され締め付けができない。だから、パイプの口をブレーキとして利用する。ワイヤーをかけたら、肘を急角度に折り曲げ、あるいは捻《ねじ》り、ワイヤーとパイプの口に摩擦を起こさせ、ワイヤーにブレーキをかける。

これを作ったのは、能見ではない。能見の相談を受けた男が考案したものだ。若造たちの身体検査はなおざりで、腕の装具は見逃した。

数十分ほどして突然道を折れた。車内は小刻みに揺れ、がらがらと音がする。舗装されていない道に入った。道幅が狭まっていく。しまいには、道端の木の枝が車のサイドガラスをこするほどに狭くなった。

それでも車は止まらない。砂利を踏み締める音に、車体をこする草木の音が交じる。

「この先、大丈夫ですか」

町田が訊《き》いている。

「前にも使ったことがある、心配するな」

車体をこする草木の音が激しさを増していく。音の高まりとともに、見張り役の若者も不安を増しているようだった。

「もう無理です」町田の声。

「いいから行け」

揺れも激しくなってきた。

十分ほど経った。車が止まった。

「お前ら、それ持って降りろ」

金髪がスコップを持ち、パーマの男が後部ドアを開け、二人は外の闇に消えた。

「能見。死に方は選ばせてやる」

能見は杉下を見上げた。歪《ゆが》んだ笑みがそこにあった。

「なんか言え。意志の疎通ってのは、どんなときにも大事だ」

能見は無視した。

杉下は腕を伸ばして能見の頭を張った。能見は見上げることもしなかった。今度は拳《こぶし》を使い、続けて二度、杉下は能見の頭を殴った。

「町田、見張ってろ。目を離すなよ」

「固まってるじゃないですか。何もできやしません」

「いいから見張ってろ。おれはあいつらの様子を見てくる」

ドアの開け閉めの音が聞こえ、杉下の気配が車内から消えた。衣ずれが聞こえ、上から声が降ってきた。

「お前らみたいのは迷惑なもんだが、こういうときはちゃんと役に立つ。その脚が」

能見は無言を通した。

「なんとか言えよ」

黙ったまま、左手のワイヤーを親指から外し、輪を大きくした。

「おい」町田が能見の頭を小突いた。「こら」

衣ずれが聞こえた。

町田がこちらへ大きく身を乗り出し、能見を見下ろした。

容易に手の届くところに、町田の頭が近づいた。

林道、というよりは獣道に近い。物音ひとつしない黒い森の中で、杉下は二人が穴を掘るのを見守っていた。

能見ともこれが最後だ。格別な感慨はないつもりでいる。

——気の毒な奴だ、まったく……。

数々の大きなヤマをこなしてきた男が、障害を負い、生き埋めにされようとしている。なんとも惨めな末路。

——おれは嫌だ。想像もしたくねえ。あんな体になるくらいなら、死んだほうがましだ。敵対していた男にいいようにやられ、やがて消される。考えただけでぞっとする。

そう言えば、と思い当たる。能見がなぜあんな体になったのか聞いていない。

——まあいい。どうせいい話じゃないだろう。

「こんなもんでどうですか」

ざっと見、深さ一メートルほどの穴ができた。

「もっと掘れ。熊かなんかに掘り出されちゃかなわん」

「熊は死んだ肉、食うんですか」

「いいから掘れ」

二人は作業を続け、やがて二メートルほどの穴ができた。

「あいつを連れてこい」

二人は穴からはい上がり、車へ向かっていった。

生き埋めを選んだのに意味はない。だがあえて、理由を探してみるとすれば、同情か。能見のせいで随分酷い目に遭った。憎くもある。

――だが、すっきりしねえな。

あのころの能見を殺すのと、今の能見を殺すのには、だいぶ開きがある。いい気持ちではない。

――あんなになっちまって……つまらねえ。

ふたつの声のふたつの悲鳴が同時に聞こえた。杉下は振り返った。

車のサイドドアが開いている。中はよく見えない。車に向かったうちの一人が凍ったように突っ立っていて、もう一人の姿が見えない。そのとき藪《やぶ》が揺れた。そのせいで、あと一人は尻《しり》餅《もち》をついていると分かった。

「なんだ」杉下は走り出した。枝葉をかき分けて進み、二人の背後へ近づいた。「ワキタ、どうした」

立ち尽くすワキタの肩が激しく震え、それにつれて乱れた金髪も揺れる。彼の隣まできて、杉下は動きを止めた。スライドドアの内側に車椅子に乗った能見がいた。能見は、股《また》の辺りに銃を構えていた。

能見は頭の先から腰の辺りまで、真っ黒だった。血を被《かぶ》った顔の中に、白い点が二つ光っている。町田の姿は運転席にはない。銃は車椅子に隠してあったに違いない。

「町田さんが……」

ワキタの手が背後に回っていく。彼の尻ポケットからナイフの柄が覗《のぞ》いている。

——こいつを盾に使えば……。

杉下は丸腰だった。

ワキタは口の中で呪詛《じゅそ》の言葉を囁《ささや》き続けている。「殺す……刻んでやる」

能見の片腕が車椅子の後ろに伸び、何かを摑《つか》んで放り投げた。影が放物線を描き、飛んだ。

ワキタの足元に転がったのは、千切れた町田の首だった。白目を剝《む》いた町田の目は、杉下のほうを向いていた。

イマイはひきつけを起こし、ワキタはふらふらと地面に座り込んだ。

能見と杉下の視線が絡み合う。能見の顔は、完全に表情の消えた彫り物だった。

「……まともじゃねえ……」

杉下を見つめ続ける能見の顔に一瞬変化が起きた。その変化がどんなものかを理解して、杉下は凍りついた。

笑ったのだった。

夜の森の静寂が辺りを満たした。いつまで経っても能見は、口を開こうとしない。じれた。耐え切れず杉下が言った。「どうする」

我知らず声が震えた。

「おれはこの車を——」能見が三人を順に見る。「運転できない。運転役にひとり必要だ……

あとの二人は、いらない」

　能見は杉下に目を止めた。

「だれがここに残るか、お前に決めさせてやる」

　杉下の目が泳ぐ。

　——決めさせる？　おれを真っ先に殺るんじゃなく。

　能見はおれに、仲間を殺させようとしている。恥辱を与えようとしている。そうしたくなければ、丸腰のままでも突っ込んでいくしかない。それが自分にできるか。

「待て、何もそこまで……町田を埋めて、それで終わりだ。みんなで帰りゃいい。しょせんおれたちはサツにたれこむわけにはいかねえし」

「サツにたれこめない？」

「ああ……おれたちだってその……」

　杉下は若者二人を見た。二人はなんの反応も示さなかった。

「分かってない」

　能見の口に、さっきの笑みが蘇《よみがえ》った。杉下は縮み上がった。

　——こいつやっぱり……イカれてる。

「何が分かってないんだ」

「おれの気が済まない」

「町田は殺しただろ」

　だから。能見の瞳《ひとみ》はそう訊《き》いてきた。杉下はその問いに答えられない。

イマイが突然立ち上がった。悲鳴とともに背を向ける。それを見たワキタも、藪の中目指し四つん這《ば》いで進み始めた。

四回。銃声は四回だった。

ワキタは身動きせず。イマイは呻《うめ》きながら転げ回っている。

能見は杉下に目を向けた。

「埋めてこい」

「まだ死んでない――」

「埋めてこい」

「……分かった」

言うしかなかった。倒れた二人のそばに向かった杉下の背に、能見の声が飛んだ。

「金の出所は」

連絡がない。

店はとうに閉め、明かりは落としてあった。表の道を行き過ぎる車のライトがときおり、店内を照らす。

テレビの音が、事務所から響いてくる。美知子は帰ろうとせず、深夜放送を見ている。能見がくる、などと言ったのがいけなかった。美知子は東野の思う通りには動いてくれなかった。

三人で飲もうと言い出し、帰ってくれない。

日付が変わった。

東野は鳴った電話に飛びついた。
《杉下だ》
「ああ……」
《店にいるのか》
「そうだ」
《今からいく。店にいてくれ》
「待ってくれ……ここには金なんかない」
《すぐそばまできてるんだ。とにかくいく》

玄関ドアにつけたカウベルの音が聞こえてきた。指で押さえつけたらしく、音はいきなり途絶えた。

美知子は事務所を出て厨房《ちゅうぼう》を横切り、店へ入った。音楽でも聞く、と事務所を出ていった東野の姿はどこにもない。美知子は店を横切り、ドアへ向かった。ドアの鍵《かぎ》は解かれている。東野は外に出ていったらしい。

美知子はドアを開けて外に出た。冷気に身が縮まった。歩道の左右に目を走らせた。東野の背中が見えた。携帯電話を耳に当てたまま歩いていく。

煙草でも買いにいったか。でも買いおきは充分ある。いつも、客のために切らさないようにしている。

彼を追った。追い始めたとたん、東野が道を折れた。美知子はあとに続き、角まできた。一方通行で人通りの少ない道。数週間前にひったくりが出たという、寂しい道だ。

美知子は数歩踏み出し、すぐに歩を止めた。

道の真ん中にふたつの影があった。ひとつは東野のもので、こちらに背中を向けている。もうひとつは車椅子、能見のようだ。

美知子は歩きだした。と、こちらに向いていた能見と目があった。暗がりで顔がよく見えないが、それでも能見がこちらに気づいたのは分かった。

能見がそっと手を振った。くるな。美知子は歩を止めた。

能見は目を戻し、東野の話を聞き始めた。東野の立つ位置は不自然だった。能見とは向かい合わず、その辺の地面を見つめている。

能見は車椅子を回し、こちらに背を向けた。能見は東野を促しつつ、向こうへ進み始めた。やや遅れ気味に東野が続く。

遠くの街灯の光が、二人の影を引き立たせた。二人の吐く息が白く輝き、流れていく。

そのうちふっと、二人は歩を止めた。今度は能見が話しているようだ。そして東野はどうしているか。

——……泣いてる。

東野は顎《あご》をぴったり喉《のど》につけ、両腕を脚につけて真っすぐ伸ばしている。白く浮き立った影が小刻みに揺れ、確かに泣いている。

能見はそっと腕を伸ばし、東野の腕を軽く叩《たた》き、続いて優しくさすった。

東野が突然しゃがみこんだ。微かに、東野の嗚咽《おえつ》が届いてきた。

能見は東野の肩に手を置いた。依然しゃべり続けている。東野は言葉にいちいち頷《うなず》きを返している。突然能見が美知子に顔を向けた。そして、軽く手を振った。美知子は訳が分からなかったものの、手を振り返した。黒い影の中に白いものが見えたような気がした。笑いかけたように、見えた。

能見は車椅子を返し、遠ざかっていく。振り返ることなく、東野を残し、去っていく。東野はアスファルトに両手をついて震えていた。まだ美知子には気づいていない。

美知子は踵《きびす》を返し、駆け足で店に戻った。

十三

レンタカーを降りたとたん、突風に見舞われた。桜田は歯の間から息を吐き身を竦《すく》めた。風の冷たさは東京の比ではない。

急峻《きゅうしゅん》な山々に囲まれ、空が狭い。谷の合間を細い川の流れが続く。ここまで散々桜田を苦しめた未舗装の道は、冬枯れた雑草の侵食を受けている。

山の斜面を切り開き作った、小さな田畑の痕跡《こんせき》。田畑は放置による影響を受け、草木の茂みと化している。茂るススキに埋もれて、点在する無人の家々。屋根が地に伏せている家もある。際限なく続くかと思われた山道の終着。岐阜県八ッ倉郡石沢村大字木地字辻塚山野辺《つじつかやまのべ》。能見の生家があったところだ。

桜田は珍しいものを見つけ、しばしそれを観察した。東京では滅多にお目にかかれなくなった、木柱の電信柱だった。

森田医師の証言の拒絶は、予想外だった。彼が抗弁したときのための取引材料を用意していたが、それも有効ではなかった。

南城に報告すれば、案件そのものを取り上げられてしまうだろう。それでは意味がない。ほかにできることは何か。あとひとつだけ残っている。それが空振りだったら、南城に森田のことを伝えよう。

昨日、村のことを調べた。資料には廃村とあったが、これは誤りだと分かった。村が消えたわけではなく、能見の家があった地区に人が絶えた、ということらしい。

石沢村役場に電話をかけ、区画表記の最後に位置する地名、辻塚山野辺のことを尋ねてみた。山野辺を内包する区域名称が辻塚で、辻塚には今も十五世帯ほどの民家がある。山野辺は、辻塚からさらに山奥へ分けいったところにあり、十年以上前に最後の住人が亡くなってからは無人だという。交通手段を尋ねてみた。

——どこでもいいから、お宅が一番近いと思う駅で降りるんですな。あの辺りは鉄道に見放されててね、どこで降りても大差ないですよ。駅を降りたらレンタカーを借りるんです。辻塚にいくんならバスのことは考えないほうがいい。次のバスまで何時間待ってもいいっていうなら、別ですがね。

家に帰り支度を整え、翌朝早くに出掛けた。Gパンにフリース、革ジャン、スニーカー。何も登山をするわけではない。これで充分だろう。

東海道新幹線で西へ。

石沢村は、福井と岐阜の県境にある。役場の職員が言った通り、鉄道路線の空白地帯だ。日本海側をいく北陸本線、福井から東へ伸びる越美北線、中央をいく東海道本線、それらの路線すべての最寄り駅から直線距離で四十キロほど離れた場所にある。

米原で新幹線から在来線に乗り換え、関ヶ原まで。関ヶ原の駅レンタカーで車を借り、山野辺へ向けて走り始めた。石沢村の中心部に着いて、桜田は真っ先に図書館へ向かった。小さな公民館ほどの規模しかない図書館だったが、五十年前からの地区細分地図が揃っていた。山の奥のそのまた奥の山野辺に、能見という名前の家を見つけた。

辻塚までの道はごく普通の村道だった。辻塚を過ぎると、様相が一変した。中央線のない細い道、両側を囲む木々、道の際を侵食しようとたくらむ名の知れない雑草たち。低く垂れ込めた雲、冬枯れが進行する草木の色。

桜田はなんとも憂鬱《ゆううつ》な気持ちを覚えた。

道はさらに細くなり、陰気さを増す。

突然砂利道に切り替わった。舗装工事途中で打ち切られたように思えた。色の均一な砂利が敷き詰めてあるが、多くの雑草が顔を出している。舗装を諦《あきら》めたのはだいぶ前のことらしい。

さらに走る。と、今度は砂利さえなくなった。剝《む》き出しの地面に深い轍《わだち》が刻まれ、色も形も大きさも異なる石くれが点々とする。勾配《こうばい》もきつくなった。

桜田が借りたのは前輪駆動の普通乗用車。RV車、それでなくても四輪駆動の車にすればよかった。

車一台分しかない道幅の道路をいく。

自分で意図して遺棄された村を目指しているとはいえ、不安がもたげてくる。やがて突然視界が開けた。空が開け、木立が開けた。谷あいに出たのだった。

数台の車両と、十人ほどの人影が見えた。川沿いで何かしている。

車両は消防署所属のジープやライトバン。人影のすべてが消防署員だった。彼らに近づき、車を止めた。オレンジ色のつなぎ服にヘルメットの男が一人、何か言いながらやってきた。

「あれ、失礼しました」男はおぼつかない笑みを浮かべた。だれかと間違ったらしい。「どちらまで」

「山野辺というところを目指しているんですが、道は合ってます？」

「合ってます。そうだな、あと……十五キロくらいかな」

まだそんなに。

「あんなところへ何をしに」

映画のロケーション場所を探している、と伝えた。大仰に驚き、多少うさん臭い視線を送ってきた。そんな視線には気づかないふりを通す。

「何かあったんですか」

「いえ、渡河訓練です。我々はレンジャーです」

その口調には、誇らしさが滲《にじ》んでいた。

「どうも」桜田は徐行で車を進めていった。岸のこちら側に、迫撃砲みたいな筒が立ててある。それにはガスボンベが繋《つな》いであった。火薬ではなく、ガス圧で飛ばす仕組みのようだ。見守るうちに隊長らしき男の掛け声が飛んだ。軽い破裂音が響き、ロープの結ばれたアンカーが飛んでいく。と、途中でロープがぴんと張り詰め、アンカーが対岸に落ちた。遠くへ飛び過ぎないように、ロープの射出距離を予《あらかじ》め設定していたらしい。対岸にはすでに人がいて、アンカーを回収しに走っていた。

少し離れたところでは、別の班がすでに渡されたロープを使い、河の数メートル上を渡っていた。そのうちの一人はご丁寧にも片腕を三角巾《さんかくきん》で固定し、危急な怪我に対応する訓練をしている。輪にしたロープに体を潜らせて上体を支え、脚と輪を尺取り虫の要領で伸縮させて距離を稼いでいく。よく見ると岸には、脚を使えないように固定している者や、両腕を自らの体に縛りつけている者もいる。

彼らの顔つきは真剣だが、どこか、のどかな雰囲気も漂う。桜田には訓練というより、力自慢、技自慢の男たちの発表会に見えた。

道は再び森の中へ入り、彼らの姿も消えた。再び孤独の道をいく。レンジャーたちに会ったことでなぜか、不安が収まり心が落ち着いた。

悪路に負けずアクセルを踏んだ。やがて、ぽっかり丸い森の出口が見えてきた。

ようやく山野辺に着いた。

電信柱の観察を終えた桜田は、車に戻り徐行速度で進んだ。

ある民家の敷地に、軽自動車が止まっているのが見えた。泥汚れが激しいが、打ち捨てられたようには見えない。桜田は車を降りた。エンジンを切る気には、どうしてもなれない。

民家は廃棄されたものに見えた。内側に向けて倒れた玄関の戸、何もはまっていない窓。名の分からない植物が這《は》い上る壁。

どこかで鳥が鳴く。風がススキを揺すり寂しい音を立てた。川の流れはごく細く、はっきりと分かる水音は聞こえてこない。

すぐにも帰りたくなった。あまりに物悲しい。

「おい」

桜田は我知らずびくんと震え、急いで振り返った。一人の男が立っていた。ジャージのズボンに長靴、紺のジャンパーといういで立ちのしわくちゃじいさんだ。

「何してんだ、こんなとこでよ」

一瞬恐慌した自分を笑いつつ、桜田はテレビ番組のロケ地探し云々《うんぬん》の話をした。男は辻塚の人間で、今日は釣りにきたのだという。

「怪談なら、ここはうってつけだ。ほんとの幽霊が出るって噂だし」

なぜかにやつきながら、男は話した。博労だった老人が、大事にしていた老馬に蹴《け》られ、死んだのだという。あとで調べてみると、馬は寄生虫に感染していて脳が駄目になっていたということだ。

「その人がここらに住んでた最後の人だったってわけだ。でな、夜中にここにくると、馬を探すじいさんの姿が見えるってんだ。ところがよ、辻褄《つじつま》が合ってねえ。夜中にここにくる奴なんていやしない。だれが幽霊を見たってんだ」

男は黄色い歯を剝き出して笑った。

寒気を覚えながら桜田は尋ねた。「バクロウって、なんのことです？」

その答えをもらったあと、能見の名を出してみた。能見家の息子とは知り合いで、彼の薦めもあってここにきたのだ、と話した。

男の鼻に皺《しわ》が寄った。「ごうつく一家のことだな。もう随分前にみんないなくなっちまった。あの一家でまともだったのは、一番下の女の子ぐらいのもんだった」

桜田は男と別れて車に戻った。別れ際、男が言ってきた。

「突き当たりまであと一キロってところかな。その先はいきなり獣道だ」

礼を言い、桜田は車をスタートさせた。

道は半ば草に覆われ、道とは呼びたくない代物に変化していった。

一キロどころか、三キロは進んだだろうか。行き止まりにきた。道は急に途切れ、その先には人の肩幅ほどの小径が続く。鬱蒼《うっそう》とした木立が盛り上がって見えた。

――と、言うことは……。

桜田は右に目を転じた。好き放題に生えるススキの群れ。それを透かして、建物の輪郭が見えた。

桜田は車を降りてデイパックを背負い、歩きだした。道との繋《つな》ぎに、傷んだコンクリート敷きがある。そこを通って奥へ入った。

敷地の中も雑草がぼうぼうに生えていた。というより、生えていた痕跡《こんせき》があった。雑草が刈られたあとがある。それも、それほど遠い昔ではない。

トタン屋根の小さな家があり、前庭と言える部分は車二台を縦に止められるほどの広さだった。

母屋の玄関も窓も、鍵《かぎ》がかかっている。窓の割れた部分には補修のあとがない。桜田は中を覗《のぞ》いた。

畳敷きだったらしい和室が見えた。紙くず、和ダンス、何かのビン。それ以外には何ひとつなかった。塵芥《じんかい》が床をうっすらと覆っている。足跡も、車輪の跡らしきものも一切ない。

桜田は敷地の奥に向かった。

母屋の角を曲がり、裏へ。

足が止まった。裏手はやはり雑草の刈られた平坦地《へいたんち》。能見の周到さを思う。真ん中にぽつんと、残骸《ざんがい》が吹きさらしになっていた。

一部の屋根と柱、壁が残るだけ。小屋の焼け跡がそこにあった。

「……念を入れたな」

呟《つぶや》き、残骸の観察にかかった。灰も炭化した柱も、それほど古くは見えない。鍋釜《なべかま》、フライパン、幾つかの食器類。大小の缶。大半は空だったが、野菜くずが燃え残っていた。中身が空の酒ビン。ウィスキーばかりのようだ。缶のラベルの燃え残りに目が止まった。

――……プロテイン。高蛋白《こうたんぱく》高カロリー、栄養補助に……。

小さなラジオ。テレビは見当たらない。ラジオのほかに娯楽はなさそうだった。

石油ランプ。溶けた灯油ポリタンク。薪《まき》ストーブ。骨だけになったベッド。

これだけでは、能見がここにいた証拠にはならない。手頃な棒切れで溜《た》まった灰をかいてみた。

小ぶりの天体望遠鏡を見つけた。炙《あぶ》られ、煤《すす》に汚れているが、形は天体望遠鏡そのものだ。星を眺めるのが趣味だったのか。娯楽がなさ過ぎるとは思うが、能見が天体観察とは、しっくりこない。

桜田はデジタルカメラを取り出し、各所を撮影した。

——もっとはっきりした証拠を……。

辺りを見回した。敷地のさらに奥に、手動ポンプ式の井戸を見つけた。小屋の中に蛇口は見当たらなかった。

——風呂《ふろ》はどうしてたんだ。

桜田はポンプへ向けて歩きだした。と、足の裏に違和感を感じて歩を止めた。真ん中から半分に切断した戸板が敷いてあった。鉄の杭《くい》で固定したロープがあり、戸板の下に消えている。桜田はその上に乗った。

なんの予兆もなく、戸板が真っ二つに割れた。

桜田は柔らかい土の上に背中と尻《しり》を打ち付け、呻《うめ》いた。

深さ三メートルほどの穴。結び目のついたロープが垂れ下がっている。桜田はいつも携帯しているペンライトを灯《とも》した。

目の前に、焼けただれた骨組みが転がっている。危うくこの上に落ちるところだった。骨組みをよく観察してみた。

車椅子。桜田が見たことのない形をしたもの。基本的な構造は同じだが、車輪が違う。熱で変形しているが、プラスチック製らしき黄色の分厚いタイヤ。トラクターのような大きなヒレが燃え残っている。車輪を回すときに使うハンドリムは普通の車椅子と違い、車輪の内側についている。前輪はやや小さめながら、やはり悪路に強いヒレのついたものだ。転倒防止用のアームも取り付けられている。

——サンドバギー仕様の車椅子。

能見は確かにここにいた。

小屋と一緒に焼いた車椅子を、この穴の中に遺棄したと見ていい。

桜田はライトを奥に向けた。

もうひとつ、土埃《つちぼこり》に汚れた通常使用の車椅子が佇《たたず》んでいた。穴に証拠物を遺棄しただけではない。何か必要があって、日常的にここへ降りてきていた。

天井には梁《はり》が渡され、崩れるのを防いでいる。横幅は二メートル弱、奥へ向かって細長い。壁の両側にはスチール製の棚があり、ずっと奥まで並んでいた。白いプラスチックのビンが幾つも並んでいる。ビンの一つを手に取った。中を覗いてみると、そこにはスポンジか布か判別のつかない汚れものが詰まっていた。ラベルにライトの光を近づけた。

——ホンシメジ菌糸……。

ここは〝室《むろ》〟だ。キノコ栽培に使われていたのだ。だが、能見が栽培をしていたのではないだろう。ビンのすべてが空で、すえた臭いを放ち、埃をかぶっている。

ペンライトを頼りに進み始めた。奥行きは十メートル以上はありそうだ。突き当たり近くにきたとき、足の裏の感触が変わった。砂利を踏み締めていると思った。桜田はなんの気もなく地面に光を向けた。

金色の光が目に飛び込んできた。

何百、いや千以上か。空薬莢《からやっきょう》が地面を覆っていた。ライトを動かすと、金色のきらめきが無数にうごめいた。

薬莢の幾つかを手に取ってみた。八ミリ口径らしい。自動拳銃《じどうけんじゅう》に使う薬莢だ。違う大きさのものも幾つか交じっていた。

——これだけの数……能見がここで？

桜田は薬莢の幾つかをポケットにしまい、引き返した。

——向こう端に大量の薬莢ということは、こちらの壁には……。

腐りかけた板が覆っている。的のようなものはないが、板には無数の穴が開いている。桜田はナイフで穴を広げ、掘り、弾丸を取り出した。それもポケットに入れた。

桜田は見たものすべてをデジタルカメラで撮影し、ロープを登って上に戻った。

そして、立ち尽くした。

——能見は独りで、孤立無援で、秋葉の仇《かたき》を取るつもりか。ただの護身のため？　そんなんじゃない。あの薬莢の数、ただの試し撃ちの域を越えている。

能見はここで、腕を磨いていた。

信じられない。本気なのだろうか。

背後で葉ずれが聞こえた。桜田は考える前に振り向いていた。

茂みがあり、その向こうには木々の群れ。突然下生えが揺れ、にょっきりと首が持ち上がった。

立派な角を持つ牡鹿《おじか》が、こちらを一心に見つめている。桜田と鹿は睨《にら》み合った。そのうち、馬鹿らしくなって声を上げた。

「ここを番してるのか」

鹿は小首を傾げ、藪《やぶ》の中に消えた。

安堵《あんど》の息をつく。と、鹿がいた場所のすぐ隣に、ほかに比べると密度の薄い茂みがあった。確かに、その先に何かある。

桜田は歩いていき、藪を掻《か》き分けて覗いてみた。

――獣道か。

こういうのは獣道とは言わないか、と思い直した。人が踏み締めてできた道に見えた。

――あれは……。

地面には車椅子のあと、轍《わだち》がくっきり残っていた。桜田は小径に入っていった。

歩きにくい道だった。木の根が血管のように浮き出てでこぼこしているし、土は湿って滑りやすい。

だが確かに、轍が続いている。

桜田は歩き続けた。しだいに息が切れてくる。勾配《こうばい》がかなり急になっていき、桜田は歩を止めた。この勾配は車椅子では無理だ。

――でも、跡は続いている……。

地面を探ってみて、それを見つけた。ところどころを鉄の杭で固定したロープが、地面を這《は》いながら上へと続いている。これを伝いながら登ったのか。ロープを取り付けたのはだれだ。

能見が自分でやるには無理がある。

――だれか、協力者がいたな。森田だろうか。

桜田は歩きだした。

二十分ほども歩いただろうか。勾配が急になくなり、それと同時に木々が消えた。曇り空の放つ鈍い光に包まれた。頂上。山の反対側は木々がまったくない。背の低い草が覆ったゆるやかな斜面が続いている。奥行きは百メートル以上はありそうだ。古びた切り株が散見できる。伐採して牧草地にでも使っていたのか。

斜面を駆け登る風が、草に波を立たせた。

――牧草地……。

博労のじいさんが馬を育てるのに使ったのが、ここだろうか。

――ここに幽霊が?……やなこと思い出した。

二十メートルほど先にテントらしきものが見えた。雨を避けるぐらいにしか使えないような、屋根だけのテント。

テントの下には、木の箱がひとつ、サビに覆われたパイプ椅子がひとつ、木の長椅子がひとつ。地面に刺した棒切れの先端に空き缶がつけてあり、煙草の吸い殻が溢《あふ》れている。

桜田はデイパックから資料ファイルを取り出し、項目を検索した。嗜《し》好《こう》の欄に煙草はキャメルとの一文がある。灰皿の中の吸い殻も、キャメルだった。小さなポリ袋を用意し、数本の吸い殻を中に収めた。

酒の空ビンもたくさん転がっていた。

桜田は長椅子に腰かけた。冷たい風が斜面を駆け登ってきて、桜田の耳をなぶる。

——完了だ。仕事はこれで完了だ。

満足感はある。だが物足りない。これを南城に報告したあとはどうなるか。うまく能見関連の仕事につければいいが、最悪なのは、すべて忘れろの一言とともに外されることだ。能見が何をしようとしているのか、見届けたい。

考えながら、桜田は視線を好きにさ迷わせた。

きらりと何かが光る。桜田は近寄って目をこらした。薬莢だ。半ば草と土に埋まっている薬莢を、掘り出してみた。今度の薬莢はライフル用のものだった。辺りを探ってみたが、ひとつきりしか見つからなかった。

——ここでも射撃をしていたな。さすがにここには、薬莢の山を残していけなかったんだろう。

桜田は嘆息し、陰気な空を見上げた。種類の分からない猛禽類《もうきんるい》が一羽、遠い空に輪を描いている。

そのとき突然、桜田は理解した。彼がここにきたのは、射撃だけが目的ではない。天体望遠鏡。望遠鏡と酒の瓶。

——ここはほんとに、星を眺めるのにうってつけじゃないか。

夜な夜なあの斜面を登りここにきては、星を眺めていたのだろう。独りで酒を飲みながら。

能見という男のことが分からなくなる。一方では札付きの犯罪者、一方では数年も深い山の片隅で独りきりで暮らした隠棲者《いんせいしゃ》。星を眺める男。独り静かに酒を飲む男。

——お前、どういう奴なんだ。

十四

美知子は午前中から店に出ていて、中休みにも近所にある自宅マンションには帰らなかった。東野のそばにいるのは、気が引けた。

すっかり変わってしまった。東野はその快活さを、ゆうべから失ってしまった。あのあと、東野は店に戻ると酒を飲み始めた。美知子には先に帰れ、といつになく強い口調で言った。美知子は、彼が泣いた場面を初めて見た。美知子は何も聞かずにその晩、東野を独りにしてマンションに戻った。

明けて今日。目覚めたとき東野はいなかった。まさかと思い早めに店へ出た。仕込みのため早出していたコックが、店長は事務所でダウンしている、と告げた。

事務所にいた東野は、ずり落ちそうな恰好《かっこう》で椅子に腰掛け、両足を投げ出し、意識を失っていた。眠っているというより確かに、意識を失っている、という表現がぴったりきた。机には空の酒瓶があり、グラスもあった。グラスの中には解けた氷が陰気に静まり返っていた。

美知子は東野を起こし、付き添って自宅まで送った。

何があったのか聞くまでもない。自分が能見から聞かされたことを、彼も聞かされたのだ。そうだとしても、この反応は驚きだった。ああまで泣き崩れるとは、思ってもみなかった。

やはり彼も、秋葉の仲間だ。

美知子は東野を送り届けてからすぐに店に出て、彼が店へくるのを待った。

美知子は東野を選んだわけではない。東野はあらゆる点で秋葉とは対照的だった。しかし、悪い男ではなかったし、優しさも分別も、鷹揚《おうよう》さも若さもあり、なんとなく、そうなった。ほかに相手がいなかった、と言ってもいい。ただ、友情だけは感じていた。友情と好意と、それまで過ごしてきた年月の重み。これが美知子を誘導していき、同居するに至った。

愛情を感じているかと問われれば、どう答えるか。多分、何も答えないだろう。答えないからと言って、愛情がまったくないことの証明にはならないのだから。

そしてこうも思う。多分、彼とずっと過ごしていくのだろう、と。

夕方の営業時間が迫ったころ、東野が店に現れた。酒は抜けきっておらず青い顔をしていたが、服も着替え髭《ひげ》も剃《そ》りそんなに酷くは見えなかった。ただ、まだ立ち直っていない部分がはっきりとそこに、目に見える形で顔の真ん中にあった。

目が死んでいた。

東野は店にきたものの、上の空でなんの役にも立たなかった。カウンターの内側でぼうっとどこかを見つめていたり、窓際の席について車の流れを眺めていたり。

美知子は、体調がよくないから東野を当てにしないこと、そっとしておくことの二つを、従業員たちに耳打ちして回った。美知子は彼を優しく無言で促して、事務所に引っ込めた。だがすぐに、東野はふらふら現れた。

「事務所で休んでいて」

東野は答えた。「邪魔にならないようにするから、いさせてくれ」

美知子は東野をカウンターの隅に連れていった。東野はカウンターに手をつき、視線を泳がせた。客が通るとちゃんと会釈もできる。美知子は少し安堵《あんど》を覚えた。

「大丈夫？」

東野は無言で頷《うなず》いた。「美知子」

「はい」

ゆっくり東野の目が美知子を捕らえた。「おれは……どんな奴だと思う。今まで何をしてきたと思う」

「何よ突然……そうねえ」とりなす笑みを浮かべた。「一言では要約できないわね」

「おれを愛しているか」

美知子は東野を見つめた。面と向かって聞かれたのは、初めてだった。美知子は東野の目を覗《のぞ》き込んだ。

「なぜいきなりそんなこと」

「いいんだ。おれには……」東野は息を軽くつき、そっぽを向いた。「なんでもない」

美知子が歩き去った。

東野はそっと、美知子の背中を見つめた。美知子が突然振り向いた。東野は素早く視線を外したが、多分、見つめていたのはばれた。

――おれには……。

そのあとに、こう続けるつもりだった。

――お前に愛される資格はない。

言えなかった。言うべきだったか。告白するべきだったか。自分が何をしたか、どんな男か。そして、許しを乞《こ》うべきだったか。

――やはりおれは、ずるい男だ。タマの小さい男だ。

打ち明けようとした直前で、あの約束を選んでしまった。昨夜、能見と交わした約束を選んでしまった。約束を守った、とは言える。だが、逃げたと責める声も確かに聞こえる。そう責めるのは、もう一人の自分。

――おれにも思慮が足りないところがあった。いつも、あとでそう思うんだ。

能見の言葉だった。

――頭にきてない、と言うと嘘になる。だがチャンスをやる。彼女には、何も言うな。

信じられない恩情。裏切りには厳しい考え方を、厳しすぎる考えを持つ男だった。

やっとあの笑みを理解した。初めて店にきた能見が、店の看板と東野とを見、ふっと横顔に浮かべた笑み。東野はあれを勝手に嘲笑《ちょうしょう》だと解釈した。

安堵の笑みだったのに。

そのあと能見は手短に語った。これから自分が何をしようと考えているかを。

――お前の手出しは、一切無用だ。

能見の放った最後の言葉。

東野は、役立たずになってしまった自分を優しく無視し、てきぱきとウェイトレスに指示を与える美知子の姿を目で追い続けた。

——このままおとなしくしていて、いいのか。自分に好都合な約束に、これ幸いと飛びついてまた逃げるのか。

そして、穢《けが》れたものを背負い、それを必死に隠し、傷ついた自尊心を労《いたわ》りながら生き続けていくのか。

とても耐えられない。


八田は、品川にあるボロ倉庫の総仕上げを始めた。

まずは一階。窓、床、壁、シャッター、ドア、溶接箇所、消火装置、配電盤の中、スプリンクラーの設備、貨物エレベーターの中、柱の一本一本。

自分と仲間が触ったと思われる場所、触ってはいないと思われる場所も含め、丹念に掃除した。ひとつの指紋も残らないように、拭《ふ》き清めていった。

階段もその天井も、二階も三階も同じように掃除した。屋上も、クレーンの各所も同じように掃除した。

最後に、改装部分や備品のチェックをした。備品すべてが揃い、ちゃんと機能している。問題なし。一見、何もないように見える。

八田は、自分では見つけられなかったものの、自分に尾行がついていると分かっていた。それを承知で尾行者を引き連れてきたのだ。

——多分、あいつらは問題なしと見て、ここにくるだろう。

その自信はあった。

今日の午後、新と再び会い、時間と場所を決めた。自信満々の新は、時間も場所もこちらの好きにさせた。場所はこの倉庫の三階、時間は明日の夜。正確に言うと、明後日の午前零時だ。滝神という男もくる。強固な部下たちに守られている彼らに、恐れるものは何もない。そこが突っ込みどころだ。いつか彼はそう言っていた。

仕掛けは終わった。あとは、明日の夜を待つだけ。八田が明日こなすことはまだ残っているが、いずれも簡単なものだ。

――いや、その前に……。

少し緊張を覚える。今夜から明日のうちに大崎から消える、という大仕事が残っている。いろいろ事前に教わったとはいえ、うまくいくか心配だ。

八田は倉庫の外に出た。倉庫の前には、大通りへ続く一本の道。右隣は運輸会社の事務センターの高い壁、左隣は電子機器会社倉庫の高い壁。このボロ倉庫とそれら建物との隙間には、四メートル以上の高い木塀が打ち建てられ、人の出入りができないようになっている。この塀は八田手製のものだ。

八田はドアに鍵《かぎ》をかけると、その鍵を茶封筒に入れた。封筒はドア横の錆《さび》が覆うポストに落とした。

歩き去る前、八田はボロ倉庫を見上げた。長い長い間、その黒い影から目を逸《そ》らすことができなかった。

「ご苦労だった。よくやった」

まったく期待はしていなかったし、事が煮詰まってきた今となっては不要でもあった。それに南城自身、忘れかけていた。

桜田はしかし、うまくやってくれたようだ。電話による桜田からの口頭の緊急報告が入った。それに加え、桜田撮影によるデジタルカメラの映像も、今、南城の目の前にあるノート型パソコンに映っている。

——忌み嫌っていた生家へ戻っていたのか……。

能見という男がまたひとつ理解できる。目的が一番。そのためにはなんでも利用する男。感情を退くことができる。

「まずは東京に戻ってこい。明日にも話を聞く」

《はい……わたしはこのあと何を担当しますか》

「いいから戻ってこい」

桜田は陰気にはいと答えて寄越し、電話を終えた。

ドアがノックされ、部下が一人入ってきた。「報告書です」

杉下と能見の件は、緊急用件として昨夜のうちに耳に入っていた。南城は能見が危ないようなら、杉下と因縁のあるチンピラを装って能見を助けろ、と指示していた。

結果、その必要はなかった。

報告書にざっと目を通していく。昨夜の能見拉致《らち》を、移動監視班はすべて見ていた。車は静岡方面の山中に分け行った。対象車があまりに酷い山道に突入していくため、のちの後退のことを考えて車を途中で止め、部下が一人車を降りてあとを追った。

悪路をよちよち進む車を走って追い続けた部下が、車の停まったさきで何を見たのか、藪《やぶ》の陰に潜みどんな場面を目撃したのか、詳細に書いてある。

「能見を殺人罪で起訴できます」

南城は聞き流していた。どだい、起訴などするつもりはない。できない、と言ったほうが正しいか。

能見の中には、極めて冷酷な人格がいる。梢が知ったら、彼への情を消し去るだろうか。幸運にも運転役に選ばれて命を拾ったチンピラの杉下は、東京に戻ってすぐ、荷物をまとめてどこかへ消えた。彼も能見を告発する気はないらしい。

「あとは引き取った、この件は忘れろ」

いつものことだ。部下は顔になんの不審も浮かべず、部屋を出ていった。

南城は背もたれに伸びた。ふと報告書に目が止まる。どうせこれも、桜田が持ってくるであろうあれも、それもこれもみんな、破棄だ。能見の三人殺しは多分、永遠に秘匿されることになる。

自分の妙な役回りに、加えて部下たちの報われることのない仕事への哀れみに、南城は皮肉の笑みを送った。

十五

充の置いていった手紙を手に、梢は部屋を飛び出した。階段を降り切るころにはもう、ころりと涙がこぼれていた。

「母さん……母さん！」

「充か。なんだ今ごろ」

八人部屋のドアのそば。角のベッドに父が寝ていた。顔には包帯がぐるぐると巻いてある。話は聞き取れたが、喋《しゃべ》り方はまだぎこちない。

「今ごろきて……遅いぞ」

充は枕元に立ち、父を見下ろした。

「梢は？　梢を連れてこい」

起き上がりもせず、父が言う。充はただ見つめていた。なぜ自分は、この人の息子なんだろうと思いながら。

「なんとか言え」

充は背中に手を回し、ジャンパーの裏に手を突っ込んだ。柄はちゃんと出ていて、すぐに摑《つか》めた。

充はゆっくりとした動作で、かつては父の仕事道具だった金属ハンマーを振り上げた。

十六

総合病院は川べりにある七階建て。屋上に上がれば広大な羽田空港が見渡せる。

能見は脚が生きていたころ、数回この病院にきたことがあった。風邪の充を車で送ったり、真希が薬を受け取りにいくのを送ったり、皮膚炎で数日の入院をした梢を見舞ったりした。

警察病院からの転院、というのは聞いていた。なぜ警察病院に置いておけなかったのか、能見には知るよしもない。甚一が嫌がっただけだったのかも知れないし、奴らの指図によるものだったのかも知れない。

警察病院にいたままだったら、起こらなかったことだったろうか。そうではない、と能見は思った。決意を固くした者には、そんなことは妨げにならない。

能見は病院の駐車場に乗り入れた。さすが病院だけあり、ほかは一杯なのに身障者用駐車スペースはちゃんと空いていた。

夕食時間が終わったころの時間。外来患者も途絶え、一日の終わりへ向かう気の抜けた時刻のはずだった。駐車場に一台、駐車場の外に三台、警察の車が止めてあった。報道関係の車はまだ見えない。

能見は車椅子に乗り換え、病院の中へ入っていった。院内配置図を眺めてから、緊急処置室へ向かう。救急車で送られてくる患者に対応するため、緊急処置室は中央玄関から十メートルも離れていない場所にあった。

観音開きのドアがあり、透明の小窓がはまっているが、能見の位置からでは中を覗《のぞ》けない。ドアの横には長椅子が壁につけて並べてあり、真希が座っていた。その光景はあまりに頼りなく、無力に見えた。

「兄さん……」

真希は力なく声を発した。応《こた》えを求めたものではなく、ただ自然に言葉が出たように見えた。青い顔をして膝《ひざ》の上で手を固く握り締めていて、目が真っ赤だった。よほど走り回ったのだろう、髪型が乱れていた。

真希は目を伏せた。

「充はここに」目を伏せたまま言った。「あの人は上にいる。四階の外科の手術室」

能見はより車椅子を近づけた。「具合は」

真希の顔がしゅうっと歪《ゆが》んだ。能見は真希の肩に手を置き、優しく揺すった。真希の瞳《ひとみ》から涙がこぼれた。

「充は……太ももと、両足首が折れちゃって……頭蓋骨《ずがいこつ》にもヒビが入っているって……あと、折れたあばらが肺に……四階から飛び降りて」

耐え切れず、真希は泣き崩れた。あたしのせいで、と何度も呟《つぶや》いた。

「お前のせいじゃない……」

こういうときの自分は、馬鹿のようにしか振る舞えないことを悟った。

「甚一のせいだ。甚一がああだからこうなった」

「あたしが間違えたの……優しさの示し方を……」

真希は懐から折り畳んだ紙を取り出し、能見に手渡した。走り書きとも見えるその文面を、能見は追った。

茂晴という友達に向けて詫《わ》びと感謝があり、次に母への感謝が記されている。父の血を濃く受け継いだ自分は、母のように優しくはなれない、という一文。大人になった自分が、甚一のようになることへの恐怖も。

梢にも、酷いことを言った詫びとこれまでの感謝。自分は姉とは違う、受け継いだイデンシが。と諦《あきら》めが記されている。優しくてつよい姉が大好きだった、と。

最後に能見宛。詫びと感謝。そして、伊良部ケージ。

——伊良部ケージ……そうか、お前は打てたのか。

そのときもらったトロフィーと景品の靴下セットを勉強机の中にしまってあるから、伯父《おじ》に貰《もら》ってほしい、と。

充の心のうちを、あまりに軽く見てはいなかったか。

——充はあいつなりに、おれのやり方を真似ただけだ。

結局、おれが帰ってきたのがいけなかったのか。何をどうするのが正しいことだったのか、能見には分からなかった。

手紙はこう締められている。

——ぼくを嫌いになってほしくありません。さようなら。

能見は手紙を真希へ返した。

「失礼ですが」

背後からの声。能見は顔だけで振り返った。

そこには二人の男がいて、能見を見下ろしていた。一人は警官の制服、一人は私服だった。

「あなたはどちらの方でしょうか」

「彼の——」能見は処置室のドアを顎《あご》で示した。「伯父だ」

あなたにも話を聞かせてほしい。彼らは言ってきた。

「あとでな」

能見は進み始めた。警官は追ってこなかった。梢に会ってから、という能見の意図を分かったようだ。能見はエレベーターで四階に上がった。目の前にあったナースステーションで尋ねると、甚一は手術室で処置中だという。場所を確かめ、能見はそこを離れた。

廊下の端。入院患者のいる区画とは意図的に離され、静まり返った場所。廊下の突き当たりに手術区画と表示があり、自動ドアで仕切られている。そのすぐ横。狭い窪《くぼ》みがあり、椅子の並んだ小さな待合室があった。

緑の公衆電話があり、そのすぐ脇には消火器の入った鉄製の箱が添えてある。消火器のそばに制服警官が二人、空いている椅子には座らず、壁にくっついて立っていた。

梢は待合室の中にいた。能見が気づくよりも先に能見を見つけていて、じっと彼を見つめていた。佇《たたず》まいは真希によく似ていた。青白い顔、泣き腫《は》らした瞼《まぶた》、乱れた髪。膝の上に握った手まで一緒だった。

能見は彼女のそばに寄った。警官がそれとなく見守っているのを感じた。警官は声をかけてこなかった。

「具合は」

「頭を……」空気の中に溶けてしまいそうな儚《はかな》い声だった。「頭を何度も金づちで殴られて、頭の骨がいっぱい割れちゃったんだって。脳のほうにも怪我して、それで……」

梢は言葉を消し、顎を喉《のど》にくっつけた。

能見は梢の頭を優しく撫《な》でた。梢は、もう大人だからよして、とは言わなかった。

「キトクなんだってさ……」梢のデニムスカートに、涙が点を打った。「あたしのせいだよ。あたしがちゃんとしてないから……」

「違う——」

真希のときと同じことしか言えなかった。

「だって、あたしが独りで家を逃げ出したから、充はきっと追い詰められて……あたしがひどいこと言ったから、気にして、そうじゃないってことを証明しようとしたんだ。自分の力で何かしてみせなさい、なんて偉そうに言ったの。自分が伯父さんのところに逃げておいて……ひどいよね」

能見は言葉を探した。うまい言葉は浮かんでこず、ここでもやはり、役立たずのままでいるしかなかった。

「お前のせいじゃない」この言葉に縋《すが》りついて、繰り返すしかなかった。「充は手紙に、お前のことをどう書いていた。優しくて強くて、好きだと書いてなかったか。充は、お前のせいだなんてこれっぽっちも思ってない」

ふっと、梢が顔を上げて能見を見た。

「変なの」梢は儚い笑みを浮かべた。「あたしね、父さんが死んだってなんとも思わない。でも、父さんには死んでもらっちゃ困るの。誤解してないよね」

能見は頷《うなず》いた。能見の頷きを見た梢は、再び俯《うつむ》いた。

「父さんが死んだら、充、殺人犯になっちゃう。充が命を取り留めても、そのあと、たくさん苦しまなくちゃならなくなる。だから、父さんには生きていてもらわないと駄目なの」

分かる。能見は言った。

自動ドアの開く音、続いて床を鳴らす靴音がした。それからすぐに、看護師が待合室に首を突っ込んだ。

「お母さんは」

「下にいます」

「呼んでくれるかな」

「手術」探る声音。「終わったんですか」

看護師はぎこちなく笑った。その笑みがすべてを示していた。「……とにかく呼んで」

梢はすっと立ち上がった。「危ないってことですか。助からないんですか」

「とにかく」語気を強めた。「お母さんを呼んで。できるだけ急いで」

梢は能見を見下ろした。能見は顎で示した。走れ。

梢は小走りに出ていった。看護師はそれを見送ったあと、立ち番をしていた制服警官に近寄り一言囁《ささや》いた。それを聞いた警官の一人が立ち去った。

看護師の囁きは能見の耳に入っていた。

――助からないようです。

能見は廊下に出た。自分に何ができるかを考えながら。あの家族たちに最後に何ができるか考えながら。そんなに難しいことではない。できることはすぐに思い浮かんだ。

それが正しいか正しくないか、分からない。

能見は手術室のドアを見つめた。

梢はエレベーターが四階へ着くのをじりじりしながら待った。梢と母の背後には、私服の警官と制服の警官、合わせて六人が乗っていた。

——死んだら駄目。最後まで充を苦しめるつもり？　冗談じゃない。

梢はまだ見込みがあることを信じ、念じた。

エレベーターが四階に着き、梢たちは一斉に手術室へと向かう。と、先頭を歩いていた母が立ち止まった。釣られて梢も、後ろに続いていた警官たちも止まった。

突然、警官の一人が叫んだ。「タカハシ——」

梢と母を置いて、警官たちのすべてが走りだした。駆け寄る彼らの脚を透かして、梢にもそれが見えた。

手術区画へ入る自動ドアの前。自動ドアは開け放しになっている。そこに、制服警官が一人倒れていて、白い床に血溜《ちだ》まりができていた。

梢は母と顔を見合わせた。

突然だった。間を置いて二度、大きな破裂音が響きわたった。二人は、互いに体を震わせた。続いて、廊下の奥から複数の怒号、悲鳴が聞こえた。

「今の何」梢は母にしがみついた。

警官たちはドアの前に立ち、廊下の向こうを見ていた。不思議に、歩きだす者は一人もいない。何かに魅入られている。梢は母と一緒に彼らの背中を見つめていた。

そのとき、もっと奇妙なことが起きた。

六人の警官たちの手が、ゆっくりと上がり始めた。梢が見守るうちにも、警官たちの手がすべて肩の上まで上がった。

「落ち着け……そんなものを——」

警官の声が聞こえてくる。やがて、警官たちは下がり始めた。

「そこへ入れ」

伯父の声だ。

警官たちは倒れていた警官を引きずりながら、じりじりと移動を始めた。一人一人、待合室の中へと消えていく。それにつれて、徐々に廊下の奥が見えてきた。

伯父がいた。進んでくる。緑色の手術衣を着た男が一人、車椅子を押していた。車椅子の後ろ、手術室の表示がある奥のドア付近には、看護師や医師の姿が見えた。伯父が進んだ分だけ、彼らも進む。

伯父は右手の肘《ひじ》を曲げ、車椅子を押す医師の袖《そで》を摑《つか》んでいるように見えた。目をこらしてみて、そうではないことが分かった。手に持った黒いものを、医師につきつけている。

本物は見たことがない。梢にはしかし、それが拳銃《けんじゅう》に見えた。

「伯父さん……」

母が梢を抱き締め、壁の間際まで移動させた。

伯父は待合室を通り過ぎた。とたんに警官たちが出てきた。

伯父はくるりと椅子を反転させ、医師に向こうへいくように促した。医師は後ろ歩きしながら下がっていった。

「きみ、落ち着け。話をしよう」

伯父は無言で、右手に銃を握ったままでハンドリムも摑み、バックで進む。伯父が進んだ分だけ、警官たちが近づいてくる。無線の交信をしている声も聞こえた。

伯父は梢たちに近づいてくる。

「伯父さんどうして」

梢は言った。伯父は振り向きもせず答えもしない。

「伯父さん」

梢たちのすぐそばまで進んできて、伯父は車椅子を止めた。

手の届くところにいる。駆け寄ろうとしたが母が後ろから抱き締め、いかせてくれない。

「駄目よ」

「伯父さんはあたしにはなんにもしないよ」

「そういう意味じゃないのよ」奇妙な沈黙のあと、母は囁いた。「あなたが縋りついたりしちゃ……兄さんの邪魔になるでしょ」

梢は肩ごしに振り返った。母の顔はこの場に不似合いなほど落ち着いていた。梢はその顔に、覚悟めいたものが交じる諦観《ていかん》を見た。

警官がにじり寄ってくる。そのとき初めて、伯父が口を開いた。

「耳を守れ」

「え、何」

訊《き》いたときには轟音《ごうおん》が響いた。梢たちが悲鳴を上げる前に、もうひとつの轟音が轟《とどろ》いた。それは廊下を震わせ、窓を震わせた。

辺りは突然、白い煙の噴出に見舞われた。警官たちも医師も看護師も、全員が白い消火剤の煙幕の中に埋もれた。待合室の角にあった消火器を撃ったのだ。

伯父は容赦がなかった。間髪を入れず、床に向けて三発撃った。伯父はくるっとその場で車椅子を反転させ、進み始めた。

「伯父さん」

伯父はまったくこちらを見ようとしなかった。ずっと前を見たまま、スピードを上げて二人の前を通り過ぎていった。

梢は母の腕を振りほどき、あとを追った。

「梢――」

母の声が追ってきたが、無視した。

伯父は全速力で進んでいく。梢が本気で走らないと追いつけないほど、速かった。

エレベーターの手前で、伯父に追いついた。エレベーターは一階にあり、ごくゆっくりと上がり始めた。

「伯父さん……」梢は伯父の肩に手を置いた。「どうして無視するの」

伯父はちらっと横顔を見せた。

「おれがどんな奴か、真希に聞け」

エレベーターが三階まできた。

「そして、忘れろ」

——父さんを……殺しちゃったんだ。

今初めて、それを納得できた。伯父は犯罪者になってしまったのだ。それも、自分の言葉のせいで……。

「あたしのせいなんだね？　あたしが父さんには死んでもらっちゃ困るって——」

伯父は体を捩《ねじ》って梢を見た。その顔には、驚きが張り付いていた。

「違う……」

伯父の口元に、自嘲《じちょう》の笑み。

エレベーターがきて、ドアが開いた。

おれは駄目だ、最後まで。伯父は呟《つぶや》き、エレベーターの中に入った。伯父は障害者用に低い位置にある階数ボタンを押し、車椅子を回して向き直った。入ってこようとした梢に、首を僅《わず》かに振って見せる。

「また会えるよね」

伯父は小首を傾げ、柔らかな笑みを浮かべた。そのとき、背後に足音が迫った。振り返ると、白く染まった警官たちの姿があった。

「きみ、離れなさい、あとは任せて——」

梢はエレベーターの中に飛び込み、ドアを閉めた。駆け寄った警官たちは、すんでのところで間に合わなかった。

梢は伯父の前にしゃがみこんだ。「また会えるよね。だって、約束あるじゃん」

伯父は微笑んで頷《うなず》いた。「守るつもりでいる。次の一月かは分からないが、いつか」

「約束だよ」

伯父は頷いた。

「一緒に星も見ようね」

伯父は頷いてくれなかった。

「伯父さん」

伯父は微苦笑し、頷いた。

エレベーターは三階を過ぎた。

「そこの角にぴったりくっついていろ。できれば、目を閉じていてくれ」

その言葉の意味を考えながら、梢は言った。「捕まる気がないんだね」

伯父は答えなかった。

二階にきて、ドアが開いた。中年の女の人が乗り込もうとして、伯父の手元を見て動きを止めた。

「次のを待ってくれ」伯父は言い、ドアを閉めた。

もうすぐ一階に着いてしまう。

「伯父さんあたし……あたし、伯父さんのこと大好きだよ」

伯父は早口で言った。「おれもだ。さあ、そこの角に――」

「知ってた？　伯父さんは、あたしの初恋の人なんだ」

伯父は一瞬目を剝《む》き、俯《うつむ》いた。「馬鹿を……」

「あたしが好きっていうのは、こういう意味」

梢は伯父の頭を抱くと、自分の唇で伯父の唇を捕らえた。煙草の匂いがした。伯父は一瞬体を固くし、やっと、思い出したように身を引いた。

一瞬、二人は見つめ合った。

エレベーターが一階に着いた。ゆっくりとドアが開いていく。

「あたしに任せて」

梢は伯父の銃を握ると自分につきつけさせ、開いたドアの前に仁王立ちした。

「暴発したらたいへんだ。離せ」

「だったらそれ、優しく握っていてね……いこう」

梢は伯父の手を引いて、ドアの外に踏み出した。

エレベーターの前には、警官たちが扇状に並んでいた。

第五章

一

朝特有の白けた光がブラインドごしに差し込む。桜田には、窓を背にして座る南城が黒い彫像に見えた。

「よくやった。この件は終わりだ」

報告書に目を通した南城が、気の入らない笑みを浮かべた。

室長は何かが違う。疲れているのか、それとも気落ちしているのか。

「お前に渡した資料をすべて、ここに出せ」

案件が済むと必ず行われる儀式。桜田はカバンの中から、能見の経歴調査資料と能見関連人物相関資料の二種を出し、デスクの上に置いた。

「コピーはしてないな」

「もちろんです」

そのあとも、お馴染《なじ》みの台詞《せりふ》が続いた。覚え書き、メモ、デジタルカメラの記録、その他あらゆる痕跡《こんせき》をすべて破棄しろ。残すな。処分しろ。

「頭の中にあるものも、すべて消せ」

「はい」

桜田は指示を待った。できれば、能見監視の仕事につきたい。彼を追ってみたい。昨夜遅く東京に戻った桜田は、すぐに報告書を作り始めた。能見の五年をキーボードに打ち込みながら、次の仕事に期待を膨らませた。

だが、南城の言葉は桜田の期待を裏切った。「お前はセンターに戻って業務につけ。別命あるまで動くな」

「……分かりました」

南城は桜田の提出した報告書に目を落とし、それから手を組んで桜田を見上げた。

「報道は気にするな」

「ゆうべからニュースは見ていないのですが、報道と言いますと？」

南城は軽い溜《た》め息とともに目を伏せた。「……とにかく能見のすべてを忘れろ」

——初めて見た、室長が沈んでいるなんて。

待避所を出た桜田は、新宿駅へ向かい歩き始めた。寝不足に加え、期待を裏切られたことも影響し、このままどこかにいきたい気分だ。時間は朝のラッシュ時。辿《たど》りついた駅の改札は、ひどい有り様だった。

センターに戻ってもやることはない。家に戻ってふて寝しても、咎《とが》める者はいない。ゆうべ二時間ほどしか使わなかったベッドが、桜田を誘惑する。

携帯電話が着信した。《野村だが》

「……おはようございます」

こんな奴もいたな、そう言えば。桜田はセンター別課担当統括主任野村警部の、のっぺりした顔を思い起こした。
《センターにこられるか》
「今からいこうかと思っていたところです……手が空いたので」
意味は伝わるはずだ。
《すぐきてくれ》
了承し、電話を終えた。あの部署に危急の事態が起こるわけもないし、野村の用事がなんなのか見当もつかない。
桜田は財布を取り出し小銭を探りながら、改札そばの新聞スタンドに近づいていった。

──今のところ命に別状はありません。頭蓋骨《ずがいこつ》の骨折についても、軽微なもので脳に出血はありませんでした。むしろ、折れたあばら骨の刺さった肺が心配ですが……。

充は命を取り留めた。今、集中治療室に入っている。

真希は、傷ついた充と、刑事に連れ去られた梢のことを思いながら、床を見つめている。兄のことはほとんど思わなかった。彼は自分の面倒を自分で見る男だ。

病院の外にはまだマスコミ関係者がいた。一方、病院内は一時溢《あふ》れた警官があらかた引き、静けさを取り戻している。

涙は涸《か》れ果てた。今は頭がぼうっとするばかり。胸を激しく何かが刺して、あるいは締め付けて、耐え切れずに涙がこぼれることはなくなった。梢は昨夜のうちに警察署へ連れていかれた。夜はちゃんと寝られたのか、今どうしているのか、何も情報はない。

——兄さんが梢を人質にして強行突破？　演技でもそんなことをするわけがない。梢が連れていかれたのは、梢が能見の逃走に積極的に手を貸したと疑われたからだ。梢がその疑いにどう答えているのか、真希は知らない。

一夜にして、家族がばらばらになってしまった。甚一は死に、充は病院で動けず梢は警察署の中、自分は何をしていいか分からず、動けない。

自分だけが何もせず、できず、うろついているだけ。無力を恨む。

警察の話によると、能見が甚一に拳銃《けんじゅう》を撃ち込んだとき、甚一は脳死状態だったそうだ。脳死は人の死。すると能見は、死んだ甚一を撃ったことになる。充と能見と、どちらが甚一を殺したことになるのか。二人ともなのか。

真希は夫の死を一顧だにしていなかった。心の中に、甚一を置いておく場所はなかった。

床を見つめる真希の視界に、ぴかぴか光る靴のつま先が入ってきた。目を上げると、スーツにコートを着て革のカバンを持った初老の男が立っていた。

「新田真希さんですね」男は名刺を差し出した。弁護士、と肩書にある。「あなたのことは聞いていました。ご家族のことは、わたしに任せてもらいます」

「聞いていた？　あたしのことを？」

弁護士を紹介してやる。兄の言葉を思い出した。この男がそうなのだろうか。

「でも……」言葉を飲み込んでしまう。今の暮らしで、弁護士を雇う金はない。

「費用のことなら、心配には及びません」

「……兄と知り合いなんですか」

男は真希の隣に腰を下ろした。

「実を言うと彼のことはあまり知らない。ただ――」いたずらっぽい笑みが浮かぶ。「共通の友人がいた。彼は警察官でね……残念ながら少し前に亡くなってしまった」

思い返してみると、震えがくる。と言っても恐怖や自責の念から発するものではない。何か大したことをした自分に湧き立つような気持ち。警察署に連れていかれても、意外に綺麗《きれい》で清潔だった留置所に入れられても、怖くはなかった。

昨日。あのあと梢は、居並ぶ警官たちを牽制《けんせい》しながら能見の手を引き、進んでいった。警官たちは能見と梢を取り囲み、口々に能見を諭す言葉を吐いた。梢は握りあったその手から、伯父《おじ》がこのままやり通す決意を固めたのを感じ取り、改めて勇気を奮い立たせた。

病院を出て一番の山場。車に乗り込まなくてはならない。梢は警官たちに向けて声を張り上げた。

――もっと離れて。撃たれちゃうよ。

警官たちは離れてくれた。能見が車に乗り込む間、梢はドアと警官たちの間に立ち塞《ふさ》がり、目を光らせた。近づいてこようとする警官がいると、すかさず声を張り上げた。

――お願いだから近づかないで！

能見は車に乗り込むことができ、エンジンに火を入れた。

――梢、おれはお前を無理やり人質にした。

──やだよそんなの。

──言う通りにしろ。

梢は渋々頷《うなず》いた。

車を出す間際、二人の視線が合った。梢は何か言おうと思ったが、言葉に迷った。能見も同じく言葉に迷ったようだった。能見はいつもの笑みを浮かべて頷いた。梢も、にっこりして頷き返した。言葉はなかった。

走り出した能見の車は、駐車場出入り口を塞ぐ警察車両に突っ込んで道を開けさせ、どこか遠くへ去った。

取調室に入れられ、刑事にいろいろと話を聞かれた。伯父の指示通りの嘘を話した。明けて今日、取り調べの続き。同じ話を繰り返す。午後も遅い時間、刑事がやってきて帰ってもいいと言った。一階のロビーに降りていくと、立派なスーツを着た男の人がいて、その隣には母がいた。

母は青ざめやつれた顔に、精一杯の笑みを浮かべて梢を迎えた。梢も笑顔で駆け寄った。

《病院内での銃乱射事件……手術中の男性が頭と腹部を撃たれ死亡……昨夜、羽田厚生病院の外科手術室で能見亮司三十七歳が手術中の義理の弟を……新田氏は十三歳の息子にハンマーで……》
南城は新聞をごみ箱に放った。
庭番エヌオーがその様子を窺《うかが》っている。南城と目が合い、部下は目を逸《そ》らした。

——何を考えてる、やることが分からん奴だ……ただの馬鹿だったのか。

昨日、事件が起こってすぐに能見は自宅に戻った。いたのはほんの数分。彼が再び車で出た二分後、パトカーがスキッド音とともに到着した。むろん遅かった。

南城側の尾行者たちは引っ付いていた。しかし、その後の展開は悪いほうに進んだ。能見はやすやすと尾行をまき、どことも知れない何処かへと消えた。

もう能見はここには戻らない。完全に失探した。再捕捉《ほそく》は、不可能に近い。

今も監視カメラは能見の自宅前をはすから写している。警察の家宅捜索は昨日のうちに終わっており、今は車両も人影もない。事件現場ではないので、黄色いテープで封鎖されてはいない。しかし、通りの入り口付近には、戻ってくるかも知れない能見を待つ張り込み員がいるはずだ。

本来なら南城も、加治の店や新田の家、秋葉美知子の店やマンションなどに人を配置し、能見を待ち受けるべきだ。南城はその指示を出さなかった。手が足りない。

今夜、取引がある。

ナカガワこと八田が、うまいことに昨日夕方、尾行者を引き連れて倉庫を訪れた。鍵《かぎ》をポストの中に入れる、なんていうことまでしてくれた。

やや芝居じみている。多分、芝居だ。

南城は部下に命じて、昨夜のうちに倉庫の検分をさせた。中はほぼがらんどう、というのがその報告だった。エレベーターは故障していて使えない。二階のドアはピッキング道具を使っても開けることはできなかった。裏手の高浜運河に面している鉄扉は、内側から鎖と南京錠で施錠されていた。

ナカガワはこの倉庫の三階で落ち合いたい、と言ってきた。

——心配するな、秋葉。滝神と新を連れて、馬鹿っ面で入っていってやる。

予想通り、ナカガワは消えた。南城でも多分、このタイミングで消えろと指示を出す。昨夜、ナカガワは大崎のビルに戻り、一時間近く過ごしたのち出てきた。帽子はいつものハンチングではなく、黒いスポーツキャップで、眼帯をしてその上から色つきのメガネをかけていた。ちゃちではあるが変装を試みたらしい。

——眼帯の上からのメガネは、いい手だ。

人は顔を記憶するとき、顔の配置を無意識に座標分析し配置バランスとして覚えるが、その中で両目の配置バランスは重要な要素となる。人の顔の左右は微妙な非対称であるので、片顔だけでは記憶の正確さの大きな障害となる。サングラスだけとか、口ひげとか、髪形を変えるだとかより、片目隠しはよほど有用だ。

尾行は車が一台、バイクが一台だった。彼らはナカガワに、あまりに簡単にまかれた。

彼は船を使った。先回りが楽な水上バス、定期遊覧船、海へ出たらどこにも寄らず同じ場所へ戻ってくる釣り舟。そういった種類の船ではない。

プレジャーボートのレンタル。二人の操船要員つき。法に触れない場所なら、依頼人のお気に召す場所どこにでも向かう船だ。

ナカガワ、つまり八田は船に乗って運河の迷路へと消えた。こちらの尾行を予期しているような言動をしていた八田の、今さらのちゃちな変装はだれに対してのものだったか。それは、自分が雇った船の船員に向けてのものに違いない。

南城の頭の中にだけある八田の住居、荒川の八田商店に人をやろうかとも考えたが、南城はその指示を出さなかった。無駄な労力の消費だ。

その代わり今朝、電話をかけてみた。

《八田勇吉商店ですが》

まぎれもない八田の声。奴は家に戻っている。南城は間違いだと告げて電話を切った。

――ひとつミスを犯したな、秋葉。ナカガワのヤサは摑《つか》んでいるぞ。

ナカガワが家にいるのは、秋葉がナカガワの身元隠匿に成功したと考えているからだ。指紋の照合まではできないと考えたのか、しないと予測したのか。どちらでもいい。今夜すべてが分かる。時間も場所も、取引が偽だということも、人の血が流れるだろうことも、すべて分かっている。

――あっちもやる気、おれもやる気。ほかに何が必要だ。

彼らの犯したミスは致命的なものだ。ナカガワの身元を摑んだ事実は、今夜の取引がうまくいかなかった場合に利用できる。八田を監視の箱の中に入れて泳がせれば、いずれ秋葉へ辿《たど》り着く。

相手は秋葉であり、能見ではないことには確信があった。

――エレベーターが壊れてるんじゃ、能見は階を移動できない。あの要塞《ようさい》は、能見には使えないしろものだ。

能見が刑事部に逮捕される可能性についても、なんの不安も抱いていない。能見は捕まったとしても、余計なことは言わないだろう。自分がしゃべっては、秋葉の復讐戦《ふくしゅうせん》を邪魔することになる。

ここまで考えて南城は不思議な、あるいは皮肉な思いに捕らわれた。

——結局おれは、能見のやることに信頼を寄せている。

南城は思案を打ち切り、部下を見た。

「ご苦労だった。この監視所の役目は終わった。痕跡《こんせき》を残すな」

二

「きみは公安部所属だな。それは分かっている」

「それがなんだと言うんです」

センターの小さな個室で、桜田は男二人に迎えられた。一人は野村、一人は刑事部の組織犯対策室の長、韮崎警視。桜田とは初対面だ。パイプと薄いクッションで作られた安価なソファで、桜田と野村が向かい合う。韮崎は野村の仕事用デスクの後ろに立ち、窓に背を預けている。

これまでのところ、話は野村に任せている。

——まるで取り調べじゃないか。

公安苛《いじ》めにいそしむ刑事部か。桜田は顎《あご》を上げぎみにして、野村に強い視線を当てた。

——こんなところで遊んでいる場合じゃないんだ。

新聞にはでかでかと、能見の名が載っていた。能見の起こした事件は、桜田に驚きと一種の寂寥《せきりょう》を感じさせた。なぜ、寂寥も、なのか。

——能見はおれの手の届かない、遠いところにいってしまった。

事情はよく分からないが能見は馬鹿な事件を起こし、消えた。博労じいさんの幽霊が出るという山の中まで、彼の痕跡を追ったというのに。彼の五年に、あと追いではあるが付き合ったというのに。

「きみ本来の所属は公安部。公安部のどこだ」

「お答えできません」

「なぜ」

「わたしには、わたし自身の所属を明かす権限がありません」

そう言うだろうと思った。韮崎が呟《つぶや》く。韮崎に視線を送ってから、野村は続けた。

「こちらで公安部に問い合わせしてみた。きみという男はどこの部署の秘匿、あるいは待機財産なのか。公安さんの答え……桜田裕太という男を使っていない」

当然。自由に動かせる秘匿員を守るためには、答えられない、では不充分。使っていないという強い言葉がふさわしい。問い合わせて易々と答えをもらえると思っているなら、この二人はよほどおめでたい。

「公安のほうでわたしを使っていないと言うのなら、そうなんでしょう。それでいいではないですか」

「きみは……」

野村は充分に間を置く。芝居っ気が多すぎる、桜田は苛々《いらいら》した。

「公安の答えを取り違えているようだ。公安はきみを使っていない。そう言ってきた」

「ですから――」

「きみは公安警察官としては不適格であるので、左遷したと言っている。きみはもはや公安の人間ではないんだそうだ。冷静さを失いやすく、注意力に欠けていて、理想主義者的な面があり、事実を摑《つか》み取る能力にも劣る……感想は」

「それも、まあ」正面切って左遷などと言われては気分が悪い。だが、それも自分を守るためというなら、ない手ではない。「向こうがそう言うなら……」

心に僅《わず》か、波風。我知らず座り直した。彼らはなぜ、所属にこだわるのか。

「宙ぶらりんというわけだ。きみはセンターにいるがセンターの仕事はしていない。公安ではきみを使っていないと言う。では、だれがきみを使っている」

「お答えできません」

「きみは給与をセンターからもらっているね」

「ええ」

「その他には」

「お答えできません」

「明細に載らない手当をもらっているのかね。どこからもらっている」

「ですから――」

違う話をしよう。野村は遮り、一度韮崎を振り返った。韮崎は依然窓際にいる。野村は続けた。

「有働警視……五年前有働さんは事故に遭い、植物状態となった。それと同時に、有働さんが率いていた内偵班が叩《たた》き潰《つぶ》され、すべての記録が消えた。センターに侵入者が入り、警視のデスクを漁《あさ》っていった。有働警視始め、秋葉辰雄以下数名の人物を襲った者たちは、間違いなく警視が目をつけた組織だったはずだが、一切の記録は消えた……この事実を知っていたかね」

「……初耳です」

「この事実を知る者は、そう多くはない。なぜならば、侵入の手口、侵入者の持っていた情報など、すべての痕跡が内部に詳しい者の犯行だと指し示しているからだ。もしかしたら警察内部の人間が関与しているのではないか……」

——そうだったのか。

腑《ふ》に落ちた思い。分室は汚職警官を追っているのだ。韮崎と野村は、桜田に公安の情報提供をさせようとしている。

——そうはいかない。

野村は続けた。「もちろん、捜査は行われた。我々も動いたし監察官室も動いた。しかし、手掛かりは摑めなかった……ところで、いがみあっているばかりが我々じゃない」

野村は再び韮崎を見た。その視線を受け、韮崎がようやく口を開いた。

「野村くんの発案で、わたしを含めて刑事の参事官らと公安の参事官たちが、昨日会合を持った。どんな話が出たと思う?」

韮崎の口ぶりは重々しく、憂いを含んでいた。桜田相手に口を開くのも嫌だ、といった風情。

「見当もつきません」

実はついていた。公安幹部が桜田の情報提供を許可したのだ。――もしそうなら、だんまりを決めるわけにはいかなくなる。せめて南城室長を通せと言うしか……。

「知っているか……公安では有働、秋葉事件で動いている部署はどこにもないそうだ」

言葉の意味を理解するのに、時間がかかった。時間をかけた、というほうが正しいか。

「……今、なんと」

「公安は、五年前の事件を捜査していない。だれも動いていない。刑事部に下駄を預けている。もちろん、専従員はいない」

公安流の方便に違いない。方便でないはずがない。

「まだ分からないのか」野村は笑い、桜田に注視した。「分からないようだ」

「いったい――」苛つきを隠さなかった。「なんだと言うんですか」

野村が言う。「分かりやすく話そう。公安ではもとから、有働警視事件に一切関与していなかった。いいか、もとから、だ。公安は、有働警視の件は純粋な事故死として認識し、事件認定しなかった。有働さんの死は害意によるものではない。ここからが大事だ……公安は五年前、秋葉や能見らの事件についてどういう対応をしたと思う」

野村は動かない目で桜田を見つめた。桜田は思わず目を逸《そ》らした。直後、目を逸らすべきではなかったと後悔した。だが、目を上げることができない。

「チンピラ同士の内輪もめと受け取った……捜査はしていない。最初から、公安は何もしていなかった。有働警視と秋葉銃殺事件を結び付けてもいなかった。つい昨日までは、我々が会合を持つまでは……意味、分かってきたかね」

「何をおっしゃっておられるのか、わたしには……」

愛想笑いを浮かべようと試みた。しかし、顔がただ醜く歪《ゆが》んだだけだった。間繋《まつな》ぎに手を組んでみた。手のひらは汗でじっとり濡《ぬ》れている。

初めて、小さな疑念が生まれていた。

「きみはどこのだれのために、能見亮司の過去を調べていたのかね」

「そんなことはしていません」

「有働達子さんから電話があった。このセンターにね……まだ説明が欲しいか」

認めてしまっていいのか、あくまでも隠すべきか。言葉を探しているうちに、野村が続けた。

「達子さんは、桜田という男がきたが本当にセンターの人間なのか、と問い合わせてきた。その電話を受けたのはわたしだ。わたしは彼女に、桜田が何を訊《き》きましたか、と尋ねた。彼女は夫の件でちょっと、と口を濁した。彼女は能見亮司の名を出さなかったが、それだけあれば充分。あとは達子さんと同じ立場にいる人数人に、電話をかけて質問するだけで事足りる。きみは能見亮司の過去を追っていた。公安は能見亮司など知らんと言い、捜査はしていない。一方のきみは公安のために能見亮司を追っている。つじつまが合わんじゃないか。どちらが嘘をついている。きみか、公安幹部か」

「それは……」

「そこまでして嘘をつかねばならない理由が、公安にあるか。それほど国益のために重要な人間か。反社会的ではあるが、思想的背景のない、職業的犯罪者をなぜ、公安が追う？」

桜田の混乱は頂点に達した。

「公安では、きみを監察室預かりにして調べてもらうことに、なんの異議も唱えず同意した。苦情など出てはいないが」

——まさか……そんな……。

桜田はうなだれた。視線の落ちた先には、自分の靴のつま先があった。能見の過去を追って東京を歩き回り、大阪にもいった靴。靴底はだいぶ減り、寄った皺《しわ》には埃《ほこり》が溜《た》まって筋になっている。

——なんのためにおれは、この靴を磨《す》り減らしてきたのか……。

「さっきの話だが——」野村の声音が変化していた。同情が含まれている。「覚えているかね。センターに侵入した者は警察内部の事情に詳しい者だ、という推理を。ここできみと結び付く。きみはもしかしたら、その犯罪組織の一員ではないのか。きみが官職にありながらそんな組織の一員であるとしたら、こういう推理が成り立つ……有働警視が追っていたのは、警察内部に存在する犯罪組織だった」

「わたしが、わたしが犯罪組織の人間」桜田は悲鳴に似た笑いを発した。「そんなことがあるわけない。わたしはちゃんと……彼の部下として——」

「彼とは?」

桜田は顔を上げた。答えを待つ野村の顔に、期待が滲《にじ》んだ。

「だれだ」

「……………」

「きみは騙《だま》されていたというんだな。何も知らず、警官の仕事として組織に手を貸していたと？　その真偽は置くとしよう。保身はあとで幾らでもするがいい。きみを使っていたのはだれだ。部署は？　名は？」

桜田は沈思し、やがて言った。「でも、わたしの首は飛ぶでしょう？」

野村は笑みを浮かべた。哀れみの笑みを。「そんなことを考えるのはまだ――」

ノックが聞こえた。野村はノックに応《こた》え、入ってくるように命じた。入ってきたのは、スーツ姿の三人。男が二人、女が一人。

韮崎が、相変わらず憂いを含んだ声で言った。「その名を明かせば、ひとまず彼らに預けるのはやめて、自宅謹慎にしてやれる」

桜田は入ってきた三人の顔を順番に見た。どの顔も顎《あご》が上がっていて、桜田を見下げている。周囲に畏怖《いふ》を与えようと胸を張りそして、自信に満ちている。どこかでこんな顔を見たな、とぼんやり考えた。

――……ついさっきまでのおれにそっくりだ。おれもこんな、嫌な顔を……。

桜田の唇に笑みが浮かんだ。自分に向けた冷笑だった。「明日にしてもらえませんか」

「そういうわけにはいかん。能見の事件を知っているだろう。今のところ能見はあてにはできん。きみしかいない」

桜田はある言葉を思い出した。南城と初めて会ったときのこと。

――これを任せられるのはお前だけしかいない。お前がそんな存在になってくれることを期待している。

突然センターに飛ばされ、気落ちしていた桜田に接触してきた男。希望を運んできた男。捨てられたのではなく、公安の秘密要員として抜擢《ばってき》されたのだ、と語った男。

「桜田くん、大丈夫か」

桜田はそのとき、心の中で別の言葉を聞いていた。

──あなたの言う正義とやらを……。

今になって、達子の示した桜田への反感を理解した。

──有働達子は、自分の夫が警察官に殺されたことを知っている。だから警官を信じていない……。

「わたしには、やり残したことがありますから」

桜田は歌うように軽い口調で言った。野村と韮崎は、その変化に戸惑い目を見合わせた。

「もう、お暇します」

「そういうわけには──」

桜田は奇声とともに目の前のガラステーブルを掴《つか》み、一気に担ぎ上げた。最初の狙いは、ドアのそばに立つ三人の監察官だった。

三

東野は速足で歩き、さっとソファに腰を埋めた。

「頼みがあって──」

「挨拶《あいさつ》抜きかよ」

窓辺には、こないだきたときにはなかったサマーベッドが置かれていて、柄もののシャツにジーンズというで立ちの森尾が、だらしなく寝そべっている。

「能見だろ。ケチな殺しやらかしたな。金にもならねえのに……待て、金絡みかもな。保険金とか」

口を開きかけた東野は、森尾の呟《つぶや》きを耳にした。

「さっき訊《き》きゃよかった――」

「さっき？」

「能見から頼まれてたことがあって、結果が出たかってさっき電話が――」

東野は森尾に詰め寄った。「どこにいるんだ」

「知らねえよ。うっかり居場所聞くほどヤボじゃねえ。能見も聞かれて言うと思うか」

東野は再びソファに尻《しり》を戻した。

「……お前にとっちゃ幸いだったろ」

森尾は薄い笑みとともに嫌らしい視線を送った。東野と目が合い、森尾は笑みを消した。

「なんだよその目は」

東野は目にこもった怒りを消した。「頼みがあるんです。急ぎで」

「なんだ」

「森尾さんは探偵ですよね。失踪人《しっそうにん》の――」

「馬鹿か」吐き捨てる。「警察から逃げてる奴を？」

そうは思うが、頼まずにはいられなかった。能見と会うためなら、どんな細い線でも試しておきたかった。

「金は払います」

瞳《ひとみ》に疑念が灯《とも》る。「……やっぱり金が絡んでるのか。おれにも咬《か》ませろ」

「一銭の金も絡んじゃいません」

「だったらなんに――」

素早く寄った東野は、森尾の胸倉を摑んで激しく揺すり、サマーベッドを蹴散《けち》らした。虚を突かれた森尾はやっと体勢を立て直し、東野を突き飛ばし蹴りを入れた。

「なんだってんだ」

「やるだけやってみてください」

乱れたシャツを整えながら、森尾は言った。「訳を聞かせろ」

「聞かないほうがいい。経験あるでしょう、そういうの」

遠回しの恫喝《どうかつ》。聞いてしまったらあんたも関係者だ、ただでは済まない。加えてもうひとつ。警察絡みになるかも知れない、という仄《ほの》めかし。保身は上手な森尾、渋面を崩さないながら悟った顔をした。金は絡まない、しかし警察ざたになるかも知れない仕事と言ったら、どういう種類のものか。身内絡み、女絡み、怨恨《えんこん》、復讐《ふくしゅう》……。

森尾は慎重に言った。「奴を消すのか」

「違うと言ってるでしょ」

「じゃあ……助けるのか」

東野は答えなかった。

「事情がありそうだな」

森尾は倒れたサマーベッドを立て直しにかかった。「だが駄目だ」

森尾はサマーベッドを窓際のもとあった位置に置き、窓の外を眺めながら溜《た》め息をついた。

「分からねえか、能見の指示だ。おれを追う奴がきたら叩《たた》き出せ。例外は認めない」

「はっきり言います。あんたは能見さんを嫌ってた。それが今さら、なんで言うことを素直に――」

森尾は笑った。「儲《もう》けもないのにサツ絡み、それが嫌なんだ。勘違いするな」

動いてくれないなら、もうここにいる必要はない。出ていきかけた東野は、危うくもうひとつの頼み事を忘れるところだった。

「手に入れてほしいものがあるんですが」


桜田は約束の時間ぴったりに、警視庁十五階にある小さな会議室に入った。十人以下用のささやかな会議室だ。電話が一台と、テーブルとホワイトボードしかない。

このような小さな会議室はたくさんある。表看板を出さず、存在そのものが秘匿されている部署は数多い。チームを組んでいながら専有の部屋を持たない小組織のために、このような部屋が必要なのだ。ちなみに、確かにどこかの専有室であるのに、表示もされずドアには常時鍵《かぎ》がかかったままで、だれが何人いて何をしているのか分からない部屋も数多い。

あのあとすぐ、桜田は南城の緊急用電話に連絡を入れた。能見事案について緊急用件がある、電話では話せないのでぜひ直接、と話した。南城に呼び出されたのが、ここだった。

やがてノックが聞こえ、南城が入ってきた。

桜田は顎を引き、南城が椅子に座るのを見ていた。

「で、なんだ」

「実は……」

南城が見つめてくる。その目、厳しさをたたえ、こちらの腕を値踏みし、油断がなく、何も見逃さず、揺るがない目。

桜田はふっと視線を下げた。

「言ってみろ。能見の潜伏先に心当たりでもあるのか」

目を見ろ。逸《そ》らすな。桜田は自分を奮い立たせた。

「室長。南城分室というのは、実在するんですか」

もう戻れない。桜田は覚悟を決め、まっすぐ南城を見つめた。

面白がる表情。「ないとしたらお前、どこの所属だ」

「センターのみの所属ということになります」

「配置換えをしてほしいのか」

「そういうことではありません。あなたは……わたしを、もしかしたら我々を騙していますね」

南城はやや上体を後退させた。その目は桜田を捕らえ続けている。表情には変化が現れた。面白がっている風情はすうっと消え、何もなくなった。それを見た桜田は密かに戦慄《せんりつ》を覚えた。

南城の顔から、一切のものが消えた。一切の感情が消えた。

「分かるように話せ」

「今日、ある人から接触がありました。その人はわたしがだれのために何をしているのか、たいへんな興味を示してきました。その人が言うには、わたしはずっと以前に公安から切られていて、公安刑事ではないと言うのです。五年前の有働警視や秋葉たちの事件を、公安は追ってもいないと」

「結局なんだ」

「あなたは――」声が震えてしまう。「わたしたちを犯罪に利用していますね。犯罪行為をうまく進めるために、現役警官であるわたしたちを騙《だま》して、警察のネットワークを使っている」

南城の口元に表情らしきものが現れた。ほんの僅《わず》かの笑み。

「だれがそんなことを。抗議を行わなくてはな」

南城は視線を外し、どこかを見た。片手を自分の肩に持っていき、揉《も》みほぐす。

「お前はそいつに自分の所属を話したのか」

「いえ。そのときは信じ切れず……それで直接」

南城の手が素早く、しかししなやかに服の内側に入った。桜田は思わず椅子を振り飛ばし、立ち上がった。

南城が取り出したのは、携帯電話だった。「どうした」

「いえ……」

南城は携帯電話を耳に当てて話し始めた。ふた言み言のやり取りで電話を終え、黙って立ち上がった。

「ちょっと待ってろ。おれも暇じゃない」

南城はドアへ近づきドアノブに手をかけた。桜田は思わずその背中に言いかけた。

「室長……」

南城の動きが止まった。こちらを向きはしない。「なんだ」

「……逃げるつもりじゃないですよね」

南城は鼻で笑った。「だったらついてこい」

南城はドアを開けて出ていく。桜田は急いでそのあとを追った。南城は振り返りもせず速足で進む。表示のない数々の部屋を通り過ぎ、角を数度折れた。

やがて南城はひとつのドアの前に立ち、桜田を振り返った。

「ここで待ってろ」

南城はドアの中に消えた。このドアには表示があった。外事課の文字。その下にやや小さな文字で課内の部署表示が幾つか並んでいる。その中のひとつに桜田は目を止めた。

──組織犯罪対策室及び分室……分室……。

ここに分室があるのは桜田も知っている。表示があるくらいだから、それは隠せない事実だ。問題は、分室が何部屋あるのか、ということだ。

──分室はひとつしかなくて、しかもそれは、ここにあったということなのか。

怒りがくすぶり始める。そのとき南城が出てきた。手にはカバンとコート。南城はちらりと桜田へ目を走らせ、歩き始めた。

「これからお偉いさんと会う。ついてくるかこないかは、お前が自分で決めろ」

南城はすたすたと歩いていく。

――とにかくここは、食いついていくしかない。

桜田はあとに続いた。

エレベーターに乗った。エレベーターの中では、お互いに一言も口にしなかった。一階に着くと、南城は相変わらず無言で歩き始めた。桜田も続く。

外へ出た南城は横断歩道を渡り、皇居のお濠《ほり》沿いを歩き始めた。かなりの速足だ。

南城がバス停の前で立ち止まった。

「どこへ――」

「バスに乗る」

「ですから――」

「お前に接触してきたのは、だれだ」

「それは……」

南城は突然話を戻したのだ。

「話せないのか。おれを信じない、そういうことか」

桜田は南城の横顔に目を当てた。南城はただ正面を眺めていた。

「わたしは信じたいんです。ですが――」

「気の毒なことだ」南城が呟《つぶや》いた。

桜田は聞き返した。「はい?」

バス停前に車が止まった。黒いバンだった。桜田はバンに目を向けた。すうっと、バンのサイドドアが開いた。

桜田が危惧《きぐ》を感じるより先に、バンから人影が突進してきた。

「これが安全ロック、これが弾倉自動排出ボタン、こっちが第二の撃針ロック」

べったりポマードの男が、銃の機構を説明していく。東野と森尾はすぐそばで聞き入っている。

「あんた、撃ったことあるのか」

「ない」

「少しは練習したほうがいいぞ。案外当たらないもんだ」

そんな暇は、と言いかけてやめた。「この銃、名前は」

「名前か。あんたが好きにつけな。マカロフのフィリピン製レプリカだ」

「おい、そりゃないぞ」森尾が嚙《か》みついた。「弾が出るかも怪しいもんだ。まっすぐ飛ぶかも分かりゃしない」

「いらないならほか当たってくれ」

銃本体と弾五十発、弾倉クリップを二個で百五十万。

「高過ぎないか」

東野は一応文句を言った。

「文句言うな。日本では常に売り手市場なんだ。種子島の時代からずっとな」

四

――……におきましては警官二名へ裂傷による軽傷を負わせ、警官二名へ打撲による軽傷を負わせ、逃走。マルヒの逃走経路情報におきましては……。

デジタル処理され傍受不可能が売りの警察無線が、警官とは思えない男の運転する車中に流れている。

――マルヒの氏名年齢におきましては、名は桜田裕太、年齢は三十一歳。職業職責におきましては、財団法人薬物乱用防止啓蒙《けいもう》センター、広報部別課所属、階級は巡査。武器携帯の可能性は過小ながら……。

車内には桜田のほかに三人。運転席の東洋人と、助手席の東南アジア系の男。後部座席に座る桜田の見張り役に、同じく東南アジア系の男が一人。

痛みはどうにか耐えられるまでになった。無線で自分の名が呼ばれ手配されている。そうなって当然のことをしたのだが、それでも桜田は悪夢の底に落ちた気がした。

鼓動のリズムに合わせて、後頭部の鈍痛が強弱をつける。拘束はされなかったが、腰の辺りに長い銃身を持つ傷だらけのリボルバーを突き付けられていた。

やけ笑いしたくなる。傷だらけ、使い古しの銃というのが笑わせる。その銃がこれまでだれに何をしてきたか、聞きたいものだ。おまけに、南城は車に乗らなかった。桜田を車の中に押し込み、消えた。

南城は脅し文句を吐くでもなく、凶器を突き付けるでもなかった。警視庁本庁から静かに桜田を連れ出すのに、沈黙、あるいは無視という武器を使った。

南城は言った。ついてくるかこないかは、自分で決めろ。ついてくるな、と言われたら反発してついていく。最初に反発があるため警戒心は増す。ついてこい、と誘われたら、その先に何があるのかと警戒する。南城は、ついていく、と桜田自身に選ばせた。選択権は自分にある、状況を把握している、そう錯覚させた。

そして、南城が立ち止まったのがバス停。立ち止まる必然のある場所で立ち止まった南城に、桜田は不審を抱かない。これが何もない道端だったら、桜田は南城の隣に馬鹿面して並びはしない。

「どこへいく」

隣の男に聞いた。彼は桜田を一睨《ひとにら》みしただけだった。

「日本語分かるのか」

彼は、流暢《りゅうちょう》な日本語で答えた。「タガログ語なら話せる」そして唇に立てた指を押し当てた。

「殺すのか」

「日本語は分からないって言ったろ」

目的地に行き着くわけにはいかない。すぐに消されないとしても、本格的な監禁が始まったら、逃走の機会を失う。

車は渋滞し始めた道を、じりじりと進んでいく。

桜田は自分の持ち物を思い浮かべた。銃に対抗できるものはないか。服のポケットには、携帯電話やハンカチ、警察手帳、名刺入れ、それとペンが数本。

——ペンは使えそうか……ペンを武器にして銃に勝てるか。

思いを巡らせていたとき、桜田の携帯電話が鳴り出した。桜田と隣の男の目が、桜田の胸の辺りに止まった。

助手席の男が振り向いた。「出るな」

「出なきゃならない。南城さんからの電話だ」

男は眉《まゆ》をひそめた。南城がだれか分からないようだ。

「おれをここに押し込んだ男、彼が電話をよこすと言った。どうしておれがこんな目に遭わなきゃならないのか、説明してくれる約束だ」

男は思案し、言った。「出ていい。様子が変だったら殺す」

桜田は胸ポケットから電話を取り出した。

《桜田くんか》

野村主任だ。

《よかった。落ち着いて話し合おう。きみは騙《だま》されていた。きみに責任はない。戻ってきて、わたしたちに協力するんだ。きみの処遇についても——》

「分かりました。お話は重々……」

策を思いついた桜田は、早々に電話を切った。隣の男は桜田を見つめ続けている。

「終わった。これ、しまうよ」

男は頷《うなず》いた。桜田は胸ポケットに携帯電話を戻しかけ、手を滑らした。携帯電話は足元に落ちた。

桜田は言った。「動いちゃ駄目なんだろ。拾ってくれ」

男は思わず動きかけた。そのとき、助手席から声が飛んだ。

「動くな。お前、自分で拾え」

駄目か。男に拾わせ隙を作らせるつもりだったが、甘い手だった。桜田はきつく銃口を突き付けられながら腰をかがめ、電話を拾って内ポケットの中に押し込んだ。と、ポケットの中で何かが指に触れた。

――ペン……違うもっと太い。これはペンライト。

やってみるしかない。桜田は右手にペンライトを手にし、コートごしに銃を持つ左の男の腹へ突き付けた。

「なんの冗談だ」

「同じものを持ってる……動くな」

助手席の男に一喝を加え、隣の男に体を寄せた。二人は、銃とペンライトを突き付け合った。

桜田は相手の目を覗《のぞ》きながら言った。

「おれは警官だ。手帳を見せる」桜田は空いている左手を無理に折り曲げ、内ポケットから黒い手帳を取り出した。「見たことは?」

警官だと言って怖がらせようというのではない。銃を持っているということに真実味を持たせるためだった。

「すぐに車を止めろ」

「黙れ」

助手席の男が銃をこちらに向けている。

銃はひとつだけ、と決めた自分が馬鹿なのだった。そう気づいたとき、突然桜田の耳の中にある言葉が蘇《よみがえ》ってきた。

——公安には不適格……注意力に欠けていて……左遷……公安の人間ではない……。

センターでの数年、騙され続けていた。それを知らず、国に奉仕する自分に酔っていた。傲《ごう》慢《まん》の固まりだった。

不適格で左遷されたから、南城は自分に近づいてきたのではないか。与《くみ》し易い、操縦し易い奴と見たのか。偽分室の人員すべてが、不適格者の集まりだったのか。待避所の運営、装備費用すべて、犯罪で得た金によるものだったのか。支給されていた手当も。

桜田の中で、何かが壊れた。

——この状況を思えば、確かにおれは注意力は足りないんだろう……でもおれは、能見の隠れ家を見つけた。室長たちができなかったことをした。

傲慢だったかもしれない。第一線に復帰したい、出世したい、認められたいと思っていたのは確かだ。だが、自分は仕事に対して誠実だった。情熱を、誇りを持っていた。

注意力の足りない不適格者かもしれないが、人並みに燃えることは、できる。今この瞬間から、熱意の対象を別のものに変えればいい。組織の中の自分のためでなく、評価のためでも、優越感のためでも、出世や金のためでもない。純粋に自分のみに関わりのあるもの、自分だけのもの。

——自尊心、誇り。多分、そういったもののために。

桜田は隣の男の銃を摑《つか》んでねじ上げ、ほとんど同時にシート下へ体を投げ込み、男の腕を引っ張った。桜田と男はシート下に倒れ込んだ。

助手席からは撃ってこない。仲間の体が盾になっている。

桜田は男と銃の取り合いを続けた。男が何か言いかけ、口を開けた。桜田はその口に、立てた指を突っ込んだ。

男の体が痙攣《けいれん》し銃を握る力が弱まった。

桜田はその隙に銃をもぎ取り、男を退け銃口を向けた。

男は呻《うめ》いて動きを止めた。

「どけ」助手席から声。

男がシートの上に飛び上がった。桜田に銃を向けかけている助手席の奴が見えた。

桜田は方向も定めず引き金を絞った。

轟音《ごうおん》。続いて悲鳴。

助手席の男の姿が消えた。シート上に逃れた男は、こちらを呆然《ぼうぜん》と見つめている。桜田は仰《あお》向《む》けのまま、男に銃を向けた。

ふと、天井に目がいく。無数の細かい穴が目についた。

この拳銃《けんじゅう》には、ハンドガン用散弾が装塡《そうてん》されていたのだ。拳銃マニアのウキタから聞いたことがある。スネークショットとかいうやつだ。だから、ろくに狙わなくて済んだ。

桜田は慎重に身を起こした。

静かにしていれば撃ちはしない。そう言おうとしたが、間に合わなかった。恐慌した男はサイドドアを開け、外へ飛び出した。

男は白いガードレールに脇腹から突っ込んでいき、嫌な音とともに桜田の視界から消えた。シートに戻り車内へ目を向けた。助手席の男は顔を抱えてうずくまり、泣き声を上げている。ちらりと振り返った運転席の男と目が合う。

彼は顔を戻すと、いきなりハンドルを大きく回した。

車が急激に傾いた。右折したのだ。

桜田は転がった。手掛かりを求めた手は、空を切った。

外へ放り出された桜田は、交差点のただ中でアスファルトに叩《たた》きつけられ、肩に凄《すご》い衝撃を感じた。

路上にのびた桜田の目が、迫り来る対向車のタイヤを捕らえた。

梢は長椅子から腰を上げた。廊下の向こうから、すれ違うだれよりも背が高く、肩幅のある男が歩いてくる。

屈託を顔に載せて、加治は言った。「あいつはどんな具合だ」

怪我はこれこれで、命に別状はないが意識はまだ戻っていない。

「一人なのか」

「うん。母さん家に戻ったの……父さんが戻ってくるから。いろいろと準備しなくちゃいけないし……あたしも戻ったほうがいい？　母さんひとりじゃたいへんだしさ」

「母さん一人きりなのか」

「親戚《しんせき》の人が手伝ってくれてるみたい」

「だったらまあ、梢ちゃんはここにいてやれ。母さんもたいへんだろうが、充を独りぼっちにするよりは」

加治は梢を見つめ、その大きな手を肩に置いた。「……たいへんだったな」

目は梢から離れ、病室のドアを見た。梢は加治に空色のエプロンと帽子を着けさせ、病室に入った。

二十畳はある広い部屋に、ベッドは四つしかなく、各種の機器が溢《あふ》れていた。充はこの部屋に一人でいた。頭には包帯、口元には人工呼吸器。腕と脚のギプス。胸の辺りからは、心電図など各種モニター機器へと伸びるコードが見える。

僅《わず》かに露出している顔は、あくまで白く透き通っていた。

「ほんとうに……」加治は言い淀《よど》み、それを咳払《せきばら》いで隠した。「大丈夫なのか」

「お医者さんはそう言ってる――」

多分。そう言いかけ、梢は言葉を飲み込んだ。多分なんて縁起でもない。充は絶対に大丈夫だ。

「何も、飛び降りるまで……」

充は父を殴ったあと、ぐったりした父を数秒見つめ、それから大股《おおまた》で部屋を横切り、躊躇《ちゅうちょ》せずに窓を乗り越えていったという。

たいへんなことをしでかしてしまったことに改めて恐怖を覚え動転し、発作的に飛び降りた、というニュアンスは伝わってこない。

なぜ充が父を殺すだけでは飽き足らなかったのか。その理由はあの置き手紙の中に、はっきりと示されている。血。自分が父の血を引く子だということを呪った。大人になったら、自分も父のようになってしまうのではないか。それを恐れた。

——あんたは父さんと同じ……。

あんなことを言わなければ多分充は、と梢は自責し続けている。伯父《おじ》にお前は悪くないと言われても、慰めにはならない。

鼻の奥が酸っぱいような、痺《しび》れるような感覚を感じた。梢は涙を必死で堪《こら》えた。

——あんたの考え違いを直してあげる。遺伝子がすべてじゃないって。

「こんなになっても充、やっぱり罪を問われちゃうの」

「問われるんだろうがな……ま、気にすんなよ。家族を守ろうとしてやったことだ。それにな」薄い笑みが生まれた。「奴を殺したのは能見だ」

実際の話、手術中の患者を射殺し、銃を乱射しながら逃げた能見の存在は、その前に起きた充の事件を吹き飛ばした。

「脳死状態の人間を殺して殺人になるのなんないのと騒いでる奴もいるが、警察は奴を殺人犯として追っているし、新聞もそう書いてる。だから、奴に任せておきゃいい」

加治は笑みを大きくして、声色で言った。

「アトハオレガヒキウケタ……そういうことだ」

「伯父さんは逃げ続けるつもりなのかな」

「だろうな」

「伯父さんは悪い人だったってほんと？」

梢は母を問い詰め、話を聞いていた。

軽い溜《た》め息をついてから、加治は言った。「でも、おれたちにとっちゃあいつはいい奴だ」

そうだよね。梢は呟《つぶや》いた。加治の言ったことこそ梢の思いだった。

しかしそれはそれとしてやはり、自首してほしい。何年も逃げてから結局捕まる、なんてことになるなら、今のうちに自首して早く罪を償ったほうがいいのに。

刑務所に入っても、自分たちはずっと能見の帰りを待つのだから。

梢はその考えを加治に言ってみた。加治はなぜか、困り顔をした。

「でもな」苦笑が浮かぶ。「あいつ、あんまり好きじゃないようなんだ。ムショが」

五

寒気を感じ、体を震わせてコートの襟を立てた。喫茶店の中の暖房は充分で、コートを着込んだままの者はほかにいない。桜田は二階の窓際にいた。

待避所の入っているビルの入り口を、はすから見下ろしている。

午後三時過ぎ。陽が陰ってきている。

悪寒は収まらない。もしかしたら、肩の骨が折れているのかも知れない。痛みは引かず、寒気を感じるのに汗が出る。

バンから振り落とされたあの直後、桜田は迫ってきた対向車にどう立ち向かったか。

何もできなかった。

急いで半身を起こしたその体の、左肩に車のバンパーが当たった。桜田の体は地上すれすれのところで一回転した。

幸いだったのは、後続車に轢《ひ》かれなかったことだ。桜田は痛みを堪え、現場から走り去った。交差点からだいぶ離れて、自分がまだ銃を持っていることに気づいた。自分のカバンを失い、彼らの銃を手に入れた。

桜田は大きなリボルバーを隠し持ち、脂汗をかきながら街をさ迷い、どこにいって何をすべきか考えた。出頭することは考えになかった。

自分の手で南城を捕まえ、警察に突き出す。まだ胸ポケットの中には警察手帳。手配されてはいるが、クビの宣告は受けていない。この四年、中身の伴わない偽警官だった自分だが、初めて本来の意味で警官になる。これが最後、ということも察している。

南城を捕捉《ほそく》するためにできることは、ひとつだけ。待避所の張り込みだ。

待避所には数人の出入りがあったが、南城は現れない。すでに中にいるのかも知れない。時間を潰《つぶ》すため、それに悪寒対策のためにコーヒーを飲み続けた。今さらながら、薬局にいって痛み止めを、との思いつきを得た。だが、ここから目を離す気にはなれない。

そんなとき、携帯電話が着信した。

相手の低い声。《南城だ》

「…………」虚を突かれ、返答が出ない。

《お前のしたことは聞いた。出頭していないのもな。なぜだ》
「なぜだと」痛みのせいばかりでなく、歯を食いしばった。「わたしがあなたを逮捕します。一緒に出頭してもらいます」
《いい気概だ。お前はその気概が空回りしてばかりだったが、今回はどうかな》
「黙れ！」
長く嫌な笑い声が続く。通りの向こうから救急車のサイレンが響いてくる。
桜田は吠《ほ》えた。「笑うな」
《おれを捕まえたいのか。どういう計画で》
「黙って待っていろ」
救急車が通り過ぎていった。
《楽しみにしている……それからもうひとつ、これはアドバイスだ。携帯電話からは送受信アンテナの位置確認のため、信号電波が発せられている。精度の高いものではないが、念のために教えておく。お前がどの辺りにいるか、韮崎はもう知っているぞ》
電話は切れた。桜田は低く毒づき、急いで携帯電話の電源を切った。信号電波のことは知らなかったわけではない。失念していた。
携帯電話をしまい、待避所の監視を続ける。そのうちに、南城の言葉に引っ掛かった。
——韮崎はもう知っているぞ……。
もうそれを摑《つか》んだのか。五年前と同じことをまた、繰り返すつもりなのか。初めて、自分のすることに疑念を覚えた。自分が失敗したら、韮崎にまで手が及ぶかも知れない。

——でも……これだけは自分の手で……。

分かってはいる。独力でなんとかしようとするのはまずいということも、それが南城の思う壺《つぼ》であることも。

待避所から人が出てきた。男が六人。分室の仲間たちだ。ウキタやクマダもいる。彼らに接触して、南城の欺瞞《ぎまん》をばらす手もある。桜田を嫌っているクマダも、からかってばかりのウキタも南城に騙《だま》されているのだ。真相を知ったら、どんな顔をするだろうか。

彼らは二人ずつになって散っていった。

その後動きはなく、二十分ほどが過ぎた。

「ハシノ」

低い呼び声とともに、二人の男が桜田の向かいと隣に腰掛けた。

「クマダさん……」

隣に座ったのはクマダ。「何かやらかしたってな」

「聞いてください——」

「顔色が悪いぞ」

クマダは桜田の肩を抱いてきた。向かいの男がさっと店内に目を走らせる。異変を感じたときには、もう遅かった。

クマダは肩を回すようにしながら桜田の口を手で覆い、太ももにごく小さな注射針を突き入れた。

桜田は必死で身動きした。

「おいおい、そんなに怒らなくてもいいだろう。せっかくこうして詫《わ》びを入れに――」

クマダは周囲へ聞こえるように、偽装を語っている。

そのうちに手足が重くなり、動きが鈍ってきた。加えて視界がぼやけてくる。

「こちらクマダ――」

クマダの声が遠くなっていく。

「ハシノ確保、以後の指示を――」

《了解。待避所の客間に入れておけ》

――奴の青さが役立ってくれた。

これで滝神をなだめることができる。

桜田の動向を気にした滝神は、全員かかっての桜田捜索を主張した。組織防衛のための優先順位で言うなら、桜田確保のほうが先だ。取引に人を割いている場合ではない。桜田を絶対に捕捉すると確約し、ひとまず滝神を押さえた。

桜田が韮崎たちにしたことを考えれば、彼が馬鹿なほうの選択肢を選んだと分かる。ならばそれを利用しよう、そう考え、釣り込む電話をかけた。

その通話の最中、桜田の声に交じって聞こえてきたのは救急車のサイレン。まったく同じとき、待避所の前をサイレンが過ぎていった。

桜田のしようとしていること、考えそうなことは何か。

桜田は待避所を見張っている。

錯乱したハシノを確保しろ。南城の指示を受けた部下が捜索にかかり、桜田を確保できた。思っていた以上に容易に済んだ。

桜田のように、情熱に任せて道を決めてはいけない。結局は、自身の情熱に焼き尽くされてしまう。灰になってしまう。

——その兼ね合いが分かってないから、お前は不適格者なんだ。

南城は部屋を出た。瞬間、桜田のことは頭から飛んで消えた。

部下に今夜の指示を伝えなくてはならない。まずは彼らに防弾チョッキと銃、無線を渡す。何人かには暗視カメラを渡す。それに現場の配置と、指揮車に積み込む装備の説明も必要だ。

そして、今夜の仕事が違法ではあるが国のための〝濡《ぬ》れ仕事〟だと説明する。もちろん、異議は出ない。殺しは今日が初めてではない。疑う者はいない。疑うような者は選んでいない。

今夜の本番では、新が連れてくる手下が加わる。もちろん、全員武装している。南城たちを加えて、総勢二十人前後。

——秋葉、お前は何人集めた。弾避けの能見のほかには。

「急いでるんだ」

「そう言われても、マスターは五時からでないと出てこないんだから」

加治の店のパート女性は、困り顔で言う。加治の自宅には彼女に電話してもらったが、電話にはだれも出なかった。携帯電話も繋《つな》がらない。

能見を追うのに、東野が当てにできる人物は今のところ加治しかいない。能見に父親を殺された家族も手掛かりにはなるかも知れないが、東野は彼らの名前も住所も知らない。

——加治さん……頼む。

間に合わなかったら、一生悔やむ。嫌なものを一生背負う。

東野は数軒のパチンコ屋を回ってみたが、加治の姿を見いだすことはできなかった。あとは、加治の店で待つ以外にはない。

午後四時近い。陽がだいぶ陰ってきている。陰気な色のちぎれ雲が速足で駆けていく。風が出てきた。

結局このまま終わるのだろうか。

——お前は美知子と暮らし、二人一緒に幸せになれ。お前だけでは意味がない。美知子だけでも意味がない。そして、忘れろ。おれを含めたすべてを。

あの夜。能見はそう言うと、暗い路地の向こうに消えていった。

——置いてけぼりか、能見さん。

カウンターの隅に腰を落ち着けた。毎日のようにここにきていたという能見と、日々接してきた加治だ。いろいろ話し合っていけば、ヒントがあるかも知れない。と、思う反面——。

——能見さんがヤマについて、うっかりするとも思えない。

コーヒーカップを手で抱いたまま思案を続けた。加治以外に能見の行き先を知る者がいるか、いろんな顔を思い浮かべていた。

「東野か」

加治だった。能見の甥《おい》がいる病院にいたという。東野が電話をかけた時間はちょうど、病院の中だったようだ。

「頼みがあるんです」

東野は加治を連れ、客のいない奥のボックスに移動した。

「能見さんが今どこにいるか、知りたいんです」

「おれが知るわけないだろう。おれが聞きたいくらいだ」

「聞いてください――」

東野の言葉は丁重だったが、隠せぬ必死さが各所に滲《にじ》んだ。加治は能見からすべてを聞いていて、知らないふりをしているだけではないのか。能見が今夜、どこで何をするか知っていながら、隠しているのではないのか。大きなヤマに関わるものであるなら、口を開くことは裏切り行為であり、能見に誹《そし》りを受けることにもなる。

「だけど、おれも何かしなくちゃいけないんだ。このまま外野にいて、すべてを能見さんにおっ被《かぶ》せるわけにはいかない。だから、もし知っているなら教えてください。能見さんはどこでヤマを張るんです」

加治は長い長い間、沈黙した。

「加治さん」

「……何も知らない。能見は何かするつもりでいるのか。ヤマだと？」

「加治さん頼むから――」

「知らん。奴からは聞いてない」

今度は東野が沈黙した。駄目か。能見はすべてを自分の胸に納めたまま、準備を進めていたのか。

「ほんとに何も？」

「聞いてない」

東野は息をつきうなだれた。

「能見は独りでヤマの準備を進めていた……」

「……はい」

「それもあり得るだろう」

東野は顔を上げた。加治の顔に、違うものが浮かんでいる。何かを思い浮かべている。

五年前。加治は呟《つぶや》いた。

「何か」

「ひとつ名前が思い浮かんだ。だが……そいつは堅気だ」

「能見さんと関わりのある人ですよね」

「能見というより、秋葉に関わりがある。その名を知っているのは三人。正味三人。おれと能見と、秋葉」

言葉を切った加治の顔に、なんとも言えないものが浮かんだ。失われた何かを心の目で見、懐かしんでいた。

「秋葉が私生児だってのは知ってるか」

「昔聞いたことがあるけど」

「八田という奴がいる……秋葉の実の父親だ」

東野の運転する車は豊島区を抜け、荒川区へ入った。

加治の話によると、秋葉の父親の所在が明らかになったのは、五年前の八月、銃撃事件が起こる僅《わず》か二ヵ月前のことだ。

――秋葉はもう、父親はいないものと決めていて、探す気はまったくなかった。だがな、向こうから近づいてこられちゃ、しょうがなかった。

ある日突然、秋葉のもとに興信所から連絡がきた。八田の依頼を受けて、息子である秋葉の戸籍追跡をした結果、現在の秋葉の居場所を割り出したのだという。

秋葉は彼と会うことにしたが、付き添いに能見を選んだ。なぜ秋葉が能見を選んだのか、加治と能見にそれを公言しないように言ってきたのか、今となっては分からない。少なくとも、加治は聞いていないと語った。

――実際、秋葉が彼をどう思っていたか、もっと言えば、なぜ会うことに決めたのかも、おれには分からない。秋葉は話さなかったし、おれも聞かなかった。

秋葉は美知子にも話していなかった。ただ、話す時機を窺《うかが》っていた節はあったという。美知子には、自分の父親は母と入籍直前に事故死したと語っていた秋葉。秋葉でも、ばつが悪かったのだろうか。

当時、能見から伝え聞いたところによると、秋葉と八田は襲撃事件までに三度会ったという。

まずは能見の居所を突き止めるのが先決。東野はそう言って加治を諫《いさ》め、一人店を出たのだった。

東野は道に迷い、地図を確かめたり人に尋ねたりを繰り返しながら車を進めていった。

荒川に近い、住宅やマンションや小さな工場が混在する地区。東野はその中に、八田商店を見いだした。間口は狭いが、長細い敷地を持っているようだ。金属製の板やパイプ、流し台や電気機器などが、戸口だけを残して建物の全面を埋めて積み上がっている。『ニッケル、アルミ、ステン、銅、各種合金買い取り』と、下手な手書きの看板。

車を降り、入り口のサッシ戸に近づく。と、積み上がった鉄屑《てつくず》の陰から貧相な犬が飛び出し、激しく吠《ほ》え立てた。

「よしよし、吠えるな」

東野が優しい声を出したとき、サッシの向こうに影を見た。男が表の様子を窺っている。

「八田さん、おれは東野といいます。能見さんの仲間だ」東野は仲間を強調して言った。「能見さんのことで話があるんだ」

サッシが少し開き、ぎょろ目の男が顔を出した。犬は相変わらず吠え続けている。

「知らねえなあ。人違いじゃないのかい」

「八田さん」踏み出しかけ、犬を気にして思い止まった。「あんたが秋葉さんの父親だってのも知ってる。加治さんから聞いてきた」

八田は肩をすくめた。「じゃあな」

「待ってくれ」東野は声を張った。「能見さんは今夜ヤマを張るんだろ。おれも何かしなくちゃならないんだ。おれは今、秋葉さんの女房だった女と暮らしてる。美知子っていうんだ。美知子のためにも、おれは何かしなくちゃならない」

八田はなんの表情も読み取れない顔をし、再び肩をすくめた。

「……能見さんは念のために秋葉さんの墓を空にしたね……そういうことは、美知子には言ってないって。勝手をして悪かったって」

八田の目はしばらく東野の顔に張り付いていたが、やがてふっとどこかに外れ、しまいに地面へと落ちた。

「だれに聞いた」

「本人だ」東野は半ば怒鳴っていた。「おれは勘違いして、能見さんを疑った。おれを傷つけるつもりだと思って、美知子を取り上げるつもりだって……おれは能見さんを殺そうとした」

八田は目を大きく見開いて東野を見た。

「勘違いさせてすまん……能見さんはそう言っておれを許してくれた。そして今夜のこと、話してくれた」

沈黙。犬だけが変わらず吠えている。

「ゴロウ、うるさいぞ」八田は戸を大きく開けて出てきてしゃがみ込み、犬の頭を撫《な》でた。

「……もう、配役は済んだ」

「場所だけでも――」

八田の背後で電話が鳴り始めた。

ちょっと待て。八田が中に消え、すぐに呼び出し音が途絶えた。

東野はゴロウに吠えられつつ、寒風に吹かれて待った。

ややあって、携帯電話を握った八田が顔を覗《のぞ》かせた。

八田は携帯電話を差し出した。東野は受話器を見つめた。

「早く出な。やる気が失せたのか」

六

有働達子やその息子夫婦、森田医師も。話を聞いて歩いた人々のすべて、三十人ほどが大きな階段教室みたいなところにいて、桜田を見つめている。桜田は独り、演壇に立ち尽くしていた。ふと風を感じ横手に目をやる。大きな窓が開け放されていて、小さな山を登っていく小径《こみち》が見えた。

みなは桜田に笑みを送る。冷笑だということは、感じ取れた。達子の言いたいことが、桜田の脳に直接伝わってきた。

――だからわたしたちは、あなたに協力しなかったのです。

何か言葉を返そうと試みる。息はできるが、声帯は振動しない。声の出し方を忘れてしまった。桜田は喘《あえ》いだ。喘いでいるうちに、みながぞろぞろと席を立っていく。

一人、森田医師がつかつかと寄ってきて言った。あなたのような嘘つきとは話したくない。

森田と入れ違いに小さな子供が駆け寄ってきた。会ったことのない顔だがなぜか、この子は有働の孫だと直感した。子供は、桜田に一枚の紙片を手渡した。その紙片には、お前は不適格云々《うんぬん》と書いてある。南城室長の署名入り。

室内からすべての人が消えた。とたんに、横手の窓が妙に気になり始めた。桜田は窓へ顔を向けた。

長身の男の背中が見えた。山の上へ続く小径を登っていく。茶色のロングコートの裾《すそ》が、風になびく。男の右手にはオートマティックの拳銃《けんじゅう》、左手にはライフル。桜田は窓辺に駆け寄って、声をかけようとした。そのとき男が立ち止まり、振り返った。

能見亮司だった。

自分の脚で、しっかりと立っている。初めて見た能見の立ち姿は、凛《りん》としていた。桜田が見とれるほど。

強風が黒い森を揺さぶり、波濤《はとう》のような轟音《ごうおん》が鼓膜を弄《ろう》した。能見の髪も、風にかき乱されていた。

目が合った。能見は静かな面持ち。柔らかいとさえ言える顔つきだった。能見はふっと顔を戻し、また登り始めた。窓を乗り越えようとした桜田の目の前に、森番の鹿が現れた。大きな角を振るい、地を蹴《け》りあげ、桜田を威嚇する。能見の姿は木立の幕の中へ消えた。

地鳴りのような、風の音。

――木々の枝葉、機械の歯車でしかない。

桜田はゆっくり覚醒《かくせい》していく。

――それぞれがみな、自分主演の物語の中にいるつもりなのに、世の事象の中心にいて本番に臨むのは、一握りの人だけ。おれはどうして枝葉なんだろう……不適格者だからか。

はっと目が覚めた。灰色の壁。窓はない。二十畳はありそうな大きな部屋。しかし、物がまったくない。天井に張り付いた蛍光灯、空調のルーバー、ドアのそばの照明スイッチ、天井の角にぶら下がった監視カメラ。

頬が火照《ほて》っている。肩の痛みがまるで感じられない。クマダにやられた注射のせいだろうか。桜田はスチール製の椅子に固定されていた。手首と足首が、強力な布製ガムテープで幾重にも固定されている。椅子はびくともしない。椅子の脚が床にボルトで固定されている。

桜田の足元には、黒々とした染みが広がっていた。染みては乾き、染みては乾きしたらしい、色合いに変化のある変色。

血の染み。桜田はやっとの思いで視線を引きはがした。

微かな機械音が耳をくすぐる。音のした方向に目を向けた。カメラがスクロールしている。

「室長……南城！」桜田は声を張り上げた。音声マイクまであるかどうか、よく分からなかった。「出てこい、顔を見せろ」

しばらく待ったが、なんの変化もなかった。腕時計を見たいが、袖《そで》の中に隠れていて時間を知ることができない。肩の痛みが復活しないうちにと考え、身もだえして拘束を解こうと試みた。

突然鍵《かぎ》を解く音が響き、ドアが開いた。南城が入ってきた。

「顔を見たいそうだが」

桜田は唇を嚙《か》んだ。呼び寄せはした。だが、何を言う。

「逮捕する」

南城は鼻で笑った。「今か」

「今だ」

「薬、効き過ぎたか」

「おれをどうするつもりだ」

南城は力の入った桜田の声音をまねた。「殺すつもりだ」

桜田の頭に一気に血が集まり、吠《ほ》えた。何を吠えたのか自分でもよく分からなかった。

「ひとつ聞きたい――」桜田の怒号が済むのを待って言う。「お前、なぜ韮崎のところですべて明かさなかった」

「それは――」

「自分でケリを、落とし前を」

「……そうだ」

南城はくつくつ笑った。「教えておいてやろう。お前にそんな腕はない。お前はいつまで経っても、自分という人間を許れない奴だ」南城は冷たく桜田を見下ろす。「自分の分を知れ」

不適格、枝葉、歯車。そんな言葉が脳裏をよぎる。

「まっとうな警官であれば、韮崎たちにすべて明かしたはずだ。自分の分を知っていれば、独力で、などと考えない。お前は自分の手に余ることをやろうとした。この事態を自分で招いた。こういうのをなんと言うか知ってるか。不運? 違う。自業自得だ」

お前は自己愛が強すぎたあまり、命に関わる大きなミスを犯した。そう続け、南城は笑った。

「このままじゃ済まない」何か言わなければ、との強い思いから出た言葉だった。南城には強がりにしか聞こえないだろうことは、自分でも分かっていた。

「だろうな」南城はちらりと腕時計に目をやった。「おしゃべりしていたいが、時間がない。お前への聴取は後回しだ」

血の染みを思う。「拷問じゃないのか」

「同じことだ……これで失礼する。秋葉と遊ぶ約束なんでな。奴はどうやら、死に切れなかったらしい。招待を受けた」

南城は桜田の顔を覗き込む。桜田は南城のほしいであろう表情を浮かべてしまった。驚きの表情を。

「能見はこないかも知れない。案外馬鹿な奴だった。すでに指名手配だからな」

残念ながらお前は招待されていない。南城は言い、部屋を出ていった。再び、取り残された。招待されていない。お前は枝葉だと断定されたに等しい言葉。

桜田は再び身もだえし始めた。なんとか拘束を解きたい。

——秋葉が生きている？　それでおれたちは動かされていたんだ……でも、それだけじゃない。

桜田の頭の中には、博労じいさんの山と、室の中の薬莢《やっきょう》の山が浮かんでいた。秋葉のことはともかく置く。能見はくる。必ず南城を殺しにくる。のけ者は嫌、枝葉は嫌だ。自己愛でもなんでもいい、自分はその場に立ち会う必要がある。

桜田は苦闘を開始した。

苦闘を続ける桜田は幻視を見た。自分の脚で歩き、ライフルを担いで暗い森の中を遠ざかる、能見の後ろ姿を。

七

《クマダ、入ります》

「了解」

通りを挟んだ向かい側の歩道にある植え込みに、監視カメラを仕込んである。カメラは通過する車にときどき遮られながら、路地の奥を捕らえていた。

路地に踏み込んでいくクマダの背中がモニターに映った。午後十一時半直前。監視対象の貸倉庫にはなんの変化もない。

南城は傍らの街区図に目を落とした。運輸会社事務センターと電子機器会社倉庫の間に、約五メートル幅の路地。目的の倉庫は路地の突き当たりにある。路地の長さは約三十メートル。路地に面しているのは玄関ドアと大シャッターだけだが、倉庫本体の間口は約二十メートルある。運河に面した裏手と路地に面した部分を除き、すべてが両隣の建物ときっきつに接している。

南城は部下二人と指揮車の中にいた。指揮車は、路地からだいぶ離れた大通りの路肩にある。

鍵の開く音が指揮車の中に響いた。

「明かりはつけるな。それに逐一報告」

《今、倉庫の中に入りました……何もありません……事務所に入ります……無人。清掃の痕跡《こんせき》あり、空の段ボール箱が三つ。それに――》

南城は間取り図に目を落とした。ドアは倉庫の中間ほどに位置している。ドアを入って左手にトイレや流し、小さな機械室を含めた事務所があり、その事務所の隣に階段がある。

《機械室も無人、特に目を引く破損、異常なし》数秒の間。《倉庫に戻りました……やはり、エレベーターは使えない模様。階数ボタンのパネルが破損》

貨物エレベーターは倉庫の左奥、階段ドアの隣にある。貨物エレベーターの隣には運河に面している鉄の扉がある。

《鉄扉は内側から南京錠、裏手からの出入りはできない。窓には鉄格子と黒いカーテン。それに……天井裏のない造りの模様。天井裏に潜伏することは無理……二階にいきます》

しばらく無音。

《階段ドア上部に電子ロックの増設あり。鍵は開いています。入ります。階段部分は明かりがついています……異常なし》

「異常なしではなくて、目に入るものすべてを話せ」

《はい……剝《む》き出しの配管や配線あり。天井、いや踊り場の裏面に煙感知器。小窓に鉄格子あり、桟に清掃の跡》

ややあって、二階のドア前に着いたと報告してきた。以前試したときはこのドアを開けることはできなかった。解錠のエキスパートであるクマダに、鍵を解くように指示した。

五分かかった。《開きました。中に入ります……ここにも電子ロックの増設あり、しかし機能していない模様》

しばらく無音。

《何もなし。中央部分に木のパレットが八枚敷かれている。それ以外には……一斗缶ほどの空き缶が四つ、ハンドリフトが二つ、手押し車がひとつ……天井に異常はなし》
突然クマダは咳《せ》き込んだ。
《すみません……すごい埃《ほこり》で、喉《のど》にきます……》
クマダはひとしきり咳き込んだ。
《エレベーターのドア、開いたままです》
「中は」
《何もなし。電源が通っていない模様。エレベーターの天井にハッチの類《たぐ》いはなし》
クマダは三階に上がった。
《ここにも電子ロックが付け足されています……ドアが開きました……紙くず、材木くず……空のドラム缶が三個……猫車が二つ。ほかには何もなし。ほかの階と同様に窓には格子、黒いカーテン。背面の鉄扉の施錠もしっかりしています》
「屋上へ昇るハシゴがあるだろう」
《あります》
「いけ」
十数秒ののち。《ハシゴの最上段にきました。戸を開けます……屋根には何もなし。アンテナ類が二本、空のバケツがひとつ、錆《さ》びた鎖の固まりが一山。以上です》
「分かった。戻れ」
――だれもいなかったか。

南城は背もたれに背を預け、煙草をくわえた。

——ということはやはり、外からか。

南城はしばらくの間、回転している秒針を見つめ、いきなり身を乗り出しマイクを握った。

「クマダ、どこだ」

《一階に着いたところです》

「表に出たら、電力メーターの回転を見てくれ」

《了解……》数秒ののち。《今、外に出ました》

モニターの中にクマダの姿が見える。彼はドアのそばにいて、倉庫の壁面を見上げていた。

《メーターはごくゆっくり回っています。間隔を？》

「頼む」

やがてクマダが応えてきた。《一回転に約十秒かけて回っています》

「……戻れ」

思案に沈む。電力消費のスピードが速すぎはしないか。現状の倉庫が、なんのために電力を食っているのか。

——しかし、設備の待機電力に必要か。

南城は結果を出した。倉庫は今も無人だ。倉庫の出入り監視を始めたのは、午前九時。それ以前に彼らが倉庫に入っていたのではないか、という疑いが消せなかった。

南城はマイクを握った。「監視各員、倉庫は無人。目標は外からくる」

監視体制は整っている。倉庫入り口と路地を監視するカメラ。街区の各所に部下を配置。倉庫裏手は運河だが、人が回っていけなくはない。対岸にある遊歩道に部下を配置し、倉庫裏手を監視させている。桜田の監視を除いた部下十一人が現場を固めている。全員、銃を携帯し防弾チョッキを着ている。

携帯電話に着信があった。《新だ。もうすぐ後ろに着く。滝神さんも一緒だ》

今になって思い出した。新と滝神は、取引が偽であることをまだ知らない。

「何人連れてきました？」

慣例でもあり、新は手下を引き連れてくるはずだった。

《おれを入れて八人。車二台だ》

総勢二十一人か。

「手下は武装してますか」

《してないはずはないだろう》

南城の唇に笑みがすっと浮かぶ。随分気張っているじゃないか。獣相手にしか使ったことがないくせに。

——不公平ではあるまい。丸腰で行かせるわけじゃない。

バンの全面を守る防弾壁ごしに、小うるさいアイドリングが聞こえてきた。新自慢のアメリカ製大型バンが後ろに着いた。南城が思ったことは、ただひとつだった。

——しかし、いささか薄情かな……。

八

東野は車を路肩に停め、通りの先を見据えていた。何かが起きるのを待ちながら。

八田の家に押しかけた東野がもらった仕事は、今夜の大本番には直接関わりのないものだった。東野はすぐ仕事に取り掛かり、無事やり終えた。そのあとは店に戻ることになっていたが、東野は約束を破った。

彼らがどういう計画でことに当たるつもりなのか、東野は知らない。ごり押しして、やっと能見から場所と時間を聞き出した。

――こうなりゃ八田のおやじに張り付いてやる。おれも加わるぞ、能見さん……。

そこまで言うと、能見は場所と時間を口にした。

東野が能見から受けた仕事とは、彼が昔ガキだった時分、得意にしていたものだった。やるのは十年ぶり。もともと八田がやるはずだったらしいが、東野が押しかけてきたことを知った能見が、東野に任せることにした。能見はかつての東野のことを知っている。車専門だったことを。

まだ陽の落ちる前、八田手製の工具と装置を持ち、八田の乗る車ででかけた。場所は世田谷にあるタワーパーキング。

月極め契約が基本だが、空いているブロックのみ時間貸でも提供している。空きは僅《わず》かであるらしく、時間貸表示の空ランプがつくまで、二人は二時間以上も待った。

やがて訪れた宵の始まり。青い空ランプが点灯した。

二人は低い歓声を上げ、車を出した。東野は打ち合わせ通りバックシートに移り、毛布を被《かぶ》って体を隠した。

各所の監視カメラやセンサーで遠隔運営されている駐車場で、係員はいない。八田は手順通りに操作盤を操作し、時間貸として車をタワーの中に入れ、車を降りた。

東野はシャッターが閉まるのを待ち、行動を開始した。照明はシャッターが閉まった瞬間に消え、真っ暗やみの中で仕事をしなくてはならない。

装置を入れたデイパックを背負い、工具は服のポケットやベルト通しにばらけて配した。闇に目が慣れてきた東野は、あるべきものを探し、すぐに見つけた。監視カメラ。出庫スペース部分に向けて、左右と背面の三か所にある。見たところ、死角が見つからない。恐らく暗闇対応のカメラだろう。あれに写ってしまったら、警備員がかけつける。これでは外に出ることができない。

——一か八か飛び出すか。モニター係が見逃してくれることを期待して。

そんなガキみたいなことはできない。ここでヘタをうって本番に影響が出るようなことは、避けなくてはならない。東野は待ちを決め込んだ。だれかが車の出し入れするのを待つ。外をぶらついて待っているはずの八田には、携帯電話で知らせておいた。

東野は再び毛布を被り、待った。すぐ次の問題が持ち上がる。とにかく、冷える。

入庫のときはキーを抜かねばならない決まりだが、八田はそのままにして車を出た。暖房がほしい。震えがくる。暖房を使っても平気なのではないか。

――こう冷えては、仕事のときに支障が……。

東野は運転席に腕を伸ばしかけ、動きを止めた。

――バッテリーが上がらないとも限らない。バッテリーが上がると、どんな事態に陥る？

あらゆるケースを想像してみた。その結果、答えが出た。

バッテリー上がりの可能性があるなら、使わないことだ。話は簡単。寒さ対策に頭が回らなかった自分が悪い。

東野は震えて待った。

四十分ほど経ったころ、なんの前触れもなく車を載せたカーゴが移動し始めた。だれかがきた。

東野の車は上昇を続けた。そのうち、大きな振動とともにカーゴの上昇が止まった。東野は窓の外をぐるり見回す。カメラらしきものは見当たらない。車の窓を下ろし、体を乗り出し下を見た。十数メートルほど下の出庫スペースに明かりが灯《とも》り、だれかが車を出そうとしている。

闇が戻るまで待ち、東野は車を出た。足がかりは少ない。

標的は白のマークII。ナンバーは頭にたたき込んである。建物の壁の四隅に鉄のハシゴがあり、闇の奥へ延びている。もう一度監視カメラを探してみた。見当たらない。出庫スペースにしかないようだ。

暗闇の中、白と分かる車は十台以上。東野はカーゴの端まで進んでいき、ハシゴに手を伸ばした。

──……届かない。

ハシゴを使わず移動か。カーゴはタイヤの載る二本の金属板を太いパイプ四本で囲っただけのもの。それが、回転するレールに繋《つな》がっている。構造はいたって簡単。簡単過ぎて、手掛かりがない。

胃に震えを感じる。時折、背骨を何かが這《は》っていく感触。昔、車上荒らしをしていたときに感じた、あの感じ。恐怖と緊張が入り交じった懐かしい感覚。

東野は車のルーフに登って立ち上がり、両手を伸ばした。手は上のカーゴの金属板に届いた。手をかけ、自分の体を引き上げ支柱パイプを伝って上に上がった。上がったカーゴにあった車の色は、真っ赤だった。

この要領で、東野はカーゴを上へと移動していった。無事にてっぺんまで登ることはできたが、標的はなかった。

──次は降りていくのか、これは……きついぞ。

てっぺんの車から次の車までは、楽に移動できた。カーゴは斜め下にあったので、ルーフの上に飛び乗るだけで済んだ。

ここからが問題。垂直下降。東野はルーフ上から、見下ろした。

突然、カーゴが移動を始めた。大した揺れではなかった。ワックスの効いたルーフのへりにいた東野はしかし、足をすくわれバランスを崩した。

「あっ……」東野は落ちた。必死に伸ばした手指が、金属板を摑《つか》んでくれた。

凍えた闇の中で宙づりとなった。なんとか助かったことを遅れて悟り、東野は息をついた。

「今のは……やばかった」

カーゴは上昇を続け、必死に登ってきたてっぺんを過ぎ、やがて下降を始めた。とにかく止まるまで待つしかない。

下降していく。出庫スペースが近くなってきた。灯った明かりが目に眩《まぶ》しい。

地上が近づく。

カーゴが止まった。直後、シャッターが開いて大小二人の人影が見えた。子供連れらしい。

「カズヒコ、危ないから外で待ってなさい」

そんな声を耳にしている東野は、僅か二台分上のカーゴにぶら下がっていた。緊張が高まる。目を閉じて、彼らが出ていくまで凍っていた。

やがて車が出ていった。思わず安堵《あんど》の息が漏れた。東野は徐々に体を引き上げていき、ようやくルーフ上に立った。

再び登り始める。いったん地上に降りたい。だが、下には監視カメラ。上がるしかない。カーゴを一台分移動。取りついた車は、マークIIだった。前へ回ってナンバーを確かめた。違いない。この車だ。

――苦労かけやがって。やっと仕事だ。

十年ぶりだったし、ロック機構の変更もあった。ドアを開けるまで、三十分もかかった。さすがに、腕が鈍った。

中に入った東野は、デイパックから装置を取り出した。缶コーヒーほどの大きさの缶と、それより一回り小さなプラスチックのビンがテープで固定されていて、それぞれの口はパイプやコックなどで繋がれている。それからコードが一本伸びていて、コードは一台の携帯電話に繋がっていた。

電源は車のバッテリーからもらうことにする。東野はようやく、本当の仕事にとりかかった。

東野の見守る夜の通りには、いまだなんの変化もない。

今夜したことも、ここにいることも、美知子は知らない。いつかの昼下がり、美知子は能見からすべてを聞いたらしい。東野もあの夜能見からすべて聞いたが、美知子は多分それを知らない。

美知子の美しい横顔。

——おれも、秋葉さんみたいなでかいことをすれば……。

秋葉と同じように、愛されるのかも知れない。短絡的、無思慮、幼稚。思うが、このままじゃ耐えられない。

八田も現場のそばにいるに違いない。今ごろ寒さに震えているだろう。いや、寒さなど気にも止めていないか。出掛ける前、八田商店作業場の金属融解炉で暖を取りながら、八田と話した。傷ついた能見を全面的に助けたのは八田だった。能見には莫大《ばくだい》な資金があり、金には一切困っていないという。

ほかでもない。あのモルヒネだ。

今までの能見の活動資金は、中国人からぶん取ったモルヒネだった。五年前、秋葉に叱責《しっせき》を受けることになった、あのモルヒネ。山中の倉庫に置かれていたモルヒネを盗み出したのは、八田だった。中国人たちは倉庫に見張り役を置いていた。能見はそのうちの一人が、モルヒネ中毒にかかっているのを知っていた。彼が番に立つ日を狙った。予想通り、彼は夜半過ぎには前後不覚となった。八田は彼をやすやすと縛り上げ、モルヒネすべてを運びだした。

能見の指示に従い、八田はそれを数回に分けて売り捌《さば》いた。八田は正確な金額を言わなかったが、相場から考えて数億は稼げたはずである。

だから能見は年金や保障など、国の援助は必要としていない。障害者手帳も持っていない。モルヒネを闇で売り捌いたことについて、能見は一言だけ言ったことがあるそうだ。

――秋葉さんには、そのときがきたら詫《わ》びを入れる。

八田は能見とは連絡を取れないと言った。新田甚一殺しの件で警察に追われているので、携帯電話は電源を切ってあるのだという。別の携帯電話を用意してあるはずだ、そう尋ねた東野に八田は頷《うなず》いた。だが番号を知らないと言う。

――通信は一方通行。かかってくるだけ。かけちゃ駄目だ。

――なぜ。

――もし、ここぞというときに電話がかかってきたら、相手に隙を与えてしまうんだと。

そういうものなのか。そこまでするものなのか。

東野はステアリングを握り締めたまま、改めて、能見の厳しさを思った。そこに携帯電話が着信した。一瞬美知子を思った。

《今どこにいる》

「能見さん――」

《どこにいる》

「多分、能見さんのすぐそばに。止めても無駄です」

《お前の仕事は済んだ》押し殺した声。音が僅《わず》かに共鳴している。《お前はもう充分やった》

「本心から言ってくれてるんですか」

《そうだ。だから帰れ。彼女のそばにいろ》

「おれもやります」

《ガキみたいなことを言うな》叱責の調子が交じる。

東野は半ば怒鳴った。「まだガキなんだ」

能見は長い間沈黙した。東野は彼の言葉を待ち続けた。

《仕方ない、そこにいろ》

やっと言ってくれた。

「具体的な計画は——」

能見は遮った。《始まれば分かる》

「足手まといにだけはなりません、絶対に」

《空は——》何かを振り払ったような清々しさが漂った。《晴れているか》

「おっきな雲が何個かあるけど、晴れてる」

《……ガーネット・スターを知っているか》

「いえ。なんです、それ」

《おれの星。おれも一月生まれだ》

何のことか聞き返す間もなく、能見は電話を切った。美知子なら意味が分かるだろうか。東野は黄色い光の溢《あふ》れる通りを眺め、そんなことを思った。

《東区画、通りかかった不審者は台車ではない》

《マルサンも確認。無関係の障害者と認識……》

部下のやり取りがスピーカーから流れている。電動車椅子に乗った老人が監視区域に入ってきた。偽装の可能性があるだろうか。南城は再確認の指示を出そうとマイクに唇を寄せた。肩を摑まれた。振り向くと滝神の顔。新と二人、指揮車に移ってきていた。

「今のはなんだ。台車とはだれのコードだ」

南城は舌打ちを漏らしかけ、止まった。滝神の顔には不審が一気に噴出している。その横で新も睨《にら》みつけていた。

「説明しろ。台車とは能見のコードではないのか」

「取引の裏を疑ったまでです」

「訳は」

仕方ない。話した。

「秋葉は死んだんではないのか」聞き終わった滝神は、怒気を隠さない。「能見の言っていたことは本当なのか」

「不明です」

「貴様はそんなことはないと断言したではないか。秋葉は死んだし、能見は役立たずだと言ったぞ」

「だから管理官、確かめる必要があります」

「分かった。ならばわたしは——」

「とんでもない。管理官には出てもらわないといけません。奴らはあんたを標的にしてる可能性もある。あんたが出てってくれないと、あいつらは顔を出さないかも知れない」

「……あんただと」

　これは完全に無意識に出た言葉だった。

「失礼しました。ちょっと熱くなりまして」気持ちは冷たく澄んでいたが一応言い訳した。

「管理官も渡部のように死にたいですか。嫌でしょう」

　もし秋葉たちが現れるなら、その計画を可能にするために必要な分室の情報をどこから手に入れたかが問題になる。妥当な線で考えれば、それは渡部の口から漏れたということになる。

「ここでケリをつけて、明日から安心して眠りますか。それとも、渡部のように一人一人屠《ほふ》られるのを待ちますか。危険の度合いにそれほど差はありませんが」

　滝神は思案し、呻《うめ》いたのち言った。「いいだろう。当初の計画通りに」

　部下二人も聞いている。見栄っ張りの滝神がこれを気にしないはずがない。大きなところを見せるのが好きなのだ。

　南城はマイクに向かった。「監視各員。いつものように囮組織《おとりそしき》が先発する。囮組織の人員はリーダー含め八人。相撃ちを避けるために、リーダーを除き彼らは全員MA—1ジャケットを着ている。リーダーは茶のトレンチコートだ。今回はその八人に加え、〝コントロール〟が同行する。分室員の配置を言う。クマダ、サイトウ、カネコ、ヨシダ、カワダは囮に同行。今言った五人は全員、ナイトスコープを携帯しろ。他は急襲要員として待機。今の内容を頭に叩《たた》き込め。一分やる」

きっかり一分待った。南城は滝神と新を交互に見た。

「では先発しますか」

「お前は――」不服顔の滝神。「こないのか。あれだけ偉そうなことを言って」

「奴らがきたら、わたしが対処するんですよ。管理官が再び表に出てきたときは、あの陰気な路地に死体が転がっています。管理官は高みの見物をしていてください」

新が言う。「だが取引が裏のないものだったら？」

「そのときは、金儲《かねもう》けして帰りましょう」

新の胸ポケットから電子音が生まれた。新は携帯電話を耳に当て、話し始めた。話すうちに、新の眉《まゆ》が意味ありげにさっと上がった。

「遅刻ぐらい構わんさ……入って待ってりゃいいんだな――」

電話を終えた新は、捩《ねじ》れた笑みを浮かべた。

「ナカガワは、少し遅れるから先に入って待っていろと言ってきた。ポストの中に鍵《かぎ》があるそうだ」

「三階で、と言いましたね」

「言った」

「頼むぞ南城。奴らがきたら、倉庫に入れるな」

「いつも通りやりますから心配無用ですよ」

滝神の顔に微かな疑念がよぎったのを、南城は見逃さなかった。

──そこそこ勘はいい。そうでもないと管理官まで出世はできんか。

いつも通りやるつもりなのは確かだが、滝神の命にはそれほど重きを置いていない。滝神は本能でか、それを感じたらしい。

「何か？」

滝神は鼻を鳴らし、出ていった。

やっとのことで、肩のワイシャツが露出した。

依然、椅子に拘束されたままの桜田。身もだえし、首を折り曲げ口を使って、上着の襟を右肩から外し終えた。小刻みに肩を揺すって、右腕をあらわにしていく。

カメラに目をやる。だれかが駆けつけてくる気配はない。全員出払ったか、いてもさぼっているか。

手脚の拘束はきついものだったが、ガムテープには違いない。切れないわけではない。伸縮性もある。テープは衣服の上から巻かれている。ならば、上着を脱いで、袖《そで》を残して手首を引っこ抜けばいいと考えた。

動き続け、肘《ひじ》の辺りまで脱いだ。手首まではあと少し。だがここまできて、だぶついた生地が邪魔になり、袖が下がらなくなった。もう、びくともしない。

衣服を脱ごうが、きつい拘束には変化なし。無駄だったのか。

身動きしているうちに、左の肩から上着が滑り落ちた。桜田は身もだえし、上着を背中へと落としていく。偶然そうなったのだが、これはいけそうに思う。両肩から胸、背中の大部分があらわになった。

いけそうに思った気持ちは、すぐに霧散した。これ以上、どうしようもなくなった。上半身を脱ぎはしたが、どうやっても両肘より先まで脱ぐことができない。拘束をもうひとつ増やしたようなものだ。

やはり無理なのか。カメラの向こうでだれかが笑っているような気がする。

——拘束を解いても、次はドアがあるし……。

見たところ、ドアには鍵穴さえない。内側からは開けられない。何をやっても結局、駄目なのか。

——待て……違う。

桜田は息を整え、身もだえを再開した。

——これは南城云々《うんぬん》、能見云々以前の問題じゃないか。

ここを出なければ、死ぬ。命の問題。諦《あきら》めるわけにはいかない。

胸を突きだし背を反らせ、上体を倒していく。背中に巻き付いていた襟元に隙間ができた。そのままの体勢を維持。ごくゆっくり右へ、左へと体を交互に倒す。体を倒して身もだえ、逆に倒して身もだえ。ときどき肘を突っ張ってみる。少しずつ、腕が抜けていく。

作業を続けて、肘は抜くことができた。そこまでで本当の限界。駄目か。桜田は背もたれに背を預けた。と、両の袖がいきなり引っ張られた。ふと腰の辺りに目をやる。背中の辺りにある上着がロープの役目を果たし、後ろに体重をかけると両袖に牽引《けんいん》の力を生む。腕を押すと同時に後ろへ体重を。これを、幾度も幾度も繰り返す。やがて、ガムテープの下の袖に緩みを感じ始めた。

これを繰り返せばやがては手首が抜ける。今度こそ確信を得た。

そこでドアが開いた。

「ご苦労なこった」何かを食べていたらしい、口元がもごもごと動く。「どこまでやれるかと見物してたが、そこまでのようだな」

――あと少しだったのに。

男はシンドウという。桜田とはあまり馴染《なじ》みがない。顔とコードを知っているという程度。

「あんたは留守番か」

「おれはモニターが専門だからな。荒仕事は性に合わない」

シンドウは普段、庭番のコードで知られている。定位置監視のエキスパートだった。

「ジャケットを着させてやる。今度はボタンを外すところからスタートだ」シンドウはゆるゆる近づいてきた。「そうだな……今度は一時間やろう」

シンドウは桜田の直前まできて、後ろに回っていった。前から作業してくれれば、頭突きのひとつでもできた。桜田は唇を嚙《か》んだ。

「聞いてくれシンドウさん」

「なんだ」

「この分室は南城室長の欺瞞《ぎまん》なんだ。ここは警察の組織じゃない。みんな騙《だま》されてるんだ。ここは、室長たちの犯罪組織の運営を助けてる。信じられないかも知れないが、ほんとうなんだ。おれはそれを暴露しようとした。それで室長がおれを殺そうとしてるんだ」

「そうか……それでこのざまなわけか」

得心したような声。しかしまったく驚きはない。桜田の予想していた疑いも、交じらない。

「シンドウさん――」

背後から短い笑い声が聞こえた。「そんなことはみんな承知の上。知らない奴はそう、お前ぐらいのもんだ」

息が詰まった。

「そんなことじゃないかと、みんな察しがついてる。いつも囮組織の新とかいうのが出てくるしな。国のためだとか言われて、おれたち今まで何人消してきたと思う。そんな組織、この日本にあるか。おれたちは室長や管理官たちに、騙されてやってるんだ」

シンドウの手が桜田の上着にかかる。急に声が険しくなった。

「さんざんこき使っておいて、しまいには不適格だと？　左遷だと？　ふざけるな。せいぜい退職まで、がっちり稼がせてもらう」

お前も腕を磨けば、もっと手当が上がったのに。シンドウは喋《しゃべ》り続けているが、彼の言葉は飛んで消えていく。

――みんな承知の上で……。

桜田は何も考えられず、渾身《こんしん》の力を込めて緩みのきていた右腕を引っ張った。奇声も出た。あっさり手首が抜けた。背後からシンドウの悲鳴が聞こえた。桜田は後ろも確かめず摑《つか》みかかった。伸ばした手が何かを摑んだ。桜田は身をよじらせながら腕を引き寄せ、摑んだものをスチール製椅子の背もたれに打ち付けた。

一度では足りない。二度、三度、四度。反動を借りて肘を打ち込みもした。桜田が摑んだのは、シンドウの手にしたものは動かなくなった。肩越しに振り返ってみる。桜田が摑んだのは、シンドウのワイシャツの胸元だった。シンドウは血で顔を真っ赤に染め、ぐったりしていた。

桜田は手足の拘束をすべて解いた。それから、シンドウの上に屈《かが》み込んだ。

「ここはどこだ」

「……待避所……七階……」

桜田がいつも出入りしているのは六階。七階にこんな場所があったとは。

「知らないとは言わせない。南城が秋葉たちと会うのは、どこだ？　時間は？」

シンドウが持っていた手錠でシンドウと椅子を繫《つな》ぎ、部屋を出た。ドアの外は廊下。ドアの脇に戸棚があり、桜田のコートが打ち捨てられていた。桜田はそれを着た。

確かこの階には機材倉庫があったはず。桜田はシンドウから奪った鍵束《かぎたば》をいじりながら、あとひとつだけあるドアに向かった。

鍵に迷うこと数分、ドアは開いた。確かに、そこは機材倉庫だった。警察活動で使うすべて、と言っていいぐらいの種類の道具がそこにあった。各種モニター、カメラや無線の類《たぐ》い、機動隊が使う盾、防弾チョッキ、防刃チョッキ。パトライトやコーンパイプまで。

桜田の目は目指すものを探して動き回る。

あった。武器類。ライフル、ショットガン、拳銃《けんじゅう》。催涙弾。

本来なら鍵のかかったロッカーに厳重に保管されているはず。だがここでは、すべてのものが剝《む》き出しに晒《さら》されている。

それぞれの銃の弾倉、弾丸も揃っている。ショットガンにしようかと迷った。ポンプ式とオート式、どちらもある。日本の警察では、ショットガンは機動隊員の使う道具であり、一般の刑事である桜田は使い方をよく知らない。

結局、ワルサーPPKを選んだ。バックホルスターを腰の辺りにつけ、銃を収めた。ついでに、防弾チョッキも着込む。

エレベーターを使い一気に地下へ。ないとは思っていたがやはり、車両はすべて出払っている。桜田は歩道に出ると、タクシーを待った。タクシーでもなんでもいい、現場に辿《たど》り着きさえすれば。

これで、自分もただの枝葉ではなくなる。

九

「移動マルイチ、マルニは所定の場所へ移動。徒歩監視、所定の位置に移動。これより監視活動から待機行動へ移行する。各員、銃に消音器を装着しろ」

各員から了解の連絡が入る。後方に停まっていた新たちの車両二台が路側帯を離れ、指揮車の隣を過ぎていった。

部下がマイクに向かう。「囮《おとり》車両二台、発進した」

すぐにも新と滝神、新の手下たちの乗ったアメリカ製の巨大なバンがモニターの中に入ってきた。分室員の五人は車に乗らず、徒歩でついていく。

バンは路地入り口そばの路肩に停まった。

「ヨシダとカワダ、お前たちは一人ずつ車の中で待機」

《了解》

二台の車から男たちがすべて降り、入れ替わりにヨシダとカワダが車に乗り込んだ。

新と滝神、新の手下七人、分室員のクマダとサイトウ、カネコ。総勢十二人が路地へと踏み込んでいった。

モニターの中、新にぴったり寄り添う彼の手下の持ち物に目が止まる。

――やる気じゃないか、熊撃ち。

その手下が持っていたのは、ストライカーショットガン。馬鹿でかい円形のマガジンドラムがくっついた、十二連発のショットガンだ。

――使いこなせるのか。

新たちは倉庫のドア前まで到達した。ほぼ全員の頭があちこちと動き、辺りを探っている。

《中に入ります》

「監視各員、囮は籠《かご》に入った。囮は籠に入った。周辺状況に注意……移動マルイチとマルニはいつでも現場急行できるように」

《こちらクマダ、今、一階の明かりをつけました》

クマダの声。全員が倉庫の中に入った。

「クマダ、ドアのそばに新の手下を二人立たせろ」

《了解》

こちらは取引を疑っていない、そう見せる必要がある。見張りを置かなくてはかえっておかしい。

「サイトウ、カネコの二人は事務所の中で張れ」

——餌は仕掛けた……早く食いにこい。

ややあって、サイトウとカネコが事務所内の位置についたと報告してきた。細かな注意点について念を押しておこうと考え、口を開きかけた南城の鼓膜を、クマダの声が打った。

《こちらクマダ、総数八名階段に入りましたが……事変あり》

クマダの声に、切迫した様子はまだない。だがそれは、普段から冷静沈着なクマダだからと言えた。クマダの声に交じって、滝神の喚《わめ》き声が聞こえてくる。

「なんだ」

《ドアが開きません》

「どのドアが」

《ですから、すべてのドアが……我々は階段に閉じ込められました》

——きちんと内偵をしたとさっきお前は……。

滝神がクマダを詰《なじ》っている。

《内偵時には死んでいた電子ロックが、急に生き始めたようです》

「窓は」
《鉄格子が》
――これは……遠隔操作か。
事務所にいるサイトウとカネコに指示を出そうとしたそのとき、当のサイトウから急報が入った
《事変です》
「今度はなんだ、照明でも落ちたか」
サイトウは一瞬言葉に詰まった。《はい、その通りです》
「暗視スコープを使え。機械室の配電盤を見てこい」
数秒後。
《駄目です。配電盤の扉が溶接されていて、開けられません》
「分かった。いいかサイトウ、事務所を出るな――」
突然の砕裂音に、南城の声はかき消された。直後、いっせいに無線が開いた。サイトウとカネコ、滝神の悲鳴をバックにクマダ、新のバンで待機しているヨシダたち。
南城は声を張り上げた。
「みな黙れ！　今の発砲はだれだ、サイトウお前たちか」
《いえ……倉庫から聞こえました。玄関を見張っていた囮組織の者か、あるいはほかの……だれか》
「お前たちはどこにいる」

《まだ機械室に。カネコも一緒です》

「どうしてカネコを監視に残しておかない？」

今はいい、叱責《しっせき》の暇はない。

「二人で事務所に戻れ。だが事務所から出るな。発砲音の出所を探れ」

《了解》

相手を分断、照明を落とす。

――そして、始まったか。

南城は背もたれにいっとき身を預け、次の報告がくるのを、あるいは次の事変を待ち受けた。

――奴ら、中にいたのか。ではどこに潜んでいた？

隣にいる部下フクダと目が合った。彼の眉《まゆ》には皺《しわ》が刻まれている。奇妙な疑問を表した顔。

「なんだ」

「いえ」フクダは目を逸《そ》らした。「その、なぜ室長は笑っておられるのかな、と思いまして」

言われて初めて、南城は自分が笑みを浮かべていることに気づいた。部下の手前、笑みは消した。

怒号が聞こえてきた。《南城――》

滝神だ。クマダから無線を奪ったか。

《いったいどうなってる。銃声はドアの外から――》

「調査中です。サイトウ、報告しろ」

《事務所の窓から倉庫内を今……玄関そばにいた囮組織の要員二人、倒れています。血痕《けっこん》が見

えます、撃たれています……ほかにはだれも……》

サイトウが短い悲鳴を上げた。

「サイトウ？」

サイトウの代わりに、連続した銃声が応《こた》えてきた。

またも、無線が一気に息を吹き返した。声と金属音、ガラスの割れる音。だれが何を言っているのかまるで分からない。

南城は新の車中で待機している部下に向けて、声を張った。

「ヨシダとカワダ、玄関までいって中の様子を探れ」

《了解》

「いいか、中には入るな――」

監視モニターの中。ヨシダとカワダがワルサーＰＰＫを振りかざし、ドアの内側へ突入していった。

「間抜け……」

直後、新たな悲鳴が二つ、無線を使った合唱に加わった。

「時間がないんだ、急いで」

運転手は間延びした声で言う。「急いでますよ」

タクシーは事故渋滞に捕まっていた。その元となった事故現場は交差点。右折トラックと直進乗用車の衝突事故だったようだ。

いるか。
やがて、渋滞を抜けたタクシーが快走を始めた。腕時計に目を。零時十分。もう、始まって
自分にできるだろうか、ふと疑いが起きる。南城を逮捕するだけでは済まない。同僚たちが
みんな、南城につく可能性もある。そのときは、一人対十数人ということになる。
——秋葉と能見に、幾らか片付けさせて……。
駄目だ、とすぐ打ち消す。とにかく今、自分は警察官としてここにいる。
能見は必ずきている。秋葉がいるなら二人で、あるいはもっと仲間を集めてやっているはず
だ。勝とうとするはず。能見はヤマを踏む男だ。ヤマなら、無事逃れるよう策を練る。能見は
そういう奴だ、そんな気がする。
南城を捕らえる。能見、生きているなら秋葉も逮捕。そしてそのあと——。
——なんとか現職に復帰……。
笑みがこぼれそうになった。何をしたって多分、今さらだ。今夜のある出来事に関わった者
の一人。自分の意志で動く、枝葉でも歯車でもない者。それだけあればいい。
もう一度能見に会いたい。能見のように、自分も、自身の判断で行動し生き抜いた者の一人
として。そして、話してみたい。どんな奴なのか、何を思考するのか。山の中で独り暮らし、
寂しくなかったのか。なぜ星を眺めていたのか。夜の博労じいさんの山は、どんな様子なのか。
そこで飲む酒はどんな味だったのか。
「運転手さん、急いで——」
運転手を苛立《いらだ》たせるだけ、それは分かっている。だが、そう声をかけずにはいられなかった。

第六章

一

時折思い出したように風が起こり、冬枯れた木立の間を駆け抜ける。やってきては引いていく、葉ずれの波。

都会のただ中にあって、エンドウ不動産貸倉庫第三号は孤立していた。倉庫は人気の絶えた大企業のビルや倉庫、工場などに囲まれ、民家はない。駆けつけてくる者はいない。場所選びには成功したようだ。

倉庫の裏手には運河が流れ、対岸には、岸壁に沿って遊歩道が通っている。ジョギングや犬の散歩は絶えた。寒さの冬、浮ついた若者の集団もいない。遊歩道にはだれもいないように見える。だが、相手の監視員がいるのは間違いない。

八田は約束の場所にいた。当初は近づくなと言われたのだが、充分離れるからと説得し、倉庫の背面が見えるぎりぎりの位置にいた。倉庫から百メートルほど下流にあるベンチに腰掛け、手に携帯電話を握り締めている。

断続的に続いていた銃声が、今は途絶えている。

大事な本番のときだけ脇に回るというのは、自分でも情けない。情けないが、仕方ない。自分がいては足手まといになる。

八田は我知らず居住まいを正し、運河の黒い流れを見つめた。


遠隔操作によるものと思われる照明の明滅は、明かりが消えた形で終わっている。今の倉庫一階は、南城たちが突入時に投げ込んだ照明弾により照らされていた。

南城はエレベーターを使い、南城らの突入と同時に上へ逃れた。無数の弾痕《だんこん》。相手は破損して使えないはずのエレベーターの前に立っていた。中へ入ってみてようやく、何が行われていたのかを正確に把握できた。

一番初めに、滝神らが電子ロックにより階段に閉じ込められた。

次。照明が落ちる。事務所の中にいたサイトウとカネコが配電盤を探りにいっている間、最初の銃撃。新の手下二人が死亡。

次。サイトウとカネコが暗視スコープを使って事務所に戻り、窓から倉庫内部を検分。そのときに照明が戻された。彼らの使っているスコープは、急激な光量変化にも自動的に対応する自動調節機能がついていた。だがその機能の対応に、ごく僅《わず》かなタイムラグがあった。そこを突かれた。

カネコは頭部に銃弾を受け即死、サイトウは首を撃たれたがカネコよりは長く生きていた。

直後、表玄関から突っ込んだヨシダとカワダも、あっさりと銃撃を受けた。死ぬ間際のヨシダが無線によりこう伝えてきた。

――相手はエレベーターに……レーザー標準つきの……。

この間、南城は指揮車を路地の入り口につけて入り口を塞《ふさ》ぎ、その一方で街路の監視にいたすべての要員を集めていた。同じころ、新は手下を一階のドア前に集め、並ばせ、斉射によりドアを破ろうとしていた。

そこをやられた。ドアごしによる連続射撃。信じられないほど正確な射撃精度により、新の手下すべてが死んだ。滝神、クマダ、新の三人のみが、階段の数段上にいて手下たちの指揮を取っていたため、生き延びた。

のちの無線連絡により事情を知った南城がクマダに指示を与え、あるものを探させ、それは予測通りに見つかって破壊された。煙感知器を模した監視カメラ。カメラの力を借りての射撃だった。

南城たちの突入は、あまりに遅過ぎた。

「ウキタ、コンクリートマイクでエレベーターの音を聞け。移動音が聞こえたら知らせろ」

ウキタはエレベーターのドアに集音パッドを密着させ、音を聞き始めた。

奴らがエレベーターを使っているのは、分かった。だがクマダが内偵したときは空だったはず。どこに潜んでいたのか。

「室長……」

その声に目を転じた。階段のドアが開いている。滝神、新、クマダが出てきた。滝神は惚《ほう》けた顔をしていて、新は憤《ほ》怒《ふ》をたぎらせ、クマダは懸命に気張っている。

階段の踊り場には、屠られた新の手下たちの山がそのままにされていた。

「なぜ出てこられた」

「鍵《かぎ》が開いた」憮然《ぶぜん》と新が言う。「奴らは」

「上へいきました……タキタ、階段に入れ。二階と一階の間に立って監視。シマダは三階。ドアが開くようなことがあったら撃て」

——なんとも……。

怪我人がいない。死ぬか、無傷か。無傷なのは、南城と滝神、新。部下は指揮車に残るフクダ含め、七人。総勢二十一人が今、半分の十人しかいない。

さて、こんなにたくさんの死体をどうやって処理するか。どう表向きの説明をつけるか。

——偽の分室が完全に表へ出ていないなら、黙っていてもいい。

死んだ部下は四人。同じ日に四人の警察官が失踪《しっそう》したら、たいへん目を引くのは想像に難くない。

——終わったら、跳ぶ必要があるか。

怒号が聞こえた。ドアへ目をやってみる。ドアのそばにはクマダがいて、外を見ていた。南城は彼らのそばに近づいていった。

「どうした」

「管理官と新さんがもめてまして」

南城はドアの外に一歩踏み出した。滝神と新が玄関の外にいて、睨《にら》み合っていた。ひとまず退却を主張する滝神と、このまま続けたい新が言い争っている。南城は二人の議論を耳から締め出した。

——確かに、今夜始末をつけないと駄目なことは確かだ。取り逃がすとあとがやっかいだ。

奴ら、なかなか周到な仕掛けを用意していたな。

「管理官、戻ってください」

辺りを見回した南城の目に、木目の浮かぶ板塀が入った。隣の建物との隙間を塞ぐように、屹立《きつりつ》している。

――これは……。

南城は目を反対に転じた。そちらの隙間も、板塀が塞いでいる。

――塞ぐように？

これにも何か意味があるのか。あるとすれば、何か。

――退路を断つ、そういう意味か。裏へ回らせたくないのか。

目を転じると、滝神は新から離れ路地を独り歩き始めていた。

「管理官、戻ってください」

言っているうちに、滝神の体をレーザーポインターの赤光が嘗《な》めた。

戻れと叫んだ南城の声と、銃撃が交錯した。滝神の右太ももが弾《はじ》け、肉片が飛んだ。滝神はその丸い体を路上に転がした。

新は腰を折りながら倉庫の壁に取り付き、南城はただ棒立ちになっていた。

部下が二人、路地へ飛び出していく。

「戻れ――」

またも、遅かった。滝神の体に取り付いた二人は順に銃撃を受け、悲鳴も上げずに転がった。

滝神のときよりは斟酌《しんしゃく》がない。二人とも数発の連射を受け、無力化された。

クマダが飛び出してきた。

「駄目だ」南城はクマダの腕を摑《つか》んだ。「上から狙撃《そげき》される。庇《ひさし》から外には出るな」

滝神は道の真ん中で仰向《あおむ》けに横たわった。滝神はごくゆっくりとした動きで、南城たちのほうへ首を捻《ひね》った。腕を伸ばし手を開いた。口が動くが、声は出ない。

尻餅《しりもち》をついたままの新が南城を見上げた。

「どうにもできませんな」

奴らは上で、だれかが助けに駆け寄るのを待っている。ヨシダたちがやられた手と同じだ。

滝神は体を返してうつ伏せになると、こちらへ向かって這《は》い始めた。

すぐに次の銃撃が起こった。今度は左脚の膝《ひざ》裏の辺りが弾け、膝があさってのほうにねじ曲がった。滝神は大きく口を開いたが、やはり声は出なかった。

「助けないと……」クマダが唱えている。

——全員で三階へ斉射、その隙に滝神を引っ張ってくる。これしかない。指揮車のフクダからも援護だ。

南城は二人から離れ、部下たちに無線指示を出そうとした。そのとき携帯電話の着信がきた。

無音が続く。

「だれだ」

《……滝神は自分がだれに殺されることになるのか、分かっているか》

声には覚えがある。確かに。

「どっちかだとは思っているだろうが、正確なところは分からない……上にいるのは能見、お前か」
《そうだ》
「ほかには」
《秋葉もいる》
「出せ」
長い沈黙があった。
《体はここにない》
「……死んだんだな」
《お前が訊《き》くな》
南城の唇に、ごく薄い笑みが生まれた。見上げ細めたその目に、失望が滲《にじ》んだ。
「もしかしたら、なんてな。生きているならぜひ会いたいと思っていた。そんな展開が実現するなら、それこそファンタジーってやつだと楽しみにしていた」
《夢を見せてやった》
「なあに」鼻で笑った。「夢と言っても悪夢だろうがな……お前、なぜおれのケイタイ番号を」
《渡部》
——あいつ……何から何まで。
《滝神に教えてやれ。だれに殺されるのかを》
「しつこい悪夢だな」
《滝神の悪夢は、秋葉さんの親父だ。滝神にはそう言え》

「秋葉の……親父？」

以前手を尽くして捜したが、見つからなかった人物だ。

「おれには、そんなことをする義理はないんだがな」

《そうだな……してくれたら、感謝する》

南城は鼻で笑った。

——妙な野郎だよまったく。

南城は新たちの元へ戻り、滝神の様子に目をやった。滝神は痛みに耐えながら、ずっとこちらを見ている。動脈がやられたらしい、血が噴出している。

そのとき、南城はようやく分かった。

——なるほど……簡単な理屈だった……。

南城が偽取引をそうと分かりながら滝神に隠し、今夜の惨劇が起こるように仕向けた、その理由。

——おれは……終わりにしたかったんだな。管理官、あんたにはもううんざりだ。簡単に言えば、おれはあんたが嫌いだ。

「管理官」

ふわふわ蠢《うごめ》く滝神の目玉が、南城に向かって固定された。

「どうやら、あんたは秋葉辰雄の親父に殺されるようです」

滝神の口が動いた。何かをこすり合わせたような声だった。

「……お前がちゃんと仕事を……しないからだぞ」

南城は滝神に背を向けた。「これはサービスだ」

《どうも》

電話は切れた。直後、滝神に向けた最後の銃弾が飛び、滝神の頭が吹き飛んだ。

新もクマダも、一言の言葉もなく滝神の死体を見つめている。

——やはり……やはり秋葉は死んでいたのか。

南城は微かに笑みをこぼした。秋葉が生きていると、信じてしまった自分を哀れんだ。期待を裏切られた自分を、哀れんだ。

——人は信じたいものを信じる傾向にあるそうだが、おれも例外じゃないってことか。

「上に秋葉の父親が？　調査では名前も出てこなかった——」

南城は手を振ってクマダを黙らせた。気持ちを切り替え、無線に向かって話し始めた。

「おれだ。よく聞け。計画を伝える。一階と二階のエレベータードアを吹き飛ばす。これは奴を確実に三階に閉じ込めるためだ。その上で三階のドア、屋上のドアを破壊して侵入する」

「吹き飛ばすと言っても……」

クマダが呟《つぶや》いた。

「そのためには指揮車に積んである破砕キット、屋上へ昇るための登攀《とうはん》ロープ射出の道具が必要だ。だれかが取ってこなくてはならない。指揮車からフクダの援護もある」

《こちらシマダ。指揮車をこちらに呼び寄せてはどうです。指揮車は防弾仕様です》

「ルーフ部分は防弾ではない。路地に乗り入れれば、恰好《かっこう》の射撃目標になる」

南城はクマダと目が合った。

「志願者はいるか？」

クマダは目を逸《そ》らした。イヤホンも沈黙したままだった。

「おれが指名していいということか」

《室長》タキタだった。《撤退を提案します》

「……なんだと」

《我々には勝てません。もともとこちらに非があるわけですし》

「非？」

《室員のほとんどは、この分室が偽であることを察しています。自分たちが犯罪に加担していることを、察しています》

「ほう……ではなぜ今までおれに従ってきた」

《それは……疑いの域を出ないものだったので……》

「渡部を知っているな。渡部の口から、分室のすべてが敵側に流出している。ここを逃れても、奴はお前たち一人一人を消していくそうだが」

返答は絶えた。

「仕方ない。全員一階に集まれ。おれがいく」

やがて、南城含め六人が一階のドア前に集まった。新がストライカーショットガン、ほかの者はすべてワルサーＰＰＫを持っている。

「おれの号令があったらみんな外に踏み出して、三階の窓を狙って撃ちまくれ。おれはその隙に指揮車まで走っていく」

「シャッターを開けたほうがいいでしょう」シマダが離れ、シャッターへ近づいていく。

「無駄だ」

シマダは腰を屈《かが》めてシャッターの取っ手に手をかけ、動きを止めた。シャッターは床のコンクリートにボルト締めされていた。

「……やるぞ」

みんながドアへと歩き始めた。新が南城に囁《ささや》いた。

「お前……一人で逃げたりしないだろうな」

部下たちの顔がさっと南城を向いた。

南城はからかう口調で言った。「仲間を見捨てたことはない」

――少なくとも、だれかにばれる形では。

「指揮車、聞こえるか」

《はい》緊張がありありと浮かぶフクダの声。

「管理官のときは間に合わなかった」苦笑が浮かぶ。「今度こそお前の出番だ……榴弾《りゅうだん》ライフルは積んであったな」

暗幕が風に揺れる。雲が増え、ほとんど星は見えなかった。

能見は傍らのモニターに目を落とした。小さな台車の上に、バッテリー、送受信機、アンテナ、モニターがコンパクトにまとめられている。

六分割画面の四つまでが消えている。階段のカメラはすべて潰《つぶ》され、残っているのは二つだけ。一階倉庫の天井のものと、入り口ドアの上部のもの。庇《ひさし》に張り付いている常夜灯のカバーの内側にカメラがあり、路地の向こうを映している。

倉庫内のカメラが、南城たちの移動を捕らえた。全員がドアに向かって進んでいく。

能見はリフト機能つきの電動式自走台車に乗っている。工場、倉庫などで多用途に使われるものだ。八田の手により各種の改造がなされ、走行やリフトの上下など片手ですべての挙動を操作できる。台車の両側面には鉄板が取り付けてあり、体を支えるとともに弾避けにも使える。自重がかなりあり安定しているので、ライフル射撃の妨げにはならなかった。はた目にはただの電動台車にしか見えない。八田は注文どおりの仕事をしてくれた。

能見はモニターから目を離し、窓枠の高さに合わせてリフトアップした。デルタ・ライフルのスコープを昼天用にセットし、銃床を肩に当てる。

路地は滝神とその部下の死体が転がったまま。路地の入り口は、バンが横付けされている。

能見は窓から慎重に首を出し、下を窺《うかが》った。

突如、ばらばらっと数人の人影が目に入った。ライフルを構えるより先に、彼らの斉射が始まった。窓ガラスが砕け、暗幕が踊り、天井からモルタルが降る。

低く毒づき、台車を隣の窓の前に移動した。そこには、銃眼を穿《うが》った鉄板がはまっている。

能見は銃眼からライフルを突き出した。スコープに一人の姿を捕らえた。それと同時に小気味いい軽い音。

能見は音の意味を悟り、スコープから目を外した。

煙を吐く黒い筒が、能見目がけて飛んできていた。能見は操作盤に手を伸ばし、リフトを下げた。

大音響が耳を聾《ろう》し、辺りのガラスが砕け飛び散った。

二発目が着弾。大音響と閃光《せんこう》が能見を襲った。

思わず毒づく。

微妙に衝撃が弱い。閃光弾のようだ。機動隊が暴徒鎮圧の催涙弾発射に使うグレネード・ランチャー。

能見は素早く壁に沿って移動した。隣の建物との際にある窓まで移動し、そこの銃眼からライフルを突き出した。

相手が見えた。指揮車のスライドドアが開いていて、男が太い筒のついたライフルを構えている。

能見は彼に向けてレーザーを発振し、頭を吹き飛ばした。

そのスコープの下を何かがかすめた。能見はスコープから目を外して見た。一人が今ちょうど、指揮車のスライドドアを開けて中に消えた。

バンのスライドドアに向けて数発撃った。痕跡《こんせき》が残るだけで貫通しない。防弾仕様か。能見は視線を下げ、路地を見た。奇妙な光景がそこにあった。

数人の男たちが銃をでたらめに撃ちながら、後ろ走りしている。その数、五人。

――何を考えてる。

疑念は置く。能見はスコープに捕らえた一人を撃った。頭を狙ったが狙いが難しく、外れた。

彼らは防弾チョッキを着ているため、撃つ場所が限られる。

瞬時に方針を変え、彼らの胴体を狙って撃った。当てられたのは二人だけ。二人とも、衝撃に耐え切れず地面に這《は》った。

能見はじっくり狙いをつけ、地面を這う二人の頭を、順に吹き飛ばした。

銃撃は止んだ。

能見は舌打ちを漏らした。あまりに簡単な手にやられた。バンの天井ごしには撃たなかった。角度がよくない。

辺りを探るスコープの中に、蠢《うごめ》く影が入った。

細目に開いたバンのスライドドア。その奥に影が蠢く。妙な形のショットガンを持っている男が、こちらに狙いをつけている。位置を探っている。

能見はスコープを覗《のぞ》いた。頬のかけた顔が確認できた。

――新……。

五年前、有働警視が目をつけたのは渡部が最初ではなかった。新こそが始まりだった、秋葉がそう言っていた。元公安の新が何かしている。有働の耳にそう囁いた情報提供者は、密かに有働と連携し協力していた仲間の一人、マイク・クラインだという。

能見は新の喉《のど》に狙いをつけた。充分狙いを定めたのち、レーザーを発振した。

新はすぐにレーザーに気づき、同時に能見の位置を知った。隠れるか、撃つか、新の中に一瞬の迷いが生まれた。

能見は引き金を絞った。弾丸は喉に当たり、肉が弾《はじ》けた。新の体が後ろへ倒れ、視界から消えた。千切れた新の首が、反動で前に飛んだ。ドアから転がり出た新の首は、名残り惜しそうに、いつまでも転がり続けた。

——これで終わりか。

南城は向かってくるもの、そう決めてかかっていた。そういう奴だと、渡部は証言していた。

——逃がしたか……奴の攻め手ばかりに気がいっていた。

まだ手はある。使わないで済むなら、そうしたかった。

五分待つことにした。それでもし南城が再び戻ってこないなら、始める。能見は携帯電話を手にした。

二

倉庫裏手の運河沿いは、嘘のように静かだ。さすがになんの物音も聞こえないわけではないが、それでも音はくぐもり本来そうであるだろう鋭さが感じられない。

運河対岸の遊歩道。八田はベンチに腰かけ、何も起こらない倉庫の裏手を睨《にら》み続けていた。

——死んだらなんにもなんないんだぞ、リョウさん。

心の中でそう呼びかけた。

——ほんとうはおれも銃を握って……。

いくのが筋なのだろう。息子の仇《かたき》を討つのだから。能見はそれを止めたし、八田も自分の判断で止めた。能見の足手まといになるというのが理由のひとつ。もうひとつの理由は、やはり、いざというとき自分に人殺しができるかどうか自信がない。

――逃げた償いを。

これが秋葉辰雄への償いと言えるのかどうか自信はない。能見に引きずられ、やってきた五年。

――おれから償いの機会を永遠に奪った奴らに、ふさわしい代償を払わせる。

数十年前。八田は一人の女に惚《ほ》れた。入籍もしないうちに、女の妊娠が分かった。八田は急いで入籍するつもりになった。そんなとき、女の様子がおかしいことに気づいた。女は覚醒剤《かくせいざい》中毒だった。

八田にはそれをやめさせることができなかった。女は方々に借金を作り、ときに暴れ前後の見境をなくし、幻聴を本気にして八田を殺そうとした。

若かった八田の選択。逃げた。怖くなって逃げた。

女とはそれきり。数年経って、偶然街の真ん中で女の友人と鉢合わせした。その人物の口から、女が無事出産したこと、今のところ胎児に覚醒剤の影響は出ていないこと、名前が辰雄であることを告げられた。女は子育てを放棄しどこかへ消えたとも。

そう聞いても、八田は行動を起こさなかった。話を聞き終わると立ち去った。

――馬鹿で、若くて、怖かったんだ。

言い訳としてはそんなものだ。

のちに所帯を持った女とは子宝に恵まれず、随分前にその女も死んだ。鉄屑《てつくず》に囲まれ、八田は独りになった。辰雄という息子がいるということを、女房には言わなかった。言えずにいた。女房が妊娠できなかったことを悔やんだり恥じたり、寂しがったりしてはいけないと思った。

女房が死んで数年、八田は息子を探し始めた。自力ではやはり無理、最後には興信所を頼った。ついに面会なった秋葉辰雄は、母によく似ていい男だった。

──おれには父親はいない。ほしいと思ったこともない。今さら、なんの用事もない。

秋葉は言い、そのあとになんとも言えない表情を浮かべた。何年経っても、このときの形容しがたい表情を八田は忘れることができない。

──まあでも、せっかくだから友達ぐらいにはなってやる。あんたのこと、なんて呼べばいい。

ハッチャンと呼んでくれ。みんなそう呼ぶんだ。八田はそう頼んだ。辰雄との交際が始まった。いや、始まるところだった、というほうが正しいか。

それから二度会った。二度目には酒も飲んだ。そのとき、酔った秋葉が携帯電話を忘れていった。後で知らせると、くれてやると言う。当時は身元確認なしで使えたプリペイド式の電話だった。

それから半月後の深夜、件《くだん》の携帯電話に辰雄から電話がかかってきた。苦しそうな息遣いで電話をかけてきた辰雄の要望に応じ、車を飛ばしてかけつけた公園の便所の中に、傷ついた男二人がいた。一人は辰雄、一人は顔見知りになっていた能見だった。

辰雄はすでに死んでいた。

辰雄と再会を果たした八田は、辰雄がどう思おうと今までの償いをするつもりでいた。八田が持つ鉄屑だらけ油染みだらけの小さな土地を、辰雄に残そう。あんな土地でも、自分の唯一の財産だ。生命保険だってかけて、息子に金を残してやるのだ。あとはそう、海釣りが趣味だから辰雄に釣りを教えてやるのもいい。

すべてを奴らに奪われた。

八田にとって、秋葉辰雄の命は奴ら全員の命でも足りない。あとは死ぬまで生きるだけの八田が得た、最後の夢だった。奴らを殺したからと言って、どうなるものでもない。ただ、ケリをつけないと終わらない。そのあとに何かが新しく始まることはない、八田にはそうと分かっているとしても。

終わらせてやろう。

——すまない、辰雄。

八田は瞼《まぶた》の裏に、映像として両手を思い浮かべ、その手を合わせた。

——一番大事なところをリョウさんに任せ切りにしちまって……でも、リョウさんはお前の息子でもあるんだからな。おれの名代だと言ってもくれた。おれと一緒に見守っていてくれ。

「一体なんの真似だ」

指示に従わず、南城のあとに全員が続いてきた。結局、新とタキタ、ウキタが死んだ。

残りは三人。僅《わず》か三人。

「なぜ指示に従わなかった」

三人はバンのすぐ後ろにいた。バンの後部ドアは開けたままで、南城は縁に腰を下ろしている。クマダとシマダは南城のそばの路上にしゃがんでいた。バンの中には、新と、右目に銃弾を受けたフクダの遺体が転がっている。

南城はこの場に漂う奇妙な倦怠《けんたい》を感じ取っていた。クマダとシマダの顔つきから、士気と言えるようなものはまったく見いだせない。

「なぜ指示に従わなかったと聞いてるんだが」

「新さんがさっき変なこと言ったでしょう……逃げたりしないだろうな、なんて。それでね」

クマダの口調に不遜《ふそん》なものが交じる。「新さんが〝おれたちもいくぞ〟って叫んで突然走りだしたんで……つい」

シマダとクマダは視線を交わした。ただ交わしただけでないことに、南城は気づいた。何か、意志の疎通をした。

「おれを疑った、そう受け取っていいのか」

それには答えず、クマダが言い放った。「これからどうするつもりです」

反乱の兆候が見えている。彼らに考える隙を与えてはならない。

「破砕キットを用意、銃も補充。済んだらヘッドライトを消す。奴は必ず暗視スコープを使うだろう。それを充分待ってから、路地に閃光弾《せんこうだん》を投げ込む。入り口までの接近は車でやる。新の馬鹿でかいバンを使うか。倉庫に入ったら、ゆっくり時間をかけて一階ずつ潰《つぶ》していく」南城はフクダの遺体のそばに転がっていた、もうひとつの榴弾《りゅうだん》ライフルを指し示した。登攀《とうはん》ロープ射出仕様のライフルだった。「一人は別に裏手へ回り、ロープを射出して屋上に昇り、上から攻める」

静寂が流れる。

クマダは冷たい目で南城を見つめている。

「……言ってみろ」

「あんたの嘘はみんなばれてる。もう何年も前から。おれたちは騙《だま》されてやってたんだ。民間人で構成した囮《おとり》組織、実は囮じゃない。国防のためのウェットワーク、実は国のためじゃない。みんな知ってる。おれたちが集めた内偵情報をもとに、あんたが滝神と組んでヤクの密売したり、銃の密輸入したり、他の組織の金庫だのヤクだの強奪したりしてたのは、百も承知だ」

クマダは何かの効果を期待してか、言葉を切って南城へ笑いかけた。南城もにっこり笑いかけた。それを見て、クマダは自分の笑みを消した。

「窓際にいたお前たちを救ってやった。警官としてはいまいちだったお前らだが、犯罪組織の下っ端としてはよくやってくれた」

クマダの眉間《みけん》に深い皺《しわ》が刻まれた。

「幾ら稼いだ？　おれたちの手当なんか目じゃないだろ」

「だから」

クマダは銃を南城に向けた。「銃をよこせ」

南城の銃は、だらりと下を向いていた。ちらりとシマダに目をやる。その油断ない目の動きを見て、彼がクマダの側についたと悟った。シマダの銃は遊底が後退したまま止まっている。つまり、弾切れだ。

「あんたはここで死ぬしかない。今夜の幕引きはそれでしか成り立たないんだ。おれたちは表向きちゃんとした所属先があるし、あんたのところで働いていたって記録はどこにもない。あんたはすべての記録を破棄し続けてきた。今になってそれが、自分の首を絞めることになったわけだ」

「だから」

「二つに一つ。貯め込んだ金をそっくりおれに渡すか、ここで死んでおれを助けるか」再び笑みが浮かんだ。「どっちでもいい。あんたのいいほうを選んでくれ」

「おれがお前に金をやるとして、計画は？」

「奴らは無視だ。この路地の入り口はすっぽりと隠して封鎖する。ビニールシートに、工事中の立て看板でね。始末しなきゃならない遺体が多すぎる。まずはそれでよしとする。そして、おれはあんたに付き合って銀行なりどこなりにいって金を引き出す」

「そのあとで殺す……で、おれがここで死ぬ場合は？」

「おれがあんたを撃つ。それでおしまいだ。おれはただ帰って、ベッドの中に入る」

なるほどね。南城は後ろに手をついて幾分胸を反らした。

「なら、ベッドの中に入るがいい」

「ここで死ぬって——」

南城は仰向《あおむ》けに倒れると同時に片足を跳ね上げ、クマダの銃を蹴《け》り上げた。クマダは発砲したが、弾は、床に倒れた南城の僅か上を通り過ぎた。

南城は寝たままで銃を構え、クマダの胸に撃ち込んだ。

クマダは衝撃で後ろへ撥《は》ねた。南城はすぐに身を起こし、よろけたクマダの頭部を撃ち抜いた。

「検視室のベッドに入れ」

そばには、呆然《ぼうぜん》として立ち尽くすシマダがいた。シマダは首を二度横に振り、ゆっくり下がり始めた。

「いいから止まれ」

シマダは止まった。「わたしは何も……クマダさんがまさかあんなことを……」

南城は銃口をシマダに向けた。

「傍観は、裏切りと同義だ」

南城は指先の動きひとつで、シマダの頭部に血の花を咲かせた。シマダはくずおれた。

皮肉。秋葉に会いたい。その思いで、この偽取引を自ら牽引《けんいん》してきた。結果、組織を潰す手伝いをしたわけだ。能見の手助けを。

——自分で組織を潰したようなもんだな。

南城は二人の遺体を指揮車の中に運び込み、後部ドアを閉めた。

この先は。クマダの言った現場封鎖案を思い浮かべた。指揮車もろとも、この路地入り口を封鎖する。そして、昼を待つ。

——そう……昼を待つ。逃げるんじゃない。昼、消音器つきの銃を持って再び突入だ。昼なら、一人でもあの要塞《ようさい》を陥落できる。

自分たちの敗北の大きな要因。倉庫の仕掛けを見破れなかったこともそうに違いない。だが一番大きなものは、この夜。自分の思うように暗闇と光を操った能見にやられた。

——闇さえなきゃ、おれの勝ちだ。いいか能見、どうせもとからハンデ戦だ。ハンデがあるのはもちろん、おれのほうだ。

路地封鎖、そして待機。方針を固めた。

まずは何が必要か。ビニールシート。そんなものこの車には積んでいない。南城は後部ドアを引き開けた。

そのとき、遠くの空で鳴るサイレンに気づいた。鳴り方からして、警察車両に違いない。音は大きくなっていき、やがて、道の先にパトカーの列が見えた。

――これほど派手な銃撃戦が嘘のように露見しなかった。それが今になって……。

運が悪い。辺りを見回してみた。車両は絶え、人影はまったくない。建物には明かりのついた窓が見当たらない。

――跳ぶしかない。

南城は新のバンに向けて歩きだした。と、自転車が三台。警察官が必死の形相で漕《こ》いでくる。

「通報を受けましたが、何かありましたか!」

通りの両側に赤色灯が見えた。

逃走の機会は奪われた。

三

路地入り口に面した旧海岸通りは封鎖されたらしい。車の流れが絶えた。三階の窓からはよく分からないが、かなりの数の警察車両が集まっているようだ。

路地を塞《ふさ》いで停まっていた指揮車は取り除かれ、その代わりに藍色《あいいろ》の大型防弾盾がずらりと並んでいる。

路地にはいまだに、滝神と分室員の遺体が放置されたままだ。

盾の向こうには大勢の人の気配が蠢《うごめ》いている。通りには照明車が停まり、強烈な光線で路地と倉庫前面を照らしつけていた。

いきなりの警察の突入はなかった。運がよかったのか、南城が止めたのかは分からない。能見はモニターセットとともに、窓のすぐ下にいた。左手には黒い箱を握っている。アンテナが伸びている小さな黒い箱だ。これが倉庫の仕掛けすべてに指示を送るコントロールボックス。滝神たちを閉じ込めた無線式電子ロックも貨物エレベーターも、これで遠隔操作した。クマダが潜入してきたときは、このボックスで貨物エレベーターを動かし、台車もろともエレベーターの天井裏に乗り込んだのだった。貨物用なので、天井裏は広かった。

現在、警察は監視しているだけで動きはない。

心は冷たく澄み、特に強い興奮は感じない。この日を迎えるまで五年かかったが、だからと言って過剰な気負いはない。

五年間、復讐心《ふくしゅうしん》に凝り固まっていたわけではなかった。実際に計画を練り始めるまでほとんど考えなかった。復讐は、体調が整いやれるときがきたら、当然やるべきものと決めて考えていた。

いつか、やる。

だから執着せずに過ごした。体の不備があるので、森の中での実生活はことごとく手間も時間もかかった。起きてリハビリ体操をし、遅い朝食を兼ねる昼食を摂《と》り、洗濯をし、湯を沸かして行水をし、薪を集め割り、射撃練習をし、ときには山菜を集めに山へ入ったり釣りをしたり、鹿や雉《きじ》や兎を撃ったり。夕方になると夕食を作り、酒瓶と望遠鏡を持ってあの山を登っていき、酒を飲みながら星を眺める。雪の季節には雪かきがこれに加わるし、月に一度くらいの割で八田が訪ねてきた。

それなりに忙しい日々。では、何も考えなかったのか。真希や梢や充や、結子のことは？　考えないようにした。そう訓練し、やがて考えなくても済むようになった。能見は、街に戻るのは一度きりと考えていた。その一度は、秋葉の復讐のためだ。それが済んだら、消える。真希たちには会わないつもりでいた。梢にも充にも関わらないつもりでいた。何も知らない加治の説得に押され、会う気になってしまった。

――違う。

能見は自分を笑った。

――本当は会いたかった。おれのほうが。

自分のことは自分でなんとかしろ。梢たちをそう突き放すことに決めていた。結局、突き放せなかった。

あの夜。能見はまったく秋葉に手を貸すことができなかった。脊髄《せきずい》ショックのせいで、四肢すべてから力が奪われていた。

二発の銃弾をその体に受けた秋葉が、能見を支えて泳いだ。能見の願いを聞き入れて、秋葉はだれがなぜ襲撃してきたのか、説明した。

甚一の職のことやモルヒネ取引で手が空かず、その内偵には関わっていなかった能見には、すべてが初耳だった。

喋《しゃべ》らせなかったら、秋葉は死ななかったかも知れない。

能見は体の感覚が失われたとき、死を覚悟した。だから、どうしても聞いておきたかった。

だれが自分を殺したのか。

暗い空の下。秋葉の腕に支えられ凪《な》いだ海に漂う能見は、秋葉に言った。

――借りを返すんだろ。

――喋るな。

能見の記憶はここから曖昧《あいまい》になる。不確かな夢の中にいるような感覚。海を渡り、秋葉に助けられ大田区の工場街の岸壁から陸に上がり、秋葉に引きずられて電話ボックスまで移動し、秋葉がかけた電話の様子を見守り、そこからまた移動して、目の前にあった小さな公園の便所の個室に入った。

秋葉は能見に言葉をかけ続けたし、能見も答え続けた。だが、秋葉が何を話したのか、自分が何を答えたのか、まるで覚えていない。ただひとつだけ、なんとなく覚えている。

公安が相手だから、おれたちはいったん隠れてから生まれ変わったほうがいいかも知れない。

というような意味のこと。実際どういう言い方をしたのかは、まるで覚えていない。

――何ひとつ……一言も……。

秋葉がいつ死んだのかも、分からない。

二人は狭い便所の個室の床に、和式の便器を挟んで向かい合って座っていた。何がどう作用したものか、突然能見の意識がはっきり覚醒《かくせい》した。向かいに腰掛けている秋葉に声をかけた。

秋葉は答えない。秋葉は胡座《あぐら》をかき、首をがっくりと折っていた。

秋葉はすでに、死んでいた。

能見はそばにいたのに、秋葉は独りきりで死んでいった。汚れた便所の中で、血にまみれた服のまま、だれにも看取《みと》られずに。

撃たれはしたが動脈が傷つかなかった能見に対し、秋葉の動脈は傷つき血の流失が激しかった。秋葉こそ無理をしてはいけなかった。だが能見は体を動かせない。結局、秋葉は死ぬしかなかったのか。

――おれを見捨てろ……そう言えば秋葉さんは――。

能見は自分の死を確信しながら、その一言を口にしなかった。僅《わず》かでも、助かる可能性を思ったのではない。

思いつかなかった。

そう。そのときは思いつかなかった。後々、能見は苦しむことになった。秋葉に自分を助けさせ、喋らせ、揚げ句に死なせた。

秋葉は自分のすることを疑わず、当然のこととして能見を助け、死んでいった。能見はどう考えていたのか。どうせ死ぬなら、秋葉に看取られて死のう。状況を正確に把握せず、呑気《のんき》に考えていた。

結局、看取られて死ぬことはできず、看取ることもできなかった。死ぬ場所としてはあまりに侘《わび》し過ぎる場所で死なせた。秋葉にはあまりに不似合いな場所で。

復讐が自己満足であるのは分かっているが、秋葉がそれを望んでいるのは間違いない。天に昇ったからと言って、そんなすぐに聖人みたくなるか。あの秋葉が。

——いったい何年かけるつもりだ。

秋葉のぼやきが聞こえるようだ。

実の家族を捨てて数年、血の繋《つな》がりだけが欠けている本当の家族を一人得た。二度と現れないだろうその人物は、いきなり奪われた。

ならば奪った奴らの命を奪う。簡単単純な道理だ。


突如耳障りなハウリングが轟《とどろ》いた。

能見は傍らのモニターに目をやった。白いハンカチを頭上に振り、口に拡声器を当てた男が、路地の真ん中に立っている。

「中の者聞こえるか。わたしは警視庁捜査一課のイノマタだ。聞こえるか！」

きた。

これを待っていた。

——あとひとつ運に恵まれれば……奴を殺《や》れる。

四

「滝神管理官主導により極秘の内偵部隊が組織され、わたしが運営していました。人員は公安警官でありながら、成果を上げられず予備人員に甘んじている者、左遷された者、人事考課により不適格と判断された者などを選びました」

路肩に退けられた指揮車のそば。南城は五人の男たちに囲まれて、路上に立っていた。刑事部の管理官と一課長、公安部の参事官と外事課長、公安機動捜査隊隊長の五人だ。クマダとシマダ、新の遺体は、すでに運び去られている。

「――うまく指導すれば彼らはいい働きをするはずだと考えましたし、熱意はありつつ不遇を託《かこ》つ者にもう一度チャンスを与えるのは、いい方法だと思ったのです」

南城は言葉を切り、耳を澄ました。拡声器ごしに呼びかけを行う刑事の声が届いてきた。

「活動資金は分室の機密費から出しました。集めた人員は他に正規の所属部署を持つ者たちばかりだったので、僅かな資金で運営することができました」

南城はこの場を逃れるために、かつて有働がしたことをそのまま借用した。滝神管理官も同じことをしていた、という粉飾である。滝神は本物の南城分室の担当管理官であったし、隠れ管理官であるのも事実だった。滝神は、直属の上司である理事官に、南城分室直属の別動隊がいることを明かしていた。組織表の空白に存在する数々の隠れ部隊のひとつとして、理事官に認識させていた。

機密漏れ防止のため、極秘部隊の存在は直属の上司だけが知り得ているという機構の、隙間をついたのだった。

この嘘をつき通して今後の身分保障を図るつもりはない。今、この場を脱しさえすればなんでもいい。

それが叶《かな》ったらあとは、跳ぶ。

「——我々の活動の過程で、新孝一という元公安刑事の貿易商が浮上してきました。彼が外国勢力と結び付き、輸出禁制品の電子機器を流している、という端緒を得ました。滝神管理官は、自身自ら汚職警官を演じて偽取引を持ちかけました。部下たちが囮《おとり》組織の手下に化け、今夜の取引となりました。しかし、こちらの把握していない別組織の乱入があり、突然の銃撃となりました」

南城の説明に、男たちは曖昧な顔をして頷《うなず》いたり考え込んだりしている。

「で、南城警部。今、中には何人いる」

「正確には分かりません。かなりの人数が死傷したまま放置されていると思います」

「通報では、立てこもりは一人だと言っていたが」

刑事部の男が思案している。

南城は気になっていたことを訊《き》いた。「通報はだれが」

「分からん。番号からは足がつかなかった」

「それで」公安機捜の男が言う。「犯人が所持している武器は」

「ライフルとハンドガン、そんなところでしょう。正確なところは分かりません。爆発物を所持しているかも知れません」

刑事が一人、輪に加わった。

「倉庫の借り主は中川武という男です。材木商の資材倉庫として賃貸契約を結んだようですが、しかしすべて架空です。中川も架空、保証人も架空、材木商の登記も架空。中川が実際どこのだれなのか、分かりません」

言っているうちにも、他の刑事がやってきた。「そろそろ動きます。犯人がこちらの呼びかけに応じました」

「行ってみよう」

男たちは歩きだした。

道路は倉庫の路地を中心に二百メートルにわたって封鎖され、警察車両の赤色灯が辺りを染めている。パトカー、照明車、機動隊員を運んできたバス、装甲車、救急、消防。ずらりと並んでいる。完全武装した機動隊員の一団が、不気味な影を落としていた。

外事課長が囁《ささや》いてきた。「滝神管理官は死んだんだな」

「……残念ながら」

「きみはあの場で」課長は指揮車を示した。「あそこまで喋る必要はなかった。いいか、刑事にこれ以上余計なことを喋るな。まずは我々が今夜のすべてを耳に入れる。我々だけが」

「承知しました」

「刑事の奴が何か言ってきたら、わたしに話を回すように言え。お前自身は口を閉じていろ」

課長は推移を見守るため、路地入り口へ歩み去った。南城は密かに息をついた。とりあえず、今すぐには拘束されなかった。

ここをしのいだら、跳ぶ。すべてを捨てなくてはならないが、人生を二回繰り返せるほどの金はある。

「失礼します」男が三人、南城のそばにきた。「公安機動捜査隊の者です。わたしたちが付き添います。そばを離れないようにしてください」

「分かりました」

「車に戻ってください」

「わたしもそばで推移を見守りたい」

男たちは顔を見合わせ、結果を出した。

「いいでしょう。しかし聴取官の準備ができたら、すぐに離脱してもらいます」

——……いつか隙はあるだろう。

彼らは刑事部から南城を遠ざけようとしている。逮捕しようとしているのではない。南城は路地入り口に向けて、歩きだした。能見が生きて捕まる前に、消えなくてはならない。それとも、能見は捕まっても口を割らないだろうか。間違いなく死刑になる大量殺人を犯して、あのままの能見でいられるだろうか。

——捕まった能見が、おれを破滅させるために警察を利用するかどうか……五分五分ってところだ。

能見は確かに有働へ手を貸したが、警察好きだったわけではない。有働が好きだったのだ。

——死んで捕まってくれれば、言うことなしだが。

あるいは、逃げてくれれば。能見はヤマとしてこの襲撃を考えていただろう。ならば、囲まれたときに無事逃げる策を用意するはずだ。

——穴でも掘って逃げてくれ。逃げてほとぼりを冷まし、それから再戦ってのはどうだ。

南城は防弾盾の間際まで歩いていった。投光器に照らされた路地の中ほどに、交渉担当の刑事部刑事が一人立っていた。

「いいか、さっきの説明通りだ。分かったら手を出して振ってくれ」

見上げる三階の窓から腕が一本伸び、その手が親指を突き立てた。

交渉を担当している警視庁捜査一課特殊犯係のイノマタ刑事が、路地の真ん中で振り返り部下に合図を送った。機動隊員が一人、グレネード・ランチャーを手に駆け寄ってきた。

イノマタは再びハンド・マイクを口に寄せた。「では今から発射する。爆薬でもなければ催涙弾でもない。これは約束する。少し似たような音がするが、中はカプセルだ。撃たないでほしい……じゃ、いくぞ」

イノマタは機動隊員に合図を出した。機動隊員は、グレネード・ランチャーを三階の窓の一つに向けて構え、撃った。

案外間抜けな音を残し、黒い円筒が窓目がけて飛んでいった。

窓から飛び込んできたカプセルは、一度天井に当たり、それから床に当たり、また天井に当たり、奥の鉄扉まで転がった。

能見は台車を走らせ、カプセルを手にした。カプセルの中には携帯電話が入っていた。調べてみると、メールの使えない携帯電話だった。番号も固定されている。

その電話が着信した。

《さっきも言ったがわたしだ。警視庁のイノマタだ》

窓のそばに戻りリフトを僅《わず》かに上げ、暗幕の陰から路地を見下ろした。路地では、イノマタがこちらを見上げ耳に携帯電話を当てている。

《きみ、きみのことをなんと呼んだらいい》

能見は電話を切った。懐から別の携帯電話を取り出し、イノマタに向けて投げた。

「分かったことを報告します」

いったん戻ってきたイノマタを、刑事たちが取り囲んだ。南城もその輪に加わった。

「相手は一人。犯人は氏名その他一切名乗らず、ただ取引にきた者のうちの一人、つまり新の仲間だということです。犯人はこちらが撃ち込んだ電話は使わず、別の携帯電話を投げてよこしました。メールを使ってのやり取りを指定。番号は――」

刑事のひとりが身元確認のため走っていく。

聞き耳を立てている南城は思った。

――無駄だ。多分架空名義だ。

「犯人はヘリコプターを要求。倉庫の屋上につけろと言ってきています」

――ヘリコプターだ？……能見……。

鼻に皺《しわ》を寄せた。今までうまくやってきた能見、ここにきて普通の犯罪者に落ちてしまった。

――そんな手か。びっくり仕掛けは品切れか。

「路地の死体の回収については許可が出ました。すでに取り掛かっています」

南城は目を転じた。防弾盾の一つが取りのけられ、担架が出てきたところだった。

南城は近づいていった。新の首、滝神、タキタと運び出されていく。

一人生きていた。路上で頭部を撃たれたはずのウキタ。彼は、耳の後ろから頰にかけての肉をごっそり殺《そ》がれている。あのときは危急の場面だった。さすがの能見も、見落としがあったか。

「ウキタ……」

南城は担架について歩いていく。背後には公安機捜の男が張り付いている。南城は口づけせんばかりに、ウキタの無事なほうの耳に顔を寄せた。

「……室長……」

「お前は分室員だ。それ以外の何者でもない。今夜は新の、いいか新の組織の取引に踏み込んだ……いいな」

ウキタは細かく頷きを返した。

「教えてください……結局、三階にいたのはだれだったんですか。おれたちはだれにやられたんです」

南城は意識せず目を細めた。「自称、秋葉の親父だそうだ……」

南城はそこで立ち止まり、担架を見送った。苦い敗北を思う。

倉庫に入った時点で、負けは決まっていたようなものだった。入ったら負け、だった。

——敵は外からくる、だれが決めた……そう、おれだ。

指揮官としては、落第か。

南城はいっとき風に吹かれ、赤色灯の光を浴びるに任せた。

気を取り直し、上司たちの輪に加わった。

すでにイノマタは携帯電話を手に路地へ戻っていた。ほかの刑事たちの集めた情報、状況の報告が続いている。裏手の運河には水上警察のボートが到着し、照明の配置が完了したこと、建物と岸壁の僅かな場所を伝って、機動隊員が倉庫の裏面に近づきつつあること、不動産屋を叩《たた》き起こし借り主の似顔絵を作成していること。

ヘリコプターの音が聞こえ始めた。

外事課長と目が合った。「警戒のためのものだ。ホシにくれてやるものじゃない」

いらぬ説明。そんなことは分かっている。

《ありがとう。きみのお陰で路上の遺体を収容できた。これ以上罪を重ねてはいけない。直接話し合いたいが、一階のドアを開けてくれないか。もちろん突入はしない》

返答はしないでおく。すぐに次のメールが届く。

《話をするだけだ。わたし一人だけでも中に入れてくれないか》

能見は充分間を置き、メッセージを送った。

——話し合ってもいい。

《では一階にきてくれ。ドアごしで構わないから話を》

——相手はあんたじゃない。昔、世話になった刑事がいる。その人がいい。その人しか信用しない。呼んでくれたら考えてもいい。逮捕されるなら、世話になった彼に。

《可能な限りのことはする。どこのだれだ》

——警視庁公安部外事課組織犯罪対策室、分室長。南城警部。

「南城警部……南城警部はいますか」

「ここだ」

イノマタがやってきた。

「犯人ときみは知り合いのようだ。きみなら中に入れると言ってきた……」

罠《わな》かも知れない。人質を増やしたいだけかも知れないし、きみに恨みを抱いているから呼んだのかも知れない。いってはいけない。犯人が特定の人物を要求した場合、それに乗ってはいけないのが定石だ。

公安参事官の説得はしつこかったが、南城は無理を通した。

「いいえ。いかせてもらいます。犯人はわたしを求めています。わたしは警官ですし、いく義務があるでしょう」

刑事課長が口を開く。「我々としても、ぜひ南城くんにいってほしい。民間人ならともかく、きみは警察官だ」

「ですから、いきますよ」

「武器は持つな」

「分かっています。防弾チョッキだけでも着させてください。ちょっといってきます」

防弾チョッキはすでに着ている。自分の銃に弾の補充が必要だ。指揮車に向かいかけた南城に、課長がすっと体を寄せた。

「なぜわたしがきみを行かせると思う」

「なぜです」

「きみを試すためだ」

「試す？」

「わたしはね——」課長の瞳《ひとみ》が鋭さを増す。「さっきのきみの説明を信じていない」

「つまり、立てこもり犯を生きて連れ帰れば」

課長は微かに頷《うなず》いた。「そういうことだ。奴の証言で真否が分かる」

「わたしが奴を殺すと？……課長、奴の命も人命ですが」

「どう考える必要があるのかね」

南城は視線を外し、空を見上げた。「さすが。それでこそ課長なんでしょうな」

南城は指揮車に向かった。


指揮車のスライドドアが引き開けられた。

ついにきた。

入ってきた南城が自分に向けられた銃口を一瞥《いちべつ》し、車内に一歩踏み込むと後ろ手でドアを閉めた。

「お前か」南城が溜《た》め息をつき、ドアにもたれた。

桜田は指揮台の椅子に座っていた。股《また》の辺りに、両手で握ったワルサー。

「あなたを逮捕、拘束する」

桜田は南城の足元に、手錠を放った。銀のきらめきが弧を描き、耳障りな音とともに床に転がった。

「手錠を嵌《は》めてください」

いざ彼と向かい合ったら、手が震えるかも知れない、声が震えるかも知れない。そんな危惧《きぐ》があった。だが実際にそのときになってみると、桜田は奇妙な落ち着きの中にいる。心強くもあり、意外でもあった。

「桜田……さすがにこれは、おれも予想してなかった」

「でしょう」

南城は笑みを向けた。桜田も笑みを返した。

「パーティには遅れたな。なぜ参加してくれなかった」

「わたしの第一目標は、あなた一人ですから」

実は違う。ただ単に間に合わなかった。桜田が現場に辿《たど》り着いたときには辺りに警官が溢《あふ》れ、現場封鎖は完了していた。桜田は警察手帳を見せて、封鎖線を突破した。手帳の中身、詳しい所属は調べられなかった。

指名手配を受けている桜田だが、だれも桜田に注目しなかった。

「どんな状況か分かっているのか」

「能見たちがあの中にいるんでしょう」

「たち、ではないがな」

——そうだったか……独りなのか、能見。

博労じいさんの山と、薬莢《やっきょう》の山。

「倉庫の中は死体の山だ」南城は歩き出した。

「動くな」

桜田は鋭く言った。だが南城は悠々と後部へ歩いていき、棚を開けると自分のワルサーに弾の補充を始めた。

「銃を今すぐ――」

「おれがこれから何をしにいくか知っているか」

「いや」

「能見の指名でな。おれ独りで奴と会う」ちらりと桜田を見る。「奴は投降の説得など求めていないし、おれも、するつもりはない」

「だったらなおさら、あなたを行かせるわけにはいきません」

南城は銃をしまい、閃光弾《せんこうだん》をひとつ摑《つか》むと尻《しり》のポケットにねじ込んだ。

「なぜおれの逮捕がほしい？」

「そんなのは当たり前――」

「なんのために？ 能見が今夜何人始末したか知っているか……まだ無傷なのはおれとお前、シンドウだけだ。シンドウ、始末したのか」

桜田は首を横に振った。

桜田。南城は呟《つぶや》き、桜田と正対した。

「おれは奴を殺したい、奴はおれを殺したい……邪魔だ」

「わたしの警官としての最後の仕事です。あなたを逮捕します」

南城は虚ろな目で見下ろす。長い間、無言だった。

「なんです。今のわたしはあなたを撃つことも——」

「能見を無駄死にさせるのか」

「何を……」

「おれがここでお前に捕まった場合、あの塔でおれを待つ能見はどうなる」

「それは……」

——逮捕され起訴、公判……極刑から救う常套《じょうとう》手段として、弁護士は精神鑑定を要求する……能見はどう振る舞うだろう。延命のために、最高裁まで何年も見苦しい戦いをするだろうか。

能見に命乞《いのちご》いは、似合わない。

桜田は視線を床に落とした。

「ここまできた。能見にチャンスをやれ。想いを遂げるチャンスを」

つい思う。南城を行かせ、帰ってきたら逮捕。それでいいのでは。

——待て、それでは能見が死ぬことになる。

南城を行かせ、能見が殺す。能見は逮捕される、あるいは、自ら幕を引く。南城を行かせても行かせなくても、どちらにしろ、能見にはもう、あとがない。

——ではおれは、能見と会うことはできないのか。

これが南城流の誘導であることは分かる。分かるが、一理ある。桜田は悟った。南城は桜田の急所を突いた。自分が心情的に能見の味方であるという、痛いところを。

結局、自分は遅すぎた。韮崎にすべてを明かし、身を引くべきだった。あるいは、今夜の戦いを知った時点、待避所から逃れた時点で緊急発報を飛ばせばよかった。利己心に駆られた暴走が結果として、能見を追い込むことになった。

――絶対、これは絶対間違ってるんだ。でも……。

桜田は銃の先を、ゆっくりと床へ向けた。

「南城警部、お願いします」ドアのすぐ外からだれかの呼び声がする。

「今行きます」南城は答え、スライドドアまで歩み寄った。「桜田」

「……早く消えろ」

「礼を言うべきか……なにせおれは――」その口調に、優越感が滲《にじ》み出る。「能見のとっておきなんでな」

なぜか、激しい嫉妬《しっと》を感じた。

「室長――」

目を上げた桜田は、自分に向けられた銃口を見た。サイレンサーの、長い筒。

「おれか、能見か……先にいって待っていろ、すぐに分かる」

南城は二度、引き金を絞った。

桜田は体の真ん中に弾を受け、後頭部を指揮台にぶつけてから、床にくずおれた。

南城から、礼の言葉はなかった。

素早くバンのドアを閉めた。

「行きましょう」私服の刑事が一人、外で待っていた。

「指揮車の中に一体、回収し忘れた遺体が残っています」

「そんなはずは……」

「回収しておいてください」

言い置いて構わず歩きだした。

――能見、お前という奴は……。

皮肉な思いと、ごく微かな羨望《せんぼう》。

――いろんな奴に好かれるんだな。

居並ぶ警官たちの注目が集まる。

――おれもその一人か……。

南城は先導役に連れられ、刑事たちの集まりに合流した。刑事が一人寄ってきた。手には盗聴マイク。断るわけにいかず、南城は上着の内ポケットに装置を収めた。

――そこまでしておれがほしいか。いい。ケリをつけようじゃないか。

南城は歩きだした。こんなにまで自分の命に執着してくれるとは、ありがたい。その執着の強さは、意味は違うものの父母や妻と同じ、あるいはそれ以上かも知れない。

南城は警官たちの視線を一身に集めながら歩を進めた。気分のいい体験だ。

「気をつけてください」

防弾盾の内側にいた、名も知らない機動隊員が言ってくる。その瞳《ひとみ》には、羨望と畏怖《いふ》が同時に現れていた。

南城は彼に一瞥《いちべつ》を送り、投光機に照らされた光の道を、血塗られた道を、あとに黒く長い影を残しながら歩いていった。

五

モニターの映像で、南城が路地を歩いてくるのは確認していた。能見は、南城がドアに近づいたところで操作盤を操作し鍵《かぎ》を開け、南城が中に入ったのを確認して鍵を閉めた。能見はそこでモニターの電源を切り、窓辺を離れた。部屋の奥へ台車を移動させていく。

「南城だ。開けろ」

能見は手元の操作盤のボタンを押した。かちんと音がして、電子ロックが解かれた。南城がドアを開けた。首を突き出し、能見を見る。能見がすぐに撃たないことを確認すると、入ってきて後ろ手にドアを閉めた。能見はボタンを押し、再び施錠した。

南城は天井を見上げてから、ドアの脇の照明スイッチを入れた。蛍光灯が灯《とも》った。

「……大詰めだ」南城は内ポケットの中の盗聴器を取り出し、独白した。「犯人はわたしの体を調べ、盗聴器を見つけました」

南城は盗聴器を床に落とし、踵《かかと》で踏みしだいた。それが済むと、臆《おく》することなくこちらに背を向け、窓へ歩み寄って外に視線を投げた。

「あれは一時退却だった。黙って待ってりゃ、そのうち突っ込んできたんだが」

能見は肩をすくめた。「知らんもんでね」

「警官隊を呼び寄せたのは、お前自身だ……能見」

能見は微苦笑をもって答えとした。

「まさにこれは捨て身、最終手段。警官たちに取り囲ませて、現職の警官なだけに身動きの取れないおれを呼び付けた。おれはこないわけにはいかない……で、そのあとは」

能見は答えず、彼を見つめた。

「おれさえ消せればいいのか。そのあとは死ぬつもりか」

「死を覚悟してヤマを踏んだことはない」

「どうやってここから……まあいい」南城はくつくつ笑った。「能見、おれの助力がなければ、今夜の襲撃は成り立たなかった。おれはナカガワが秋葉の仲間だと知っていたし、取引が偽なのも、渡部を殺したのはお前だということも……ナカガワが八田勇吉だということもな」

能見はつい、苦い表情を浮かべてしまった。

「意外だったか。指紋を取れば一発だ。だが気にすることはない。八田の情報は、おれの頭の中にしかない……聞かせてくれ。なぜ秋葉を生きているように演出した」

「ひとつ余計に餌を撒《ま》いた」

「確かに……有効だったようだ」南城は大義そうに溜《た》め息をつき、肩を揉《も》んだ。「偽の取引だと分からず滝神が取引に出席した場合、事はすんなり運ぶ。だが滝神が嫌がってこなかったら。そのときはお前、今夜は仕掛けない。そして、取引の裏には秋葉がいる、と自ら情報を流す。その場合、滝神がこないと秋葉は姿を現さない、こちらはそう判断する。おれたちは滝神ともども集結せざるを得ない。おれは――」

能見は遮って言った。「有効だったのは、お前に対してだ」

南城は目を微かに細め、能見を見つめた。

「お前さえ釣れれば、滝神も新も自由にできる。いい加減分かれ……滝神を釣ったんじゃない。お前を釣った」

「……釣られたつもりはないんだが」

「お前は確かに警官なんだ。骨の髄からな……謎があったら追わずにいられない。お前はそういう奴だ」

南城は思案顔でどこかへ目をやり、やがて声を上げて笑った。

「ま、警官なのは確かだな……なるほどおれは、自分の判断で滝神たちをここに集めたつもりでいた。お前の計画が半ばうまくいったのはおれのお陰だ、なんてな……だが、お前の言う通りだったらしい。おれはお前に踊らされた。他人を踊らせて生きてきたし、自分は踊りが下手だとも思っていたんだが……おれはうまく踊ったか」

能見は眉《まゆ》をすっと上げた。「見事だった」

南城は一瞬だけ気の抜けた顔をした。それから、天井を仰ぎ、両側の壁を見、後ろを振り向いて窓を見た。

「その台車は？　やはり車椅子は残しておきたくないのか。どうやら……お前はここにはいなかった、そういう偽装をしたいらしい。それは難しいと思うが」

「考えてみろ」

南城はいっとき能見を見つめてから、言った。「お前に関する資料、捜査情報はかたっぱしから破棄してきた。ごく僅《わず》かに保存してあるものは、おれのデスクの中にある。他人が開けたら発火する仕掛けつき。今夜は……」南城はにやりとした。「今夜は……おれの部下はだれ一人、ここにお前がいたことを知らない。お前の面は覚えさせていたが、いたことは知らない……確かにおれは部下の前では一言も言わなかった」

そういうことだ。能見は呟《つぶや》いた。

「お前は新田甚一殺しで追われている。その銃――」顎《あご》で能見の手元を示した。「もちろん、同じ銃ではないんだろうな」

能見はすんなり頷《うなず》いた。手にしているのはベレッタ。馴染《なじ》みのザウエルは今ごろ、添嶋の手で鉄屑《てつくず》になっているはずだ。

「銃から足はつかない。メールのやり取りで交渉し、声を録音させなかった。ここにいるのは秋葉の亡霊、秋葉の親父……秋葉の親父？　秋葉の親父というのは、ナカガワのことか」

能見は唇をひん曲げて、答えとした。

「……おれたちが必死に追ったが出てこなかった人物だ。今回も逃れるよう、いろいろ手を打ったんだろうな」

能見は南城を見つめた。相変わらず表情を消したまま。ベレッタを右手に持ち、左手には、無線操作箱。その箱を持った手は、台車を動かすスティックにも当たっている。デルタ・ライフルは床に寝ている。

南城は両手を後ろに組んだ。「そろそろ、頃合いか」

「お前に頼らなけりゃならない」

鼻で笑う。「なんだ」

「有働の内偵をリークした奴がいるのか」

「……幽霊。人物特定はできなかった。情報料五百五十万、持っていかれた」

「リークがなければ？」

「そう……おれたちは有働の餌食《えじき》だった」

「金はどう渡した」

「芝のタワーフロント・ホテルの催事場、バーゲンの現場……もしかしたら、そいつの独り勝ちということなのかもな」

「必ず仕留める」

南城は声を挙げて笑った。笑いながら言った。完璧《かんぺき》主義か。

能見は南城の笑いが収まるまで待ち、言った。

「いつかの、梢のことでは感謝する」

「急に子供に好かれたくなった」

「だが、お前がいかなくても、おれは間に合った」

「いや……おれがいなきゃ、あの娘はあいつらと鉢合わせした……だからあの娘を助けたのは、おれだ」

二人の視線が結ばれ、動かなくなった。

殺気が満ちていく。

静寂が満ちていく。

能見は南城の瞳を見つめ続けていた。なんの変化も現れない。組んだ手の後ろに何があるのか、推測するまでもない。

つい思う。こいつが最後の一人。南城は動こうとしない。

珍しくじれた。能見は、先にいく気になった。

腕を上げかけた。

そのとき、ズボンのポケットに振動を感じた。ポケットベルだ。

上げかけた腕の動きが乱れた。一瞬の隙。

南城はそこを見逃さなかった。一気に銃を抜いた。

向こうが早い。

能見は銃を持ち上げるより先に、操作スティックを捻《ひね》り台車を急転させた。弾避けの鉄板に掠《かす》った弾丸が、能見の脇腹を裂く。一瞬遅れて、消音器から排出されたガスの音が響いた。

能見は台車後部の鉄板の後ろに隠れ、二発目を避けた。弾避けの鉄板に南城の二発目が当たり、悲鳴のような音を響かせる。

能見は鉄板ごしに数発撃った。南城は易々と避け、柱の陰に身を寄せた。

能見は台車を走らせ、柱の陰に寄せた。

突然振動が立ちのぼってきて、床が、窓ガラスが震えた。

「能見！」南城の声。「機動隊が銃声を聞いて突入してきた……のんびりやってる暇はないようだが」

突入を阻止しなければならない。能見は最後の最後に取っておいたボタンを押した。

「……鳴った……」

八田が呟《つぶや》いた。倉庫裏の運河には、二艇の警察ボートが浮かんでいる。

くぐもったベルの音が、ここまで届いてきた。

八田は思わず腰を上げ、倉庫を見つめた。

催涙弾、閃光弾《せんこうだん》、ハンドガン、ショットガン、指向性炸薬《さくやく》などを携帯、それに加え各種のプロテクターやマスクで身を固めた者たちが、倉庫の階段を駆け登っていた。入り口ドア、階段のドアを次々に破り、新の手下たちを跨《また》いで突入してきた機動隊員たちだ。

非常ベルの音が鼓膜を打つ。

先頭の機動隊員は三階のドア前に到達していた。

「どこで火が出た」

「状況は！」

「静かにしろ！」

機動隊員たちはすべて、動きを止めていた。

「火なんか出てない。誤報じゃないのか――」

――緊急警報……緊急警報……。

いきなり女性の声でアナウンスが流れた。

――ハロゲン化物使用による消火装置が起動しました。ハロゲン化物使用による消火装置が起動しました。ハロゲン化物は人体に有害です。三十秒以内に建物を退去してください。人体に危険を及ぼします。三十秒以内に……。

隊員たちに混乱が起きた。現場指揮官が外の上司に指示を求め、他の者は一人残らず天を仰いでいる。

「催涙弾使用に備えマスクはあるんですが、ハロゲンというのはどういう性質のものです？今携帯しているマスクで対応できますか」

指揮官はイヤホンから流れる声に、耳を傾けた。

——起動まで、三十秒前……。

カウントダウンが始まった。

「ではどうしろと——」指揮官の怒号が響く。

——二十五秒前……。

「ですから我々のマスクは——」

——二十秒前……。

指揮官は部下たちに向けて声を張り上げた。「撤収する！　下の者から順に倉庫を出ろ。早くいけ、走れ！」

——十秒前……。

六

「おれか、能見か……先にいって待っていろ、すぐに分かる」

南城が放った二発の銃弾を受け、桜田は吹っ飛んだ。後頭部を指揮台にぶつけ、床にくずおれた。南城は指揮車を出ていった。

呼吸ができない。桜田は撃たれた箇所ではなく、喉《のど》をかきむしった。胸と腹の内にある臓物がそれぞれ激しく打ち震え、騒ぎ立てた。

桜田の食道を、何かが駆け上がってきた。やがて桜田はこらえる暇もないままに、大量の胃液を吐き散らした。胃液とともに、自分のものとは思えない奇声が迸《ほとばし》った。

胃液を吐いたのがよかったのか、僅《わず》かずつ息ができるようになった。

「大丈夫か――」

だれかの怒号が耳に届いた。床に転がったまま、声のしたほうへ目を向けた。私服の男が一人、車内に入ってきたところだった。彼は桜田に手を貸し、半身を起こさせた。

「南城警部が死体があるって言うんで……あなたどうしたんです」

手を振って少し待てと伝える。深呼吸を試みたが、突然の激痛に顔を歪《ゆが》めた。あばらが折れたか。内臓は無事だろうか。

「違う――」騒がれる前に何とかしないといけない。「おれは南城警部の部下です」

「部下？　じゃあ一体」

「部下として、室長に進言したんです」意識して浅い息を続けると、どうやら落ち着いてきた。「見解の相違ってやつ。おれは室長にいってほしくなかった。まあ、ケンカみたいになってしまって……南城警部は？」

「今、防護線を越えて路地に」

「そうか……もういい、ありがとう」

「警部は死体があると――」

「それはつまり――」遮って言った。「今夜、警官としてのおれが死んだ、という意味ですよ」

大丈夫だ騒がないでくれと桜田は続けた。男は桜田を助け起こし、指揮台の前の椅子に座らせると車を出ていった。

呻《うめ》きながら体を調べた。コートに二つ、穴が開いている。コートの前をはだけてみると、胸と腹の二か所に弾痕《だんこん》がめり込んでいた。防弾チョッキの性能はピンからキリ、と聞いたことがある。南城が偽分室のために用意したチョッキは、かなりの高級品と見えた。そうでなかったら、あの至近距離からの弾丸を食い止められはしないだろう。

穴の開いたコートを脱ぎ捨て、しばらく痛みに震えていた。

もう、終わりだ。南城は自分を撃ちはしたが、南城を行かせるほうを選んだのは自分だ。南城は去った。もう、自分の役割は終わった。

痛みの発作がきて、桜田は体を折って再び吐いた。

――役割……役割ってなんだ。

今夜の自分は、だれに役割を決められたわけでもない、独行だったはず。役割など、最初からなかった。おれが何をするか、したいかだけが問題だった。

体を深く折ったまま、口元にこびりつく胃液を拭《ぬぐ》った。

――今さら、何かしたいことがあるのか。

桜田は悩むことなく、答えを導き出した。

もし南城が無事出てきたら、南城と能見を戦わせることを選んだ自分は、結局だれに手を貸したことになるのか。だれの死に。

――能見が失敗したら……おれが……。

桜田は違う問題に取り組み始めた。こうなっては、あの倉庫に潜入する手立ては何もない。完全に封鎖されている。利用できるのは、自分がすでに封鎖線の中にいるということ、まだ警察手帳を所持しているということ、だれも自分の指名手配など気にもしていないということ。

桜田は考えを巡らせながら見るともなく、床の一点を見つめていた。ふと、自分の見ているものに焦点を合わせてみた。

血まみれの榴弾《りゅうだん》ライフルがひとつ、後部側面に取り付けられた道具棚の下に転がっていた。多分、分室のだれかが使ったか使おうとしたものに違いない。

桜田はよろよろと立ち上がり、ライフルのそばへ歩いていった。太い筒のような銃身の口から、鉤爪《かぎづめ》の四つついたフックが飛び出している。銃身の口は、射出ガスの漏れを防ぐゴムキャップで塞《ふさ》がれている。鉤爪は登攀《とうはん》ロープのリールに繋《つな》がっていた。南城たちはこれを、屋上からの侵入にでも使うつもりだったのだろう。

銃身を二つに折って、薬莢《やっきょう》を取り出した。知識のあまりない桜田にも、中に詰められているものがガスの発生だけを目的にした空包だと判別できた。

手を見つけたのだ、迷っている暇はない。

桜田は上着を脱ぎ捨て、防弾チョッキを露《あらわ》にした。脱いだ上着から警察手帳を抜き取り、ズボンのポケットにねじ込み、ベルトの尻《しり》にワルサーを差し込んだ。榴弾ライフルを手にし、ぐるり辺りを見回す。カラビナつきのストラップがあった。それも手にした。

路地とは反対の方向へ歩きだした。数人の警官とすれ違ったが、何ひとつ訊《き》かれなかった。交差点まで歩いていった。交差点は封鎖され、警官たちがずらり並んでいた。封鎖線の向こうには、すでに報道の車両らしきものが見えた。

交差点を左に曲がった。しばらく歩くと、運河の上にかかる橋が見えてきた。橋の上にも警官がいる。桜田はなんの演技もせず、まっすぐ歩いていった。警官たちは桜田に一瞥《いちべつ》をくれたが、何も言ってこなかった。

やはり。封鎖線の内側にいて、防弾チョッキを着込み榴弾ライフルを担いだ男に、何の疑いを向けるというのだ。あまりにあからさま過ぎて、疑わない。

橋を渡り、対岸の遊歩道へ入っていく。遊歩道入り口に立ち番がいたが、やはり何も訊いてこない。その彼は敬礼までしてきた。

歩きながら倉庫裏を観察した。機動隊員たちが溢《あふ》れている。ハシゴやロープなどの装備も見えたが、彼らはまだそれを使うつもりはないようだ。運河の上には警察の船が二艘《そう》。きつい照明を倉庫の壁面に当てている。

倉庫の裏手に当たる対岸には、私服制服、多数の警官たちがいた。何か言われる前に、手近な警官に声をかけた。

「南城分室の者です。状況は」

「変化なしです」

「突入の予定は」

「中に南城警部がいますから、今はまだ」

どうも。見事なほどに、無視されている。歩道の反対側へと身を寄せた。高い鉄の柵《さく》が続いていて、柵の向こう側にスズカケの大木がある。

ここしかない。桜田は柵に取り付き、登り始めた。

「何やってる」

だれかの声が背後にかかった。顔を見せもせずに答えた。「上司が中にいる。意地でも見守る」

「勝手なことをしてもらっちゃ――」

すべて無視。彼らは摑《つか》みかかってくることはなく、苦情をやんわりと言ってきただけ。先入観とはここまで人を欺くものなのか。

桜田は最悪の気分のまま、柵を昇った。左肩は車のバンパーにやられたし、内臓は銃弾に脅かされた。歯を食いしばり、呻き声が漏れないように苦労しながら昇っていった。

やがて柵のてっぺんへ。高さ三メートルほどか。ここではまだ不十分。桜田は柵のすぐそばに屹立《きつりつ》するスズカケに乗り移ることにした。太い枝がこちらに救いの手を伸ばしてくれている。乗り移るのは簡単にできた。

「降りてくれ公安さん！　ほんとうに苦情を入れるぞ」

無視。スズカケの木を上へ上へと登っていく。五、七、八メートルと高度を稼いでいって、水平に顔を向けて倉庫の三階辺りと向かい合うところで登攀をやめた。

あのとき。辻塚山野辺にいく途中で行きあったレンジャーたちの姿。最初から川幅に合わせてロープがそれ以上出ないように調節しておく、そうすれば、狙いが甘くても目的の距離でロープの先端は落下する。

ロープのリールを改めてみて、ドラム側面にある何かのダイヤルを見つけた。ロープの射出距離を設定するストッパーの目盛りらしい。桜田は余裕を見て、三十五メートルの目盛りにダイヤルを合わせた。

こんなものを撃った経験はない。角度は適当。運河に落ちては困るのでやや高めに構え、引き金を絞った。

コルク栓でも抜いたような、間抜けな音が響いた。ガスの噴出音とともに、ロープつきの鉤爪が黒い弧を描いて跳んだ。

地上から複数の怒号が響いてきた。答えている暇はない。桜田はライフルを抱き締めた。一瞬後に軽い衝撃がきた。目で追っていた鉤爪は、屋上を飛び越していくかに見えたが、三十五メートルに合わせたストッパーが効いた。ぴんとロープが張られたかと思うと、鉤爪は屋上へと落下した。

力任せに引っ張ってたるみをなくしていく。やがて、ロープはぴくりともしなくなった。カラビナをロープにかけ、ストラップで輪を作って体を潜らせた。ライフルやリールごとスズカケの枝へ目茶苦茶に巻き付け、がっちり結び上げる。下に目をやると、機動隊の一人が柵を登っているところだった。

思いっきり幹を蹴《け》った。体が宙に浮いた。すぐに両足をロープへかけ、あの要領で、ストラップと脚を使っていたレンジャーの要領で、運河を渡り始めた。

サーチライトが方々から当たってきた。怒号は相変わらず。桜田は尺取り虫の動きを真似て、無心に距離を稼いでいった。

何か聞こえた。桜田は倉庫へ目をやった。機動隊員たちがスチール製の伸縮ハシゴを、倉庫の壁面に立て掛けたところだった。突入が始まってしまったのか。

その直後、何かのベルが聞こえ始めた。ベルの音は、倉庫の中から響いてくる。奇妙な光景が始まった。三階への突入を開始していた機動隊員たちが、一斉に撤退し始めたのだ。これは、自分にとって好都合なことなのか。

と、いきなり突き上げがきて、桜田の体はロープを支点に一回転した。だれかが背中を殴りつけた、と思ったがそうではなかった。運河の上に浮かぶ水上警察の船舶から、桜田を狙った放水が始まったのだ。

放水の圧力は、人の握力でどうなる程度のものではなかった。両手は引き千切られるようにロープを離れ、かけた脚も解かれた。ストラップに両腕がひっかかり、宙吊りになった。

――やっぱり……やっぱりおれは駄目なのか。どうしても能見の戦いに関わることが許されないのか。

桜田は、自分でも中身の理解できない絶叫を上げた。

七

アナウンスが止んだ。

能見も南城も動きを止めていた。

突然、スプリンクラーから透明な液体が噴出した。

「おれを道連れに自殺……それで幕引きなのか」

能見は液体が服に染み込み顔を嬲《なぶ》るに任せている。

「随分下らないラストじゃないか——」南城の言葉が途切れた。「これは……ただの水だ」

確かにただの水。

「雨降らすのはいいが、アナウンスだけのしろもの。これがお前の考えた手か」

ごく軽い音が響く。台車のそばに黒い缶が転がってきた。

——くる。

音響閃光弾《せんこうだん》が炸裂《さくれつ》した。強い閃光、大音響、そして白煙。

能見はとっさに台車を柱の裏に回した。その正面に、南城がいた。

「やはり素人」南城は能見に向けて弾を撃ち込んだ。能見もほぼ同時に引き金を絞った。能見の銃弾は当たらなかった。南城の銃弾は、能見の首の肉を殺《そ》いだ。一瞬、激痛に顔が歪《ゆが》む。すぐに目をこじ開け南城の姿を求めた。

すでにそこにはいない。

「ここだ」

頭の上から声がする。能見は首を捩《ねじ》って見上げた。南城が能見の頭にぴたりと銃口をつけ、笑みを浮かべている。

「お前の負けだ……銃を向こうへ放れ」

能見はベレッタを放った。

「長い夜は終わった。おれもお前も破滅する。だが、おれは生き延びる。死ぬのはお前、負けたのもお前……楽しかったぞ、こんな経験は、もうないだろう」

南城は笑みを大きくした。

「なかなかの悪夢を見させてもらった。そろそろおれは、夢から醒《さ》めさせてもらう」


八田仕掛けのただの水が、無人の二階にも降り注いでいた。

中央に並べられた八枚の木パレットは、水を吸い、色を変えていく。木パレットの下にはそれぞれ大きな紙が敷いてあった。やがて、水は紙に染み込み始めた。

紙の下から、微かに湯気のようなものが立ち始めた。ちりちり、ちりちりと音もする。

やがて、ぱっと小さく弾《はじ》けた。その弾けは数を増し、規模を大きくしていく。紙の下に撒《ま》かれていた、大量の白い粉が反応を始めていた。

倉庫に潜入し検索したクマダがただの空き缶として報告した缶が、スプリンクラーの放水を受け軽やかな音を立てている。そのラベルにはこうあった。

——第一種可燃性固体、火気厳禁、注水厳禁……用途、写真閃光剤等……。

添嶋から仕入れた最後の品、工業用マグネシウム・パウダーが水分を加えられ、水素ガスを発生しながら激烈な反応を始めた。

突然床が跳ね上がり、たわんだ。予期していなかった衝撃に、南城が膝《ひざ》を折り床に手をついた。

能見は南城の髪を摑み、台車の縁に叩《たた》きつけた。南城の額が割れ、血が流れた。銃を向けようとする南城にしがみつき、その拍子に台車からずり落ちた。

二人は床の上でもつれ合った。能見は銃を持つ南城の手を摑んだ。能見はそのまま、彼の上に馬乗りとなった。

激しく抗《あらが》う南城の、両手首を握った。

瞬間、二人の目が合う。能見はにやりとした。能見は南城の両腕を、易々と床に押し付けた。

「お前の負けだ……銃は放らなくていい」

能見は南城の顔面に頭突きを落とした。南城の腕から一瞬力が抜けた。そこを逃さず彼の銃を取り上げた。

南城は、自分に突き付けられた銃口の奥を見つめた。

突如雨が止んだ。一瞬の静寂。

南城が照星ごしに能見を見上げ、強ばった冷笑を浮かべた。

直後、一層大きな破裂音が響き、二人とも震えた床に跳ね上げられた。能見の体勢が崩れ、南城は能見の下から逃れた。

逃れた南城の拳《こぶし》を顔面に受け、能見は大きくのけ反った。南城は能見の指を解いて、銃を取り上げようとした。

能見は一瞬早く、銃を自ら床へ落とした。南城の手が床に伸びた。能見は再び南城に摑《つか》み掛かり、それと同時に銃をはねのけた。

濡《ぬ》れた床を、銃が滑っていった。

銃を追おうとした南城が、水に足を取られ転倒した。能見は、うつ伏せに倒れた南城の背にずり上がり、彼の後頭部へ拳を打ちつけた。二度、三度。

南城の頭蓋《ずがい》の軋《きし》みが伝わってきた。


二階の鉄扉が吹き飛び、閃光が噴出した。

八田は光に耐え切れず、視線を逸《そ》らした。

地上に白色星が生まれた。

八田は手指で顔を覆い、倉庫に目を向けようとした。そんなものではとても役に立たなかった。


「退避、退避だ！」

落ちてきた鉄の扉は、警察のボートには直撃しなかったものの、艇長は退避指示を叫んだ。

「崩落するぞ、離れろ」

「あの宙づりの馬鹿は」

「放っておけ、こっちが危ない」

ボートが下がり始めたそのとき、二階の壁が一気に吹き飛び、瓦礫《がれき》が降り注いだ。壁はなくなり、ガスと白煙、そして断続的な閃光が露出した。

「……何が爆発してるんだ」

だれ一人、倉庫を監視できる者はいなかった。

能見の考えためくらましは、仕掛け通りに効力を発揮していた。


鼻孔を刺激臭が焼いた。足元には、二階から噴出した光と高熱の海が広がっていた。

桜田は生まれて初めて、死を身近に感じた。もうすぐ、死がやってくる。なのに、なぜこんなに平静なのか。

体から力が抜けていく。そのとき別れの餞別《せんべつ》のごとく、放水の最後の一撃が背中を打ち、桜田の体は弾け飛んだ。桜田の目は一瞬、迫り来る壁面をとらえた。


能見は左袖《そで》からあのワイヤーを引き出し、南城の首にかけようとした。南城は素早く反応し、ワイヤーの輪に自ら腕を入れ引っ張った。能見の意図とは違う形で、絞り金具が締まった。

「同じ手を――」

南城の囁《ささや》き。奇声を上げ、南城は腰を突き出し能見を退けた。能見は飛ばされ、床に転がった。転がった先に、能見が使っていた自走式台車があった。

「能見！」

背後で南城の咆哮《ほうこう》が轟《とどろ》く。能見は肘《ひじ》のサポーターを引き抜き、ワイヤーを台車の車輪に絡ませた。操作盤のあるところまでよじ登り、台車に全速力で前進を命じた。

銃を取りに向かおうとしていた南城は片腕を引っ張られ、振り向いた。台車に気づいた南城は、ワイヤーを引きずったまま、銃の在りかまで引っ張っていこうとした。

そのとき、強烈な振動とともに、床に一直線のヒビが入った。

真一文字に裂けた床から、激しい光の筋が噴出した。

能見は鉄扉目指し這《は》い出した。進みはごく遅い。

「能見、こっちを向け！」

能見は無視して這い続けた。銃声が聞こえる前に、床が傾いた。

爆発音に違う異音が交じる。崩落の音。能見は振り向いた。

床が中央から崩れ、大きな穴が開いている。その穴から、煙と青白い光が漏れ出し、辺りに充満していた。

青白い光を背景に、真っ黒な人形の影絵。

南城の影は、穴と引っ張り合いをしているように見えた。台車が穴の中に落ちたのだった。

「能見――」

辺りのどんな物音にも負けない叫びが炸裂《さくれつ》した。床の傾きが増していき、やがて、南城の足元が崩れた。

「――」

南城は何かを言った。ただの悲鳴ではなかった。能見は南城の最後の言葉を理解することはできなかった。

能見は、扉へ向けて這い始めた。傾きはひどくなり、床は水で滑る。能見は床に爪を立て、脱出口へ進んでいく。このときに備えてただ立て掛けていただけの鉄の扉は、すでに運河へ落ちている。

背後がどうなっているのか、もう分からない。光の固まりが、能見を飲み込もうと膨れ上がる。

そのとき、また太ももの辺りに振動を感じた。

――今、忙しいんだよ……梢。

能見はポケットからポケットベルを取り出し、目を凝らした。

――充の意識、戻ったよ……梢。

やっと読み取れた文字。能見は文字盤に向けて、薄い笑みを浮かべた。

いつかもだれかに贈ったことのある言葉、あのときと同じ言葉が頭を過《よぎ》る。

――いつかたくさんたくさん、たくさんうめ合わせする。だから……。

能見はポケットベルをポケットにねじ込み、再び這い始めた。二階のマグネシウムが、幾度も爆発を繰り返した。

――……あと少し……。

生まれ変わる。八田が用意してくれた真新しい鎖。あれを摑んで跳ぶ。運河まで、あと僅《わず》か。

青白い光の固まりが、能見を包み込もうと膨張を続ける。

一度酷い突き上げがあったあと、床が傾きを増していった。

能見は爪を立てた。だが役に立たない、体が滑り始めた。

ここまでか。

生きている者、すでに亡い者。いろんな顔が脳裏を過っていった。

能見の手首が、突然だれかに摑まれた。

能見ははっと視線を上げた。溢《あふ》れる光の中、夢のように四角く浮かぶ脱出口に人影が浮かんでいた。

「お前は……」

影が凄《すさ》まじい絶叫を上げた。渾身《こんしん》の力が能見の手首に伝わってきた。

しだいに能見の体が引き上げられていく。能見は爪を床に突き立てた。

戸口にしがみつく者の顔が、判別できるようになってきた。

「おれを覚えているか」

能見は公園での光景を思い起こした。「また、仕事さぼりか」

「おれはコジマじゃない、おれは——」

能見は遮った。「お前はおれの、なんだ」

男はおぼつかない笑みを浮かべた。「一《いち》ファン、かな」

そのとき、今までとは比べものにならない大爆発が起きた。能見を散々苦しめた床が、あっけなく突き上がった。

能見は男とともに、どこと判別のつかないどこかへと放り投げられた。

マグネシウムの燃焼は続いていた。建物は崩壊を止めない。壁、天井、柱。次々に崩れていく。

対岸の遊歩道。さっきまで八田がいたはずのベンチには、すでに人影はない。

八

——すごい光だ……おれが光に包まれているのか。それとも、光っているのは、おれ自身か……。

九

微風に乗って、煙草の煙が流れていく。

運河の向こうに広がる平坦《へいたん》な大地は、眠りについている。

鼻孔が潮風を捕らえ、くすぐる。小気味いい波の音。

すべての始まりだった、五年前の銃撃場所。能見が脚を奪われ、秋葉は命を、自分たちはリーダーとその右腕を、美知子は夫を失った場所。

東野は波打ち際の柵《さく》に腕をつき、煙草を吸い続けている。

能見がなぜ、最後の最後に嘘をついたのか。分からないわけでは、もちろんない。自分に何かあったら、美知子は再び独りになる。すでに堅気だった自分を守るつもりもあったのだろう。

堅気でなかったとしたら、加われただろうか。

——分からないな……つまりおれは、能見さんのメガネに適《かな》わなかったということか。

後ろを、美知子を守れ。それがお前の仕事だ。能見は言った。納得しようと思えば、できる。車に仕掛けをするという大事な仕事をくれたのは、能見が東野の心中を、何かせずにはいられないという気持ちを察してのことだったのだろう。でも、こう思わずにはいられない。

——そんなのないだろ、能見さん。

東野は衝動的にポケットから拳銃《けんじゅう》を抜いた。安全装置を解き遊底を引き、波間に銃口を向ける。一瞬間を置き、引き金を絞った。

さざ波の音。何も起きない。

二度、三度と引き金を絞る。何も起きない。幾度か遊底をスライドさせた。そのうち、遊底は動かなくなった。情けなさ過ぎて、寂しい笑いが出た。

——あのチンピラ……返せ、百五十万。

東野は腕を大きく振りかぶり、遠投した。

銃は着水の直前、一度だけ遠くの街路照明を反射した。闇の中、銃はきらめきを一閃《いっせん》させ、波の中に消えた。

——分を知れ……。

南城の声が蘇《よみがえ》る。

——おれは能見のとっておきなんでな。

夢うつつの中、桜田は返答した。とっておきが殺されてどうする。

いきなり覚醒《かくせい》した。

自然に呻《うめ》きが漏れ、体が勝手に蠢《うごめ》いた。

「動かないで！」男の声がする。「さあ、これを」

口の辺りに何かが当てられた。桜田は訳も分からず振り払おうとした。

「大丈夫、これは酸素です、怖いことはありませんから」

子供に言い聞かせるような口調。桜田は抵抗を止め、首を巡らせた。倉庫裏手の遊歩道だった。怒号とサイレン、ヘリコプターのローター音。

「まだ用意できないので、しばらくここで我慢してください――」

男はどうやら救急隊員のようだ。今夜は救急車がタクシー代行になったみたいで、出払ってるんです。そんな言い訳を口にしながら、桜田の身体を調べている。

桜田は遊歩道のベンチの上に寝かされていた。どこが痛いと訊《き》かれてどこと示せないほどに、痛みの固まりだった。体はびしょ濡《ぬ》れ、鼻や喉《のど》が痛い。

隊員の声が聞こえた。「有毒ガスを吸い込んだんです。咽頭《いんとう》のやけどが心配ですから、酸素マスクは外さないでください」

桜田は首をねじり、倉庫を眺めた。倉庫は、すでにそこになかった。僅かの外壁と柱を残しただけで運河方向へ倒壊し、運河を半ばせき止めていた。地上に残った残骸《ざんがい》は、クリーム色の消火剤で死化粧を施されている。

マグネシウムとは違う光が溢れていた。パトライトの赤や黄色の光、投光器の白い光。消防隊員たちが活動している。桜田は救急隊員に説明を求めた。

桜田は警察の船で運河から引き上げられたのだという。飛んだ距離も方向も幸いし、瓦礫《がれき》の下敷きにはならなかった。現場では、燃焼しているものが何か判明し、化学消防車が呼ばれた。消防の者はガスを避けるためにボンベを背負いマスクをつけ、作業を続けていた。

「運がよかったですね。今日はなんでもたくさんの刑事さんが……」

隊員は最後まで言わなかった。気を遣ったつもりのようだ。

ざっとした診断を終えた隊員が口を開いた。

「気道や咽頭のやけどはないか、あっても軽微のようですね。血痰《けったん》も咳《せき》も出ませんから。あばらが二本折れています。左の肩に打撲、あと鎖骨が折れています。額の裂傷ですけど、見た目ほど酷くありません。出血は多いですが深刻に考えないでください」

額の裂傷には気づかなかった。桜田は額へ手をやった。頭部はすでにガーゼや包帯で包まれていて、いやに柔らかく温かい布の感触が伝わってきた。

「もう一人はどこに」

「はい？」

「おれのほかに一人、運河に落ちたはずなんだ」

「さあ」隊員は考え込んだ。「運河から引き上げられたのは、あなた一人ですよ」

「死体もなし？」

「今のところはそのようです」

桜田はきれいな酸素を深く吸い込み、目を閉じた。

能見は瓦礫の下敷きになったのか、それとも……。

分を知れ。南城の声が再び蘇った。南城の自分への評価は結局、的を射ていたのだろうか。

——違う、と思うことにする。南城の評価はつまり、悪党であるかどうか、なれるかどうかだ。銃を振るえるからって、それがなんの評価だって言うんだ。

それに、南城は死んだが自分はまだ生きている。

公安の人事考課の結果には、どう折り合いをつける。不適格という評価には。

——公安なんか、どうだっていい。こっちから願い下げだ。

こうでも思うしかない。桜田は寂しい笑いを漏らした。

あなたの言う正義とやらをここに、そう詰問した有働達子にはどう答えようか。

——感情に捕らわれて突っ走っただけ。示せるほどの正義なんか、おれにはありませんでした。

ただ、こうは付け加えられる。有働警視やあなたの友人だった能見を、おれが助けました。彼が無事だとは、今はまだ断定できませんが。

「桜田」

別の声。首を起こした桜田は、近寄る複数の人影を見た。そのうちの一人は、韮崎だった。

韮崎たちは桜田を取り囲んだ。

「大したことをやってくれた……お前の上司は、南城警部なのか」

桜田は首を戻し、倉庫を見つめながら頷《うなず》いた。

「そうだったのか……あの中にはだれが？　南城たちはだれと撃ち合った？」

桜田は韮崎を見もせず、首を横に振った。

「いずれ分かるだろう。桜田、連行する」

「待ってください」救急隊員が割って入った。「この人の怪我は軽いものじゃありません。治療と検査、安静が必要で――」

押し問答が始まった。彼らのやり取りのすべては、桜田の耳を素通りしていた。

――能見の死体がないと確認されるまではここを……。

現実に起こったこととは思えない、きわどい綱渡りだった。背中を打った、放水の最後の一押し。あれが桜田の体を倉庫の壁面まで一気に飛ばした。あれがなかったら、あそこには辿《たど》り着けなかった。

――ファン……。

能見へ向けて自分が言った言葉。今思えば、かなり気恥ずかしい。もっと何か、ほかに言葉がなかったのか。

――能見……生き延びたんだろう?

確信に近いもの。なぜ能見はマグネシウムなどというものを使ったのか。ほかの爆発物でなく、なぜマグネシウムを選んだのか。その狙いは。

――でかい花火を咲かせて能見、今ごろはどこにいる。まだ運河を泳いでいるのか……いつか、あんたとはじかに話したい。だからおれは、あんたのことを黙っているよ。

これで自分も、確かに能見と関わりを持つ人間になった。なんと言っても、能見の命を救ったのだ。

ふと思い当たる。真の警官なら、あそこで南城を行かせはしない。どんなに能見に魅《ひ》かれていても。警官として不適格というのは、やはり当たっていたのか。そう思ってももう、なんの感慨も湧かなかった。どうでもよかった。

——能見を追い続けてやろうか……おれ独りで。

救急隊員の声がした。「やっとストレッチャーがきました」

桜田は複数の手によりストレッチャーの上に乗せられ、ベルトで固定された。渋面の韮崎たちが付き添っている。

能見を追う。いい考えだ。あんたが復讐《ふくしゅう》を考えたお陰で職を失うことになったんだと、愚痴を聞かせてやるのだ。それに加えて、自分の器がどれほどのものか教えてくれたお礼も。

桜田は訳も分からず、声を挙げて笑った。韮崎たちの注視を感じたが、構いはしない。

桜田はふと、些細《ささい》とは思えない心配事に気がついた。

——おれの本名、ちゃんと能見に届いたかな。

光の海に落ちて行きながら、桜田は自分の名を叫んだ。能見は、一瞬不確かな残像を桜田の網膜に残しただけで、光に包まれどこかへ消えた。

まあいい。今度会ったときに、改めて自己紹介すればいいだけのことさ。

終章

深夜の墓地。砂利で足音がしないように、八田は縁石の上を選んで進んだ。

やがて、目的の墓の前にしゃがみこんだ。

リュックから小ぶりの壺《つぼ》を取り出し、墓の前に置いた。

線香に火をつけ、酒を用意し、手を合わせ、囁《ささや》き始めた。

息子への報告は、長いものになった。

冷たい風が墓石の間を駆け抜けていく。


新年を迎えた。新年になっても、事件の進展は望めそうにない。

「彼らの汚職行為の摘発はできたが、被疑者すべてが死亡というのがなんとも残念だ」

韮崎警視のぼやきに、野村警部が応じた。

「南城たちがだれに殺されたのか、分からずじまいでした。あの三階にいたのはだれだったのか。南城分室の生き残りは、秋葉の親父、とか言ってますが」

ウキタというコードを与えられていたその生き残りは、あの夜の標的が二人の男、秋葉辰雄と能見亮司だったと証言した。南城により、事前に面を覚えさせられたという。だが途中、南城はこう言った。相手は秋葉の父親だと。秋葉の父親が仕掛けたのだと。

「能見はどのくらい絡んでいたんでしょう」

「南城が標的に加えていたくらいだ。何か手助けしたのは間違いないが……」

「謎の狙撃手《そげきしゅ》は能見だった、という可能性は」

「馬鹿言っちゃいかん」韮崎は笑みを漏らした。「何人死んだ。二十人だ。半身不随の男がひとりでそれだけの人数をか。倉庫からは、車椅子の残骸《ざんがい》など見つからなかった」

倉庫の借り主を割り出すことはできなかった。崩壊した倉庫からは、何ひとつ指紋を取ることができなかったし、指紋を丁寧に拭《ぬぐ》った跡さえあった。倉庫跡は詳しく調べられたが、身元の分からない遺体はただの一つも見つからなかった。

「なんともすっきりしない幕切れです」

「犯罪者が互いに殺し合った。あの夜あそこで死んだのはみな、悪党だけだった。善人が交じらなかったのを、幸いとしよう」

「桜田はどうなりました」

「あいつか」韮崎は顔をしかめた。「自由の身だ」

「傷害罪では？」

「監察官もおれも、告訴は取り下げた。させられた、というのが本当のところだ」

「南城に騙《だま》されていたというのは、真実のようですし……今どこに」

「知らんよ。職探しでもしてるんじゃないのか」

「何にしても……運のいい奴だ」

韮崎や監察官への傷害、その後の逃走等服務規程違反が適用された。適用はされたが、懲戒免職の処分のみで済み起訴は見送られた。過去に例のない警察内部の犯罪組織の存在は、あっけなくマスコミにばれた。今現在も報道、ワイドショーでその話題が取り上げられている。

「運のいいのは南城のほうだ。死んだほうがましだったろう、生きて捕まるよりはな」

韮崎は鼻を鳴らし、席を立った。


倉庫での大量殺戮《さつりく》事件のせいで、ずっと休日を取れないでいた。やっと休日を取れたその日、速達郵便が届いた。

――五年前のあのホテルのロビーで待つ。南城。

南城は死んだ。だれがこの手紙を送ってきたのか。確かめずにはいられない。まさか、南城は死んでいないのか。死亡偽装をやってのけたのか。

「ちょっとでかけてくる」

家人に言い置き、家を出た。家のすぐそばに借りてある立体駐車場へ、小春日和の中を歩いていった。

自分の車、マークIIを運転するのは久しぶりだ。このところ忙しく、マイカーを運転してどこかにいくことなどなかった。

車はバッテリーがあがっていた。今までこんなことは一度もなかった。業者を呼んで充電してもらわなければならなかった。

だがそのあとは、快調に走った。目指す場所は芝の東京タワーそば。タワー前にあるわけではないが、タワーフロント・ホテルという名のホテル。

五年前、あのホテル。そう言われて心当たりがあるのはこのホテルだけだ。

ホテルロビーのソファに腰を埋め、行き交う人々を監視した。見覚えのある顔はない。

一時間、二時間。だれの接触もない。

三時間経って諦《あきら》めることにした。

そのとき、フロントから声が上がった。今日の接触はない。

「韮崎様、韮崎様はいらっしゃいますか」

きた。

「わたしだ」韮崎はフロントに近寄った。「何か」

「お電話です」

韮崎は差し出された受話器を耳に当て、フロントに背を向けた。

「もしもし」

《聞け》

「だれだ」

《会合の場所を変える。プリンスホテル》

「ちょっと待て。お前はだれだ」

《いちいちフロントを通したくない。携帯電話は持っているか、番号を知らせろ》

韮崎は番号を知らせた。

待っている。告げて電話は切れた。

電話の声に聞き覚えはなかった。大人の声なのは確かだが、年代ははっきりしない。

韮崎は車に戻った。エンジンに火を入れ出そうとしたそのとき、携帯電話が着信した。

《五年前、センターと有働の自宅に侵入者があった》
いきなり話が始まった。
「お前はだれなんだ」
《センターへの侵入はのちに事実が露見し、新聞にも載った》
「お前は……一体……」
《お前は以前、有働の自宅にも侵入者があったと言った。あったのか》
「それがなんだと言うんだ」
《有働達子はその侵入者に気づいていない。今もって気づいていない。盗まれたものがあるとは思っていない》
韮崎は心中密かに、自分の犯したミスを悟った。
《事件にもならず、だれも知らない。確かに侵入者はあったし、有働の内偵情報の予備を持ち去ったようだが……侵入者を送り込んだ側しか知らないことを、お前は知ってる。野村でさえ知らないことを》
「あれはただの言い間違いだ。おれはそんなことは知らなかった。間違いだ」
相手は能見だと思い当たる。だが、声が違う。
《お前の娘、韮崎優美は酷い浪費癖があり、過去に自己破産寸前までいっている》
「貴様はだれだ」
《五年前、三度目の自己破産の危機がきた。お前はそのたびに娘を救ってきたが、資産家ではないし、限界だった。金が必要だ》

「一体なんの――」
《必要な金を、情報のリークにより得ようと考えた。有働の動きを、内偵対象の南城へ伝えた。お前は有働を裏切った》
「そんな言い掛かりを――」
《有働達子は、あんたの名前を覚えていた。有働が口にしたことがあるそうだ……有働は、あいつは指揮官の器ではないと言っていたそうだ。心当たりがあるだろう》
「あるわけが――」
《あの当時、お前は分室長の補佐にいた。後任人事について相談された有働は、お前のことをこう評価した。あいつは補佐で生きる人材だ》
　実務者の間では顔が広く信頼の厚い有働は、かつて自身が率いていた犯罪対策室の長と、親しい間柄だった。長を任せる器ではない、有働はそう自分を評価した。それは囁きの連鎖の末、韮崎の耳に届いた。
「それだけでおれが有働さんを売るわけがないだろう」
《そう。それだけでは……人事への不安、娘の借金。二つが交わり大きくなった……お前はこのホテルで金を受け取った、五百五十万……五年前、南城、ホテル。この言葉だけでここだと分かったのはなぜだ》
　南城から話を聞いたのか。能見が取り逃がした残党の一人だろうか。
《お前は有働の信頼を裏切った。確かに指揮官の器ではないと評価していたが、有働はお前に、お前だけに、まだ内偵資料にも載せていなかった南城への汚職疑惑を打ち明けていたはずだ。

そうでなくてお前が南城にリークできるわけがない……そうなんだろう?》
能見のお陰で、南城を始末できた。そもそもあの夜、加治のバーに能見を訪ねたのは、もし彼が何も知らないなら南城の情報を与え、たきつけ、行動を起こさせるのが目的だった。だが自分も経験を積んだ警察官、勘が働いた。能見はすべてを知っている、と。だから静観を決めた。
能見が義弟を殺した翌日の、センターに桜田を呼びつけての追及は、できれば避けたかった。公には波風立たせずに、能見を使って南城を消せさえすればいい。だが、野村が走り始めてしまった。彼の上司だという立場を利用し静観を促すことは、あまりに不自然だった。あの電話が野村を走らせた。有働達子がセンターにかけてきた、桜田の身分照会の電話。あの電話さえなければ。あったとしても、電話を受けたのが野村でなければ。
しかし終わってみると、うまく収まった。目論み通り、能見が破壊と殺戮《さつりく》を尽くし、すべて消してくれた。
長い沈黙の末、言った。「……いくらだ」
《有働を売ったのは、お前か》
「……いくらほしい」
《有働を売ったのはお前だな》
「……普通なら」韮崎は無念の吐息を吐いた。「警察に目をつけられたと知った組織は、逃げを打つ。痕跡《こんせき》を消し、闇に消える。だから南城たちもそうすると……それがまさか……」
《お前か》

「……おれだ。いくらほしいんだ」

携帯電話の電子音が響いた。韮崎が使っているものとは別の携帯電話。だが、韮崎はひとつしか持っていない。

ハンドル下のフットスペース奥から、電子音が響いてくる。

韮崎は体を折り曲げ下を覗《のぞ》いた。何もないように見えた。韮崎はフットスペースの奥へ手を伸ばした。

ふっと、電子音が途絶えた。直後。

噴出した青白い光に目が眩《くら》み、体が硬直した。

発火と高熱が、韮崎の体を蹂躙《じゅうりん》し始めた。


八田が美知子に向かって頭を下げている。東野は余裕を持って彼らから離れ、見守っていた。あれからずっと会っていなかった八田が、突然店にやってきた。秋葉の遺骨を勝手に持ち出したことを、美知子に詫《わ》びにきたという。

八田は美知子に詫びを入れたあと、東野に目を向けた。

「お茶でも飲んでいって――」

美知子が言っている。八田はそれを丁重に断った。

東野は軽く会釈した。八田も返した。八田の視線が店の奥に飛んだ。東野は視線の先を追った。八田は、ピアノを見ていた。

八田はピアノを見つめていたが、ふっと視線を外し東野を見た。東野はその表情に何があるのか探ろうとした。

八田は顔を背け、美知子も東野も見ずに手を振ると踵《きびす》を返した。


「おう、やっときたな」

入ってきた東野が軽く頭を下げ、カウンターについた。

「年末年始と、立て込んでまして」

「店、改装するって？」

「美知子から聞きましたか」

「ま、心機一転する頃合いか」

一瞬、奇妙な沈黙が流れた。

「で、まだしつこいか」

「ひところよりはよくなった。やっと一安心ってところです」

二人が言ったのは警察のことだ。能見を追う警察は、東野のところも、加治のところもマークしている。それはしかし、新田甚一殺しのため。倉庫での事件にも何らかの関与を疑っているらしいが、何らかの関与、という程度のものでしかない。

「おれのところにもこなくなった」

「なんていったっけ、あの甥《おい》っこ。具合はどうです」

加治は渋面を作り、すぐに解いた。「まだまだ退院は先らしい。でもまあ、保護監察処分で済みそうだって弁護士の話だし、よかったんじゃねえかな」

一時間ほど過ごし、東野は出ていった。加治は能見の名前を出さなかったし、東野も出さなかった。これは、彼らの間での不文律となっている。

「今の人、友達ですか」

カウンターの離れた場所に座って酒を飲んでいた男が、加治に声をかけてきた。

「ああ、馴染《なじ》みだ……どうして」

「いや。新装開店なんて聞こえたから、羽振りがいいみたいでうらやましい。こっちは求職中の独り者なんでね」

去年の末ごろからよく店にくるようになった、三十前後のこの男と加治は、すでに顔馴染みになっていた。週に二度は、ここにきている。

「あんたはいつも一人でくる。女がいないのは察してたよ」

いつだったか、彼はリストラに遭ったと話していた。名前は確か……。

「無職のままでいてくれ。仕事に就いたら忙しくて足が遠のくだろ」

「貯金がなくなってしまいます」男は笑った。「大丈夫です。ここは気に入りました。マスター、長いお付き合いをどうぞ、よろしく」

ドアがノックされた。

「いつもすみません」真希は腰を深く折った。「充、加治さんだよ」

充はまだ体の各所をギプスで固定され、頭部の包帯も取れていない。だがもう、呼吸補助の必要はないし、意識の混濁もなくなっている。

「どうだ」

「退屈」

「勉強は遅れるし警察には目つけられるし、退院したら今まで以上に忙しくなるんだろうから、今のうちにのんびりしておけ」

充は薄く笑い、こっくりした。「加治さん、年賀状ありがとう」

加治は微笑んだ。「葉書一枚でも、何秒かは暇つぶしになるだろ」

「ねえ加治さん。伯父《おじ》さんは？」

「いや……またしばらくは留守にするんだろう。我慢しな」

「今度はいつくるかな」

「……おれには分からない」

「おれ、伯父さんに謝らなくちゃならないんだ……いろんなことを」

「その日がくるまで、どう詫《わ》びを入れるか考えておくんだな……そりゃなんだ、病院は火気厳禁だぞ」

加治は充の手の中のオイルライターに気づいた。

「無理言って持たせてもらってる。おれのお守りなんだ……伯父さんがきたら返すつもりだったけど、今はおれのものなんだ」

「そうか……いつか返せたらいいな」

今日も真希は帰りに病院へ寄ると言っていた。真希は毎日仕事終わりに病院へいき、充の夕食に付き合う。梢は時計を見た。午後五時が近い。

柔らかな雨音が続く。

デスクライトだけを灯《とも》した部屋。もう、独りも闇も気にならない。

充の机の上、安っぽくぴかぴか金色に光る、小さなトロフィー。せっかくだから飾っておこうと梢が勧めた、大事な預かりもの。

シャープペンシルを置き、伸びをした。椅子が微かな悲鳴を上げる。天に両腕を差し上げているうちに欠伸《あくび》が出た。

梢は滲《にじ》んだ涙をこすり取りながら、ノートや参考書を片付けにかかった。梢は進学を決めていて、今、受験勉強の追い込みに入っている。

辞書を目の前の棚に戻したとき、すぐそばの本に視線がいった。色はくすみぼろぼろの、大判の本。梢は手に取った。『写真解説つき　星座と神話』と題名がある。梢は裏表紙を開いた。もう二十年以上前。少年だった伯父が書いた文字が並んでいる。大きさもちぐはぐで、ぶつけるような書き方。伯父は昔から字が下手だった、と分かる。

伯父が独り家を出ていくとき、母に送ったメッセージ。

——おれは家を出るが、おまえを捨てるわけじゃないし、忘れることもない。おれが逃げるのは、たぶん弱いからだ。

くもが出て星が見えなかったら、この本をながめればいい。

昼に星を見たいと思ったら、この本をながめればいい。

これからはおれも、星をながめてみることにする。

おれはとおくへ離れていくが、お前と同じそらの下、同じ星をながめている。
同じそらを見上げていようぜ。いつかしぜんに会えるさ。
勝手をゆるせ。
いつかたくさんたくさん、たくさんうめ合わせする。
だから、かんべんだ。

梢は微笑とともに本を閉じた。梢はこのメッセージを、自分のものだと勝手に決めている。石油ストーブと明かりを消し、部屋を出た。今日は自分はいらないが、母のため。台所へ降りていき、腕まくりをして米を研ぎ、炊飯ジャーにセット。

再び二階へ。まだ暖かい部屋の中に漂う、灯油のススの匂い。

梢は着替えた。セーターにスカート、ダッフルコートを羽織る。石油ストーブをのぞき込み、もう一度消火を確認して下へ。

茶の間へ入った。母には今日の予定を伝えておいたが、念のため新聞ちらしの裏に文字を走らせた。

柱時計が秒を刻む音。

メッセージを書き終え、明かりを消して玄関へ向かった。

いつも素直に開いてくれない下駄箱の戸を引いて、箱をひとつ引っ張り出した。箱の中には、真新しい黒のロングブーツ。昨日の誕生日、安物ではあるが母が買ってくれた。

雨音は続く。せっかくの新品、雨に濡《ぬ》らすのは嫌だ。だけど、早くこのブーツで街を歩きたいのも事実。梢は、誘惑に負けた。

梢はブーツを履いた。革の冷たさが心地いい。鏡がほしいところ。だがそんなものはない。自分で見下ろしてみて、なんとなく、自分には洒落《しゃれ》過ぎのように思えてくる。変に見えないだろうか。腰をかがめじっくり眺めてから、ジッパーに手をかけた。やはり、似合っていない。洋服との兼ね合いもあるし。ジッパーを降ろし、迷い、上げ、悩んだ。

苦笑が漏れた。何をやってるんだろ。梢は傘を手に、戸を引き開けた。

約束は六時。

会ったことのない人からの誘いだったが、間に加治さんが入ってくれたこともあり、招待に応じることにした。伯父の友達だった人だと聞いている。

滅多にくることのない、原宿駅で降りる。傘を差し、歩いていく。ときどき、足元に目がいった。つま先に弾《はじ》ける雨粒。歩いているうちに、ブーツはそんな変には見えないと思えてきた。

読み易く分かり易い手書きの地図を片手に、道を辿《たど》った。地図の文字は、女の人が書いたようだ。やがて、看板が見えた。レストラン・ガレリア。

ドアの前に立った梢は戸惑った。店内改装のためしばらく休業、と書いてある。ここでよかったのだろうか。

梢は数段の階段を上り、ドアガラスから中を覗《のぞ》いた。奥のほうには明かりが見える。だがやはり、営業しているようには見えない。ノブを回すと、ドアは開いた。ドアベルが鳴り響く。

梢は顔を覗かせた。

奥のほうからだれかが出てきた。男、大人だがまだ若い。

「いらっしゃい」男は笑みを浮かべて近寄ってきた。「梢さんだな」

「はい……加治さんが――」

「加治さんはこない。バーテンが一人急に辞めて、新人を入れたばかりとかでたいへんらしい。こっちへ」

男は店長の東野、と名乗った。促されるまま、梢は中へ入っていった。加治がこないなら帰ったほうがいいのでは、という思いが沸いた。

店の奥のテーブルに案内された。すぐそばに茶色のアップライトピアノがある。この一角だけに照明が灯され、静謐《せいひつ》が漂う。

「心機一転、全面改装をしようと思ってね。だからこんななんだ」

窓々は透明のビニールシートで目張りされ、余計なテーブルや椅子が隅に固められている。

「でも、きみ一人の貸し切りだ。勘弁してくれ」

口を開きかけたとき、奥からもう一人現れた。長い髪の、きれいな、大人の女の人。

「梢ちゃんね、はじめまして」

女の人は、東野美知子、と名乗った。男の人の妻らしい。

「残念ながら、今日の料理はあたしの手製。コックは休みなの」

誕生日には家族や友達と過ごすだろうから、こちらは遠慮して一日ずらしたこと、二人とも能見とは古い馴《な》染《じ》みだということを二人交互に語った。そして――。

「よろしく頼む、と言われてる」

で。

訊《き》かないでも誰からなのか分かった。

小さな円いケーキが登場。ロウソクに火が灯された。昨日も同じことをした。母と二人だけ
東野が席を立って照明スイッチに手をかけた。

「ちょっと待って」美知子が言い、ピアノの前につく。ふっと見た東野の顔に小さな驚きがよぎったのを、梢は確かに見た。蓋《ふた》を開けて鍵盤《けんばん》の上に指を置いた美知子と、東野の視線が合った。美知子は東野に言った。

「もう、ソウソウ専門なんてまっぴらなの」

ソウソウって、葬送のことだろうか。もう、とはどういう意味だろうか。

美知子は自分の歌をつけて、誕生日の曲を弾いた。美しく、さわやかな歌声だった。

「――ハッピィバースディ・トゥー・ユー……」

美知子が歌い終えたとき、東野が照明を消した。

「さあ」東野が促す。

小さな黄色い火が並び、揺れる。梢はロウソクの火を見つめた。

「どうしたの」美知子の声。「消して」

梢は顔を上げた。ロウソクの火が揺れ、大きな影が踊る。

「伯父は無事なんですか……今、どこに？」

東野と美知子は顔を見合わせた。

東野が言う。「無事だよ、当たり前だろう」

「だって……」なぜか、伯父はもうどこにもいないのではないかという思いが沸き、その思いに捕らわれた。梢はロウソクに目を落とした。「伯父を連れてきてくれたら、ロウソクを消します」

美知子が梢のそばにきて、腰を下ろした。

「あなたの近くにいるわけにはいかないの。そうでしょ、追われてるんだもの……今彼は、遠くに、とても遠くにいるの。あたしたちも居場所を詳しく知らない。探しているうちに、ロウソクどころかケーキまで燃えちゃうわ」

美知子の細く白い指が伸びてきて、優しく梢の髪をかき上げた。

梢は自分が物凄《ものすご》く子供のような気がした。やっぱりまだ、ブーツなんか似合っていないんだ。

「……ごめんなさい」呟《つぶや》き、梢はロウソクを吹き消した。

美知子と東野は拍手した。明かりを灯した東野が近寄ってきて、小さな、細長い包みを差し出した。二人は目で促す。梢は包みを解いた。

「あたしがしてあげる」

美知子は言い、箱の中のネックレスを摘まんで梢の背後に回った。梢は黙ってされるままにしていた。美知子はネックレスを梢にかけた。

東野が言う。「彼からの預かりものだ」

梢は胸元に揺れる小さな石を見下ろした。

似合うわ。美知子は言い、ピアノの前に戻った。東野は奥の厨房《ちゅうぼう》へと消えた。

「何かリクエストはある?」

美知子が聞いてくる。だが梢の耳には入らなかった。胸元で揺れる石を見つめていた。

「次には——」笑みを含んだ美知子の声。「何をねだるか考えておきなさい。彼は約束を守る人。そうでしょ？」

美知子の指が鍵盤の上を滑りはじめる。優しい調べが、雨音と交錯した。

梢は石を見つめたまま。石はきらめきを、確かに梢の瞳《ひとみ》へ届けてくる。絶えることのない、深く優しい、赤褐色のきらめきを。

解説

ブックファーストアトレ大森店
石坂 大

ある重大事件に関わった直後から五年間行方がわからなかった男、能見亮司がふたたび街に戻ってきた。もともと口数の多くはない能見は姿を見せるだけで空白の時間については何も話さない。しかし彼を知る誰しもが彼がただ帰ってきたとは思わない。公安の南城は五年前の事件に関わりがあると確信し能見の監視を部下に命じる。かつての仲間で事件のあと足を洗った東野は、能見がこの期に及んであらわれたことに強い不安と疑念をいだく。能見の姪《めい》と甥《おい》は、彼が二人を劣悪な家庭環境から救い出してくれるにちがいないと期待する。能見の帰還は彼と関わりのあったものたちの一度は閉ざされていた時間の扉を押し開く。ただ五年前と決定的に異なるのは能見が半身不随の身となり車椅子での生活を余儀なくされているということ。そんな身体でいったい何ができるというのか。彼の周辺は距離をとりながらも、逆に必要以上に能見の動向に関心をもってゆくことになる。

車椅子で自在に立ち回りながら真の目的をさとらせない能見、獲物の出方をじっと窺《うかが》う南城、能見の足跡を辿《たど》る南城の部下の桜田、疑心暗鬼に飲み込まれてゆく東野、伯父《おじ》をあこがれ慕う小さな姉弟、梢と充。能見を軸に複数の登場人物の視点から個々の物語が同時進行で進められてゆく。それらはハードボイルド、ミステリー、クライムノベル、家族小説とさまざまな形をとりながら、相互のバランスのなかでスリリングに展開する。そして、すべての物語は圧巻のクライマックスにむけて一気に雪崩《なだれ》込む。

実に巧みな構成だといえる。これだけの構成をまとめあげるテクニックもそうだが、読ませる上での巧《うま》さがここにはある。この小説の初めの一行から最後の一行までが、視点は入れ替わりながらも、能見亮司という一人の男への関心でできているということ。それによって、読むものは話を追うことがすなわち彼への関心をつのらせることになるということ。そしてその上でその常に一人きりで寡黙な男が、なぜか人の心に強い印象を残してゆくその軌跡がとても魅力的であること。この作品は何度読み返しても、そのたびに初めから最後まで読み通さずにはいられない。

骨の髄までハードボイルド。それが能見の印象だ。ハードボイルドはそもそもつきつめられた世界観でもあるのだから骨の髄までは重畳となるのだけれど、その一途さが半端でないという意味でやはり骨の髄までハードボイルド。どこがどう半端なく一途《いちず》なのか。それは決して単純だという意味ではない。「荒ぶることのない豪胆さ、冷たく澄んだ凶暴さ」という一面はあるが、彼の内面の本質は姪や甥に見せる無条件の愛情に見られる生の肯定と、自分自身が犯罪者としてアウトローとしてこの世界で生きることをあきらめねばならないとする徹底した諦観《ていかん》のアンバランスさにあると思われる。生きながら死に、死にながら生きる。まるで幽霊のような存在様式。常人離れの訓練を課した半身不随の身体は、いかにも似つかわしい外面であるといえる。力強くふるまいながら、一方で弱さを隠そうとはしないこと。それは矛盾ではあるが偽りではない。頭のなかではいくらでもかっこよくなれるが実際はどうしようもなく不細工でしかありえない、それが自分自身というものだ。自分自身であることを恐れないこと。それが一途でなくて何であろう。そのうえでなされる能見の行動は圧倒的な暴力を含めて半端ではない。世間では悪とされる行為にもすばやく迷いがない。それは彼が自分の判断に絶対をおいているからではなく、選択から生じるあらゆる事態に責任を取る覚悟ができているからだ。なにかを選択することは同時になにかを得ることではなく失うことである。その覚悟があるのか。そんな問いが返ってくるまでに半端ではない。

ハードボイルドなどもはや古い様式だと人は言うかもしれない。しかし人が世の中の計算高さを捨て倫理的にあろうとするならすべからくハードボイルドを携えることになるはずだとわたしは信じている。まずは能見亮司を見よ！

本書は、二〇〇三年四月小社刊の
単行本を文庫化したものです。

償《つぐな》いの椅子《いす》

沢木冬吾《さわきとうご》

平成18年 10月25日　初版発行
令和6年 11月25日　28版発行

発行者●山下直久

発行●株式会社KADOKAWA
〒102-8177　東京都千代田区富士見2-13-3
電話　0570-002-301（ナビダイヤル）

角川文庫 14428

印刷所●株式会社KADOKAWA
製本所●株式会社KADOKAWA

表紙画●和田三造

●お問い合わせ
https://www.kadokawa.co.jp/（「お問い合わせ」へお進みください）
※内容によっては、お答えできない場合があります。
※サポートは日本国内のみとさせていただきます。
※Japanese text only

ISBN978-4-04-383201-9　C0193

角川文庫発刊に際して

角　川　源　義

第二次世界大戦の敗北は、軍事力の敗北であった以上に、私たちの若い文化力の敗退であった。私たちの文化が戦争に対して如何に無力であり、単なるあだ花に過ぎなかったかを、私たちは身を以て体験し痛感した。西洋近代文化の摂取にとって、明治以後八十年の歳月は決して短かすぎたとは言えない。にもかかわらず、近代文化の伝統を確立し、自由な批判と柔軟な良識に富む文化層として自らを形成することに私たちは失敗して来た。そしてこれは、各層への文化の普及滲透を任務とする出版人の責任でもあった。

一九四五年以来、私たちは再び振出しに戻り、第一歩から踏み出すことを余儀なくされた。これは大きな不幸ではあるが、反面、これまでの混沌・未熟・歪曲の中にあった我が国の文化に秩序と確たる基礎を齎らすためには絶好の機会でもある。角川書店は、このような祖国の文化的危機にあたり、微力をも顧みず再建の礎石たるべき抱負と決意とをもって出発したが、ここに創立以来の念願を果すべく角川文庫を発刊する。これまで刊行されたあらゆる全集叢書文庫類の長所と短所とを検討し、古今東西の不朽の典籍を、良心的編集のもとに、廉価に、そして書架にふさわしい美本として、多くのひとびとに提供しようとする。しかし私たちは徒らに百科全書的な知識のジレッタントを作ることを目的とせず、あくまで祖国の文化に秩序と再建への道を示し、この文庫を角川書店の栄ある事業として、今後永久に継続発展せしめ、学芸と教養との殿堂として大成せんことを期したい。多くの読書子の愛情ある忠言と支持とによって、この希望と抱負とを完遂せしめられんことを願う。

一九四九年五月三日

角川文庫ベストセラー

愛こそすべて、と愚か者は言った　沢木冬吾

始まりは深夜の電話だった──。七年前に別れた息子が誘拐された。事件の解決を待たずに、別れた妻も失踪した。久瀬は妻の行方と事件の真相を追いながら、再会を果たした息子と共同生活を始めるが……。

天国の扉　ノッキング・オン・ヘヴンズ・ドア　沢木冬吾

抜刀術・名雲草信流を悲劇が襲った。妹の死。父の失踪。恋人との別離。死刑執行を強要する脅迫殺人の裏に隠された真相は？　愛する者との絆の在り処を問う、感動のハードボイルド・ミステリー！

ライオンの冬　沢木冬吾

伊沢吾郎、82歳。旧日本陸軍狙撃手。現在は軍人恩給で暮らしながら、狩猟解禁期間には猟をし、静かに暮らしていたが、ある少年の失踪事件をきっかけに再び立ち上がることを決心する……。

握りしめた欠片　沢木冬吾

正平が10歳のとき、高校2年だった姉の美花が行方不明に。7年後、ある遊戯施設で従業員の死体が見つかる。男の所有していた小型船から出てきたのは、いなくなった姉の携帯電話だった……。

約束の森　沢木冬吾

妻を亡くした元刑事の奥野は、かつての上司から指示を受け北の僻地にあるモウテルの管理人を務めることになる。やがて明らかになる謎の組織の存在。一度は死んだ男が、愛犬マクナイトと共に再び立ち上がる。

角川文庫ベストセラー

狩人の悪夢　有栖川有栖

ミステリ作家の有栖川有栖は、今をときめくホラー作家、白布施と対談することに。「眠ると必ず悪夢を見る」という部屋のある、白布施の家に行くことになったアリスだが、殺人事件に巻き込まれてしまい……。

濱地健三郎の霊《くしび》なる事件簿　有栖川有栖

心霊探偵・濱地健三郎には鋭い推理力と幽霊を視る能力がある。事件の被疑者が同じ時刻に違う場所にいた謎、ホラー作家のもとを訪れる幽霊の謎、突然態度が豹変した恋人の謎……ミステリと怪異の驚異の融合！

Another (上)(下)　綾辻行人

1998年春、夜見山北中学に転校してきた榊原恒一は、何かに怯えているようなクラスの空気に違和感を覚える。そして起こり始める、恐るべき死の連鎖！名手・綾辻行人の新たな代表作となった本格ホラー。

霧越邸殺人事件 〈完全改訂版〉 (上)(下)　綾辻行人

信州の山中に建つ謎の洋館「霧越邸」。訪れた劇団「暗色天幕」の一行を迎える怪しい住人たち。邸内で発生する不可思議な現象の数々…。閉ざされた〝吹雪の山荘〟でやがて、美しき連続殺人劇の幕が上がる！

深泥丘《みどろがおか》奇談《きだん》　綾辻行人

ミステリ作家の「私」が住む〝もうひとつの京都〟。その裏側に潜む秘密めいたものたち。古い病室の壁に、長びく雨の日に、送り火の夜に……魅惑的な怪異の数々が日常を侵蝕し、見慣れた風景を一変させる。

角川文庫ベストセラー

代償　伊岡　瞬

不幸な境遇のため、遠縁の達也と暮らすことになった圭輔。新たな友人・寿人に安らぎを得たものの、魔の手は容赦なく圭輔を追いつめた。長じて弁護士となった圭輔に、収監された達也から弁護依頼が舞い込む。

本性　伊岡　瞬

他人の家庭に入り込んでは攪乱し、強請った挙句に消える正体不明の女《サトウミサキ》。別の焼死事件を追っていた刑事の下に15年前の名刺が届き、刑事たちは過去を探り始め、ミサキに迫ってゆくが……。

遺譜　浅見光彦最後の事件（上）（下）　内田康夫

知らない間に企画された34歳の誕生日会に際し、ドイツ出身の美人ヴァイオリニストに頼まれともに丹波篠山へ赴いた浅見光彦。祖母が託した「遺譜」はどこにあるのか――。史上最大級の難事件！

鯨の哭《な》く海　内田康夫

捕鯨問題の取材で南紀を訪れた浅見光彦。この地でかつて起きた殺人事件と心中事件。2つの事件の関連性を見つけた浅見は、秩父へと向かう。事件現場に見え隠れする青い帽子の女の正体とは――？

天河伝説殺人事件　内田康夫

能の水上流の舞台で、宗家の孫である和鷹が道成寺を舞っている途中で謎の死を遂げた。妹の秀美は兄の死後、失踪した祖父を追って吉野・天河神社へと向かうが……名探偵・浅見光彦が挑む最大級の難事件。

角川文庫ベストセラー

悪い夏　染井為人

生活保護受給者（ケース）を相手に、市役所でケースワーカーとして働く守。同僚が生活保護の打ち切りをネタに女性を脅迫していることに気づくが、他のケースやヤクザも同じくこの件に目をつけていて――。

正義の申し子　染井為人

ユーチューバーの純は会心の動画配信に成功する。悪徳請求業者をおちょくるその配信の餌食となった鉄平は、純を捕まえようと動き出すが……出会うはずのなかった2人が巻き起こす、大トラブルの結末は？

ふちなしのかがみ　辻村深月

冬也に一目惚れした加奈子は、恋の行方を知りたくて禁断の占いに手を出してしまう。鏡の前に蠟燭を並べ、向こうを見ると――子どもの頃、誰もが覗き込んだ異界への扉を、青春ミステリの旗手が鮮やかに描く。

天国の罠　堂場瞬一

ジャーナリストの広瀬隆二は、代議士の今井から娘の香奈の行方を捜してほしいと依頼される。彼女の足跡を追ううちに明らかになる男たちの影と、隠された真実とは。警察小説の旗手が描く、社会派サスペンス！

砂の家　堂場瞬一

「お父さんが出所しました」大手企業で働く健人に、弁護士から突然の電話が。20年前、母と妹を刺し殺して逮捕された父。「殺人犯の子」として絶望的な日々を送ってきた健人の前に、現れた父は――。

角川文庫ベストセラー

不夜城　馳星周

アジア屈指の歓楽街・新宿歌舞伎町の中国人黒社会を器用に生き抜く劉健一。だが、上海マフィアのボスの片腕を殺し逃亡していたかつての相棒・呉富春が町に戻り、事態は変わった――。衝撃のデビュー作!!

走ろうぜ、マージ　馳星周

11年間を共に過ごしてきた愛犬マージの胸にしこりが見つかった。悪性組織球症。一部の大型犬に好発する癌だ。治療法はなく、余命は3ヶ月。マージにとって最後の夏を、馳星周は軽井沢で過ごすことに決めた。

暗手　馳星周

台湾で殺しを重ね、絶望の淵に落ちた加倉昭彦。過去を抹殺した男が逃れ着いたのはサッカーの国イタリアだった。裏社会が牛耳るサッカー賭博、巻き込まれたGK、愛した女に似たひと……緊迫長編ノワール！

さまよう刃　東野圭吾

長峰重樹の娘、絵摩の死体が荒川の下流で発見される。犯人を告げる一本の密告電話が長峰の元に入った。それを聞いた長峰は半信半疑のまま、娘の復讐に動き出す――。遺族の復讐と少年犯罪をテーマにした問題作。

使命と魂のリミット　東野圭吾

あの日なくしたものを取り戻すため、私は命を賭ける――。心臓外科医を目指す夕紀は、誰にも言えないある目的を胸に秘めていた。それを果たすべき日に、手術室を前代未聞の危機が襲う。大傑作長編サスペンス。

角川文庫ベストセラー

透明カメレオン　道尾秀介

声だけ素敵なラジオパーソナリティの恭太郎は、バー「if」に集まる仲間たちの話を面白おかしくつくり変え、リスナーに届けていた。大雨の夜、店に迷い込んできた美女の「ある殺害計画」に巻き込まれ――。

スケルトン・キー　道尾秀介

19歳の坂木錠也はある雑誌の追跡潜入調査を手伝っている。危険だが、生まれつき恐怖の感情がない錠也には天職だ。だが児童養護施設の友達が告げた錠也の出生の秘密が、衝動的な殺人の連鎖を引き起こし……。

孤狼《ころう》の血　柚月裕子

広島県内の所轄署に配属された新人の日岡はマル暴刑事・大上とコンビを組み金融会社社員失踪事件を追う。やがて複雑に絡み合う陰謀が明らかになっていき……男たちの生き様を克明に描いた、圧巻の警察小説。

最後の証人　柚月裕子

弁護士・佐方貞人がホテル刺殺事件を担当することに。被告人の有罪が濃厚だと思われたが、佐方は事件の裏に隠された真相を手繰り寄せていく。やがて7年前に起きたある交通事故との関連が明らかになり……。

凶犬の眼　柚月裕子

マル暴刑事・大上章吾の血を受け継いだ日岡秀一。広島の県北の駐在所で牙を研ぐ日岡の前に現れた最後の任侠・国光寛郎の狙いとは？　日本最大の暴力団抗争に巻き込まれた日岡の運命は？『孤狼の血』続編！